权威全译插图典藏版

海底两万里

[法]儒勒·凡尔纳（Jules Verne）◎著

马碧云　潘丽珍◎译

Vingt mille lieues
sous les mers

湖南文艺出版社
HUNAN LITERATURE AND ART PUBLISHING HOUSE

博集天卷
CS-BOOKY

图书在版编目（CIP）数据

海底两万里 / （法）凡尔纳（Verne，J.）著；马碧云，
潘丽珍译 . —长沙：湖南文艺出版社，2011. 7
ISBN 978-7-5404-4931-5

Ⅰ. ①海… Ⅱ. ①凡…②马…③潘… Ⅲ. ①科学幻想
小说 – 法国 – 近代 Ⅳ . ① I565.44

中国版本图书馆 CIP 数据核字（2011）第 074682 号

上架建议：青少年阅读·经典名著

海底两万里

作　　者：〔法〕儒勒·凡尔纳（Jules Verne）
译　　者：马碧云　潘丽珍
出 版 人：刘清华
责任编辑：丁丽丹　刘诗哲
监　　制：吴成玮
策　　划：王　岩
特约编辑：丁　健
版式设计：崔振江
封面设计：张丽娜
出版发行：湖南文艺出版社
　　　　　（长沙市雨花区东二环一段 508 号　邮编：410014）
网　　址：www.hnwy.net
印　　刷：河北鹏润印刷有限公司
经　　销：新华书店
开　　本：880×1230　1/32
字　　数：260 千字
印　　张：14
版　　次：2011 年 7 月第 1 版
印　　次：2019 年 2 月第 10 次印刷
书　　号：ISBN 978-7-5404-4931-5
定　　价：28.00 元

若有质量问题，请致电质量监督电话：010-59096394
团购电话：010-59320018

目录
contents

Part 1

Chapter 1	飞驰的暗礁	002
Chapter 2	赞成和反对	009
Chapter 3	我听先生的	014
Chapter 4	内德·兰	021
Chapter 5	冒险行动	028
Chapter 6	全速前进	035
Chapter 7	未曾听说过的鲸鱼	044
Chapter 8	动中之动	051
Chapter 9	内德·兰大发雷霆	059
Chapter 10	海中之人	067
Chapter 11	"鹦鹉螺"号	076
Chapter 12	一切依靠电	087
Chapter 13	几个数字	094
Chapter 14	黑潮暖流	101
Chapter 15	一封邀请信	113
Chapter 16	漫步海底平原	122
Chapter 17	海底森林	129
Chapter 18	太平洋底四千里	137
Chapter 19	瓦尼科罗岛	144

*Vingt mille
lieues sous les mers*

Chapter 20   托雷斯海峡 ···················154

Chapter 21   陆上两日 ·····················163

Chapter 22   内摩船长的雷电 ···············176

Chapter 23   强迫睡眠 ·····················189

Chapter 24   珊瑚王国 ·····················198

Part 2

Chapter 1   印度洋 ·······················208

Chapter 2   内摩船长的新建议 ·············218

Chapter 3   价值千万的珍珠 ···············228

Chapter 4   红海 ·························239

Chapter 5   阿拉伯地道 ···················252

Chapter 6   希腊群岛 ·····················262

Chapter 7   地中海里四十八小时 ···········274

Chapter 8   维哥湾 ·······················283

Chapter 9   消失的陆地 ···················294

Chapter 10   海底煤矿 ·····················304

目录
contents

Chapter 11　马尾藻海 ·················315

Chapter 12　抹香鲸和露脊鲸 ·················324

Chapter 13　大浮冰 ·················337

Chapter 14　南极 ·················348

Chapter 15　大事故还是小事故 ·················362

Chapter 16　缺少空气 ·················370

Chapter 17　从合恩角到亚马孙河 ·················380

Chapter 18　章鱼 ·················389

Chapter 19　湾流 ·················402

Chapter 20　北纬四十七度二十四分、

　　　　　　　西经十七度二十八分 ·················412

Chapter 21　大屠杀 ·················421

Chapter 22　内摩船长的最后几句话 ·················430

Chapter 23　结局 ·················437

Vingt mille
lieues sous les mers

Part 1

Chapter 1
飞驶的暗礁

一八六六年发生了一件离奇怪事，一种无人解释也无法解释的奇特现象，这件事大概谁也没有忘记。且不说各种传闻搅得港口居民心神不宁，内陆百姓人心惶惶，就连航海人员也激动万分。欧洲和美洲的商人、大小商船的船主和船长、各国海军军官，还有两洲各国政府都以极大的热忱密切关注着这件事。

确实，最近一段时间以来，好几艘船在海上遇到了一个"庞然大物"。它身体狭长，形如纺锤，有时发出闪闪磷光。它远比鲸鱼巨大、敏捷。

各种航海日志上有关这一物体的记载大同小异，如该物体（或生物）的身体构造，它罕见的运动速度、超常的推进力、天赋的生命力。假定它确实是鲸类动物，那么它的体积超过科学史上至今记载的一切鲸类动物。不管是居维叶①还是拉塞佩德②、杜梅里尔先生③，还是德·卡特法热先生④，他们都不会承认存在此类怪物，除非他们看见过，他们用科学家的眼光目睹过。

一些人对此物估计较低，说它有二百英尺长⑤。另一些人则估计过高，

① 居维叶（1769—1832），法国动物学家和古生物学家。
② 拉塞佩德（1756—1825），法国自然科学家。
③ 杜梅里尔（1774—1860），法国医生和生物学家。
④ 德·卡特法热（1810—1892），法国自然科学家和人类学家。
⑤ 1英尺相当于305毫米。

说它有一海里①宽、三海里长。抛开这些过高和过低的估计，取多次观察结果的平均数，可以肯定，这个怪物——假定它真的存在——体积大大超过以往鱼类学家确认的尺寸。

然而，它确实存在，这是不可否认的事实。人们生来就爱想入非非，因此不难理解为什么神奇物体的出现会如此轰动全世界。但是，切不可把此事列入神话传说。

事实就是证明。一八六六年七月二十日，加尔各答—布纳奇航运公司的"希金森总督"号轮船，在离澳大利亚东海岸五海里处遇见了这个庞大的运动物体。贝克船长以为这是新发现的暗礁，甚至准备测定其确切位置。突然，这个神奇的物体喷射出两道水柱，水柱呼啸着射向一百五十英尺的高空。因此，除非暗礁受间歇泉压力推动，否则"希金森总督"号面对的确实是人类一无所知的某种水栖哺乳动物，它从鼻孔中喷出带气泡的水柱。

同年七月二十三日，西印度—太平洋航运公司的"克里斯托巴尔·科隆"号在太平洋上也见过类似现象。"希金森总督"号和"克里斯托巴尔·科隆"号在相隔约四千公里的两地先后见到它，时间只差三天，表明这个不寻常的鲸类动物能以惊人的速度从一处移动到另一处。

十五天后，在离上述地点两千里②的地方，国营航运公司的"埃尔维蒂亚"号和皇家邮船公司的"沙浓"号，在美国和欧洲之间的大西洋上对驶相遇时，都发现怪物位于北纬四十二度十五分、西经六十度三十五分。根据两船同时观察的结果，可以估计此哺乳动物至少长三百五十多英尺，因为两船都不如它长，尽管它们长达一百米。然而，经常出没于阿留申群岛③的库拉马克岛和乌姆古里克岛海域的鲸鱼中，最大的长五十六米，人们从未见过超过这个长度的鲸鱼。

---

① 1海里等于1852米。
② 本书中的里均指法国古里，约合4公里。
③ 阿留申群岛，北美洲阿拉斯加西南的火山岛弧，断续延伸达2700公里。

消息接二连三地传来。横渡大西洋的客轮"勒佩雷尔"号所作的多次观察，伊斯曼航线上的"埃特纳"号与怪物的相撞，法国诺曼底舰队军官的记载，"克里德勋爵"号海军司令菲茨·詹姆斯身边参谋人员所作的精密测算，这一切使公众舆论震惊万分。在爱说笑的国家里，人们把这奇事作为谈笑资料；在严肃而实际的国家里，如英国、美国、德国，则是人心惶惶。

在各大城市里，怪物成了热门话题。咖啡馆里有人歌唱它，报刊上有人讥笑它，剧院里有人扮演它。庸俗小报盼来了散布流言飞语的好机会。由于无法复印，一些报纸重新登载有关各种神奇巨形动物的报道。从白鲸，北极地区可怕的"莫比·狄克"①到特大动物克拉肯②，应有尽有。据说克拉肯的触手可以抱住五百吨的船只，并把它拖到海底。有人甚至搬出古代的记载，搬出亚里士多德③和普林尼④承认怪物存在的言论，还有彭托皮丹⑤主教的挪威记事，保尔·埃纪德的论述，以及哈林顿先生的报告。哈林顿先生说，一八五七年，他乘坐"卡斯蒂兰"号时看到过一种巨蛇，这种蛇以往仅出没于从前"立宪"号所在的海域。哈林顿先生是真诚的，这一点不容怀疑。

于是，知识分子中、科学报刊上，相信派和怀疑派之间展开了一场无休止的论战。"怪物问题"使人头脑发热。信奉科学的记者向信奉神灵的文人开火。在这场难忘的斗争中，他们挥毫泼墨，争论不休，有人甚至流了几滴血，因为他们把目标从海蛇转向了趾高气扬者。

论战持续了六个月，胜负难分。小报接连不断地刊登文章，大肆攻击巴西地理研究所、柏林皇家科学院、不列颠科学协会、华盛顿斯密森科研机构的权威文章，攻击《印度群岛报》、穆瓦尼奥神甫的《宇宙报》和皮特曼⑥

①《莫比·狄克》是美国作家赫尔曼·麦尔维尔1851年出版的小说。小说里那条可怕的鲸鱼叫做莫比·狄克。
② 克拉肯是斯堪的纳维亚传说中的海妖。
③ 亚里士多德（公元前384—前322），古希腊哲学家。
④ 普林尼（23—79），古罗马自然科学家和作家。
⑤ 彭托皮丹（1698—1764），丹麦神学家和作家。
⑥ 皮特曼（1822—1878），德国地理学家。

的《消息报》上的讨论文章。小报机智的作者模仿怪物反对派引用的林奈①的一句话，挖苦说"大自然不制造蠢货"，他们恳请大家不要相信海妖、海蛇、"莫比·狄克"的存在，不要听信癫狂水手们的胡言乱语。最后，一份极善讽刺挖苦的报纸刊登了一篇最受编辑欣赏的文章，文章胡拼乱凑，像希波吕托斯②一样向怪物发动猛攻，给它以致命一击，在公众的欢笑声中把它结果了。才智战胜了科学。

一八六七年头几个月里，怪物问题似乎已被埋葬，好像再也不会复活。就在这时，一些新的事实摆到了公众面前。人们面对的已不再是一个需要解决的科学问题，而是一个实在的、严重的、必须设法避免的危险。问题以全新的面目出现，怪物重新变成了小岛、岩石、暗礁，但这是飞快行进、行踪不定、神秘莫测的暗礁。

一八六七年三月五日夜晚，蒙特利尔航海公司的"穆拉维安"号驶到北纬二十七度三十分、西经七十二度十五分时，尾部右舷与一岩石相撞，而任何地图上都未标明这一带海域有此岩石。撞击发生时，由于风力助航和四百马力的推动，船正以每小时十三海里的速度前进。可以肯定，若不是船体质优坚固，"穆拉维安"号一定会被撞裂，带着来自加拿大的二百三十七名旅客沉入海底。

事件发生在清晨五点，天刚破晓。值班船员急忙奔向船尾，十分仔细地观察海面。但是，除了一个大旋涡外，他们什么都没有看见。旋涡在离船约六百米处碎成浪花，就像是大片平静的水面受到猛烈冲击一样。"穆拉维安"号准确记载出事地点后继续前进，表面并无损伤。它是撞上了一块海底岩石，还是某只巨大沉船的残骸呢？人们无法知道，但是，船到码头后，在船坞检查船底时，发现龙骨部分受损。

这一事件性质十分严重，但是，若不是三周后，在相同情况下又发生了同类事件，它很可能和其他许多事件一样被忘到九霄云外。不过，鉴于受害

① 林奈（1707—1778），瑞典自然科学家。
② 希波吕托斯，希腊神话人物，雅典王忒修斯和希波吕忒的儿子。

船的国籍及其所属公司的声望，后一次撞船事件引起了巨大反响。

英国船主居纳尔名声很大，无人不知。一八四〇年，这位精明的企业家创办了利物浦和哈利法克斯①之间的邮政服务项目。当时，他只有三艘四百马力、载重一千一百六十二吨的木制轮船。八年后公司发展了，拥有四艘六百五十马力、载重一千八百二十吨的船只。再过两年，又添了两艘功率更大、载重更多的船。一八五三年，居纳尔公司再一次取得运送邮件的特许权，先后添置了"阿拉伯"号、"波斯"号、"中国"号、"斯各底亚"号、"爪哇"号、"俄罗斯"号。这些都是头等快船，也是仅次于"大东方"号的宽敞海轮。就这样，到一八六七年，居纳尔公司共拥有十二艘船，其中八艘为轮式，四艘为螺旋桨式。

我之所以简要介绍这些情况，是为了让大家明白这家海运公司是何等重要。公司以精明管理著称于世。任何一家跨洋航运公司都不如它领导有方，经营成功。二十六年来，居纳尔公司的船只穿越大西洋两千次，从未失败过，从未迟误过。它从未丢失一封信、一个人、一艘船。因此，尽管法国公司竭力与其竞争，旅客们还是宁愿搭乘居纳尔公司的船。近几年的官方统计资料清楚地说明了这一点。了解了这些背景，就没有人会因居纳尔公司豪华轮船遭遇意外事件引起的极大反响而感到惊讶了。

一八六七年四月十三日，海面平静，微风和煦。"斯各底亚"号位于西经十五度十二分、北纬四十五度三十七分。它在一千马力的推动下，以每小时十三点四三海里的速度行进着。机轮在海水中运转十分正常。吃水深度为六点七米，排水量为六千六百八十立方米。

下午四点十七分，旅客们正在大厅用餐，"斯各底亚"号尾部、左舷轮后方遭到轻微撞击。

不是"斯各底亚"号撞击他物，而是它被撞了。确切地说，它不是被撞击，而是被锋利之物划破或穿透了。震动十分轻微，要不是货舱管理员跑上

---

① 利物浦，英国港口城市。哈利法克斯，加拿大港口城市。

工程师们开始检查"斯各底亚"号。

甲板高喊"船要沉了！船要沉了！"也许船上的人谁也不会在意。

刚听到喊声，旅客们惊慌失措。安德森船长的话使他们很快平静下来。确实，危险不会马上发生。"斯各底亚"号由挡水板分成七间，个把漏洞无伤大体。

安德森船长立即来到底舱，发现海水已侵入第五间。水流湍急，说明漏洞不小。幸好锅炉不在那儿，否则会突然熄火。

安德森船长命令马上停止前进。一名水手潜入水中检查船体损坏情况。过了一会儿，他发现轮船底部有一大洞，宽两米。洞太大，无法堵塞。机轮一半浸在水中，"斯各底亚"号只得在这种状态中继续前进。当时，它离克利尔角还有三百海里。它到达公司码头时，已经晚了三天。利物浦人为此惶恐不安。

"斯各底亚"号被放置在干船台上，工程师们开始检查。他们无法相信自己的眼睛。吃水线下方二点五米处，有一个形状规则、近似等腰三角形的大洞。船底钢板上的裂口十分整齐，即使是钻孔机也无法钻得如此准确。看来，损坏船底的钻孔器械一定坚硬无比。它以惊人的力量穿透四厘米厚的钢板后，还能后缩退出裂口，这样的动作令人费解。

最近这次事件的情况就是这样。它又一次轰动了公众舆论。从此，所有不明原因的海难事件都记在了怪物的账上。这头神奇动物要对一切沉船事件负责，不幸的是沉船数量很大。据法国韦里塔船舶分类公司的统计，每年损失的三千艘船只中，因下落不明而被认为人员和物资全部损失的轮船和帆船不少于两百艘！

不管是对还是错，人们都把损失的船只归罪于"怪物"。有了它，各大陆之间的交通越来越危险。大家公开表示并坚决要求，不惜一切代价把这可怕的鲸类动物从海上清除掉。

Chapter 2
赞成和反对

　　这些事件发生时，我刚从美国内布拉斯加州的贫瘠地区作科学考察回来。由于我是巴黎自然博物馆的副教授，法国政府派我参加这次考察。我在内布拉斯加州工作了六个月，三月底，我满载珍贵标本到达纽约。我决定五月初动身回法国。在纽约逗留期间，我把这次采集的矿物标本和动、植物标本整理分类。正在这个时候，"斯各底亚"号事件发生了。

　　这一事件成了当时的热门话题，我十分关心这个问题。怎么可能不关心呢？我反复阅读了欧、美两洲的各种报纸，却未能进一步深化认识。问题的神秘性引起了我强烈的好奇心。由于没有形成自己的看法，在两个极端之间摇摆不定。有一点不容置疑，那就是肯定有某种东西存在。谁若不信，请去摸一摸"斯各底亚"号的裂口。

　　我到达纽约时，争论已到火热的阶段。一些才疏学浅的人说那是浮动的小岛、神秘莫测的暗礁。这类假定当时已被彻底否定。确实，除非暗礁腹内藏有机器，否则它怎么能飞速前进呢？

　　还有人说那是漂浮的船壳、巨大的沉船。这种说法也被推翻了，理由还是它前进的速度。

　　因此，这个问题只有两种可能的答案了。两种答案把人们分成观点截然不同的两派。一派说，这是一头力大无比的怪物；另一派说，这是一艘动力惊人的"潜水艇"。

后一种假设，看来合乎情理。但是，在欧、美两洲作了调查后，它就被否定了。一个普通人拥有这种机械装置，这不大可能。他什么时候、在什么地方制造它呢？他又怎么能保住这个秘密呢？

只有一国政府才可能拥有这种破坏性机器。当今时代，人类正千方百计增大战争武器的威力。在这个不幸的年代里，确实可能会有一个国家背着其他国家试制这种器械。步枪之后出现了水雷，水雷之后又有水下撞锤，然后是一种反击它的器械。至少，我希望这就是问题的答案。

但是，面对各国政府的声明，这个战争武器的假设又站不住脚了。海上交通受阻，危及公众利益，各国政府态度真诚，不容怀疑。何况，建造此船怎么能避开公众的耳目呢？要想在这种情况下保守秘密，对个人来说，谈何容易；对国家来说，难于登天。因为一个国家的任何行动都会被敌对国紧盯不放。

因此，当有人在英国、法国、俄国、普鲁士、西班牙、意大利、美国，甚至在土耳其作调查后，"潜水艇"的假设也被彻底推翻了。

尽管小报不断讽刺挖苦，但怪物重新浮现在人们的脑海中。人们想入非非，产生了各种有关神奇鱼类的荒诞念头。

我到达纽约时，许多人询问我对这一现象有何看法。我曾在法国发表过一部四开本著作，共两册，书名叫《海底的秘密》。这部书备受知识阶层赏识，我因而成了生物学这门奥秘学科的专家。因此人们要我发表看法。只要存在可能，我就坚决否认事件的真实性。但是，很快我就碰壁了，不得不明确表态。而且，连《纽约论坛报》也请巴黎博物馆教授、尊敬的彼埃尔·阿罗纳克斯先生抒发己见。

我决定发表自己的见解。我说话了，因为我已无法保持沉默。我从政治和科学等各个方面分析这个问题。我在四月三十日的《纽约论坛报》上发表了一篇内容丰富的文章。下面是这篇文章的摘要。

我说："就这样，我逐个研究了各种假设。由于所有其他假设都站不住脚，我们必须承认存在一种力大无穷的海洋动物。

"我们对海洋深处一无所知。仪器测不到海底。在这些隐秘的深渊里，究竟发生了什么情况？什么样的生物生活或者可以生活在水下一万二千或一万五千海里的地方？这些动物的身体构造是怎样的？人们几乎无法猜测。

"不过，摆在我面前的问题可以用二难推理法来找到答案。

"生活在地球上的生物多种多样，或者我们全都了解，或者我们只知其中一部分。

"如果我们只了解其中一部分，如果大自然还对我们保守着鱼类学上的某些秘密，那么最好还是承认在探测器不可及的水层中生活着一些新品种的鱼类或鲸类，它们的身体构造主要适合在深水中生活。时间长了，一件寻常小事、一个荒诞念头，或者一时心血来潮，都可能促使它们漂游到海面上。

"相反，假如我们了解所有的生物，那就应该在已分类的海洋生物中寻找我们所说的动物。在这种情况下，我打算承认存在一种巨大的独角鲸。

"普通的独角鲸或海中独角兽身长一般为六十英尺。把这个长度加大五倍，甚至十倍，再让这鲸类动物有与身材成比例的体力，再加强它的进攻性武器，这样才像我们所谈的那头动物。它的身体大小应该与'沙俄'号船员们测量的结果不相上下，它一定有穿透'斯各底亚'号所需的工具，有损坏轮船船底所需的力量。

"据某些生物学家说，独角鲸确实拥有一种类似象牙剑、类似戟的武器，那是一颗坚如钢铁的大牙。有人曾在鲸鱼身上发现过这种牙，独角鲸进攻普通鲸时总是胜利者。还有人费了九牛二虎之力才从船底拔下几颗独角鲸的牙。这种牙咬穿船底，就像用钻头钻透木桶一样轻松。巴黎医学院陈列馆收藏着一颗这样的巨牙。这颗牙长两米零二十五厘米，底部宽四十八厘米！

"好吧！假定那武器的威力加大十倍，那动物的体力加大十倍，再让它以每小时二十海里的速度前进，重量乘以速度平方，这样得出的结果就相当于损坏"斯各底亚"号所需的撞击力。

"因此，从目前了解的情况来看，我认为是一头身形巨大的独角鲸。它的武器不是剑戟，而是真正的撞角，就像大型装甲舰或战舰带有的金属撞角一样。它既有战舰的重量，也有战舰的巨大动力。

"这样，那无法解释的现象就可以解释清楚了。要么就是相反：有人看见或感觉到某种东西，实际上什么也没有发现。这并非不可能！"

最后这几句话说明我心虚。我这么说，在某种程度上是想保全教授的尊严，不想给美国人提供笑料。因为美国人很会讥笑人。我给自己留了一条后路。实际上，我承认存在"怪物"。

我的文章引起了激烈争论，产生了很大反响。文章使某些赞同者团结起来。文章提出的答案可以任人浮想。人的头脑就是喜欢胡思乱想，想象出一些奇异生物。而海洋正是这些巨大生物的最佳运载工具，是它们诞生和繁殖的唯一场所。和它们相比，陆上的动物，如大象、犀牛，不过是些侏儒。大片水域中生活着我们熟悉的各种高大哺乳动物，说不定也藏匿着硕大无朋的软体动物、外形可怕的甲壳动物，如百米长的龙虾、两百吨重的螃蟹！为什么不可能呢？从前，地质时代的陆上动物，如四足动物、四手动物、爬行动物和鸟类，身材均十分高大。造物主用特大号模子把它们造出来，而时光使它们逐渐变小。地心几乎不停地变化，海洋却从无变动。那么，在海洋的奥秘深处，为什么不可能有从前的巨大生物呢？海洋内部为什么不可能隐藏着庞大生物的最后变种呢？这些生物度百年如度一年，度千年如度百年。

然而，我听凭自己沉浸在不该有的幻想中！我必须停止胡思乱想，对我来说，时间已把空想变成了可怕的现实。我再说一遍，舆论界对怪现象的性质已经有了看法，公众一致承认存在一种神奇生物。这生物与传说中的海蛇没有丝毫共同之处。

但是，尽管一些人认为这是一个有待解决的纯科学问题，其他人，尤其是英国人和美国人，更讲究实际，要把这可怕的海洋怪物清除掉，以确保跨洋航行。大部分工商界报纸持这种观点。《航运商业报》《洛伊德报》《邮船报》《海上殖民杂志》及一切为保险公司效劳的报刊（保险公司威胁说要提高保险费用），在这个问题上观点一致。

舆论界的观点一发表，美国各州就率先表明态度。在纽约，人们开始了讨伐独角鲸的准备工作。一艘名叫"亚伯拉罕·林肯"号的快速战舰准备尽早起航。各军火库向法拉居特舰长敞开大门，帮助他加紧装备战舰。

事情往往就是这样，正当人们决定讨伐怪物时，它却无影无踪了。两个月内，没有一个人听说过它，没有一条船遇到过它，就好像独角鲸对针对它的阴谋活动了如指掌。在此之前，大家谈论它太多了，甚至通过大西洋海底电缆谈论它！因此，爱开玩笑的人说，这机灵的家伙截获了电报，从中得到了消息，有了防备。

因此，尽管远征舰艇装备齐全，又带有高效渔具，却不知开往何处。大家越等越不耐烦。突然，7月2日有人听说，加利福尼亚州旧金山—上海航线上的一艘轮船，三周前在太平洋北部海面上再次见到了这家伙。

这条消息引起了极大轰动。大家要法拉居特舰长马上起航，不准拖延一天。粮食运上船了，煤炭堆满底舱了，船员配备齐全了。只等点火、加热、解缆了！哪怕耽误半天，大家都饶不了他！其实，法拉居特舰长何尝不想立即出发呢！

在"亚伯拉罕·林肯"号离开布鲁克林码头前三小时，我收到一封信，上面写着：

> 纽约旅馆街五号，巴黎博物馆教授阿罗纳克斯先生收
>
> 先生：
>
> 如果您愿意参加"亚伯拉罕·林肯"号的远征，美国政府将非常乐意看到由您代表法国参加这次行动。法拉居特舰长为您准备了一间舱房。
>
> 致以亲切的问候
>
> 海军部长J.B.霍布森
> 纽约

Chapter 3
我听先生的

在收到霍布森来信之前三秒钟，我像不想穿越美国西北部一样，不想去追逐独角鲸。读完尊敬的海军部长来信之后三秒钟，我终于明白了，我的天职，我生活的唯一目的，就是驱逐这令人不安的怪物，使世界得以安宁。

我刚刚旅行回来。由于旅途艰险，我疲惫不堪，渴望休息。我只想回到祖国，回到朋友身边，回到我那植物园内的小屋，回到我那些珍贵的标本中间去。但是现在什么都拦不住我。我忘记了一切，把疲劳、朋友、标本统统置诸脑后，未加思索就接受了美国政府的邀请。

我想："何况，条条道路通欧洲。独角鲸一定很乖，一定会把我引向法国海岸！为了投我所好，这头可敬的动物会在靠近欧洲的海洋中任人捕捉。我可要带半米以上的牙齿回自然博物馆。"

但是，目前我必须去太平洋北部寻找这独角鲸。这和回法国的方向正好相反。

"孔塞耶！"我不耐烦地叫着。

孔塞耶是我的仆人。这个小伙子忠心耿耿，每次外出旅行，他总是陪伴着我。他是一个正直的佛兰德人。我喜欢他，他对我好。他生性沉着冷静，循规蹈矩，积极肯干，遇事神色不惊。他心灵手巧，无所不能。尽管他的名字叫孔塞耶[1]，他却从不提建议。即使有人征求他的意见，他也保持沉默。

孔塞耶生活在植物园这个小天地里，在与科学家的接触中，他学到了一些知识。我把他看做身边的一位专家，他精通生物学分类。如同杂技演员可以十分敏捷地爬上梯子一样，他可以十分熟练地数说出生物的各种门、类、纲、亚纲、目、科、属、亚属、种和变种。但是，他的学问仅此而已。分类就是他的生活。除此之外，他一无所知。他潜心研究分类理论，很少实践。我想，他可能连抹香鲸和露脊鲸都分不出来！但是，不管怎么说，这是一个多么正直、多么可爱的小伙子啊！

我为科学到处奔波，孔塞耶始终紧随左右，至今已有十年。他从不计较路途遥远，旅途劳顿。不管去什么国家，是中国还是刚果，不管有多远，他总是二话不说，提起箱子就出发。对他来说，去什么地方都一样，从不多问。他身体健康，从不患病，肌肉发达。他不易激动，这当然是指他的精神状态好。但是，他好像不会思考。

小伙子三十岁。他与主人的年龄之比为十五比二十。请原谅我用这样的方式告诉你们我四十岁了。

不过，孔塞耶有一个缺点：过分拘泥礼节。他对我说话时，总是用第三人称，简直令人恼火。

"孔塞耶！"我一边叫着，一边手忙脚乱地准备行装。

当然，我完全相信这个忠心耿耿的小伙子。往常，我从不问他是否愿意跟我去旅行。但是，这一次情况不同。这次远征也许会无限延长，这是一次冒险行动，是去追逐一头能够像砸碎核桃一样轻松地撞沉军舰的动物！面对这样的旅行，即使是最沉着镇静的人也会三思而行，孔塞耶会有什么想法呢？

"孔塞耶！"我第三次叫着。

---

[1] 孔塞耶，在法语中的意思是"建议""劝告"。

"我听先生的。"

孔塞耶走过来了。

"先生叫我吗？"他进来时说。

"是的，小伙子。快帮我准备行装，你自己也快作准备。咱们两小时后出发。"

"我听先生的。"孔塞耶不慌不忙地回答。

"一会儿都不能耽搁了。赶快把所有的旅行用具装箱，外套、衬衣、袜子，都不必点数，尽量多带。快！赶快！"

"那先生的标本呢？"孔塞耶说。

"以后再整理。"

"什么！先生的那些怪兽、始马属动物、大蛇和其他动物骨骼标本都不管了？"

"保存在旅馆里。"

"那先生的那头活鹿豚呢？"

"我们不在时就托人喂养它。而且我会叫人把我们那群动物送到法国去的。"

"我们不回巴黎去了？"孔塞耶问我。

"不……当然要回去的……"我支支吾吾地回答他，"不过，我们要绕个弯。"

"先生喜欢绕这个弯？"

"哦！区区小事！我们仅仅绕个小小的弯子而已。我们搭乘'亚伯拉罕·林肯'号。"

"随先生的便。"孔塞耶镇静地回答。

"朋友，你知道，这次是为了那怪物……那条有名的独角鲸……我们要把它从海洋中清除掉……我曾发表过一部四开本两册的作品，名叫《海底的秘密》。这样一部著作的作者怎么能不随同法拉居特舰长登船出发呢？这是光荣的使命，但也是危险的。我们不知道要去什么地方！那些动物可能是反复无常的！但我们还是要去！我们的舰长胆大果断……"

“先生怎么做，我就怎么做。”孔塞耶回答。

“你要仔细想一想！我不想对你有丝毫隐瞒。这次去旅行，说不定就回不来了。”

“我听先生的。”

一刻钟之后，我们的箱子已经准备好。因为孔塞耶不一会儿就把东西收拾好了，我相信什么都不会忘记，这小伙子整理内衣、外衣和将鸟类或哺乳动物分类一样能干。

我们乘电梯来到中二楼大厅，步行下台阶来到一层。我挤到大柜台前结了账，那里总是围着一大群人。我叫人把打好包的动、植物标本运回法国巴黎。我留下一大笔钱，足以用来喂养鹿豚。孔塞耶跟我走出来，跳上一辆马车。

马车从百老汇大街来到团结广场，然后沿着第四林荫大道来到连接包法利街的十字路口，再经过卡特林街，停在第三十四号码头。车费每次二十法郎。卡特林渡轮把我们（人、马、车）一起送往布鲁克林。布鲁克林是纽约的一个大区，位于东河左岸。几分钟后，我们来到“亚伯拉罕·林肯”号停靠的码头。“林肯”号的两个烟囱正喷吐着滚滚浓烟。

我们的行李马上被送到舰艇甲板上。我赶紧上船，要求见法拉居特舰长。一名水手把我带到艉楼。在我面前站着一位气色很好的军官，他向我伸出手，对我说：

“您是彼埃尔·阿罗纳克斯先生吧？”

“是的，”我回答说，“您是法拉居特舰长？”

“正是。欢迎您，教授先生。您的舱房早已准备好了。”

我行了礼，离开舰长，在水手的带领下来到为我准备的舱房。舰长忙着做起航准备工作。

“亚伯拉罕·林肯”号是人们为了这次新任务精心挑选、精心装备的船。这是一艘快速舰艇，装有高压蒸汽机，可以把气压升到七个大气压。在这个压力下，“亚伯拉罕·林肯”号的平均航速可达每小时十八点三海里。

这个速度非常快，但是还不足以和庞大的鲸类动物作斗争。

舰艇的内部设备符合海上航行的要求。我的舱房位于船的后部，门对着军官餐厅，我非常满意。

"我们在这里会很舒服的。"我对孔塞耶说。

"和寄居蟹生活在海螺壳里一样舒服，"孔塞耶回答说，"请先生原谅我的冒昧。"

我让孔塞耶留在舱房内整理行李，自己独自登上甲板观看起航准备。

这时，法拉居特舰长正命令解开最后几根连接"亚伯拉罕·林肯"号和布鲁克林码头的缆绳。因此，如果我晚来一刻钟，甚至不到一刻钟，舰艇就会不等我而出发，我就会错过这次远征的机会。这是一次不同寻常、不可思议、难以置信的远征。即使我将来完全据实讲述这次远征，也可能还会有人不相信。

法拉居特舰长不愿耽搁一天，甚至一小时。他要马上去不久前那头动物出现过的海域。他把工程师叫来。

"蒸汽压力够了吗？"他问工程师。

"够了，先生。"工程师回答。

"出发。"法拉居特舰长高喊着。

命令通过话筒传送到机器房，机械师接到命令，马上旋转启动机轮。蒸汽呼啸着涌向半开的阀门，长长的横排的活塞嘎吱作响，推动机轴的连杆，螺旋桨的叶片拍打着海水，越转越快。"亚伯拉罕·林肯"号庄严地向前行进，两旁是满载观看者、为它送行的上百艘轮渡和供应小艇。

布鲁克林码头和纽约市东河沿岸地区挤满了看热闹的人。三声欢呼发自五十万人的内心深处，响彻天空。成千上万的人挥动着手绢，向"亚伯拉罕·林肯"号致敬，直到它驶入哈得逊河，到达纽约市区长形半岛顶端。

舰艇沿着新泽西州哈得逊河右岸前进，穿行在炮台之间。岸上风景秀丽，别墅成群。炮台连鸣礼炮，向它表示敬意。"亚伯拉罕·林肯"号三次升起国旗，答谢炮台。国旗上三十九颗星星在后桅尖顶上闪闪发光。接着，舰艇改变航向，驶入设置信标的航道。在由桑迪岬①构成的海湾内，航道成圆形，舰艇沿着岬角狭长的沙质地带行驶。在那里，又有数千名群众向它欢呼。

送行的轮渡和小艇一直跟随着"林肯"号，直到信号船附近才停止前进。信号船的两盏灯表明，这已是纽约航道的出口处。

这时，三点钟敲响了。领港员走下舰艇，跳上汽艇，回到迎风等他的双桅帆船上。"林肯"号加大火力，螺旋桨加快速度拍打海水，船沿着长岛低洼的黄色海岸行驶。晚上八点，西北方向火岛②的灯火已经消逝，"林肯"号开足马力，在黑洞洞的大西洋上飞速前进。

---

① 桑迪岬，位于美国新泽西州大西洋沿岸。
② 火岛，沿纽约长岛南海岸的沙嘴。

Chapter 4
内德·兰

　　法拉居特舰长是一名优秀的海员，与他指挥的舰艇十分相配。船和他已融为一体，他是船的灵魂。关于鲸类动物问题，在他看来不容置疑。他不允许在船上讨论它是否存在。他确信那动物存在，如同善良的妇人相信海中怪兽存在。这是出于信仰，而不是出于理智。既然怪物存在，他就发誓要把它从海洋中清除掉。他的所作所为就像罗得岛①上一位名叫迪厄多内·德·戈松的骑士迎击破坏海岛的大蛇一样。不是法拉居特舰长消灭独角鲸，就是独角鲸杀死他，没有中间道路。

　　船上的军官全都赞同舰长的看法。您听，他们谈论的、讨论的、争论的都是独角鲸，他们分析遇到它的各种可能性，他们目不转睛地观察那一望无边的大海。他们中不止一人主动请战，要到顶桅横木上去值班。要不是在目前这种形势下，他们一定会诅咒这种苦差事。而现在，只要太阳还未落山，尽管甲板滚烫，无法站立，桅杆处总是挤满水手！其实，那时"亚伯拉罕·林肯"号还未驶进太平洋呢。

　　至于船员们，他们都盼着遇见独角鲸，能击中它，把它拖上船，剁成块。他们仔细观察海面，一丝不苟。而且法拉居特舰长说，不管是见习水手还是正式水手，不管是水兵还是军官，谁最先发现独角鲸，谁就可以得到两

---

① 罗得岛，爱琴海上的一个希腊岛屿。

千美元的奖金。您说，在"亚伯拉罕·林肯"号上工作是不是锻炼了眼睛？

我也不甘落后。我每天独立完成自己的观察任务，从不请人代劳。船上的人真可以称得上是阿耳戈斯[①]。大家对怪物的问题兴致勃勃，只有孔塞耶漠不关心，很不合群。

前面我说过，法拉居特舰长精心装备了舰艇，船上有捕捉巨大鲸类动物的专用器械。即使是捕鲸船也不会装备更齐全。从手掷渔叉到大口径短铳发射的带倒钩箭，到长枪发射的炸裂弹，各种已知武器，我们应有尽有。船首甲板上安放着一门改进型后膛炮，炮壁很厚，炮膛狭小。这种炮的模型将在一八六七年的万国博览会上展出。这种珍贵的美式武器，可以轻而易举地把一颗四公斤重的锥形炮弹发射到十六公里远的地方。

因此，"亚伯拉罕·林肯"号上，杀伤性武器样样齐全。但是，更了不起的是船上还有渔叉王内德·兰。

内德·兰是加拿大人。他双手极其灵巧，实属罕见。在他那危险的行业中，他是出类拔萃的。灵活和镇静，大胆和机智，这些品质高度集中在他一人身上。只有那些十分狡猾的露脊鲸或异常机灵的抹香鲸才能逃过他的渔叉。

内德·兰四十来岁。他身材高大（身高超过六英尺），体格健壮，神情严肃，感情很少外露，有时性情暴躁。倘若有人惹恼了他，他就大发雷霆。他的外表十分引人注目，尤其是他那炯炯有神的眼睛，更给他的相貌增添了几分特色。

法拉居特舰长把此人请上船来，我认为这样做很明智。无论是眼力还是臂力，他一人能抵全体船员。他既是一架高倍望远镜，又是一门随时准备发射的大炮。我想，这样的比喻最贴切。

既然他是加拿大人，就可以说他是法国人。尽管内德·兰很少与人交往，但应该承认，他对我有一定的好感。大概是我的国籍吸引了他。对他

[①] 阿耳戈斯，希腊神话中的百眼巨人，奉天后赫拉之命看守变成小母牛的伊娥。

来说，这是一个说话的机会。对我来说，可以听人用拉伯雷①时代的语言说话，加拿大某些省份的居民还在使用这种古老的语言。这位渔叉手的故乡在魁北克，在这座城市还属于法国的年代，他的一家老小都已成为无所畏惧的渔民。

内德·兰渐渐地对交谈产生了兴趣。我喜欢听他讲述在极地海洋上的惊险遭遇。他自然而富有诗意地讲述他打鱼和战斗的故事。他的故事像是一部英雄史诗，我像是在听一位加拿大荷马②朗诵极北地区的《伊利亚特》③。

现在，我根据自己目前了解的情况来描述这位勇敢的朋友。因为我们已经成为老朋友，患难中产生和结成的始终不渝的友谊已经把我们连接在一起！啊！我的好内德！但愿我能再活一百年，让您的身影久久地陪伴着我！

那么，内德·兰对海洋怪物有什么看法呢？我不得不承认，他不大相信有独角鲸。船上只有他一个人不相信，他不同意大家的意见。他甚至回避这个话题。我想，我应该找他谈一谈这件事。

七月三十日晚，天空晴朗，夜色迷人。"林肯"号来到布兰卡湾④附近海面，离巴塔哥尼亚⑤海岸约三十海里的下风处。这时舰艇已航行了三周。我们已越过南回归线，麦哲伦海峡⑥就在不到七百海里的南方。用不了八天，"亚伯拉罕·林肯"号就将在太平洋上破浪前进。

我和内德·兰坐在艉楼甲板上，一边望着这深不可测的神秘大海，一边闲聊。东一句，西一句，我很自然地把话题转到巨大的独角鲸上。我分析了这次远征成功或失败的各种可能性。看到内德一声不响，细听我说，我就直截了当地问他。

"内德，"我问他，"您怎么会不相信我们追逐的鲸类动物确实存在

① 拉伯雷（1494—1553），法国16世纪著名作家。
② 荷马，古代希腊大诗人，相传生活在公元前9世纪。
③《伊利亚特》相传为荷马作的史诗。
④ 布兰卡湾，阿根廷的一个海湾。
⑤ 巴塔哥尼亚，智利南部地区。
⑥ 麦哲伦海峡，美洲南端与火地岛之间的海峡。

呢？您这么怀疑，是否有什么特别的原因？"

渔叉手看了我一会儿，用手拍拍宽阔的前额（这是他的习惯性动作），闭上双眼，好像是在思考问题。最后，他回答我说：

"也许是的，阿罗纳克斯先生。"

"但是，内德，您是一位职业捕鲸手，您熟悉海洋中的巨大哺乳动物，照理说您的想象力会使您很快接受有关巨大鲸类动物的假设。在目前这种情况下，您应该是最不怀疑的人！"

"教授先生，您错了，"内德回答说，"一个普通人相信有奇特彗星穿过天空，相信地球内部生活着挪亚时代大洪水之前的怪物，情有可原。但是，天文学家、地质学家，决不会赞同这些奇谈怪论。我也一样，我是一名捕鲸手，我追逐过大量鲸类动物，我用渔叉叉过不少，我也杀死过好几条。我认为，不管这些动物多么强壮，不管它们的武器多么锋利，它们的尾巴、它们的巨牙都不可能穿透轮船的钢板。"

"但是，内德，独角鲸用牙咬穿船底的例子可不少啊。"

"咬穿木船，这是可能的，"加拿大人回答说，"不过，我还未亲眼见过。因此，在看到真凭实据之前，我否认露脊鲸、抹香鲸或独角鲸有这么大的威力。"

"内德，您听我说……"

"不，不，教授先生。除了这个，我什么都听。也许是一条巨大的章鱼吧……"

"内德，这更不可能。章鱼不过是一种软体动物。软体动物这个名称本身就告诉我们章鱼肉不坚硬。章鱼不是脊椎动物，即使是身长五百英尺的章鱼，也决不会对'斯各底亚'号或'亚伯拉罕·林肯'号这样的船只构成威胁。因此，应该把有关海怪或其他类似怪物壮举的传说看做无稽之谈。"

"那么，生物学家先生，"内德·兰嘲笑我说，"您还坚持认为确实存在巨大的鲸类动物吗……"

"是的，内德。我反复对您说我相信，因为我有事实根据。我相信存在一种哺乳动物，它肌体健壮，和露脊鲸、抹香鲸或海豚一样属于脊椎动物。它有一颗角质长牙，钻透力极强。"

"嗯！"渔叉手摇摇头，哼了一声，从表情可以看出，他不愿相信。

"您想一想，我亲爱的加拿大朋友，"我接着说，"假定这样的动物存在，假定它生活在海洋深处，假定它经常出没于水平面以下几海里的水层，那么它必定有一个坚实无比的肌体。"

"为什么必须有坚实的肌体呢？"内德问。

"因为要在深水中生存，要顶住水的压力，这种生物必须力大无比。"

"真的？"内德眨一下眼，看着我说。

"真的，只要列举几个数字就可以向您证明这一点。"

"噢！数字嘛！"内德反驳说，"人们可以随心所欲地利用数字！"

"内德，我说的是实际的数字，而不是数学上的数字。请听我说。假定一个大气压与三十二英尺高水柱的压力相当，实际上，水柱高度还可以减小一点，因为我们谈的是海水，海水的密度高于淡水。好吧，内德，当您潜入水中时，您到达的深度是三十二英尺的多少倍，那么您所承受的压力就是多少个大气压。也就是说，您身体表面每平方厘米上就有相同倍数公斤的压力。由此可以算出：在三百二十英尺的深处，压力为十个大气压；在三千二百英尺深处是一百个大气压；在三万二千英尺深处，即大约两里半的深处，是一千个大气压。这就是说，如果您潜到海洋中这个深度，您身体表面每一平方厘米就要承受一千公斤的压力。然而，我亲爱的内德，您知道您身体表面有多少平方厘米吗？"

"我没有想过，阿罗纳克斯先生。"

"大约有一万七千平方厘米。"

"有这么多吗？"

"而且，实际上一个大气压稍高于每平方厘米一公斤的压力，那么您身体表面一万七千平方厘米就承受着一万七千五百六十八公斤的压力。"

"而我却感觉不到？"

"您感觉不到。您之所以没有被这么大的压力压垮，是因为进入您体内的空气的压力与外面的压力相等。因此，内部压力和外部压力达到完全平衡，互相抵消。这样，您就能毫不困难地顶住空气的压力。但是在水里，情况就不同了。"

"是的，我懂了，"内德回答说，他现在更专心地听我说了，"因为水只包围我，而不进入我体内。"

"正是这样，内德。因此，在水下三十二英尺的地方，您要承受一万七千五百六十八公斤的压力；在三百二十英尺的深处，要承受十倍的压力，即十七万五千六百八十公斤的压力；在三千二百英尺的深处，要承受一百倍的压力，即一百七十五万六千八百公斤的压力；在三万二千英尺的深处，要承受一千倍的压力，即一千七百五十六万八千公斤的压力。就是说，您会被压成薄片，好像有人把您从水压机的圆盘上拉下来一样！"

"天哪！"内德说。

"好吧，我亲爱的渔叉手，如果一些脊椎动物身长几百米，身宽与身长成比例，如果它们生活在这样的深度，它们的身体表面面积为几百万平方厘米，那么估计它们要承受成百上千亿公斤的压力。请计算一下，它们的骨骼和肌体要有多大的抗力，才能顶住这样的压力！"

"它们必须和装甲舰艇一样，用八英寸厚的钢板制造出来。"内德·兰回答说。

"您说得对，内德。请想一想，这样一个庞然大物以快车的速度冲向一条船，它会给船体造成什么样的破坏。"

"是的……确实……也许。"加拿大人回答说，面对这些数字，他动摇了，但他不愿认输。

"那么，您相信我的话了？"

"您使我相信了一件事，生物学家先生，那就是如果海底存在这样的动物，那它们一定像您所说的那样力大无比。"

"可是，固执的渔叉手，如果没有这样的动物，您怎么解释'斯各底亚'号的遭遇呢？"

"这也许……"内德迟疑地说。

"说吧！"

"因为……这不是真的！"加拿大人回答说，他无意中引用了阿拉哥[①]的一句名言。

这个回答只能说明渔叉手很固执。这一天我不想再追问他了。"斯各底亚"号事件不容否认。洞确实存在，非补不可，我认为找不到更好的理由能解释洞的存在。然而，洞不会无缘无故地出现。既然它不是由水下礁石或水下武器造成的，那它一定是被某种动物的锋利工具凿成的。

根据上述理由，我认为这种动物属于脊椎动物门，哺乳纲，鱼形类，鲸鱼目。至于它所属的科是露脊鲸、抹香鲸或海豚哪一科，它应列入的属、应归入的种，这个问题有待弄清。要找到答案，必须解剖这个神秘怪物。要解剖它，必须抓住它；要抓它，必须使用渔叉，这是内德·兰的事；要用渔叉叉它，必须看见它，这是全体船员的事；要看见它，必须遇到它，这要看我们的运气如何。

---

① 阿拉哥（1786—1853），法国著名物理学家。

Chapter 5
冒险行动

　　"亚伯拉罕·林肯"号已经航行了不少时间，一直平安无事。但是，有一件事充分显示了内德·兰眼疾手快，灵巧过人，也说明我们应该完全信任他。

　　六月三十日，在马尔维纳斯群岛①海域，舰艇与一些美国捕鲸船联系。他们告诉我们，他们对独角鲸的情况一无所知。但是，他们中间有一个人是"门罗"号的船长，他知道内德·兰在"亚伯拉罕·林肯"号上，要请他帮忙追捕一条已经发现的鲸鱼。法拉居特舰长很想了解内德·兰的能力，准许他去"门罗"号。我们的加拿大朋友运气不错，他不是叉了一条鲸鱼，而是一下子叉了两条鲸鱼。第一条刺中了心脏。第二条，经过几分钟追逐也被抓获了！

　　如果有一天怪物遇到内德·兰的渔叉，我真不敢肯定它是否会安然无恙。

　　舰艇沿着美洲东南海岸飞速前进。七月三日，我们到达麦哲伦海峡入口处，处女岬附近。但是，法拉居特舰长不愿取道这弯弯曲曲的海峡，他驾驶舰艇绕合恩角②而行。

　　全体船员一致同意他的做法。确实，我们有可能在狭窄的海峡里遇到独角鲸吗？许多水手都断定怪物不会通过海峡，因为"它身体太大"！

　　七月六日，下午三点左右，"亚伯拉罕·林肯"号在合恩角南边十五海

---

① 马尔维纳斯群岛，又名福克兰群岛，位于阿根廷南边的大西洋上。
② 合恩角，位于南美洲火地岛南端。

里处绕过这个孤岛，这块美洲大陆南端的荒凉岩石。一些荷兰水手用他们家乡的地名给这个孤岛命了名，称它为"合恩角"。过了合恩角，舰艇向西北方向航行。第二天，"林肯"号的螺旋桨将开始在太平洋水中旋转。

"睁大眼睛！睁大眼睛！""亚伯拉罕·林肯"号的水手们反复说着。

他们把双眼睁得大大的。在两千美元奖金的诱惑下，他们的眼睛和望远镜一刻都不休息。大家日日夜夜地观察洋面。患夜视症的人由于能在黑暗中看清事物，所以他们发现怪物的机会比别人多百分之五十，得奖的可能性也就比别人大。

我呢，金钱对我并无诱惑力，但我也同样专心致志地观察海面。我每天只花几分钟用餐，只花几小时睡觉。除此之外，我不怕日晒雨淋，寸步不离甲板。时而俯身艏楼舷墙，时而倚身船尾栏杆，我目不转睛，凝视着那白茫茫的、一望无边的海面。好多次，当一条任性的鲸鱼把灰黑的脊背露出水面时，我和全船上下一样激动万分。一转眼，甲板上挤满了人。水手们、军官们从船舱里一拥而上。个个气喘吁吁、眼睛发花，注意观察那鲸类动物的一举一动。我看哪，看哪，看得眼睛发酸，眼前发黑。而孔塞耶呢，他始终淡然处之，不止一次用若无其事的口气对我说：

"假如先生不把眼睛睁得这么大，也许能看得更清楚！"

"亚伯拉罕·林肯"号改变航向，向着被发现的动物冲去。结果是一场空欢喜！那是一条普通的露脊鲸或平常的抹香鲸，它很快就在一片咒骂声中消失了！

不过，多蒙老天照应，我们一路顺当。虽然当时正值南半球气候恶劣的季节（这个地区七月份的气候条件相当于欧洲一月份的情况），但这时海上风平浪静，举目远望，视线可达千里之远。

内德·兰十分顽固，始终持怀疑态度。除了值班时间以外，他装出漠不关心的样子，甚至连海面都不看一眼，至少在没有鲸鱼出现时，他是这样做的。他那神奇的眼力本来大有用场，但是每天十二小时中，这位固执的加拿大人有八小时都在舱房里看书或睡觉。我一再批评他的冷漠态度。

"算了吧！"他回答说，"其实什么都没有发生，阿罗纳克斯先生。即使真出现过某种动物，我们有机会见到它吗？难道我们不是在盲目行动吗？据说又有人在远离海岸的太平洋海面上见到了这头无法找到的动物，我很想接受这种说法。但是，从那次遇见至今已有两个月了，根据您那独角鲸的性情，它绝不愿意在同一海域停留很长时间！它具有神奇的活动能力。教授先生，您比我更清楚，大自然不会造出自我矛盾的生物。它不会让一种天性慢条斯理的动物具有日行千里的能力，假如这种能力对它毫无用处。因此，即使这种动物真的存在，也早已不知去向了！"

听他一席话，我不知该回答什么好。很明显，我们是在盲目前进。但是，有什么别的办法呢？因此，我们成功的可能性很小。但是，没有一个人对成功持怀疑态度，没有一名水手打赌说没有独角鲸，说独角鲸不会很快出现。

七月二十日，我们到达南回归线与西经一百零五度线相交之处。七月二十七日，我们在西经一百一十度线上驶过赤道。测定方位后，舰艇坚定地向西航行，进入太平洋中部海面。法拉居特舰长的想法不无道理，他认为最好去远离大陆和海岛的大洋深处，因为怪物似乎不愿靠近陆地和海岛。水手长说："对怪物来说，在陆地和海岛附近，水也许不够深！"因此，舰艇驶过帕摩图群岛、马克萨斯群岛①和桑威奇群岛②海域，于东经一百三十二度线上穿过北回归线，向着中国海航行。

我们终于来到怪物最近出没的地方了！一句话，船上的人都心神不宁，坐立不安。他们的心怦怦直跳，说不定以后会患无法医治的血管瘤症。船员们神经高度紧张，这情景，我无法描绘。大家不吃饭，不睡觉。有时，一名倚栏瞭望的水手犯了判断错误或视觉错误，结果使大家产生无法控制的恐惧。这种情况一天发生好几次。连续的激动使我们一直处于神经过度紧张的状态中，以至于很快产生了反应。

---

① 帕摩图群岛、马克萨斯群岛，均属于波利尼西亚群岛。
② 桑威奇群岛，即夏威夷群岛。

　　反应真的会很快出现。三个月中，我们度日如年。"亚伯拉罕·林肯"号走遍太平洋北部全部海域，追逐看到的鲸鱼。它常常突然偏离航道，突然改变航向，甚至突然停船。它忽而开足马力，忽而急刹车，顾不得机器受震动。从日本海岸到美洲海岸，没有一个地方没有搜索到。结果什么都没有发现！看到的只有万顷波涛！类似巨大独角鲸、海底小岛、海难沉船、飞驶暗礁等都未见到，任何神奇的东西都未见到！

　　反应发生了。首先是大家心灰意懒，这种失望情绪为怀疑打开了缺口。于是船上出现了另一种情绪，这就是三分羞愧、七分恼怒。听信别人胡言乱语实在"太傻"，但是更令人气愤！一年来堆积如山的论据全都站不住脚了，人人都想好好吃一餐，美美睡一觉，弥补过去因无知而虚度的时光。

　　人的思想生来就是变幻不定的。人容易从一个极端走向另一个极端。最积极拥护这次行动的人必定会变成最激烈的批评者。这种变化来自舰艇底部，从运煤工发展到军官。若不是法拉居特舰长态度非常坚决，舰艇一定掉头向南开了。

　　但是，这种无效追寻不能再继续下去了。"亚伯拉罕·林肯"号已经尽了力，没有什么可自责的。美国海军中没有一艘舰艇的船员像他们那样耐心，那样热情。失败不应记在"林肯"号的账上，它现在要做的只有返航。

　　有人这样劝告舰长。舰长坚持己见。水手们毫不掩饰自己的不满情绪，船上的各项工作受到影响。我并不想说船员们造反了。但是，法拉居特舰长十分理智，他坚持了一段时间后，像哥伦布那样，要求大家耐心等待三天。如果三天内怪物不出现，舵手就将舵轮旋转三次，"亚伯拉罕·林肯"号就向欧洲航行。

　　舰长于十一月二日许了这个愿，它使垂头丧气的船员振作起来。大家重新集中精力观察洋面。谁都想最后看一眼这大洋。这一眼中凝聚着对它的依依不舍之情。望远镜不停地工作着，十分忙碌。这是对独角巨鲸的最后挑战，这一次它没有理由拒绝"出庭"了！

　　两天过去了。"亚伯拉罕·林肯"号慢速航行着。大家反复思考这个问

时而俯身船尾栏杆。

题：万一怪物在这一带出现，应该如何设法吸引它的注意力，激起它的热情。大块大块的肥肉被扔到水中，我可以说，这正合鲨鱼的心意。"林肯"号停止前进时，放下许多小艇在其四周到处搜寻，不放过任何一点海面。但是，直到十一月四日晚，这个水下的秘密仍未被揭穿。

第二天，十一月五日中午，规定的期限就要到了。法拉居特舰长是个遵守诺言的人，期限一过，他就要命令舰艇向东南方向航行，永远离开太平洋北部海面。

这时，舰艇位于北纬三十一度十五分、东经一百三十六度四十二分。日本本土就在不到两百海里的下风处。八点的钟声刚刚响过，夜幕正在降临。一团团白云挡住了上弦新月。舰艇头部下面，海水静静地波动起伏。

这时，我正倚靠在船头右舷舷墙上。孔塞耶在我身旁，注视着前方海面。船员们爬上帆索凝眸远望，审视着渐渐变窄、变黑的天边。夜色越来越浓，军官们拿着夜视望远镜在黑暗中搜寻。有时，漆黑的海上出现一道银光，照得海面闪闪发亮，那是月亮透过云片的空隙洒下的光芒。不一会儿，月光又消逝在黑暗中。

我观察着孔塞耶的神情，发现这小伙子或多或少受了大家的影响。至少我是这么认为的。也许是好奇心第一次拨动了他的神经。

"睁大眼睛看吧，孔塞耶，"我对他说，"这是得到两千美元的最后一次机会了。"

"请先生允许我这么说，"孔塞耶回答说，"我从未指望得到这笔奖金。合众国政府完全可以答应给十万美元，即使是那样，它也不会因此而变穷。"

"你说得对，孔塞耶。总而言之，我们轻率地参加了一次愚蠢的行动，浪费了许多时间、许多精力！要不，我们六个月前就回到法国了……"

"早就回到先生的小房间里，"孔塞耶接着说，"回到先生的博物馆里了！我早就把先生的生物化石分好类了！把先生的鹿豚安顿在植物园的笼中了，它一定吸引着所有好奇的巴黎人！"

"你说得对，孔塞耶。我想，除此之外，大家一定会嘲笑我们！"

"确实是这样，"孔塞耶平静地回答，"我想，人们会嘲笑先生的。我该说吗……"

"说下去，孔塞耶。"

"那么，先生自作自受！"

"真是这样！"

"当一个人有幸成为先生那样的学者时，他不该冒险……"

孔塞耶没有来得及说完他的恭维话。突然，寂静中响起一个人的声音，那是内德·兰的声音，他在叫喊：

"喂！快看！大家寻找的东西就在下风处，它正侧身对着我们呢！"

Chapter 6
全速前进

听到叫喊声，全体船员，从舰长、军官、水手长到水手、见习水手，都急忙向渔叉手跑来。甚至连工程师也丢下机器，司炉也离开锅炉。舰长下达停船命令，舰艇凭余下的动力前进。

这时，天空已是一片漆黑。尽管加拿大人眼力非常好，我还是心存疑惑，他怎么能看得见，他到底看到了什么？我的心跳得厉害，简直要炸裂了。

但是，内德·兰没有搞错，我们大家都看到了他手指的那物体。

在离"亚伯拉罕·林肯"号右舷后部两链①远处，海面好像被水下的光源照亮。谁都会肯定地说，这不是一般的磷光现象。是潜入水下数米的怪物放射出这种十分强烈而又神秘的光，好几位船长的报告中都提到过。这种奇妙的光辐射一定是来自一个很强的光源。光亮部分在海面上形成一个长长的、巨大的椭圆形，椭圆形的中心是白热的焦点，从焦点发出刺眼的强光。随着距离增大，光的强度逐渐减弱。

"这是由发磷光的分子堆积而成的。"一位军官大声说。

"不，先生，"我充满自信地说，"不管是腹足类还是被囊类动物都不会发出如此强烈的光。从这种光的性质来看，基本上属于电光……而且，您看，您看！它在移动！它忽而前进，忽而后退！它向我们冲过来了！"

---

① 链，旧时计算距离的单位，1链约合200米。

全船上下响起了叫喊声。

"请安静!"法拉居特舰长说,"舵手注意,船头迎风,后退!"

水手们奔向轮舵,工程师们冲向机器房。蒸汽压力消失,机器立即停止工作。"亚伯拉罕·林肯"号向左转了一百八十度。

"右舵!开动机器,前进!"法拉居特舰长喊着。

船员们执行了这些命令,舰艇迅速离开发光点。

我说得不对。舰艇欲离开,但神奇动物以两倍于舰艇的速度迅速靠拢。

我们都感到有些气短。与其说是恐惧,不如说是惊讶使我们目瞪口呆,动弹不得。那动物轻松地追上我们。当时舰艇以每小时十四海里的速度前进着,那动物绕舰艇一周。它的电光好像一块块白色的桌布,又像是一层层闪闪发光的灰尘,把舰艇包裹起来。然后,它离我们而去,走出两三海里,身后留下一条磷光带,就像快车机车留下的一团团蒸汽。忽然间,怪物从远处阴暗的天边开足马力向"林肯"号猛冲过来。在离"林肯"号船舷二十英尺处突然停下,磷光完全消失。怪物并没有潜入水中,因为光不是逐渐消失的,而是突然熄灭,如同光源的能量突然耗尽了!不久,它又出现在船的另一侧,也许它是绕行过来的,也许它从舰艇下面潜水过来。每时每刻都可能发生撞船事件,后果不堪设想。

然而,舰艇的行动使我感到惊讶。它在逃跑,它没有进攻。它本该追捕怪物,现在却被怪物追逐。为此,我向法拉居特舰长提出疑问。往常舰长十分镇静,现在他的神色极其慌张。

"阿罗纳克斯先生,"他回答我说,"我不知道我要对付的家伙有多大能耐,我不想在黑暗中鲁莽从事,拿我的舰艇冒险。何况,我们应该怎样进攻这一无所知的怪物,又怎样自卫呢?等天亮了,双方的处境就和现在不同了。"

"舰长,您对这动物的属性不再有疑问了吗?"

"没有了,先生。这显然是一头巨大的独角鲸,但也是一头带电的独角鲸。"

"也许，"我又说，"我们不能接近它，就像不能接近电鳗或电鳐一样！"

"的确如此，"舰长回答说，"它身上有雷击般的力量，它一定是出自造物主之手的最可怕的动物。因此，先生，我得格外小心。"

船员们都在黑暗中站立着。没有一个想睡觉。"亚伯拉罕·林肯"号在速度方面比不上怪物，只好放慢速度缓缓而行。那独角鲸呢，它模仿"林肯"号，任凭风浪摇荡，好像决心寸步不离这角斗场。

将近午夜，它消失了。更确切地说，它像一只大萤火虫那样"不发光"了。它逃走了吗？我们应该怕它逃走，而不是希望它逃走。但是在一点差七分时，传来一阵震耳欲聋的呼啸声，好像是高压下喷水发出的声音。

当时，法拉居特舰长、内德·兰和我都在艉楼上。周围一片漆黑，我们睁大双眼，在黑暗中仔细观察。

"内德·兰，"舰长问，"您过去常听到鲸鱼吼叫吗？"

"常听到，先生。但是我从未听到过这样奇特的鲸鱼吼叫，这种使我得到两千美元奖金的鲸鱼的叫声。"

"是的，您有权得到这笔奖金。但是，请您告诉我，这是不是鲸类动物鼻孔喷水时发出的声音？"

"正是这种声音，先生，但是这一次的声音大得多。因此，在我们附近海里的一定是鲸类动物，这一点不会错。先生，如果您允许，明天天亮后我要对它说几句话。"

"那要看它是否愿意听您说话。"我用半信半疑的口气回答。

"如果我离它只有四渔叉距离，"加拿大人反驳道，"它就非听不可！"

"但是，为了能靠近它，我得给您一条捕鲸船吗？"舰长说。

"当然，先生。"

"这岂不是拿船员的生命冒险吗？"

"也拿我的生命冒险！"渔叉手干脆地回答。

将近两点时，发光焦点在"亚伯拉罕·林肯"号上风处五海里的地方重新出现，光还是那么刺眼。尽管相隔距离远，尽管风在呼啸，浪在咆哮，我们仍然清楚地听到它尾巴拍打海水的巨大响声，甚至可以听到它急促的呼吸声。当这头独角巨鲸露出洋面呼吸时，空气涌进它的肺部，如同蒸汽进入两千马力机器的气缸。

"嗯！"我想，"如果一头鲸鱼的力量能比得上一队骑兵，那它一定是一头奇妙的鲸鱼。"

整个夜晚，大家一直保持着警惕。天亮了，人人准备战斗。捕捞工具沿舷墙放着。大副命人为大口径短铳枪和长枪装炸裂弹。大口径短铳枪能把渔叉发射到一海里远的地方。长枪的炸裂弹一击中目标，哪怕是最强大的动物，也会造成致命伤。内德·兰只忙于把渔叉磨锋利，渔叉在他手中就是一件可怕的武器。

六点，天边开始发白。随着最初几缕晨曦的出现，独角鲸的电光看不见了。七点，天已大亮。但是，浓厚的晨雾缩小了视野，即使是最好的望远镜也无法冲破这浓雾的包围。因此，大家又失望又恼火。

我攀上后桅横木。几名军官早已栖身于桅顶。

八点，雾气在波涛上缓缓滚动，螺旋状的雾团慢慢升起。天际渐渐扩大，渐渐明朗。

突然，内德·兰和前一天晚上一样叫起来。

"大家寻找的东西，在左舷后方！"渔叉手喊着。

大家都把目光转向他手指的地方。

在那儿，离舰艇一海里半的地方，一个长长的灰黑物体露出水面一米。它的尾巴有力地摆动着，卷起一个巨大的旋涡。任何动物的尾巴都不可能像它那样猛烈拍打海水。这头动物经过后，海面上留下一道宽阔而洁白晶莹、漫长而弯弯曲曲的航迹。

舰艇向这鲸类动物靠近。我独自观察它。"沙侬"号和"埃尔维蒂亚"号对它的体积估计偏高。我认为它只有二百五十英尺长。至于它的宽度，我很难估量。但是，我可以说，这头动物身材匀称，长宽高比例也很适宜。

我正在观察这头与众不同的动物。突然，两道夹着蒸汽的水柱从它的鼻孔喷射出来，水柱高达四十米，这使我对它的呼吸方式有了明确的认识。我最终得出结论：它属于脊椎动物门，哺乳纲，单一海豚亚纲，鱼类，鲸鱼目。至于科，我还说不清。鲸鱼目有三科：露脊鲸、抹香鲸和海豚。独角鲸属于海豚科。每一科分为好几属，每一属分为若干种，每一种分为若干变种。它属于什么变种、种、属、科，我还搞不清。但是我相信，在上帝和法拉居特舰长的帮助下，我一定能完成分类工作。

船员们焦躁地等待舰长下命令。舰长仔细观察了那动物，然后派人去叫工程师。工程师跑步来到他面前。

"先生，"舰长说，"蒸汽压力高吗？"

"很高，先生。"工程师回答说。

"好。加大火力，全速前进！"

听到命令，大家欢呼三声。战斗的时刻来到了。不一会儿，舰艇的两个烟囱喷吐着滚滚浓烟，甲板在锅炉内蒸汽的作用下微微颤动。

"亚伯拉罕·林肯"号在大功率螺旋桨推动下，向着怪物直冲过去。怪物一点也不在乎，听任舰艇靠近，直到离它半链的地方。然后，它不想潜入水中，只是慢速逃跑，始终与舰艇之间保持一定距离。

就这样，我们追赶了约四十五分钟，却未能靠近怪物三四米。很明显，这样追下去，我们永远追不上怪物。

法拉居特舰长满腔怒火，使劲儿揪着他下巴上的那撮浓须。

"内德·兰呢？"他叫喊着。

加拿大人跑来接受命令。

"那么，"舰长问，"您现在仍劝我把小船放到海面上吗？"

"不，先生，"内德·兰回答，"因为那畜生不会让人抓住的，除非它故意被抓。"

"那我们怎么办？"

"尽可能加快航行速度，先生。至于我，当然要得到您的许可，我在船

首斜桅支索上等待。如果我们能靠近那畜生，等它和我们的距离缩小到一渔
叉长时，我就用渔叉抓它。"

"好吧，内德。"法拉居特舰长回答。"工程师，"他喊着，"加大蒸
汽压力。"

内德·兰走上他的岗位。炉火烧得更旺了，螺旋桨每分钟旋转四十三
次，蒸汽从阀门喷出。我们把测程仪放入水中测量船速，"亚伯拉罕·林
肯"号正以每小时十八点五海里的速度航行。

但是，那该死的动物也以每小时十八点五海里的速度逃跑。

舰艇以这个速度追赶了一小时，却未能缩短一点儿距离！这对美国海军
一艘最快的舰艇来说真是莫大的耻辱。船员们怒火中烧。水手们辱骂怪物，
怪物却不屑答理他们。法拉居特舰长不仅揪胡子，而且咬胡子，他又把工程
师叫来。

"蒸汽压力已升到最高点了吗？"舰长问他。

"是的，先生。"工程师回答说。

"阀门上压力加大了吗？"

"六个半大气压。"

"上到十个气压！"

这是十足的美国式命令。即使是在密西西比河上赛船时，为了拉开距离
也不能这样做！

"孔塞耶，"我对站在我身边的忠实仆人说，"我们的船很可能会爆
炸，你知道吗？"

"我听先生的！"孔塞耶回答说。

好吧！我承认，我倒乐意去碰碰运气。

阀门上的压力加大了，炉子里加进了大量煤炭，鼓风机把阵阵清风送到
炽热的炭火上。"亚伯拉罕·林肯"号的航速又加快了。桅杆从顶部到底部
都在颤动，滚滚浓烟艰难地通过狭窄的烟囱升向天空。

我们再一次抛下测程仪。

"喂！舵手，怎么样？"法拉居特舰长问。

"十九点三海里，先生。"

"加大火力。"

工程师执行舰长命令。压力计上标明十个大气压。但是，那头鲸类动物一定也加大了大火力，因为它不费吹灰之力，把航速提高到了十九点三海里。

多么紧张的追逐啊！不，我无法描绘我的激动心情，我激动得全身颤抖。内德·兰手持渔叉，坚守岗位。有好几次，那动物故意让我们靠近它。

"我们追上它了！我们追上它了！"加拿大人喊着。

当内德·兰准备动手时，那鲸类动物飞快地逃跑了，我估计它的速度不低于每小时三十海里。甚至在我们以最快的速度航行时，它竟敢绕舰艇一周，嘲弄我们。愤怒的吼声从每一个人的胸腔中进发出来！

中午十二点，我们和怪物之间的距离仍和早上八点一样。于是，法拉居特舰长决心采用更直接的办法。

"啊！"他说，"那动物的速度比'亚伯拉罕·林肯'号还快！好吧！我们倒要看看它是否能够躲开我们的锥形炮弹。水手长，派一些人来操纵船首大炮。"

炮手们立即装弹、瞄准。炮弹发出去了，在鲸类动物上空几英尺的地方飞过，落在离它半海里的海面上。

"换一名更准的炮手！"舰长喊着，"谁能打中这恶魔般的畜生，谁就可以得到五百美元奖金！"

一位胡子花白的老炮手（他的形象至今还在我眼前），神色镇定，不慌不忙地走近大炮，调整炮身，仔细瞄准。巨大的爆炸声响彻天空，爆炸声中夹杂着船员们的欢呼声。

炮弹击中目标，打中了那动物。但是，这次击中不同于往常，炮弹从动物圆圆的表面滑过，落在两海里远的海上。

"哼！"老炮手火冒三丈说，"难道这无赖身上有一层六英寸厚的铁甲！"

"真该死！"法拉居特舰长喊着。

一位胡子花白的老炮手。

追逐又开始了。法拉居特舰长俯身对我说："我将继续追逐那动物，直到舰艇毁坏。"

"对，您做得对！"我回答他说。

大家指望那动物筋疲力尽，希望它不要像蒸汽机那样不知疲倦。但是，事实正好相反。几小时过去了，那动物没有丝毫倦意。然而，"亚伯拉罕·林肯"号不屈不挠、英勇斗争的精神值得赞美。据我估计，十一月六日这倒霉的一天里，它至少跑了五百公里！夜幕降临，黑暗笼罩着波涛汹涌的大海。

这时，我以为我们的远征已经结束，我们再也不会见到那神奇的动物。其实，我错了。

晚上十点五十分，电光在舰艇上风处三海里的海面上重新出现，那电光和前一天晚上一样耀眼，一样强烈。独角鲸好像停下不动了。也许是奔跑了一天，它累了，睡觉了，随着风浪在海上漂荡？这是一个好机会，法拉居特舰长决心利用这个机会。

他下达了命令。"亚伯拉罕·林肯"号放慢速度，谨慎前进，以免吵醒对手。在大海上遇到熟睡的鲸鱼，因而一举捕捉成功，这种事屡见不鲜。内德·兰曾不止一次用渔叉捕获过睡眠中的鲸鱼。加拿大人回到船首斜桅支索上的岗位。

舰艇一声不响地靠近怪物，在离它两链的地方把机器关掉，靠余下的动力前进。船上的人连大气都不敢出一口，甲板上一片寂静。我们离白热焦点不到一百英尺了，电光越来越强，非常刺眼。

这时，我正俯身艉楼栏杆观望，看见内德·兰在我下面，一手拉着斜桅支索，一手挥舞着那可怕的渔叉。他离那静止不动的怪物约二十英尺。突然，他的胳膊用力一伸，渔叉就飞出去了。我听到这武器发出的响亮声音，好像是撞到一个坚硬的物体上了。

电光突然熄灭。两道巨大的水柱滂沱大雨般落到舰艇甲板上。甲板上水流湍急，从船头流向船尾，冲倒了人，冲断了备用桅、桨的系索。

可怕的撞击发生了，我来不及抓住栏杆，就从栏杆上方被抛到海里了。

Chapter 7
未曾听说过的鲸鱼

我虽然因意外落水而大吃一惊，但是仍然清楚地记得当时的感觉。

起初，我下沉到约二十英尺深的水里。虽说比不上拜伦①和埃德加·坡②这两位大师，但我毕竟是位游泳能手，下沉并未使我惊慌失措。我两脚使劲儿一蹬，就回到了海面上。

我首先想到的是寻找舰艇。船员们发现我失踪了吗？"亚伯拉罕·林肯"号改变航向了吗？法拉居特舰长放下小艇了吗？我有没有希望得救？

周围漆黑一团。我隐约看见一个巨大的黑色物体向东移动，渐渐消失，其船位灯在远处熄灭。这正是我们的舰艇。我感到没有希望了。

"救命！救命！"我边喊边拼命划动双臂向"林肯"号游去。

衣服妨碍了我的行动。海水浸透了衣服，衣服贴在我的身上，使我不能动弹。我正在下沉！我透不过气来……

"救命！"

这是我最后的呼救声。我满嘴是水，拼命挣扎，我正掉入深渊……

突然，一只强劲的手抓住我的衣服，我感到自己猛然回到海面上。我听见，我真的听到耳边响起一个声音：

"如果先生愿意，就请靠在我肩膀上。这样，先生游泳时就会感到轻松

①拜伦（1723—1786），英国航海家。他曾发现南半球好几个岛屿。
②埃德加·坡（1809—1849），美国作家，曾写过一些历险故事。

得多了。"

我一把抓住忠心耿耿的孔塞耶的胳膊。

"是你啊！是你！"我说。

"正是我，"孔塞耶回答，"愿听先生吩咐。"

"是撞击把你和我同时抛到海里的吗？"

"完全不是。既然我是先生的仆人，我就跟着先生下来了！"

这可爱的小伙子居然认为这样做是合情合理的！

"舰艇呢？"我问他。

"舰艇啊！"孔塞耶一边说，一边转过身来仰泳，"我想，先生最好不要太指望它了！"

"这是什么意思？"

"我的意思是，在我跳进海水里，我听到舵手们叫喊：螺旋桨和舵都断裂了……"

"断裂了？"

"是的，被怪物的牙咬断了。我想，这是'亚伯拉罕·林肯'号唯一的损伤。但是，对我们来说，不幸的是它已无法掌握方向了。"

"那么，我们完蛋了！"

"也许是的，"孔塞耶镇静地回答。"不过，我们还可以支撑几小时。几小时内，我们可以做很多事。"

孔塞耶沉着镇静，临危不惧，使我很受鼓舞。我使劲儿游着。但是，衣服像铅袍一样裹着我，使我活动困难，我感觉到很难支撑下去。孔塞耶意识到了这一点。

"请先生允许我把你的衣服割开。"他说。

他在我衣服下面放进一把打开的刀子，一下子把衣服从上到下割开。他敏捷地帮我脱衣服。我使劲儿游泳支撑我们两个人。接着，我也帮孔塞耶脱了衣服。然后，我们继续并肩"航行"。

可是，情况仍然非常危急。也许舰艇上的人没有发现我们失踪。即使他们发现了，由于舵已损坏，舰艇不能顶风回来寻找我们。因此，我们只能指望舰艇放下的小船了。孔塞耶冷静地讲述这种假设，并由此确定行动计划。多么奇特的性格！这小伙子现在和在家里一样冷静！

很明显，我们唯一的生路就是被"亚伯拉罕·林肯"号放下的小船救起，因此我们必须作出安排，尽可能多坚持一些时间，等待小船到来。于是，我决定两人轮流用力，以免同时耗尽精力。我们商定：两人中一人双臂交叉，双腿伸直，一动也不动地躺在水面上，另一人游泳，并把那人向前推进。每个人做这种牵引工作的时间不能超过十分钟。十分钟换一次班，两人轮流工作。这样，我们就可以漂浮在水上几小时，也许可以坚持到天亮。

得救的可能性微乎其微，但是，希望在我们心中牢牢地扎下了根！何况我们是两个人。最后一点是，我能断定（尽管这似乎不大可能），即使我努力丢掉幻想，即使我想使他丧失信心，我也做不到！

舰艇与鲸类动物相撞事件发生在晚上十一点左右。我指望能游八小时，坚持到天亮。这完全可以做到，因为我们轮流游泳，轮流休息。海面相当平静，我们游得轻松自如。有时，我多么想透过浓重的夜色洞察四周啊！周围黑沉沉的，只有我们游泳激起的水浪闪闪发光。这些闪光的小波浪一到我手上便撞得粉碎。明镜般的水面上点缀着一些青灰色的斑点。望着这波动的海面，我仿佛看到我们在水银中沐浴。将近半夜一点，我突然感到疲惫不堪。由于严重痉挛，我两腿僵直。孔塞耶不得不支撑着我，保全我们的重担落在他一人身上。不久，我便听到这可怜的小伙子气喘吁吁，他的呼吸变得短促了。我明白，他也支撑不了多久了。

"放开我！放开我！"我对他说。

"要我丢下先生！万万不能！"他回答，"我还打算淹死在先生前头呢！"

这时，风把一大片乌云推向东边。月亮透过云片的缝隙露出笑脸。月光照在海面上，海面银光闪闪。这月光犹如雪中送炭，使我们重新振作起来。

我抬起头，纵目四望。我看到了舰艇。它在离我们五海里的地方，它只是隐约可见的漆黑一团。但是小船呢，一只也没有。

我想叫喊。但是，距离这么远，叫喊又有何用！我嘴唇肿胀，无法开口。孔塞耶还能说几个词。我听到他反复叫喊："救命！救命！"

我们暂停一切活动，侧耳细听。尽管海水压迫血管，耳内嗡嗡作响，我仍然仿佛听到有人在回答孔塞耶的呼救。

"你听到了吗？"我低声问。

"听到了！听到了！"

孔塞耶再一次向空中发出绝望的呼救。

这一次，不可能听错！确实有人在回答我们！这会不会是某个被抛弃在大海上的苦命人？或是撞船事件的另一位遇难人！难道是舰艇的小船在黑暗中呼唤我们？

孔塞耶作了最后一次努力。我竭尽全力支撑着他，他靠在我的肩上，半身露出海面观望。不一会儿，他已疲惫不堪，重新掉进水里。

"你看到什么了？"

"我看到了……"他低声说，"我看到了……但是，不要说话……把力气留着！"

他看到了什么？不知为什么，怪物这时第一次出现在我的脑海中！但是，这人的嗓音？如今已不是约拿①躲藏在鲸鱼肚子里的时代了！

孔塞耶仍然拖着我。他时而抬起头，看看前方，叫喊一声试探对方，回答他的声音越来越近。我几乎听不到这声音。我已精疲力竭；手指已合不拢，手已不能支撑我；我的嘴张着，抽搐着，满嘴都是咸咸的海水；寒冷袭击着我。我最后一次抬起头，然后坠入深渊……

就在这时，我撞在一个坚硬物体上，我紧紧抓住不放。后来，我感觉到有人拉我，把我拉到水面上，我的胸部不再起伏，我失去了知觉……

①约拿，《圣经·旧约》中十二名小先知的第五名，曾在鱼肚子里生活了三天三夜。

可以肯定，由于有人用力给我按摩全身，我很快恢复了知觉。我双眼微开……

"孔塞耶！"我低声叫着。

"先生叫我吗？"孔塞耶回答。

这时，月亮正向着地平线下沉。在这最后几缕月光下，我看到一张脸，那不是孔塞耶，是另一个人，我很快就认出来了。

"内德！"我大声喊着。

"正是我，先生，正是那个贪图奖金的人！"加拿大人回答。

"您是在舰艇被撞时落水的吗？"

"是的，教授先生。但是，我比你们幸运，我落水后几乎马上在一个浮动的小岛上站住了脚。"

"一个小岛？"

"更确切地说，是在那巨大的独角鲸上站住了脚。"

"请说清楚些，内德。"

"不过，我很快就明白了为什么我的渔叉未能伤害它，为什么渔叉一接触到它的表皮就失去了杀伤力。"

"为什么？内德，这是为什么？"

"教授先生，因为那畜生是用钢板制成的！"

现在我必须清醒头脑，用心回忆，检查自己的说法。

加拿大人最后的几句话使我的思想发生了急剧的转变。我们把那半淹在水中的生物或物体当做避难所，我迅速爬上它的顶端，用脚测试。十分明显，它是一个难以穿透的坚硬物体，而不是构成巨大的海洋哺乳动物躯体的那种柔软物质。

但是，这坚硬物体也许是一个骨质甲壳，如同远古时代动物的甲壳。那么，我只需把怪物和乌龟、短吻鳄一样列入两栖爬行动物。

唉！不行！我身下那灰黑色背部光洁、滑溜，没有鱼鳞状东西覆盖。撞击时，它发出清脆的金属声。尽管这似乎不可思议，我还是认为它是由螺栓固定的钢板构成的。

不能再怀疑了！必须承认，这曾使整个知识界百思不解、曾使东西两半球海员胆战心惊的动物、怪物或自然现象，是一种更加令人震惊的现象，是人类一手制造的怪物。

即使是发现最怪诞、最神奇的生物，也不会使我如此茫然失措。造物主创造出千奇百怪的东西，这十分容易接受。但是，眼前突然出现一件人类本不可能制造、现在却神奇地制造出来的东西，怎不叫人万分吃惊！

然而，没有什么可犹豫的。我们正躺在一艘潜水船只的顶上。它的形状，据我看，像一条巨大的钢鱼。内德·兰早有这种看法，我和孔塞耶只能表示赞同。

"那么，"我说，"那家伙内部装有运转机械，还有操纵机械的船员？"

"当然喽！"渔叉手说，"不过，我停留在这浮动小岛上已有三小时了，它没有一点儿动静。"

"这条船没有航行过吗？"

"没有，阿罗纳克斯先生。它随波摇晃，但是没有开动过。"

"我们清楚地知道，它能飞速航行，要达到这样的速度，它必须有机器。要开动机器，就一定要有机械师。我由此得出结论……我们有救了。"

"嗯。"内德·兰有保留地说。

正在这时，就像是为了证明我说得对，这奇特装置尾部的海水翻腾起来。它开始航行了，它的推进器显然是螺旋桨。它的上部露出水面约八十厘米，我们赶紧抓住不放。幸运的是，它的速度不十分快。

"只要它沿水平方向航行，"内德·兰低声说，"我们就没有危险。但是，如果它心血来潮潜入海底，我的命连两美元都不值了！"

加拿大人没有说错。我们必须立即设法与装置内的生物取得联系。我在它的表面寻找一个洞口、一块盖板，或者用科技术语来说，寻找一个"入孔"。但是，一排排的螺栓清清楚楚、一模一样，全都牢牢地拧在钢板连接处。

而且，这时月亮消失了，我们四周漆黑一团。必须等到天亮，才能考虑用什么办法进入这艘潜水船只的内部。

因此，我们的命运完全掌握在驾驶这艘船的神秘舵手手中。如果船潜入水中，我们就完蛋了！只要它不下潜，我们就有可能和他们取得联系，对此我坚信不疑。因为，如果他们不能制造空气，就必须时时到海面上来更换空气，补充可呼吸成分。因此，船上部必定有洞，以便新鲜空气进入船内。

至于希望法拉居特舰长来救我们，这种幻想必须彻底抛弃。潜水船正把我们带向西方。尽管航速较慢，但我估计也达到每小时十二海里。螺旋桨十分规律地拍打着海水，时而露出水面，向高空喷射闪光的水柱。

将近凌晨四点，船开始加速航行。船速快得令人晕眩，又有海浪向我们迎面打来，要在船顶上站住脚十分艰难。幸好内德·兰摸到一个固定在船顶钢板上的系缆环，我们紧紧地抓住这个环。

漫长的夜晚终于过去了。由于有些情况记不清了，我不可能把当时的印象全部描述出来。但是，有一个细节我记忆犹新。在海上风浪暂时平静的时候，我曾多次隐隐约约听到一种声音，好像是远处几种乐器的和声，它转瞬即逝。全世界都在设法解释、却又无法解释这个海底航行的秘密，那么，这个秘密究竟是怎么回事呢？这艘神奇的船内生活着什么样的生物呢？是什么机械动力使它以如此惊人的速度航行呢？

天亮了，晨雾笼罩着我们，但很快又消散了。我正要仔细观察顶部平台状船壳时，突然感觉到平台正在逐渐下沉。

"唉！活见鬼！"内德·兰边叫喊边用脚踢着钢板，钢板发出响亮的声音，"开门吧，不好客的航海人！"

但是，螺旋桨拍打海水发出震耳欲聋的响声，里面的人很难听到他的话。幸好，船停止下沉了。

突然，船内响起用力推动铁制品发出的那种声音。一块铁板被掀起，从里面走出一个人来，他怪叫一声，立即逃跑了。

过了一会儿，八个身强力壮的小伙子，蒙着脸，悄悄走出来，把我们拖进他们可怕的装置里。

Chapter 8
动中之动

　　他们把我们猛地拖入船内，动作之快犹如闪电。我和同伴们来不及想明白这是怎么回事。我不知道同伴们被拉进这浮动监狱时有什么感受，我呢，我不寒而栗，浑身冰凉。我们面对的是什么样的人呢？大概是几名新型海盗，他们以自己特有的方式利用着海洋。

　　我们刚进去，狭窄的盖板就关上了，里面漆黑一团。从光亮的外面进来，我的眼睛难以适应，什么都看不见。我感到自己光着脚踩在铁梯子上。内德·兰和孔塞耶被人紧紧抓着，跟在我后面。梯子下方，一扇门打开了，随后又在我们身后关上，发出巨大的响声。

　　里面只有我们三人。这是什么地方？我不知道，几乎无法想象。周围一片漆黑。即使在几分钟后，我仍未看到一缕在沉沉黑夜里那种漂浮不定的亮光。

　　内德·兰不满这种做法，此时心头火起，尽情发泄着怒气。

　　"活见鬼！"他大声说，"这些人简直比喀里多尼亚①人还好客啊！他们只差吃人肉了！如果他们真的吃人肉，我倒不会感到奇怪。不过，我声明，我不会束手就擒，任人吞食的！"

　　"冷静些，朋友，冷静些，"孔塞耶镇静地说，"你现在发火，为时过

―――――――――――――――――――――――――――
① 喀里多尼亚，指大洋洲的新喀里多尼亚岛。

早。我们还没有被放进烤肉盘呢！"

"对，没有被放进烤肉盘，"加拿大人回答说，"但是已经在烤炉里了，这一点不容置疑！那里相当黑暗。幸好我的长猎刀一直带在身上。在那里我也能看清，知道什么时候该使用那把刀。第一个碰我的强盗……"

"别发火，内德，"我对渔叉手说，"暴力行为无济于事，只会害我们自己。谁知道是否有人在偷听我们说话！不如想办法搞清楚我们在什么地方吧！"

我摸索着向前走。走了五步，我碰到一堵铁墙，那是用螺栓固定的钢板。我转过身，又碰到一张木桌，桌子旁边放着好几张凳子。这个监狱的地板上铺着厚厚的麻毯，麻毯减轻了脚步声。光秃秃的墙上摸不到门窗。孔塞耶从相反方向转了一圈。相遇后，我们一起回到舱房中间。这间舱房大概长二十英尺，宽十英尺。至于它的高度，即使内德·兰身材高大，他也无法测量。

半小时过去了，情况依然未变。突然，我们眼前的一片黑暗变成了一片光明。我们的监狱被照亮了，也就是说，里面充满了发光物质。光十分强烈，开始时我的眼睛无法忍受。看到这光洁白刺眼，我马上认出它就是潜水船只周围的电光，它很像光彩夺目的磷光。起初我不由自主地闭上双眼，后来我睁开眼，看到电光来自舱房顶部的一个毛糙的半球体。

"啊！我们终于能看清楚了！"内德·兰大声说。他手拿长刀，随时准备自卫反击。

"对，我们能看清楚了，"我回答他，并大胆提出相反意见，"但是，我们的处境并未因此得到改善。"

"请先生耐心点。"孔塞耶不动声色地说。

舱房突然被照亮了，我可以仔细观察舱房内的情形。室内只有一张桌子和五张凳子。看不到门，大概是因为门被关得很紧。没有任何声音传到我们耳边。船内悄无声音，死气沉沉。船正在航行吗？它在海面上还是在海底？我无法猜测。

但是，顶部球体不会无缘无故发光。我想船员马上就会露面。如果他们把我们置诸脑后，他们就不会照亮牢房。

果然不出我所料。门外突然响起一阵插销声，门开了，进来两个人。

第一个人身材矮小，肌肉发达，两肩宽阔，四肢结实，头大颈粗，须发浓黑，目光锐利。在他身上，可以看到法国南方普罗旺斯人特有的生气。狄德罗①说得非常对，人的举动是富有隐喻的。这个小个子正是活生生的证明。我感到，在他惯用的言语中，一定有大量的拟人手法、借代。这一点我始终无法证实，因为他在我面前总是说一种奇特的、完全听不懂的方言。

第二个陌生人更值得详细描绘。格拉蒂奥莱②或恩格尔③的门徒一看他的相貌，就能了解他的性格。我一下子就看出他的主要品质：第一，自信，因为他的头庄重地直立在两肩形成的弧线上，他双眼乌黑，眼神冷漠坚定。第二，镇静，因为他的肤色苍白，没有血色，这表明他血脉安定。第三，刚毅，他眼部肌肉快速收缩就表明了这一点。最后一点，勇敢，因为他舒缓的呼吸是强大生命力的体现。

我还要说，这个人很高傲。他目光镇定，好像反映出他思想高深。按照相面人的说法，这种相貌，这种身体动作和面部表情的一致性，表明这个人一定十分坦率真诚。

见到他，我不由得感到放心了，我预感到我们的会见会十分愉快。

这个人三十五岁还是五十岁，我说不准。他身材高大，前额宽阔，鼻子笔直，嘴巴红润，牙齿洁白，两手细长。这双手，用手相术的术语来说，十分"通灵"。也就是说，这双手能为高傲而热情的心灵出力。这个人无疑属于我见到过的最令人钦佩的那种人。他还有一个细微特征。他双眼相隔距离稍大，可以把一方景色尽收眼底。除此之外，他还具有比内德·兰更好的眼力，这一点后来得到了证实。当这个陌生人注视某一物体时，他紧蹙双眉，

---

① 狄德罗（1713—1784），法国著名作家和哲学家。
② 格拉蒂奥莱（1815—1865），法国生理学家。
③ 恩格尔（1741—1802），德国哲学家、评论家和作家。

微合宽大的眼皮，眼皮在瞳孔周围形成一个圆圈，缩小了视野，然后他仔细观察。多么锐利的目光！好像它能把因距离遥远而显得细小的物体放大，能看透您的内心世界，能穿透我们看不清的大片液体，能看清海底！

这两位陌生人头戴海獭皮贝雷帽，脚穿海豹皮下海靴，身披特殊衣料的服装。这种衣服既显出了他们的身材，又能让他们行动方便。

他们当中身材高大的那一位（显然是船长）一声不响、仔仔细细地打量我们。然后，他转过身去和同伴交谈，我听不懂他说的话。这是一种声音响亮、和谐、柔软的方言，其元音似乎有多种重读方式。

另一位点头表示同意，并补充几句。他的话完全无法听懂。然后，他转过身来，好像用目光直接询问我。

我用地道的法语回答他，说我完全听不懂他的话。但他似乎听不懂我说什么，这情形令人为难。

"请先生继续讲述我们的故事，"孔塞耶对我说，"那两位先生也许能听懂几句！"

我重新开始讲述我们的奇遇，每一个音节都说得很清楚，一个细节都不遗漏。我说了我们的姓名和身份，然后依次介绍：阿罗纳克斯教授，他的仆人孔塞耶和渔叉手内德·兰师傅。

那个目光温和而镇定的人，静静地、有礼貌地、专心致志地听我说。但是，他的面部表情丝毫不能表明他听懂了我讲的故事。我讲完后，他一言不发。

剩下的办法就是讲英语。英语几乎成了世界通用语，使用这种语言也许可以沟通。我懂德语，也懂英语，但是只能顺利阅读，不能正确会话。而现在，最重要的就是要让人听懂。

"喂，您来说吧，"我对渔叉手说，"您说吧，内德·兰师傅，请您从肚子里拿出盎格鲁—撒克逊人说的最地道的英语，尽力表现得比我更高兴。"

内德没有推托，立即重述我们的故事，我差不多都听懂了。基本内容和我讲的一样，但形式不同。加拿大人性情急躁，说话时情绪激昂。他气冲冲地埋怨那两位先生无视人权，把他关押起来。他质问他们依据什么法律扣留他，他援引"人身保护法"，威胁说要控告非法拘禁他的人。他心急如火，连说带比，大声叫喊。最后，他做了一个表达力强的动作，想让对方明白我们饿得要命。

我们早已饥肠辘辘，只是我们几乎忘记了。

进来的那两个人似乎既没有听懂我的话，也没有听懂渔叉手的话，这使渔叉手大吃一惊。他们连眉头都不皱一下。很明显，他们不懂阿拉哥的语言，也不懂法拉第①的语言。

我们已施展了全部语言本领，问题却仍未解决，我左右为难，一筹莫展。这时，孔塞耶对我说：

"如果先生允许，我用德语讲。"

"怎么！你会说德语？"我大声说。

"像普通的佛兰德人一样，请先生原谅我冒昧。"

"正好相反，我很高兴。讲吧，小伙子。"

于是，孔塞耶心平气和地第三次讲述我们的各种奇遇，尽管叙述者措辞简洁明了，音调优雅动听，但讲德语还是白费力气。

万般无奈，我苦思冥想，把早年学习的知识汇集起来，用拉丁语讲述我们的经历。如果西塞罗②听了，一定会双手掩耳，把我打发到厨房去。不过，我还是凑凑合合讲完了。可讲拉丁语也是徒费口舌。

最后的尝试彻底失败了，两个陌生人用他们那无法听懂的语言交谈了几句，转身走出去。他们连世界各国流行的、使人放心的动作都没有做一个。门重新关上了。

"这太卑鄙了！"内德·兰又一次大发雷霆，大声嚷叫，"怎么！我们对这些浑蛋讲法语、英语、德语、拉丁语，他们当中却没有一个人懂礼貌，肯回答。"

---

① 法拉第（1791—1867），英国物理学家。
② 西塞罗（公元前106—前43），古罗马政治家和拉丁语演说家。

"冷静些，内德，"我对怒气冲冲的渔叉手说，"发火解决不了问题。"

"但是，教授先生，"我们易怒的伙伴接着说，"我们在这个铁笼子里真的会饿死的，您知道吗？"

"算了吧！"孔塞耶说，"只要达观些，我们还可以坚持很长时间！"

"朋友们，"我说，"不要悲观失望。我们过去的处境比现在更糟。请耐心等待，以便正确评价这艘船的船长和船员。"

"我对他们早有评价，"内德·兰回答我，"这些人是浑蛋……"

"好吧！那么他们来自哪个国家？"

"来自浑蛋国。"

"我的好内德，世界地图上还没有标明这个国家呢！我承认这两个陌生人的国籍很难确定。我们唯一能肯定的就是他们既非英国人，亦非法国人、德国人。但是，我想说，这位船长和他的助手出生在低纬度地区。他们身上有南方人的特征。从体型来看，我还不能判定他们是西班牙人、土耳其人、阿拉伯人还是印度人。至于他们的语言，完全无法听懂。"

"这就是不懂得各种语言的烦恼，"孔塞耶说，"或者说，这是没有统一语言带来的不便之处！"

"懂各种语言又有什么用呢！"内德·兰说，"难道你们没有看见，这些人讲的是他们特有的语言，创造这种语言就是为了使那些向他们讨饭吃的老实人绝望。但是，在世界各国，有谁不明白张开嘴巴、动动颌骨、咬咬牙和嘴唇这样一些动作表示什么？在魁北克和在帕摩图群岛，在巴黎和在它对面的城市，难道这些动作不是都表示：我饿了！给我东西吃吧！"

"啊！"孔塞耶说，"有人生来就这么不聪明呗！"

他正说着，门突然开了，进来一名服务员。他给我们送来了衣服，有航海穿的上衣和裤子，不知是什么衣料制成的。我赶紧穿上这种衣服，伙伴们和我一样穿起航海服装。

这时，服务员（他可能又聋又哑）已经整理好桌子，并在桌上放了三套餐具。

"这件事值得注意，"孔塞耶说，"这是个好兆头。"

"算了吧！"爱记仇的渔叉手说，"这里有什么鬼东西可吃？不是甲鱼肝、鲨鱼片，就是鲨鱼排！"

"看了再说吧！"孔塞耶说。

餐盘上盖着银罩，对称地放在桌布上。我们在餐桌旁坐下。显然，我们面对的是具有文化教养的人。要不是电光笼罩着我们，我也许会以为自己正在利物浦阿德费旅馆的餐厅里，或是在巴黎大饭店的餐厅里呢！不过，我不得不承认，这里没有一块面包，没有一瓶酒。水新鲜清澈，但毕竟是水，不合内德·兰的胃口。端来给我们吃的几盘菜中，我认出了几种烹调精细的鱼。还有几盘菜味道鲜美，我说不出菜名，甚至不知道它们是用动物还是用植物做成的。至于餐具，十分精美雅致，匙、叉、刀、盘，每一件上都有一个字母，字母周围刻有一句题词。我将这个标记抄录如下：

动中之动
N

动中之动！只要把前置词IN译成"在……里面"，而不是译成"在……上面"，这句格言就完全适合这个潜水装置。字母N大概是这位神秘的海底指挥官姓名的第一个字母！

内德·兰和孔塞耶没有想那么多。他们狼吞虎咽地吃着，我立即和他们一样埋头吃饭。何况，我已不再担心我们的命运，我认为主人们不想让我们饿死，这一点是显而易见的。

在这人世间，一切都会终止，一切都会过去，就是那忍受了十五小时的饥饿也会消失的。肚子一填饱，睡意就向我们袭来。我们与死亡斗争了一夜，经过漫长的黑夜后，想睡觉是非常自然的反应。

"真的，我真想好好睡一觉。"孔塞耶说。

"我也要睡了！"内德·兰说。

我那两个伙伴躺到舱房的地毯上，不一会就进入了梦乡。

至于我，我也困得要命，但是我不像他们那样容易入睡。多少思绪涌上心头，多少问题无法解答，多少想象使我不能合眼！我们在什么地方？是什么神奇的力量把我们带走的？我感到，更确切地说，我以为感到，我们的船正在潜入海底。可怕的噩梦萦绕在我心头。我隐约看到在那神秘的避难所里，生活着一大群陌生的动物。这只潜水船好像和它们是同类，和它们一样有生命，能移动，一样奇特……后来，我的头脑冷静下来，思想活动逐渐减弱，昏昏欲睡。不一会儿，我就带着忧伤进入梦乡。

Chapter 9
内德·兰大发雷霆

我们睡了多长时间，我不知道，大概睡了很长时间。因为这一觉使我们消除了疲劳，振作了精神。我醒得最早。我醒来时，同伴们还没有动静，仍然躺在角落里酣睡，就像是一堆堆惰性物质。

从硬邦邦的床上一起来，我就感到全身轻松，头脑清醒。我重新仔细观察我们的牢房。

房内一切如旧。牢房还是牢房，囚犯还是囚犯。不过，服务员趁我们睡着的时候，把餐具拿走了。没有任何迹象表明我们的处境会马上改变。我认真地思考着，是不是我们命中注定要永远生活在这个牢笼里。

这种前景使我忧心忡忡。因为，尽管头脑摆脱了昨夜的烦恼，但胸部憋闷，呼吸困难。由于空气混浊，肺部不能正常工作。牢房虽大，但是空气有限，我们显然已消耗掉房内的大部分氧气。因为每人每小时需要消耗一百升空气中的氧气。而牢房内空气中的氧气和二氧化碳几乎等量，不适合呼吸。

因此，更换牢房空气已经刻不容缓。当然，整个潜水船的空气也急需更换。

这使我头脑中产生了一个问题。这所漂浮住宅的指挥官采用什么办法换气呢？他是否采用化学方法，将氯酸钾加热得到氧气，用氢氧化钾吸收二氧化碳？如果真是这样，他一定与大陆保持着联系，以便得到必需的物质。他会不会仅仅在高压下把空气储存在储气罐内，然后根据船员的需要逐渐放出？有可能。或者，他会不会采用更方便、更经济的办法，因而也是更有可能采用的办法，和鲸类动物一样回到海面上来呼吸，每二十四小时更换一次空气？总而言之，不管采用什么方法，我看最好马上更换空气。

情况确实如此，正当我不得不加快呼吸以便吸入牢房中仅存氧气的时候，一股清新而带有咸味的空气突然进入舱房，沁人心脾。这正是含碘的、使人神清目爽的海风！我张大了嘴，肺部吸足了新鲜空气。我感到一阵摇晃。船体摆动幅度不大，但完全可以感觉到。显然，这艘船，这头铁皮怪物，刚回到海面上，像鲸鱼那样呼吸。船的换气方式十分清楚了。

我尽情地呼吸新鲜空气，然后开始寻找给我们输送有益气体的管道，这管道可以说是船只的呼吸道，我很快就找到它了。门的上方有一个通风口，新鲜空气从那里进来，牢房的空气就这样更换了。

内德·兰和孔塞耶醒来时，我正在观察。那令人清醒的海风使他们几乎同时醒来。他们揉揉眼睛，伸伸胳臂，一跃而起。

"先生睡得好吗？"孔塞耶和往常一样彬彬有礼地问我。

"很好，我的好小伙子，"我回答说，"您呢，内德·兰师傅？"

"睡得很香，教授先生。我好像感觉到有一阵海风，不知道我是否弄错了？"

他是一名水手，不可能弄错。我向加拿大人讲述了他睡觉时发生的一切。

"好啊！"他说，"我们在'亚伯拉罕·林肯'号上看到这所谓的独角鲸时，曾听到过一种吼声。现在，我们完全可以解释这种吼声了。"

"完全可以。内德·兰师傅，那就是它的呼吸声！"

"不过，阿罗纳克斯先生，我现在没有一点儿时间概念，现在该吃晚饭了吗？"

"晚饭，我亲爱的渔叉手，至少应该说午餐时间到了，因为我们昨天来的这里，今天是第二天了。"

"这说明，"孔塞耶回答说，"我们睡了二十四小时。"

"这是我的看法。"我说。

"我完全赞同您的看法，"内德·兰回答说，"午餐也好，晚餐也好，只要服务员拿吃的东西来，我们就欢迎。"

"午餐和晚餐都要。"孔塞耶说。

"对，"加拿大人说，"我们有权享用这两餐饭。至于我，这两餐饭我都要好好吃。"

"好啊！内德，咱们再等一等。"我说，"很明显，这些陌生人并不想让我们饿死，因为，如果想让我们饿死，昨天的那餐饭就毫无意义了。"

"也许他们要把我们喂肥！"内德说。

"我反对您的说法，"我说，"我们并没有落在吃人肉的野蛮人手里！"

"一个孤立的行动不能说明问题，"加拿大人一本正经地回答，"谁知道这些人多长时间没有吃到新鲜肉了。如果他们很久没吃到了，教授先生、他的仆人和我这样三个健壮的人……"

"不要胡思乱想了，内德·兰师傅，"我对渔叉手说，"尤其不要因此而对主人发火。发火只会把事情弄糟。"

"不管怎么说，"渔叉手说，"我饿得发慌。晚餐也好，午餐也好，都没有送来！"

"内德·兰师傅，"我说，"我们应该服从船上的安排。我想，我们的胃口可能走在领班厨师的钟表前面了。"

"好吧！我们会把它调整过来的。"孔塞耶镇静地说。

"从这一点上，我再次看到了您的性格特征，孔塞耶，我的朋友。"性急的加拿大人说，"您很少恼火，很少冲动！您总是那样沉着镇定！您大概能够先念饭后经，后念饭前经，您宁愿饿死，也不会抱怨！"

"抱怨有什么用呢？"孔塞耶问。

"抱怨是为了引起同情！能引起同情已经不错了。如果这些海盗——我称他们为海盗是出于尊重，也是为了不激怒教授先生，因为他禁止我称他们为吃人肉者——以为可以把我关在这令人窒息的笼子里，又可以不让我发火叫骂，那他们就错了！好了，阿罗纳克斯先生，请坦率地告诉我，您认为他们会不会长时间把我们关在这个铁匣子里？"

"说实话，我了解的情况并不比您多，我的朋友。"

"那么，您猜呢？"

"我想，也许我们碰巧掌握了一个重要的秘密。如果这艘潜水船上的人认为保住这个秘密对自己有好处，如果这种好处比三个人的生命更重要，那么，我认为，我们只有死路一条。如果情况相反，那么这头吞食我们的怪物，一有机会，就会把我们送回适合我们这样的人生活的陆地。"

"也许他们会让我们当船员，"孔塞耶说，"这样，他们就可以把我们留住……"

"直到一艘比'亚伯拉罕·林肯'号更快、更灵活的舰艇来攻占这个海盗窝，"内德·兰说，"把船员和我们一起送上主桅顶端吸最后一口气。"

"您分析得很好，内德·兰师傅，"我回答，"不过，据我所知，人家还没有向我们提这种建议。因此，没有必要现在就来讨论万一发生这种情况我们该怎么办。我再说一遍，请等一等，一切听其自然。既然不知道该做什么，那就什么也别做。"

"正好相反！教授先生，"渔叉手回答，他不愿放弃自己的观点，"我们应该采取行动。"

"啊！那么，内德·兰师傅，采取什么行动呢？"

"逃跑。"

"从陆上监狱逃跑都非常困难。要从海底监狱逃跑，在我看来，真是难上加难，难于登天。"

"喂，内德老兄，"孔塞耶问，"您对先生的意见还有什么要说的？我想，一个美洲人是不会理屈词穷的！"

渔叉手显然十分尴尬，默默不语。一起偶然事件使我们落到目前的处境。眼下，逃跑是绝对不可能的。但是，一个加拿大人就是半个法国人，内德·兰师傅的回答清楚地说明了这一点。

"那么，阿罗纳克斯先生，"他思考了一会儿后说，"不能逃出监狱的人该怎么办，您猜得着吗？"

"猜不着，朋友。"

"很简单，必须设法待在里面。"

"当然喽！"孔塞耶说，"待在里面总比待在上面或下面好！"

"但是，必须先把狱吏、狱卒和看守都赶走。"内德·兰补充说。

"什么？内德，您真想夺取这艘船吗？"

"真的。"加拿大人回答。

"这不可能。"

"先生，为什么？也许我们会碰到一个好机会，我不明白为什么不能利用这种机会。如果船上只有二十来个人，我想，他们无法使两个法国人和一个加拿大人退缩！"

与其说和渔叉手争论，倒不如接受他的建议。因此，我只是这样回答他：

"等机会来了我们再研究吧，内德·兰师傅。但是，在此之前，请克制一下，不要急躁。我们只能靠计谋行事，冲动不会给您创造好机会。请答应我，要接受目前的状况，不要火冒三丈。"

"我答应您，教授先生，"内德·兰回答说，口气不能令人放心，"我不会说一句粗话，不会做一个粗暴动作。即使他们不按时给我们送饭菜，我也不会。"

"一言为定，内德。"我对加拿大人说。

我们的谈话暂时停止了，大家都在心里琢磨。我承认，尽管渔叉手很有信心，我却不抱幻想。我不认为我们会碰到内德·兰说的那种好机会。这艘潜水船只行驶得如此稳当，船上一定有很多船员。因此，万一发生搏斗，我们面对的将是很厉害的对手。而且，最重要的是能自由行动，而我们没有自由。我甚至认为，我们根本无法逃出这大门紧闭的铁皮牢房。只要这船上古怪的指挥官想保住秘密（至少看来这是可能的），他就不会让我们在船上任意走动。他现在就打算用暴力把我们干掉呢，还是将来把我们扔在陆上某个偏僻地方呢？这是个未知数。在我看来，这两种假设都有可能变成事实，只有渔叉手才希望重新获得自由。

我心里明白，内德·兰想得越多，他的看法越偏激。我逐渐听到他嘟嘟囔囔、骂骂咧咧，看到他的行为重新变得粗暴无礼、令人不安。他时常站立起来，像关在牢笼里的猛兽一样转来转去，对着墙壁拳打脚踢。时光流逝，大家越来越感到饥饿难忍。这一次服务员却迟迟不来。如果说他们对我们确实不怀恶意，那就是他们早就把我们这些遇难者的处境忘却了。

内德·兰胃口好，更难忍受饥饿，火气越来越大。尽管他向我保证过，但我还是怕他一看见船上的人就暴跳如雷。

又是两小时过去了，内德·兰一直在发泄怒气。加拿大人大叫大喊，但是毫无用处。铁板墙使声音减弱。船内死气沉沉，我听不到任何声音。船停在原地不动，因为如果船在航行，我就能明显地感到螺旋桨带动船体的颤动。船大概已潜入深渊，离开了人世间。这种死一般的寂静令人心惊肉跳。

我们被人冷落，孤单地生活在牢笼里，这种状况还要持续多久，我不敢猜测。见过船上的指挥官后，我曾满怀希望。现在，希望逐渐破灭。会见时，我看到那人目光温和，面部表情慷慨大方，举止高雅。现在，这种印象正从我脑海中消失。他本来就应该是一个冷酷无情、捉摸不透的人物。我感到他没有人性，没有同情心，他是人类的死敌，他对他们怀有刻骨的仇恨！

但是，这个人会不会让我们饿死？会不会让我们待在这狭小的牢笼里，受尽饥饿折磨，而产生极端的想法？这个可怕的念头在我的头脑中变得极其强烈，我胡思乱想，感到一种莫名其妙的恐惧正向我袭来。孔塞耶仍泰然自若，内德·兰大声吼叫着。

这时，门外传来一个声音。金属地板上响起了脚步声。有人在转动锁，门开了，服务员走进来。

我还没有来得及上前阻止，加拿大人就扑向这不幸的人。他把他推倒，

加拿大人扑向这不幸之人。

卡住他的脖子。服务员被他那有力的大手卡得喘不过气来。

孔塞耶正努力从渔叉手手中救出那个气喘吁吁的受害者，我也正要去助他一臂之力，突然，我听到一个人用法语说话，我惊呆了。他说：

"冷静些，内德·兰师傅；教授先生，您请听我说！"

Chapter 10
海中之人

说话的人正是这艘船的船长。

听到这些话，内德·兰立刻站起来。服务员被掐得气息奄奄，看到主人向他示意，他便摇摇晃晃地走出去。但他丝毫没有流露对加拿大人的愤恨，因为船长在船上享有很高的声望。孔塞耶不由自主地产生了兴趣；我呢，我惊得愣住了。我们一声不响地等着这场争斗结束。

船长双手交叉，身靠桌子一角，盯着我们，上下打量。是他想说又有顾虑吗？是他后悔刚才用法语说话吗？我们可以这样设想。

大家默不做声，谁也不想打破沉默。过了一会儿，船长用镇定而感人的口气说：

"先生们，我会讲法语、英语、德语和拉丁语。本来，在第一次见面时，我就可以回答你们。但是，我要先了解你们，然后仔细考虑一下。你们用四种语言讲述经历，内容完全相同，这使我确信了你们的身份。现在我知道你们是：出国作科学考察的巴黎博物馆生物学教授彼埃尔·阿罗纳克斯先生、他的仆人孔塞耶和美利坚合众国海军部'亚伯拉罕·林肯'号上的加拿大籍渔叉手内德·兰。一起偶然事件把你们送到我的面前。"

我点点头，表示赞同。由于这不是船长向我提出的问题，我不必回答。船长口才很好，不带地方口音。他语句清晰，用词恰当，表达自如。但是，我并不觉得他是我的同胞。

他接着说：

"先生，我今天才第二次来拜访您，您大概早就埋怨我了。我迟迟不来，是因为我知道了你们的身份后需要深思熟虑，决定对策。我犹豫了很久。不幸的事件使你们面对一个和人类断绝关系的人，你们的到来打扰了我的生活……"

"这不是故意的。"我说。

"不是故意的？"陌生人反问我，他的嗓门提高了，"'亚伯拉罕·林肯'号在海上到处追逐我，这是无意的吗？你们来到我们的船上，这也是无意的吗？你们的炮弹打在我们的船上，这不是有意的？内德·兰师傅用渔叉打我们的船，这也不是有意的？"

我突然发现，他说这些话时强压着怒火。但是，对他的责问，我有一个合情合理的答复。我回答他说：

"先生，您大概不知道，在美洲和欧洲，人们展开了一场有关您的争论。您不知道，因您的潜水船撞击造成的多起事故轰动了两大洲。为了解释那无法解释的现象，人们作了种种假设，而只有您才知道其中的奥秘。我不想向您讲述那无数的假设，但是，我要告诉您，'亚伯拉罕·林肯'号追逐您到太平洋深处，那是因为它以为正在追逐一种强大的海洋怪物，必须不惜任何代价把这个怪物从海洋中清除掉。"

船长的嘴角露出了微笑，然后他对我说，语气比较平静：

"阿罗纳克斯先生，您是否敢肯定你们的舰艇不会像追击怪物那样追逐和炮击一艘潜水船？"

这个问题我很难回答，因为法拉居特舰长肯定不会犹豫。他会认为，正如消灭独角巨鲸，摧毁这艘船是他的职责。

"先生，"陌生人接着说，"我有权把你们当做敌人，您现在明白了吧。"

我什么都没有说，道理很简单。既然武力可以压倒最有力的论据，何必还要讨论这类问题呢？

"我思想斗争了很久，"船长又说，"我想不出为什么要热情接待你们。如果我必须摆脱你们，我就不会有兴趣再来看望你们。你们曾在甲板上藏身，我可以让你们回到那儿去。我的船潜入海底，我把你们忘得一干二净。难道这不是我的权利吗？"

"这也许是一个野蛮人的权利，"我回答说，"这不是一个有教养人的权利。"

"教授先生，"船长气冲冲地说，"我不是您所说的那种有教养的人！我和整个社会断绝了关系，绝交的理由是否正当只有我自己有权评判。我不受任何社会准则约束，请您以后永远不要在我面前提到它们！"

这几句话说得非常明确。陌生人眼睛里闪现出愤怒和蔑视的神情。我隐约看出，这个人生活中有过一段不同寻常的经历。他不仅置身于人类法律之外，而且使自己成为真正独立、绝对自由的人，使自己不受任何伤害！既然在海面上他挫败了一个又一个针对他的阴谋，还有谁敢到海底去追逐他呢？有哪条船能顶住这艘潜水船的冲击呢？又有哪块钢板（即使很厚），能承受他那船首冲角的撞击呢？没有一个人能对他的所作所为提出责问。如果他信上帝，如果他有良心，那只有上帝和良心能够审判他。

这些念头闪过我的脑海。这时，那神奇人物默默不语，独自潜心思索。我看着他，心里既害怕又好奇。那模样大概就像俄狄浦斯①察看斯芬克司②。

沉默了一段时间后，船长又开口说话了。

"因此，我犹豫不决，"他说，"但是，我想，每个人都有权得到怜悯，我个人的利益可以和人类天生的同情心协调一致。既然命运把你们送到我船上，你们就留在这里吧。你们在这里是自由的，当然这种自由是相对的。作为交换条件，我只有一个要求。只要你们答应我的条件就行了。"

"请说吧，先生，"我回答他，"我想，这个条件是一个正直的人可以接受的。"

---

① 俄狄浦斯，希腊神话中的英雄人物，他因除掉怪物斯芬克司而被底比斯人拥为新王。
② 斯芬克司，希腊神话中带翼的狮身女怪。

"是的，先生。条件是这样的：也许某些意外事件会迫使我把你们关在舱房里几小时或几天。我从来都不想使用武力，我希望你们在这种情况下比其他任何情况下更加绝对服从。只有这样做，我才能对你们负责，使你们丝毫不受牵连，因为我有责任不让你们看到不该看到的事。你们愿意接受这个条件吗？"

看来，船上正发生一些事情，至少可以说是一些怪事，而且这些怪事又不该让服从社会法规的人看到，将来我还会遇到不少怪事，但是眼前的事大概不算是件小事了。

"我们接受您的条件，"我回答他，"不过，先生，请允许我向您提一个问题，只提一个问题。"

"请说吧，先生。"

"您说我们在船上将是自由的，对吗？"

"完全自由。"

"请问这种自由意味着什么？"

"你们可以自由来往，自由参观，甚至可以自由观察这里发生的一切，只有少数特殊情况下例外。总之，你们可以和我、我的伙伴们享受同样的自由。"

很明显，我们双方的认识截然不同。

"对不起，先生，"我接着说，"这种自由，仅仅是囚犯在监狱中走动的自由！我们不能满足这种自由。"

"但是，你们必须知足！"

"什么！难道我们应该永远放弃回到祖国、回到亲戚朋友身边的权利吗？"

"是的，先生。不过，那是让你们彻底砸烂陆地上令人难以忍受的枷锁，人们往往把这种枷锁当做自由。砸烂这种枷锁也许并不是你们想象中那样痛苦的事！"

"啊！"内德·兰喊道，"我决不会保证以后不设法逃跑！"

"我并不想请您作出保证，内德·兰师傅。"船长冷冰冰地回答。

"先生，"我按捺不住心头怒火，气冲冲地回答他，"您利用权力地位欺负我们！残酷无情！"

"不，先生，这是仁慈！你们是我在战斗结束后抓获的俘虏！本来，我只要说一句话就可以把你们送到海底深渊，但是我把你们留下了！你们攻击过我！你们来刺探秘密，刺探我一生的秘密，世界上任何一个人都不应该了解这个秘密！我不想让陆地上的人再有我的消息，你们以为我会把你们送回陆地！决不！我把你们留在这里，不是为了保护你们，而是为了保护我自己！"

这一席话表明，船长主意已定，任何理由都无法使他改变决定。

"先生，"我接着说，"这样看来，您只是让我们在生死之间作选择，对吗？"

"对，正是这样。"

"朋友们，"我说，"对这样一个问题，我们无话可说。但是，我没有对这艘船的主人作过任何承诺。"

"是的，先生。"陌生人回答。

稍停片刻，他接着说，口气更加温和了：

"现在，请允许我把话说完。阿罗纳克斯先生，我了解您。一起偶然事件把您和我的命运连接在一起。若不是您的伙伴在此，您不会对此愤愤不平。这里有一些书，我用它们来从事我最喜欢的研究工作。在这些书中，您会发现有您关于海底秘密的著作。我经常读这本书。您的作品论述深刻，达到了在陆地上从事科学研究所能达到的最大限度。但是，您并不是什么都知道，什么都见过。教授先生，请允许我告诉您，您在这里生活一段时间，您将来不会懊悔的。您将游历千奇百怪的世界。您很可能常常会大吃一惊，目瞪口呆。那不断呈现在您面前的景象会令您百看不厌。我将再一次周游海底世界（谁知道这是不是最后一次？），再一次看到我多次游历海底时曾研究过的一切，您将是我的合作伙伴。从今天起，您将进入一个新的环境，您将看到没有一个人见过的东西（我和我的伙伴除外）。是我让地球马上向您展示它最后的秘密。"

我不能否认船长这些话对我产生了很大影响。他抓住了我的弱点，我突然忘了这个原则：不能为观看这些奇妙的东西而放弃自由。我甚至打算以后再解决自由这个重要问题。因此，我仅仅这样回答他：

"先生，尽管您和人类断绝了关系，但是我认为您并不否认人的情感。我们是遇难者，被您好心收留，您的恩情我们没齿难忘。至于我，我不否认，对科学的兴趣可以使我忘记对自由的需要，但是，我们的相遇给我提供了机会，它将给予我巨大的补偿。"

我以为船长会和我握手，以确认我们之间的协议。但是，他没有这样做。我感到遗憾。

"还有最后一个问题。"我对他说，这时，这个神秘莫测的人物正想走出去。

"请说吧，教授先生。"

"我应该如何称呼您？"

"先生，"船长回答说，"对您来说，我不过是内摩船长。对我来说，您和您的伙伴只不过是搭乘'鹦鹉螺'号的旅客。"

内摩船长喊人。一名服务员走进来。船长向他下达命令，他说的是我听不懂的那种语言。然后，他转过身子，对加拿大人和孔塞耶说：

"请到舱房用餐，请随这个人去。"

"用餐嘛，我不会拒绝的！"渔叉手回答说。

孔塞耶和渔叉手终于走出牢房，他们已被关在这里三十多个小时了。

"阿罗纳克斯先生，现在我们也该去用餐了。请允许我给您带路。"

"悉听吩咐，船长先生。"

我跟着内摩船长出去。一跨出舱房门，我就走进一条被电光照亮的走廊，这条走廊很像一般船只的纵向通道。走了十来米，第二道门在我面前打开了。

我走进一间餐厅，餐厅的装饰和家具非同一般。高大的橡木餐具柜镶嵌着乌木饰物，直立在餐厅两端。餐具柜带波纹的槅板上放着陶器、瓷器和玻璃器皿，这些物品闪闪发光，价值无法估量。明亮的天花板把光线洒在金银餐具上，餐具金光闪亮。餐具上精美的图画使光线变得柔和悦目。

餐厅中央放着一张桌子，桌子上摆着丰盛的饭菜。内摩船长指着我的座位对我说：

"请坐，您大概饿得要命，请好好吃一顿。"

午餐有几盘菜的原料全部来自大海，还有另外几盘菜，它们的种类和来历我都不知道。我承认这些菜很好，但是有一种特殊的味道，我能吃得惯。各种各样的食品好像都含有丰富的磷，我想它们大概都是海洋产物。

内摩船长看着我。我什么也没有问他，但是他猜到了我在想什么，他主动回答了我急于向他提的问题。

"这里的大部分菜对您来说是陌生的，"他对我说，"但是，请您尽管放心，大胆享用。这些菜既卫生又有营养价值。我不吃陆上食物已有很长时间了，我的身体照样好好的。我的船员们个个身强力壮，他们吃的食品和我一样。"

"那么，"我说，"所有这些食品都是海洋产品吗？"

"都是，教授先生，大海向我提供一切必需品。有时我放下拖网，等我把它们拉上来时，它们满得快要断裂了。有时我到这个人类似乎无法进入的环境中去打猎，我追逐生活在水下森林里的猎物。我的羊群，就像尼普顿[①]的牧羊老人看管的羊群一样，放心大胆地在辽阔的海洋草原上吃草。我拥有一大片海洋地产，由我自由经营，由造物主亲手播下各种种子。"

我惊奇地看着内摩船长，我对他说：

"先生，我完全明白您的渔网为您的餐桌提供极好的鱼；我也知道您如何在水下森林里追逐猎物；但我完全不明白，您的菜里怎么会有少量的肉，

---

① 尼普顿，罗马神话中的海神。

即使只有一小块。”

“先生，”内摩船长对我说，“我绝不食用陆上动物的肉。”

“但这是什么？”我指着一盘菜说，那盘菜里还有几片肉。

“教授先生，您以为那是牛肉，其实不过是海龟脊肉。这里还有海豚肝，您也许会当做炖猪肉。我的厨师精明能干，他擅长保存各种海洋产品。请您把所有这些菜都尝一遍。这是一盘罐头海参，一位马来亚人说这是世界上最鲜美的食物。那是一盘奶油糕，所用的奶来自鲸类动物的乳房，糖来自巨大的北海墨角藻。最后，请尝尝银莲花果酱，它能与最可口的果酱媲美。”

我品尝着，与其说我是精于美食，倒不如说是出于好奇。真正使我入迷的，是内摩船长讲述的那些令人难以置信的故事。

“阿罗纳克斯先生，”他对我说，“大海是一个神奇的生命之源，它为我提供一切。它不仅供给我食物，而且供给我衣服。您身上的衣料就是用某些贝壳动物的足丝织成的，是用古代人喜欢的大红颜料，加上我从地中海里的海兔中提炼出来的紫色颜料染成的。您的舱房里梳妆台上的香水是由海洋植物蒸馏加工而成的。您的床是用海洋中最柔软的大叶藻做成的。您的笔是鲸须，您的墨水是墨鱼或枪乌贼的分泌物。我这里的一切来自大海，总有一天又都要回归大海！”

“船长，您爱大海，对吗？”

“对，我爱大海！大海就是一切，它覆盖着地球十分之七的面积。它的气息纯洁健康。茫茫大海，人迹罕至。但是，人在海上永远不会感到孤独，因为他能感觉到周围生命在颤动。海是超自然的神奇生活的媒介，海是运动，海是爱情。正如一位法国诗人所说的，海是有生命的。的确，教授先生，大自然在海洋中表现在三个领域：矿物界、植物界和动物界。海洋中的动物主要有四类腔肠动物[①]、三纲节肢动物、五纲软体动物、三纲脊椎动

---

① 腔肠动物，基本类型有适合固着生活的水螅型和适合漂浮生活的水母型。

物，还有哺乳动物、爬行动物和无数的鱼类，它们构成一个无限的动物系列。鱼类共有一万三千多种，其中只有十分之一能生活在淡水中。海洋是大自然辽阔的养鱼池。可以说，地球从海洋开始，谁知它将来是否会以海洋结束呢！海洋是最安宁的地方。海洋不属于任何暴君。在海面上，暴君们可以滥用权力，互相进攻，互相吞食，他们可以把陆地上的一切暴行带到海面上。但是，在海平面以下三十英尺的地方，他们的统治就终止了，他们的影响消除了，他们的权势丧失了。啊！先生，在大海的怀抱里生活吧！只有在这里才有独立自主！在这里，我不受主子管束！在这里，我自由自在！"

内摩船长兴致勃勃地讲着，突然他停住不说了。他是否不由自主地改变了平日的谨慎态度？他是否说得太多了？他心情激动，踱来踱来。过了一会儿，他平静下来，面部表情恢复了往日的冷漠。他转过身子，对我说：

"现在，教授先生，如果您想参观'鹦鹉螺'号，我愿为您效劳。"

Chapter 11
"鹦鹉螺"号

内摩船长起身离开餐桌。我跟在他后面，餐厅后部的两扇门打开了。我走进另一间屋子，它的大小和我刚离开的那间一样。

这是图书室。高大的紫檀木书柜上镶嵌着铜丝，书柜宽大的榍板上放着许多书，这些书全部是统一装订的。书柜沿四周的墙放着，书柜前面摆着栗色皮面大沙发。沙发呈最佳曲线，十分舒适。轻巧的活动桌可任意拉近或推开，供阅读时放书。屋子中央有一张大桌子，上面放满了小册子。小册子中间露出几张旧报纸。半嵌在拱形天花板上的四个毛玻璃球放射出电光，电光沐浴着这个和谐的整体。我看着这间精心布置的图书室，心里充满由衷的钦佩，我难以相信自己的眼睛。

"内摩船长，"我对主人说，他刚在沙发上躺下，"这个图书室能与许多陆上的宫廷图书室媲美。一想到它能跟随您进入海底，我就赞叹不已。"

"教授先生，请问还有什么地方比这里更清静更安宁？"内摩船长说，"您那博物馆里的工作室能使您得到如此充分的休息吗？"

"不能，先生。我还应该说，和您的工作室相比，我的工作室实在可怜。您这里有六七千册书……"

"是一万二千册，阿罗纳克斯先生。这是连接我和陆地的唯一纽带。但是，对我来说，从'鹦鹉螺'号第一次潜入海底那一天开始，世界就不存在了。那一天，我购买了最后几册书、最后几本小册子、最后几份报纸。从那时起，我宁愿相信人类不再思考，不再写作。教授先生，这些书由您支配，您可以随意翻阅。"

我向内摩船长道了谢，然后走近书柜。书柜里放着大量各种文字的科学、道德书籍和文学作品。但是，有关政治经济的书，我一本也没有看到，看来船长严格禁止这种书上船。奇怪的是，所有的书，不管哪种文字的，都混放在一起。这证明，"鹦鹉螺"号船长大概随手拿起一本书都能顺利阅读。

这些书中，我看到有古代和现代大师的杰作。也就是说，这里有人类在历史、诗歌、小说和科学方面全部最优秀的作品，从荷马到维克多·雨果[1]，从色诺芬[2]到米什莱[3]，从拉伯雷到乔治·桑夫人[4]。但是，数量最多的是科学方面的书籍，它们是这个图书室的核心。机械学、弹道学、水文地理学、气象学、地理学、地质学等方面的书所占的地位不亚于生物学著作。我知道，这些都是船长主要的研究方向。我看到有洪堡[5]全集、阿拉哥全集、傅戈尔[6]、亨利·圣克莱尔·德维尔[7]、夏斯尔[8]、米尔纳·爱德华兹[9]、卡特法热、廷德尔[10]、法拉第、贝特洛[11]、塞希教士[12]、皮特曼、莫里舰长[13]、阿加西斯[14]等的著作，科学院论文集，各地理学会的简报等。我那两本书放在显眼的地方，也许正是这两本书使我受到内摩船长比较热情的接待。

---

① 维克多·雨果（1802—1885），法国著名作家。
② 色诺芬（公元前430—前355），古希腊作家、哲学家和政治家。
③ 米什莱（1798—1874），法国历史学家。
④ 乔治·桑夫人（1804—1876），法国著名女作家。
⑤ 洪堡（1769—1859），德国生物学家。
⑥ 傅戈尔（1819—1868），法国物理学家。
⑦ 亨利·圣克莱尔·德维尔（1818—1881），法国化学家。
⑧ 夏斯尔（1793—1880），法国数学家。
⑨ 米尔纳·爱德华兹（1800—1885），法国生物学家。
⑩ 廷德尔（1820—1893），爱尔兰物理学家。
⑪ 贝特洛（1827—1907），法国化学家。
⑫ 塞希（1818—1878），意大利天文学家。
⑬ 莫里（1806—1873），美国海军军官，最早的水文学家，海洋学创始人之一。
⑭ 阿加西斯（1807—1873），瑞士籍美国地质学家和古生物学家。

在约瑟夫·贝特朗[1]的著作中，《天文学的创始人》一书甚至告诉我一个确凿的日期。我知道该书于一八六五年出版，由此可以得出结论："鹦鹉螺"号一定是在这个日期之后下水。因此，内摩船长最早在三年前开始了海底生活。我还想读一读更新的著作，以便确定这个日期。但是，以后我还有时间从事这项研究，现在我不想耽搁更多的时间，以免影响我参观神奇的"鹦鹉螺"号。

"先生，"我对船长说，"感谢您允许我使用这个图书室。这里有科学宝藏，我会从中得到益处的。"

"这间屋子不仅是图书室，"内摩船长说，"而且是吸咽室。"

"吸烟室？"我大声问，"船上可以吸烟？"

"当然喽！"

"那么，先生，我只能认为您和哈瓦那[2]保持着联系。"

"毫无联系，"船长回答说，"阿罗纳克斯先生，请抽这支烟。虽然它不是来自哈瓦那，但是，如果您是行家，您会满意的。"

我接过他递来的烟。那烟的形状很像哈瓦那生产的伦敦雪茄烟，但是它似乎是用金箔制成的。我在一个带有漂亮铜支架的小火盆上把烟点着，吸了几口，感到十分快乐，因为我是一个吸烟爱好者，我已有两天没有抽烟了。

"好极了，"我说，"但是，这不是烟草。"

"对，"船长回答，"这烟草不是来自哈瓦那，也不是来自东方。这是一种藻类，含有丰富的尼古丁。这种藻类来自大海，数量不多。先生，您还怀念哈瓦那的伦敦烟吗？"

"船长，从今天起我蔑视那种烟。"

"那您就随便抽吧，别管这些烟的来历。它们不受任何专卖局控制，但是，我想它们的质量并不差。"

"一点不差，质量很好。"

---

① 约瑟夫·贝特朗（1822—1900），法国数学家。
② 哈瓦那，古巴首都，盛产烟草。

在我走进的图书室的那扇门对面，还有一扇门。这时，内摩船长打开这扇门，我走进一间宽敞、明亮、华丽的客厅。

这是一间宽敞的长方形屋子，带有隅角斜面，长十米，宽六米，高五米。天花板上饰有薄薄一层阿拉伯式装饰图案，从那儿发出明亮而柔和的光线，照亮了积聚在这个博物馆里的珍奇宝物。这确实是一座博物馆，是一个机智灵巧又慷慨大方的人亲手把大自然和艺术界的珍宝汇集到这里，把它们艺术地混杂在一起，如同画家的工作间一样。

墙上张挂着图案朴素的壁毯。壁毯上饰有三十来幅名画，画框全部一模一样。每两幅画之间都有闪光的武器饰物。我看到那儿有一些非常有价值的画。它们中的大部分，我在欧洲的私人收藏中或画展上欣赏过。古代各流派大师的作品有：拉斐尔①的圣母像，莱昂纳多·达·芬奇②的圣母像，柯勒乔③的仙女图，提香④的妇人像，委罗内塞⑤的膜拜图，穆里罗⑥的圣母升天图，荷尔拜因⑦的肖像，委拉斯开兹⑧的僧侣像，里贝拉⑨的殉难图，鲁本斯⑩的主保瞻礼节图，特尼尔兹⑪的两幅佛兰德风景图，热拉尔·道⑫、梅苏⑬、鲍里斯·波特⑭派的三幅小型画，席里柯⑮和普吕东⑯的两幅画，贝丘

① 拉斐尔（1483—1520），意大利画家。
② 莱昂纳多·达·芬奇（1452—1519），意大利画家、雕刻家、建筑师、工程师和学者。
③ 柯勒乔（1494—1534），意大利画家。
④ 提香（1488—1576），意大利画家。
⑤ 委罗内塞（1528—1588），意大利画家，威尼斯流派大师之一。
⑥ 穆里罗（1618—1682），西班牙画家。
⑦ 荷尔拜因（1497—1543），德国画家。
⑧ 委拉斯开兹（1599—1660），西班牙画家。
⑨ 里贝拉（1591—1652），西班牙画家。
⑩ 鲁本斯（1577—1640），佛兰德画家。
⑪ 特尼尔兹（1610—1690），佛兰德画家。
⑫ 热拉尔·道（1613—1675），荷兰画家。
⑬ 梅苏（1629—1667），荷兰画家。
⑭ 鲍里斯·波特（1625—1654），荷兰画家。
⑮ 席里柯（1791—1824），法国画家。
⑯ 普吕东（1758—1823），法国画家。

这座博物馆使我大为震惊。

生①和韦尔内②的几幅海洋风景画。现代绘画作品有德拉克洛瓦③、安格尔④、德康⑤、特鲁瓦荣⑥、梅索尼埃⑦、多比尼⑧等的画。还有一些模仿古代最美的铜像或大理石像制作的工艺品。这些工艺品的体积比原型小，但是十分逼真，令人赞叹不已，它们直立在底座上，放在这座不同凡响的博物馆的各个角落里。"鹦鹉螺"号船长曾预言我会大吃一惊，现在，这座博物馆确实使我大为震惊。

"教授先生，"这个古怪的人说，"请原谅我在您面前毫无顾忌，请原谅这客厅里乱七八糟，毫无秩序。"

"先生，"我回答他说，"我并不想知道您是谁，但是，我是否可以把您看做一位艺术家？"

"先生，我至多是一位业余爱好者。以前我喜欢收藏人类双手创造出来的优秀作品。那时，我是一位贪婪的探求者，一位不知疲倦的猎奇人，我收集了一些价值很高的艺术品。它们是陆地给我留下的最后纪念品，对我来说，陆地已经不复存在了。在我眼里，你们那些现代艺术家已经是古代人了，他们已经生活了两三千年。在我头脑里，古代的和现代的混为一谈，大师是不分时代的。"

"那么音乐家呢？"我边说边用手指着韦伯⑨、罗西尼⑩、莫扎特⑪、贝

---

① 贝丘生（1631—1708），荷兰画家。
② 韦尔内（1714—1789），法国画家。
③ 德拉克洛瓦（1798—1863），法国画家。
④ 安格尔（1780—1867），法国画家。
⑤ 德康（1803—1860），法国画家。
⑥ 特鲁瓦荣（1810—1865），法国画家。
⑦ 梅索尼埃（1815—1891），法国画家。
⑧ 多比尼（1817—1878），法国画家。
⑨ 韦伯（1786—1826），德国作曲家和乐队指挥。
⑩ 罗西尼（1792—1868），意大利作曲家。
⑪ 莫扎特（1756—1791），奥地利作曲家。

多芬①、海顿②、梅耶贝尔③、埃罗尔德④、瓦格纳⑤、奥柏⑥、古诺⑦，以及其他许多音乐家的乐谱。这些乐谱杂乱地放在一架钢琴上。琴很大，占据着客厅的一块壁板。

"这些音乐家，"内摩船长回答我说，"是俄耳浦斯⑧的同时代人，因为在死者的心中，时代差别消失了。而我，教授先生，我和您那些长眠在地下六英尺处的朋友一样，已经死了！"

内摩船长不说话了，好像陷入了沉思。我十分激动地看着他，默默分析他的相貌特征。他把臂肘支在一张珍贵的拼花桌子角上，不再看我，忘记了我正在他面前。

我不想打搅他，继续观看装饰这间客厅的各种珍奇物品。

与艺术作品相比，自然界的罕见之物占有非常重要的地位。主要有植物、贝壳和其他海洋产品，大概这些东西都是内摩船长亲自发现的。客厅中央是喷泉，喷泉用电光照亮，喷出的水回落到由一个砗磲做成的承水盘里。这个贝壳来自最大的无头软体动物，其边沿呈精细的月牙形，周边长六米左右。这个贝壳的体积超过威尼斯共和国送给弗朗索瓦一世⑨的那些美丽砗磲，巴黎的圣绪尔比斯教堂用它们做成两个巨大的圣水缸。

承水盘周围是一排雅致的玻璃橱窗。橱窗用铜架固定，里面陈列着最珍贵的海洋产品。每件产品上都贴着标签。即使是生物学家也不可能见过这些东西。我是一名生物学教授，您可以想象到我会有多么高兴。

在植形动物门中，珊瑚虫和棘皮动物有一些很奇特的标本。珊瑚虫中有

---

① 贝多芬（1770—1827），德国作曲家。
② 海顿（1732—1809），奥地利作曲家。
③ 梅耶贝尔（1791—1864），德国作曲家。
④ 埃罗尔德（1791—1833），法国作曲家。
⑤ 瓦格纳（1813—1883），德国作曲家。
⑥ 奥柏（1782—1871），法国作曲家。
⑦ 古诺（1818—1893），法国作曲家。
⑧ 俄耳浦斯，古希腊神话中的诗人和歌手。
⑨ 弗朗索瓦一世（1494—1547），法国国王。

笙珊瑚，排成扇形的柳珊瑚，柔软的叙利亚海绵，马鲁古群岛①的达摩鲨、海鳃，挪威海中一种很好看的沙著，各种伞形花珊瑚，海鸡冠，一组石珊瑚。我的老师米尔纳·爱德华兹清楚地把它们分为几个部分。在石珊瑚系列中，我看到有可爱的扇形石蚕。珊瑚类中还有波旁岛②的枇杷壳石，安的列斯群岛的"海神之车"，许多种美丽的珊瑚。最后还有各种各样奇特的珊瑚骨，它们能聚集成一个个岛屿。将来有一天，这些海岛会变成陆地。棘皮动物的特点是表皮带刺。海盘车、海星、五角海百合、毛头星、流盘星、海胆、海参等代表整个这类动物。

任何一位贝类学专家，只要他不是麻木不仁的，走到另一些玻璃橱窗前一定会惊呆的。这些橱窗数量更多，里面陈列着软体动物标本。我看到那儿有一系列收藏品，都是无价之宝。我没有时间将它们一一描述。这些产品中，我只是为了不忘记它们才列举以下几种：艳丽的印度洋巨型锤头双髻鲨，它身上有规则的白色斑点，在红褐色的底子上显得十分鲜明；一种特大海菊蛤，颜色鲜艳，全身长刺，欧洲的博物馆中很少有这种标本，我估计它的价值为两万法郎；一种新荷兰岛海域的普通锤头双髻鲨，这种动物很难捕获；来自塞内加尔的牛心蛤，这是一种双瓣、白色外壳松脆的贝类动物，它的贝壳就像肥皂泡那样一吹就碎；多种爪哇棒蛎，形如四周有叶状褶子的石灰质管子，收藏家们都十分喜欢；一组马蹄螺，其中有的呈黄绿色，来自美洲海域；有的呈棕赭色，生活在新荷兰岛附近海域，后一种来自墨西哥湾，壳呈鳞状，前一种呈星状，在南半球海洋中发现。最罕见的是美丽的新西兰马刺形贝。其次是奇妙的含硫樱蛤，珍贵品种的浪花蚶和帘蛤，特兰克巴尔沿岸的格子花盘形贝，闪光的大理石花纹蝾螺，中国海的绿色帆形贝，锥形贝类中几乎没人知道的圆锥螺，在印度和非洲作为货币使用的各种波螺，东印度群岛最珍贵的贝壳"海的光荣"。最后是滨螺、燕子螺、锥螺、海蜗牛、卵形宝贝、涡螺、斧蛤、笔螺、冠螺、荔枝螺、蛾螺、竖琴螺、骨螺、

---

① 马鲁古群岛，印度尼西亚群岛名。

② 波旁岛，现名留尼汪岛。

法螺、蟹守螺、风螺、蜘蛛螺、帽螺、龟螺。这些都是外壳精美而松脆的贝类动物，科学界给它们起了最吸引人的名称。

另外，在一些专门的橱子里摆着最美的珍珠串，电光照得它们布满亮点。其中有一些玫瑰红珍珠，从红海江珧中取出。另一些是取自蝶形鲍的绿珍珠。还有一些黄珍珠、蓝珍珠、黑珍珠，它们都是来自大海中各种软体动物和北方河流中某些贻贝的奇特产品。最后，还有多种最罕见的珠母分泌物标本，价值连城。有些珍珠的体积比鸽子蛋还大。它们的价值超过旅行家塔韦尼埃①以三百万的价格卖给波斯国王的那颗珍珠，胜过马斯喀特②教长的珍珠。我原以为教长的珍珠是世上独一无二的。

因此，我可以说，这些收藏品的价值无法估计。内摩船长大概花了几百万购买这么多种标本。我不知道他从什么地方得到这笔钱，满足了他那收藏家的欲望。我正在纳闷，船长的话打断了我的思路，他说：

"教授先生，您正在观看我的贝壳。这些贝壳的确会使生物学家感兴趣。但是，对我来说，我喜欢它们还有一个原因，是我亲手把它们一个个地收集起来，地球上没有一个海未被我搜索过。"

"我能理解，船长，我理解您在这些财富中走动时的愉快心情。您属于那种亲手创造财富的人。欧洲任何一座博物馆都不拥有您这么多海洋珍品。不过，假如我把赞美的词语全部用于这些珍品，那么我又怎么来赞美运载这些珍品的船呢？我一点儿也不想刺探您的秘密！然而我承认，'鹦鹉螺'号的原动力，用来驾驶它的机器，以及给它以生气的强大动力，这一切引起了我极大的兴趣。我看到客厅墙壁上挂着一些仪器，我不知道它们有什么用处。您能告诉我吗？"

"阿罗纳克斯先生，"内摩船长回答我说，"我对您说过，您在船上是自由的。因此，'鹦鹉螺'号的任何一个部分都对您开放，您可以仔细参观。我很乐意当您的向导。"

---

① 塔韦尼埃（1605—1689），法国旅行家，游记作家。
② 马斯喀特，阿曼苏丹国首都。

"先生，我真不知道该如何感谢您。但是，您对我的一番好意，我是不会乘机利用您的。我只想请教您一个问题，这些物理仪器用来干什么……"

"教授先生，我房间里也有这些仪器，我将在房间里向您解释它们的用途。但是，请先过来看看为您准备的舱房。您应该了解您在'鹦鹉螺'号上的居住条件。"

客厅的每一面墙上都有一扇门。内摩船长从一扇门走出去，我跟在他后面，又回到了船的纵向通道。他领我向船头方向走去，我看到的不是一间舱房，而是一间豪华卧室，室内有床、梳妆台和其他家具。

我不能不感谢主人。

"您的房间紧挨着我的房间，"他边开门边对我说，"我的房间连着我们刚离开的客厅。"

我走进船长的房间，室内陈设朴素，有点像苦行僧的住处，只有一张铁床、一张办公桌和几件梳洗用具。半明半暗的光线照着这一切。没有任何豪华设备，只有生活必需品。

内摩船长指着一张椅子对我说："请坐。"

我坐下来，他对我说了下面这些话。

内摩船长的卧室。

Chapter 12
一切依靠电

"先生，"内摩船长指着挂在房间墙壁上的仪器对我说，"这些就是'鹦鹉螺'号航行所必需的仪器。在这里和在客厅里一样，我一抬头就能见到它们。它们告诉我船在大洋中的位置和确切方向。其中有些仪器是您熟悉的，例如温度计，它告诉我'鹦鹉螺'号内部的温度；气压计，它告诉我空气的压力，并预报天气变化；湿度计，它指出空气干湿程度；气候变化预测管，管内混合物一分解就表明暴风雨即将来临；罗盘，它给我指引航向；六分仪，它标出太阳的高度，告诉我船的纬度；经线仪，它使我能算出船的经度；最后是白天使用的和黑夜使用的望远镜，当'鹦鹉螺'号回到海面上时，我用它们仔细观察天边的每一个点。"

"这些是航海人员常用的仪器，"我说，"我了解它们的用途。但是，这里还有另外一些仪器，大概是为了适应'鹦鹉螺'号的特殊需要而安装的。我看到的那个表盘，上面有一根活动的针在转动，那是流体压力计吗？"

"这正是流体压力计。它和海水相通，标明船外水的压力，我就可以知道船所在的深度。"

"那么，这些新式的探测器呢？"

"这些都是温度探测器，它们告诉我海里不同水层的温度。"

"还有这些仪器呢？我猜不出它们的用途。"

"教授先生，谈到这里，我应该向您说明一下，"内摩船长说，"请听我说。"

他沉默片刻后说：

"有一种强大的动力，它顺从、迅速、方便。它适合各种场合使用，它在船上主宰一切。一切都靠它，它带给我光明，带给我温暖，它是机械设备的灵魂。这种动力就是电。"

"电！"我惊叫起来。

"是的，先生。"

"可是，船长，您的船航行速度极快，与电的能量不相适应。到目前为止，电的功率仍然十分有限，只能产生很小的力量！"

"教授先生，"内摩船长说，"我使用的电不是一般人使用的电。我能对您说的就是这些。"

"先生，我不会坚持要您解释的，我只会对这样的成果表示惊讶。不过，我想提一个问题，如果这个问题不该提，您可以不回答。您用来生产这种神奇动力的物质一定会很快耗尽。比如说锌用完了，您和陆地又没有联系，您用什么来代替它？"

"您的问题会有答案的，"内摩船长说，"首先，我要告诉您，海底有锌矿、铁矿、银矿、金矿，这些矿一定能开采。但是，我从未使用过这些埋在地下的金属。我只愿求助于大海，从大海中找到生产电的办法。"

"求助于大海？"

"是的，教授先生，我有很多办法。本来我可以连接埋在不同深度的电线形成电路，利用电线的温差获得电。但是，我宁愿采用一种更简便的办法。"

"什么办法？"

"您了解海水的成分。在一千克海水中，水占百分之九十六点五，氯化钠占百分之二点七左右，另外还有少量的氯化镁、氯化钾、溴化镁、硫酸盐和碳酸钙。您可以看出，氯化钠在海水中的含量可观。我就是从海水中提取钠，用钠合成我所需的物质。"

"用钠？"

"是的，先生。钠和汞混合成为一种汞合金，代替本生①电池中所需的锌。汞永远不会损耗，只有钠在消耗，而大海向我提供钠。我还要告诉您，钠电池可以算是功率最大的电池，它们的电动力是锌电池的两倍。"

"船长，我完全明白，在您所处的环境里，钠格外有用。海水中含有钠，这很好。但是，还要把钠制造出来，也就是说要把它提炼出来。那么，怎样提炼呢？当然，您的电池可以用于提取工作。但是，假如我没弄错的话，电动装置消耗的钠超过提取的钠。因此会发生这样的情况：您为生产钠而消耗的钠比您生产出来的还多！"

"是的，教授先生，我不用电池提取钠，我只用地下煤炭发出的热量提取钠。"

"地下的？"我特意问。

"可以说是海底的煤炭。"内摩船长回答说。

"您能开采海底煤矿吗？"

"阿罗纳克斯先生，您会看到我开采的。我只请您有点儿耐心，因为您有时间等待。不过，请不要忘记，我这里一切取自大海。我用大海发电，电供给'鹦鹉螺'号热和光，使它能航行。总而言之，电给它生命。"

"但是，电不能供给您呼吸所需的空气吧？"

"哦，我可以制造我所需的空气，但是，我不必这么做，因为只要我愿意，船随时都可以回到海面上来。不过，尽管电不向我提供适合呼吸的空气，电至少可以开动大功率气泵，把空气装进专门的储气罐。这样，我可以根据需要，随意延长在水下停留的时间。"

"船长，"我回答他，"我只有对您表示敬佩。很明显，人类将来有一天会发现的东西，您已经发现了，这就是电所具有的真实威力。"

"我不知道人类将来能不能发现它。"内摩船长冷冰冰地说，"不管怎样，您已经了解了电在我这里的第一种用途。它能均匀地、不间断地照亮我

---

① 本生（1811—1899），德国化学家和物理学家。

们，太阳光却不能。现在请看这时钟，它是电动的，走得非常准，即使和世界上最精确的计时器相比也不逊色。像意大利时钟一样，我把它分成二十四小时。因为对我来说，没有黑夜，也没有白天，没有太阳，也没有月亮，只有这人造的光线，我把它带到海底！请看，现在是早晨十点钟。"

"正是。"

"电还有另一种用途。挂在您面前的刻度盘用来指示'鹦鹉螺'号的速度。一根电线把它和测程仪的转轮连接起来，它上面的指针告诉我船航行的实际速度。瞧，现在我们正以中等速度前进，每小时十五海里。"

"妙极了，"我对他说，"船长，我明白了，您使用这种动力是正确的，这种动力可以用来代替风、水和蒸汽。"

"我们的参观还没有结束呢，阿罗纳克斯先生，"内摩船长站起身来说，"请跟我走，咱们去参观'鹦鹉螺'号后半部。"

确实如此，我已经完全了解了这艘潜水船的前半部。从船的中心部分到船首冲角，这前半部的准确划分如下：餐厅，长五米，和图书室之间有水密舱壁隔开，可以阻止水渗入；图书室，长五米；大客厅，长十米，它和船长的房间之间又有水密舱壁；船长的房间，长五米；我的房间，长二点五米；最后是储气库，长七点五米，紧挨着船头。前半部总长三十五米。每一道水密舱壁上都有门，由于有橡皮密封装置，门关得很严。万一船上出现漏水洞，水密舱壁可以保障"鹦鹉螺"号上人和设备的安全。

我跟着内摩船长，穿过位于船侧翼的纵向过道，来到船的中部。那儿，在两道水密舱壁之间有一个类似井的口子。一架固定在内壁上的铁梯子通到井的顶部。我问船长，这梯子有什么用处。

"梯子通向小艇。"他回答。

"什么！您还有小艇？"我惊讶地问。

"当然喽。这是一只顶呱呱的小艇，既轻快又不会沉没，供游玩和捕鱼之用。"

"那么，当您想到小艇上去的时候，您不得不让大船回到海面上，对吗？"

"完全不需要回到海面上。小艇附着在'鹦鹉螺'号船体上部，放在一个特意为它设计的凹洞里。小艇前后都有甲板，完全密封，用结实的螺栓固定。梯子通到'鹦鹉螺'号船体上的一个入孔，入孔与小艇侧面一个大小相同的孔相通。我穿过这两个孔登上小艇。有人关闭'鹦鹉螺'号上的孔，我用调节螺钉关闭小艇上的孔。我松开螺栓，小艇飞速来到海面上。我打开甲板上一直关得很严的盖板，装上桅杆，扯起风帆，或荡起双桨，在海面上游逛。"

"那么，您怎样回到大船上去呢？"

"不是我回去，阿罗纳克斯先生，而是'鹦鹉螺'号回来。"

"它听您的吩咐？"

"听我的吩咐。一根电线把我和它连接在一起。我发一个电报就行了。"

"对，"我说，我已陶醉在这些奇迹中了，"这是最简单不过的了。"

船的中部有楼梯通往甲板。走过了楼梯间，我便看到一间长两米的舱房。舱房里，孔塞耶和内德·兰见到饭菜心花怒放，正在专心致志、狼吞虎咽地吃着。随后，我见到一扇门开着，里面是厨房。厨房长三米，两边是宽敞的食品储藏室。

由于电比煤气功效更高，也更听使唤，厨房内一切工作都用电。炉灶下面的电线把热量传给铂，热量均匀地传播，并保持一定的温度。电也把热量传给蒸馏器，通过汽化供应优质的可饮用水。厨房旁边是浴室，布置得非常舒适，室内水龙头供应冷水和热水，随人使用。

厨房隔壁是船员工作室，长五米。但是，由于门关着，我无法看清室内陈设。否则，也许我可以确切地知道驾驶"鹦鹉螺"号需要多少人。

工作室的尽头是第四道水密舱壁，把它和机器房隔开。机器房的门打开了，我走了进去。内摩船长（他无疑是位一流工程师）把他那些推动船只前进的机器安装在这里。

机器房长二十多米，灯光透亮。它自然地分为两部分，第一部分放着发电设备，第二部分装着带动螺旋桨的机器。

刚进去时，我闻到屋子里有一种特殊的气味，感到很惊讶。内摩船长觉

机器房灯光透亮。

察到了我的神色，他对我说：

"这是使用钠产生的气味。不过，这只是一个小小的不足之处。何况每天早晨，我们都到海面上通风，清除这种气味，净化船内空气。"

这时，"鹦鹉螺"号的机器设备很快就把我吸引住了，我兴致勃勃地观察着。

"您看到了吧，"内摩船长对我说，"我使用的是本生电池的成分，而不是伦可夫①感应线圈的成分。后一种功效低。本生电池的构成不复杂，但是电力强、功率大，经验证明使用它较好。电池产生的电传到船后部，通过巨大的电磁铁驱动一个特殊的杠杆和齿轮装置，这个装置带动螺旋桨主轴。螺旋桨的直径为六米，螺距为七点五米，每秒钟可旋转一百二十次。"

"那么，结果呢？"

"船以每小时五十海里的速度航行。"

这里面有一个秘密，我不想打破沙锅问到底。电怎么能有这么大的力量？这种几乎无限大的力量来自何处？是不是来自一种新型线圈产生的超高压？是不是因为一种无人知晓的杠杆系统②可以无限加快转动，由此产生巨大的力量？这就是我猜不透的秘密。

"内摩船长，"我说，"我看到了结果，但并不想知道原因。我看过'鹦鹉螺'号在'亚伯拉罕·林肯'号面前的表演，我对它的速度有所了解。但是，光有速度是不够的，还要看它去什么地方！必须能向右、向左、向上、向下航行！您怎样才能潜入海洋深处？那儿水的压力越来越大，可以达到几千几万个大气压。您又如何回到海面上来？最后，您如何停留在您认为合适的地方？我向您提这些问题，是不是太冒昧了？"

"完全不是，教授先生，"船长犹豫了一下对我说，"因为您永远不能离开这艘潜水船了。请到客厅去。客厅是我们真正的工作室。在那儿，您将了解到有关'鹦鹉螺'号您应该知道的一切！"

---

① 伦可夫（1803—1877），德国力学和电学专家，1851年发明了感应线圈。

②（原书注）人们正在谈论这方面的一项发明，一种新型的杠杆组可以产生巨大的力量。发明者是不是和内摩船长见过面？

Chapter 13
几个数字

过了一会儿，我们坐在客厅的长沙发上，叼着一支雪茄烟。船长把一张详图放在我面前，上面有"鹦鹉螺"号的平面图、剖面图和立视图。接着，他开始讲述这条船，他说：

"阿罗纳克斯先生，现在我要告诉您的是您乘坐的这条船的尺寸。它是一个很长的圆柱体，两头呈圆锥形。它的形状像一支雪茄烟，伦敦的好几条同类船只均已采用这种式样。这个圆筒从头到尾正好七十米，船身最宽处为八米。因此，它不是像普通远洋轮船那样严格按照一比十的比例建造的。它的外形相当狭长，航行时水很容易从两侧流走，丝毫不会形成阻力。

"有了这两个尺寸，您很快就能计算出'鹦鹉螺'号的表面积和体积。它的表面积是一千零十一点四五平方米，它的体积是一千五百点二立方米。也就是说，当船完全潜入水中时，它的排水量为一千五百立方米，或者可以说，它的重量是一千五百吨。

"我在绘制这艘海底航行船只的图纸时，我希望它在处于平衡状态时，十分之九在水里，只有十分之一在海面上。那么，在这种情况下，在水中移动的只有体积的十分之九，即一千三百五十六点四八立方米，就是说，它的重量只有这么多吨。因此，我在按上面的尺寸建造这艘船时，船的重量不能超过这个数字。

"'鹦鹉螺'号有两层船壳，一层内壳，一层外壳。一些滚轧T形钢把内壳和外壳连接在一起，使船体极其坚固。正是这种结构使船像没有空隙的整块铁，可以顶住一切压力。船体包板不会受损，因为它靠结构固定，而不是靠铆钉。由于各个部件装配得十分好，船体各部分结构相同，船可以冒着狂风恶浪平安航行。

"这两层船壳用钢板制成，钢板的密度是海水的十分之七八。第一层的厚度至少有五厘米，重三百九十四点九六吨。第二层，即船的龙骨，高五十厘米，宽二十五厘米，重六十二吨。加上机器、载重、各种辅助设备和居住舱室、内部隔板和支柱，共九百六十一点五二吨。再加上第一层三百九十四点九六吨，共计重一千三百五十六点四八吨，正好是应有的重量。您听清楚了吗？"

"听清楚了。"我回答。

"因此，"船长接着说，"在这种情况下，当'鹦鹉螺'号在水上漂浮时，只有十分之一露出水面。然而，如果我拥有水箱，水箱的容积正好等于船体积的十分之一，即一百五十点七二吨。如果我把它们装满水，船的排水量就是一千五百零七吨，或者可以说，船的重量是一千五百零七吨，船就会完全淹没在水中。教授先生，实际情况正是这样。水箱在'鹦鹉螺'号下部侧翼。我打开阀门，水箱盛满水，船就下沉，海水正好淹到船顶。"

"很好，船长，但是，真正的困难出现了。我理解您可以使船顶与海平面正好成一线。然而，再往下沉，沉到水平面以下时，难道您的潜水船只不会受到一种阻力，一种由下往上的推力吗？估计每三十英尺的水柱产生一个大气压的压力，即每一平方厘米上受到一公斤压力。"

"完全正确，先生。"

"因此，我认为，除非您把'鹦鹉螺'号完全装满水，否则您无法使船潜入深水。"

"教授先生，"内摩船长回答，"不应该混淆静力学和动力学，否则就会犯严重错误。要到达海洋深处，不需要费很大力量，因为物体都有下落的倾向。请听我向您解释。"

"船长，我在听您说。"

"要让船下沉，必须增加重量。当我决定增加'鹦鹉螺'号的重量时，我只需注意船下沉时不同水层海水的体积压缩量。"

"当然喽。"我回答。

"然而，尽管水并非绝对不能压缩，但至少是很难压缩的。确实如此，根据最新计算，每个大气压下或者每三十英尺高水柱的压力下，只能压缩一千万分之四百三十六。假如要去一千米深的水层，我必须考虑到在相当于一千米高水柱的压力下，也就是说是在一百个大气压下海水体积的压缩量，压缩的数量是十万分之四百三十六。因此，我应该使船的重量为一千五百一十三点七七吨，而不是一千五百零七点二吨。所以，只需增加六点五七吨的重量。"

"只需增加这么多？"

"是的，阿罗纳克斯先生。这些数字很容易核实。我有一些附加水箱，能装一百吨水，我可以潜到很深的水里。当我想回到海面上，让船顶与水面平齐，我只需放掉这些水箱里的水。如果我想让船露出水面十分之一，只需把所有水箱的水都放掉。"

他以数字为依据向我解释，我感到无可非议。

"船长，我承认您的计算正确，"我说，"我没有资格提出异议，因为实践经验每天都证明它们是正确的。但是，现在我预感到一个实际的困难。"

"先生，什么困难？"

"当您下沉到一千米的深度时，'鹦鹉螺'号的外壳承受着一百个大气压的压力。那么，如果这时您想排空附加水箱，以减轻船的重量，回到海面上来，那么水泵必须能战胜一百个大气压的压力，也就是每平方厘米上一百公斤的压力，因此需要一种能量……"

"只有电才能给我这种能量，"内摩船长赶紧说，"先生，我要再说一遍，我那些机器的运转能力几乎是无限的。'鹦鹉螺'号的水泵有惊人的力量。当这些水泵喷出的水柱像激流一样猛烈冲向'亚伯拉罕·林肯'号时，您大概已经看到了这一点。何况，只有想到达一千五百到两千米的中等深度时，我才使用附加水箱，目的是爱惜机器。当我突然想到水下两三里的深水中去时，我使用别的办法，所需时间较长，但是效果很好。"

"船长，什么方法？"

"要谈这些方法，我自然得告诉您如何驾驶'鹦鹉螺'号的。"

"我早就想知道这一点了。"

"要驾驶这艘船向右、向左，总之是在水平方向上改变航向，我使用一种舵板宽阔的普通舵。舵固定在尾柱上，用一个轮子和几个滑轮转动。但是，我也可以在垂直方向上使船自下而上、自上而下移动。我使用两块斜板，它们固定在浮体中心上方的舷侧。这是两块活动的板，可以任意变换方向，通过大功率的操纵杆从船内操纵它们。如果这两块板与船体平行，船在水平方向上航行。如果它们倾斜了，'鹦鹉螺'号按照它们的倾斜角度，在螺旋桨的推动下，或是沿着斜线、按照我要求的深度下潜，或是沿着这条斜线上浮。如果我要迅速浮上海面，我甚至可以接通螺旋桨，水的压力使'鹦鹉螺'号垂直上浮，就像一个充满氢气的气球迅速升向天空一样。"

"妙极了！船长，"我大声说，"但是，在水中，驾驶员怎么能沿着您指示的路线驾驶船只呢？"

"驾驶员在一个玻璃小间里，小间位于'鹦鹉螺'号船体上部的突出部分，装有透镜状玻璃。"

"玻璃能顶住那么大的压力吗？"

"完全可以，水晶玻璃经不起撞击，却非常耐压。一八六四年，我们在北方海洋中作过电光捕鱼试验，我们看到厚度只有七毫米的水晶玻璃板能顶住十六个大气压的压力，同时可以让温度很高的光线穿过，产生的热量在它上面分布很不均匀。而我使用的玻璃，中心部分至少厚二十一厘米，就是说，厚度是试验用玻璃板的三十倍。"

"内摩船长，我承认您说的有道理。但是，要能看得清楚，必须用光线赶走黑暗，我不知道在海里一片漆黑的情况下……"

"在驾驶室后面安装了一个大功率电光反射器，它发出的光线可以照亮半海里远的海面。"

"啊！船长，妙极了，真是妙极了！现在我明白所谓独角鲸的磷光现象是怎么回事了，这一现象曾迷惑了多少科学家！关于这一点，我还要请教您一个问题。'鹦鹉螺'号与'斯各底亚'号相撞事件曾引起强烈反响，请问这次相撞是偶然的吗？"

"纯属偶然，先生。相撞时，我正航行在水平面以下两米的地方。何况，我看到这件事并没有造成令人不愉快的后果。"

"没有，先生。那么，您的船与'亚伯拉罕·林肯'号相撞呢？"

"教授先生，我的船撞击了勇敢的美国海军一艘最优秀的舰艇，真是十分抱歉。但是，别人进攻我，我不能不自卫！不过，我仅仅使这艘舰艇丧失了伤害我的能力，它还可以到最近的海港去修理。"

"啊！船长，"我满怀信心地大声说，"您的'鹦鹉螺'号真是一艘奇特的船！"

"是的，教授先生，"内摩船长回答，他心情确实很激动，"我爱它，就像爱我的亲骨肉一样！在你们这些船上一切都是危险，因为这些船听凭海洋摆布。一位名叫詹森①的荷兰人说得好，他说在海上，人们首先想到的是深渊。但是，在'鹦鹉螺'号船下船上，人们心中没有丝毫恐惧。人们不用害怕船体变形，因为这艘船的双层船壳坚如钢铁；它没有会因船体前后左右晃动而被损坏的索具，没有会被风刮走的帆，没有会被蒸汽涨裂的锅炉；人们无须害怕火，因为这艘船用钢板制成，而不是木质结构；它不用容易耗尽的煤炭，它用电开动机器；人们不用担心发生撞船事件，因为它在深水中独来独往；它不需要与暴风雨作斗争，因为它航行在水下几米的地方，那里十分安宁！先生，这就是我的船。它是数一数二的好船！如果说工程师确实

---

① 詹森（1585—1638），荷兰作家。

比建造者对船只更加充满信心，建造者又比船长本人更加有信心，那么请您理解我为什么完全信赖我的'鹦鹉螺'号，因为我既是船长，又是建造者和工程师！"

内摩船长滔滔不绝地说着，他的话很有说服力，能吸引人。他的眼光炯炯有神，他的动作充满激情，他好像变成了另一个人。是啊！他爱他的船，就像父亲爱孩子一样！

但是，有一个问题自然而然地摆到了我们面前。也许这个问题不该提，我却无法克制自己，还是向他提了。

"那么，内摩船长，您是工程师？"

"是的，教授先生，"他回答我，"当我居住在陆地上时，我曾在伦敦、巴黎、纽约学习过。"

"但是，您怎么能秘密地建造这艘了不起的'鹦鹉螺'号呢？"

"阿罗纳克斯先生，船上每一个部件都是我借口各种假的用途从地球上不同的地点买来的。船的龙骨在勒克勒佐①锻造，螺旋桨轴来自伦敦的佩恩公司，船壳钢板来自利物浦的利尔德公司，螺旋桨来自英国格拉斯哥的司各特公司，蓄水池由巴黎的卡伊公司制造，机器出自普鲁士的克鲁伯公司，船首冲角出自瑞典穆塔拉市的工厂，精密仪器出自纽约的哈特兄弟公司，等等。每一个制造商都收到一份图纸，上面的署名各不相同。

"但是，"我接着说，"这些部件制造好了还需安装、调试啊？"

"教授先生，我把工厂建在大海中的一个荒凉小岛上。我教育和培养了我那些正直的伙伴，他们是我的工人。我和他们一起在小岛上完成了'鹦鹉螺'号的装配工作。然后，我用一把火将我们留在岛上的痕迹全部烧掉。如果有可能的话，我当时就会把岛炸掉。"

"那么，我是否可以认为这艘船的成本太高了？"

"阿罗纳克斯先生，建造一艘钢船，每一个吨位耗资一千一百二十五法

---

① 勒克勒佐，法国东部城市。

郎。‘鹦鹉螺’号的吨位是一千五百吨，建它耗资一百六十八万七千法郎。加上船内设备，共二百万法郎。再加上船内的艺术品和其他收藏品，共计四五百万法郎。”

"内摩船长，请允许我提最后一个问题。"

"请提吧，教授先生。"

"那么，您是不是非常有钱？"

"先生，我的财富极多，无法计算。即使要我偿还法国所欠的几十亿债务，我也不会感到为难！"

我目不转睛地看着说这话的怪人。他在利用我的轻信吗？将来的事实会给我答案的。

Chapter 14
黑潮暖流

地球上海洋占据的面积约为三亿八千三百二十五万五千八百平方公里，海水的体积为二十二亿五千万立方米。如果使这么多海水构成一个球体，那么这球体的直径为六十里，重三百亿亿吨。要理解这个数字有多大，必须明白一百亿亿与十亿之比就等于十亿与一之比，就是说，十亿中含有多少个一，一百亿亿中就含有多少个十亿。海水的数量几乎相当于地球上所有江河四万年的流水总量。

在地质时期，首先是火的时代，接着是水的时代。起初地球上到处都是海洋。后来，在志留纪中，山峰逐渐出现了，岛屿逐渐露出水面。这些岛屿又在局部发生的洪水中消失，再重新浮现，渐渐连接起来，形成大陆。最后，陆地在地理上固定下来，正如我们现在看到的那样。陆地占领了部分海水的地盘，面积为三千七百万零六百五十七平方海里。

陆地的组合形状把海洋分成五大部分：北冰洋、南冰洋、印度洋、大西洋、太平洋。

太平洋位于南极圈和北极圈之间，西边是亚洲，东边是美洲，从西到东覆盖经度一百四十五度。这是最平静的海洋，水流宽阔而缓慢，潮水起落不大，雨量丰富。命运在奇特情况下召唤我去的地方，首先就是这个海洋。

"教授先生，"内摩船长对我说，"如果您乐意，咱们去测出船的确切方位，确定这次旅行的出发点。现在是中午十二点差一刻。我马上使船浮上海面。"

　　船长按了三次电铃，水泵开始把水箱里的水排出，流体压力计上的指针在不同的压力下，标明"鹦鹉螺"号的上浮情况。然后，指针不动了。

　　"我们到达海面上了。"船长说。

　　我向着中央楼梯走去，这梯子通向甲板。我踏着金属梯级一步一步地向上走。盖板打开了，我登上"鹦鹉螺"号顶部。

　　甲板只露出水面八十厘米。"鹦鹉螺"号的前部和后部呈梭形，船正好像一支长长的雪茄烟。我看到船体钢板相互稍稍迭盖，很像陆地上巨大爬行动物身上的鳞片。我自然明白了，正是因为这样，即使人们使用最好的望远镜，也会把这艘船当成海洋动物的。

　　小艇差不多在甲板中部，艇身一半藏在大船船体内，好像是一个稍稍突出在外的肿块。甲板前后各有一个不太高的小房间，内壁倾斜，一部分装着厚厚的透镜状玻璃。一间是"鹦鹉螺"号驾驶员的工作室，另一间里安装着大功率电灯，灯光照亮航道。

　　海面风平浪静，晴空万里无云。长长的船只几乎感觉不到茫茫大海的起伏波动。一阵微弱的东风吹皱了洋面。天边没有烟雾，利于观察。

　　我们什么也看不到。看不到一块礁石，看不到一个小岛。"亚伯拉罕·林肯"号消失了。只见海天苍茫，一望无边。

　　内摩船长带了六分仪，测量太阳的高度，以便算出船只所在的纬度。他等了几分钟，等到太阳与地平线处于同一水平上。他仔细观察，一动也不动，连身上的肌肉都没有一处颤动。仪器握在他手上丝毫不动，就像握在一只铁石般的手上。

　　"现在是中午十二点，"他说，"教授先生，您希望什么时候……"

　　我最后看了一眼大海。因为靠近日本海岸，海水略带黄色。然后，我走下甲板，回到客厅。

　　在客厅里，船长记下方位，精确地算出船只所在的经度，并与过去观察"时角"的记录核对。然后，他对我说：

"阿罗纳克斯先生，我们在西经一百三十七度十五分……"

"您根据什么子午线计算的？"我急忙问他，希望从船长的回答中知道他的国籍。

"先生，"他回答我，"我有各种精密时计，分别按巴黎子午线、格林尼治子午线和华盛顿子午线计算。但是，为了您，我将使用巴黎子午线。"

他这样回答我，我没有探听到任何消息。我表示同意，船长接着说：

"我们在巴黎子午线西经一百三十七度十五分、北纬三十度零七分，离海岸约三百海里。今天，十一月八日，中午十二点，我们开始海底探险旅行。"

"愿上帝保佑我们！"我回答。

"现在，教授先生，"船长补充说，"您就在这里从事研究工作。我已经命令船在水下五十米的地方向东北东航行。这里有一些地图，地图上标着重要地名，您可以从地图上看到我们的航行路线。客厅归您支配，请允许我告退。"

内摩船长向我行了礼，出去了。我独自一人留在客厅里默默思考着。我思绪万千，全都集中在"鹦鹉螺"号船长身上。这个怪人夸口说他不属于任何国家，将来我有可能知道他的国籍吗？他对人类怀有深仇大恨，仇恨也许会促使他施行凶狠的报复，那么究竟是谁激起了他的仇恨？他是不是一位怀才不遇的科学家？是否可能像孔塞耶说的，他是一位"被激怒的"天才人物？他是不是一位现代伽利略①？或者是像美国海洋学家莫里那样的科学家，他的事业被政治变革破坏了？我现在还说不清。是一起偶然事件把我抛到他的船上的，他掌握着我的生死。他态度冷淡，却殷勤地招待我们。不过，每次我主动伸出手去，他从不和我握手。他也从不主动向我伸出手。

就这样，我默默思索了整整一小时，一心想揭开这个我很感兴趣的秘

---

① 伽利略（1564—1642），意大利物理学家、天文学家和作家。

内摩船长测量太阳的高度。

密。然后，我的目光转向打开在桌子上的巨大地球平面球形图，我用手指着刚才观察得出的经度和纬度交叉点。

海洋和陆地一样，有自己的江河。这是一些特别的水流，可以根据它们的温度和颜色辨认出来，其中最惹人注目的叫做墨西哥湾流。科学界确定了地球上五条主要水流的走向：第一条在大西洋北部，第二条在大西洋南部，第三条在太平洋北部，第四条在太平洋南部，第五条在印度洋南部。从前可能还有第六条，在印度洋北部，那时里海①、咸海②和亚洲各大湖连在一起，形成一大片水域。

其中的一条水流就在地球平面球形图上我手指的地方，它叫黑潮暖流，日本人称之为kuro—scivo。它从孟加拉湾流出，在那儿，回归线上直射的阳光使它的水温升高。它穿过马六甲海峡，沿着亚洲海岸而流，进入太平洋北部变宽，直到阿留申群岛。它运送樟树木材和其他土特产。它那温暖的水呈纯靛蓝色，与太平洋的水形成对照。"鹦鹉螺"号马上就要在这条水流上航行。我看着这条水流，看到它消失在漫无边际的太平洋中，仿佛感到自己和它一起卷入大海。正在这时，内德·兰和孔塞耶出现在客厅门口。

我那两个好伙伴看到堆放在眼前的珍奇物品，惊奇得发愣了。

"我们在什么地方啊？我们在什么地方？"加拿大人惊叫着，"我们是在魁北克博物馆吗？"

"如果先生不介意，"孔塞耶反驳他说："不如说我们是在佐默拉尔③公馆呢！"

"朋友们！"我边说边示意他们进来，"你们既不是在加拿大，也不是在法国。你们正在'鹦鹉螺'号上，而且在海平面以下五十米的地方。"

"既然先生这么肯定，我们应该相信先生的话。"孔塞耶说，"不过，坦率地说，这间客厅的摆设使我这样的佛兰德人都感到惊讶。"

---

① 里海，位于欧洲和亚洲之间。
② 咸海，位于亚洲哈萨克斯坦和乌兹别克斯坦边界。
③ 佐默拉尔（父1779—1842，子1817—1885），法国著名收藏家，考古学家。

"朋友，你惊奇吧，好好看看吧，因为对你这样的分类工作者来说，这里有很多工作要做。"

孔塞耶不需要我鼓励他工作。这个正直的小伙子已经俯身观察橱窗里的标本，嘴里低声说着生物学词汇，腹足纲、蛾螺科、波螺属、马达加斯加介蛤种，等等。

这时候，内德·兰由于对贝类学了解甚少，询问我有关我和内摩船长交谈的情况。他问我是否已经搞清楚他是谁，他从什么地方来，他要到哪里去，他要把我们带到水平面以下多深的地方去。最后，他还提了很多问题，我没有时间回答。

我把我所知道的情况全部告诉他，更确切地说，我把我所不知道的全部告诉他。我问他听到了什么，或者看到了什么。

"什么都没有看见，什么都没有听到！"加拿大人回答我说，"我甚至连这艘船上的船员都未见过。他们会不会也是电动的？"

"电动的！"

"真的，我真的会这么想的！但是您，阿罗纳克斯先生，"内德·兰问我，他始终不忘那个念头，"您不能告诉我船上有多少人吗？十人，二十人，五十人，一百人？"

"我无法回答您。还有，请您相信我，请暂时抛弃您那占领'鹦鹉螺'号或从这里逃跑的念头吧。这艘船是现代工业的杰作，如果看不到它，我会遗憾的！很多人都会接受我们这种处境的，哪怕只是为了能在这些珍品中转一圈。因此，请您保持安静，注意观察我们周围发生的事情。"

"观察！"渔叉手大声说，"我什么都看不到，这座钢板监狱里的事，我们什么都不可能看到！我们像瞎子一样走着，航行着……"

内德·兰正说着这最后几个词，客厅里突然黑了，一片漆黑。天花板发出的光线熄灭了，熄灭得非常快，我的眼睛感到很不舒服，就像从漆黑一团的地方来到最强烈的光线下一样。

我们默不做声，一动也不动，不知道等待我们的是什么样的意外事件，是福还是祸。我们听到一种滑动的声音，好像是盖板在"鹦鹉螺"号侧面移动的声音。

"一切都完了！"内德·兰说。

"水螅水母目！"孔塞耶低声说。

突然，光线从客厅两侧穿过两个椭圆形的孔射进来。我们看到海水了，海水被电光照得透亮。两块水晶玻璃板把我们和大海隔开。开始，想到这种舱壁不坚固，可能会碎裂，我心惊胆战。但是，玻璃板有结实的铜支架加固，几乎能顶住无限大的压力。

我们可以清楚地看到"鹦鹉螺"号周围一海里以内的大海。多么壮观的景色啊！什么样的妙笔才能把这景色描绘出来？谁能描画出光线穿过透明水层产生的效果，描画出光线在船的上方和下方海水中逐渐变弱的优美景象呢？

大家知道海水是半透明的。大家知道海水的透明度超过山间清泉。海水中悬浮的矿物质和有机物质甚至可以增加它的透明度。在太平洋的某些部分，如在阿留申群岛附近，海水深一百四十五米，但人们仍可以清清楚楚地看到海底沙床。太阳光似乎可以穿透三百米深的海水。但是，在"鹦鹉螺"号航行的海水中，电光从波涛内部射出，我们看到的已不是明亮的水，而是液体状的光线了。

德国科学家埃雷姆贝格①认为海底存在磷光现象。如果我们接受他的假设，那么大自然一定为海洋生物准备了一幅最神奇的景象。我在这里看到千变万化的电光现象，也就可以想象出海底的情景了。客厅两侧各有一扇窗户，窗外是未经勘察的深渊。客厅里黑洞洞的，正好衬托出外面的光亮。我们看着看着，感到这纯净的水晶玻璃窗就是一个硕大养鱼缸的玻璃。

"鹦鹉螺"号好像停在原处不动，那是因为我们观察时缺乏参照物。不过，有时船首冲角分开的水线纹极其迅速地从我们眼前掠过。

我们把臂肘撑在玻璃窗前，全神贯注地观看窗外景色，个个看得入了

---

① 埃雷姆贝格，德国19世纪科学家。

迷，谁也不想打破这一片宁静。过了一会儿，孔塞耶说：

"内德老兄，您不是想看吗？那赶紧看吧！"

"真奇妙！真来劲儿！"加拿大人说。他不由自主地被奇景吸引住了，忘记了愤怒，忘记了逃跑计划，"只要能看到这情景，即使是从更远的地方来，那也值得！"

"啊！"我大声说，"我理解这个人的生活了！他为自己创造了一个特别的天地，这个天地里有着最惊人、最奇妙的东西！"

"但是鱼呢？"加拿大人说，"我怎么看不到鱼啊！"

"内德老兄，"孔塞耶回答他说，"这对您来说无关紧要，因为您不认识鱼。"

"我？我是打鱼人啊！"内德·兰叫嚷着。

两位朋友之间发生了一场有关鱼的争论，因为他们两人都了解鱼，但是了解的角度不同。

大家都知道，鱼类是脊椎动物门中的第四纲，也是最后一纲。人们给它们下这样的定义是很确切的："有两个循环系统、冷血、用鳃呼吸、在水中生活的脊椎动物。"它们包括两个不同的类别：一类是硬骨鱼，它们的脊柱是骨质脊椎；另一类是软骨鱼，它们的脊柱是软骨脊椎。

加拿大人也许知道这种区分，但是孔塞耶了解得更多。现在，他和内德是朋友，他不愿承认自己的知识不如他丰富。因此，他对他说：

"内德老兄，您是打鱼人，是一位精明的捕鱼能手。您捕获过许多这种有趣的动物。但是，我可以肯定地说，您不知道鱼怎么分类。"

"我知道，"渔叉手一本正经地回答，"人们把鱼分成可食用的和不可食用的两类！"

"这是贪吃的人所作的分类，"孔塞耶说，"请告诉我，您是否知道硬骨鱼类和软骨鱼类的区别？"

"我也许清楚地知道它们的区分，孔塞耶。"

"那么，这两大纲还可以如何细分？"

"我没有想过。"加拿大人回答。

"那好吧！内德老兄，您要仔细听，牢牢记！硬骨鱼分为六个目。第一目是棘鳍鱼，上颚完整，能动，鳃呈梳状。这一目包括十五科，占已知鱼类的四分之三。这一目的典型是河鲈。"

"这种鱼味道相当好。"内德·兰说。

"第二目，"孔塞耶接着说，"腹鳍鱼，腹鳍长在胸部后方，腹部下面，不与肩骨相连。这一目分为五科，包括大部分淡水鱼。这一目的典型是鲤鱼、白斑狗鱼。"

"呸！"加拿大人略带蔑视的神情说，"淡水鱼！"

"第三目，"孔塞耶说，"胸鳍鱼，腹鳍长在胸部下面，直接与肩骨相连。这一目包括四科，其典型是鲽鱼、黄盖鲽、大菱鲆、菱鲆、舌鳎，等等。"

"好极了！好极了！"渔叉手大声叫喊着，他总是从食用的角度来看待鱼类。

"第四目，"孔塞耶仍然不慌不忙地说着，"无鳍鱼，身体狭长，没有腹鳍，皮厚而且常带黏性。这一目只有一科，其典型是鳗鲡、电鳗。"

"不大好吃！不大好吃！"内德·兰说。

"第五目，"孔塞耶说，"总鳃鱼，上颚完整，能自由活动，但是鳃由小簇构成，成对地排在鳃弓上。这一目只有一科，其典型是海马、海蛾鱼。"

"不好吃！不好吃！"渔叉手说。

"最后，第六目，"孔塞耶说，"愈颚鱼，上颚骨固定在下颚的颚间骨侧面，颚骨的弓形结构卡在颅骨缝里，使它固定不动。这一目鱼没有真正的腹鳍，包括两科，其典型是河豚、翻车豚。"

"这种鱼只会糟蹋锅！"加拿大人嚷着。

"内德老兄，您听明白了吗？"孔塞耶这位大科学家问。

"一点也不明白，孔塞耶老弟，"渔叉手回答，"不过，请说下去，因为您这个人很有意思。"

"至于软骨鱼，"孔塞耶从容不迫地接着说，"它们只有三目。"

"太好了。"内德说。

"第一目，圆口鱼，上下颚连成一个活动的圆环，鳃上有许多小孔。这一目只有一科，其典型是七鳃鳗。"

"应该喜欢这种鱼。"内德·兰说。

"第二目，横口鱼，它的鳃类似圆口鱼的鳃，下颚是活动的。这是软骨鱼纲中最重要的一目，包括两科，其典型是鳐、角鲨。"

"什么！"内德大声说，"鳐和鲨同属一目！好吧，孔塞耶老弟，为了保护鳐，我建议您不要把它们放在一个缸里！"

"第三目，"孔塞耶说，"鲟鱼。和其他鱼类一样，鳃盖骨下面只有一条缝，鳃盖骨启开，鳃就张开了。这一目包括四属，其典型是欧鲟。"

"啊！孔塞耶老弟，您把最好的放到最后说了，至少我认为是这样。说完了吗？"

"完了，我的好内德，"孔塞耶回答，"请注意，即使知道了这些，仍然等于一无所知，因为科还要分成属、亚属，种、变种……"

"好吧，孔塞耶老弟，"渔叉手俯身看着窗外说，"瞧，各种鱼过来了！"

"是啊！是鱼，"孔塞耶大声说，"我们面前好像有个大鱼缸！"

"不，"我说，"因为鱼缸不过是个牢笼，而这些鱼和空中的鸟一样自由自在。"

"好吧！孔塞耶老弟，请说出它们的名称！说呀！"内德·兰说。

"我，"孔塞耶回答，"我说不上来！这是我主人的事！"

实际上，这个可爱的小伙子，狂热的分类工作者，完全不是一名生物学家。我不知道他是否能区分金枪鱼和舵鲣。总之，他和加拿大人截然相反，加拿大人可以不假思索地说出各种鱼的名称。

"一条鳞鲀！"我说。

"一条中国鳞鲀！"内德·兰说。

"鳞鲀属，硬皮科，愈颚目。"孔塞耶低声说。

当然，内德·兰和孔塞耶两个人的知识加起来，可以成为一名出色的生物学家。

加拿大人说得对。确实是一群鳞鲀，身体扁平，皮肤粗糙，背鳍带刺。它们摆动着尾部两面的四排尖刺，在"鹦鹉螺"号四周游乐。它们的表皮好看极了，上面灰色，下面白色，金色斑点在阴暗的波浪里闪闪发光。在它们中间，几条鳐鱼随着波浪起伏摆动。好像是一块迎风招展的台布。在鳐鱼中，我高兴地发现了那条中国鳐，它的身体上部呈浅黄色，腹部粉红色，眼睛后面有三根刺。这种鱼是稀有品种，拉塞佩德甚至怀疑它们是否存在，他只是在日本画册中见过这种鱼。

一支庞大的水族大军护送着"鹦鹉螺"号航行了两小时。它们在水中戏要、跳跃，它们之间争论不休，比美丽，比鲜艳，比速度。在它们中间，我认出了绿色的隆头鱼；带双层黑线的带刺鳐鱼；尾部成圆形、背部白底带紫色斑点的塘鳢虾虎鱼；这一带海域美丽的鲭类日本鲭鱼，它全身呈蓝色，头部银灰色；只需看名称而无须描绘的闪光金斑青鱼；带蓝色和黄色鳍的条纹鲷鱼；尾部有一黑色阔条纹的带纹鲷鱼；包裹着六条艳丽色带的环形条纹鲷鱼；嘴巴完全像笛子的笛口鱼。还有海丘鹬，这种动物的标本有时长达一米；日本蝾螈；带刺海鳝；大嘴长着利牙、眼睛小而有神、身长六英尺的大蛇，等等。

我们赞不绝口，嘴里不断发出感叹声。内德说出鱼的名称，孔塞耶给它们分类。我呢，我对它们活泼的姿态和美丽的外形着了迷。我从未有过这样的机会，可以观看这些活生生的动物自由自在地在天然的生活场所中戏要。

日本海和中国海的各种鱼类都在我们眼前游过，我们看得眼睛发花，我无法一一列举。这些鱼比空中的鸟还多，它们大概是受光源发出的强烈电光吸引，都向着我们游来。

客厅突然亮了。盖板重新关闭。迷人的景象从我们的眼前消失。但是，很长一段时间，我仍然恍恍惚惚地思考着，直到双眼转向挂在舱壁上的仪器。罗盘一直指着东北偏北方向。流体压力计标明压力为五个大气压,说明船正好位于海平面以下五十米的地方。电动测程仪告诉我们船的航速为每小时十五海里。

我等着内摩船长,但是他不露面。时钟标明现在是五点钟。

内德·兰和孔塞耶回他们的舱房去了。我也回到我的房间。晚饭已经准备好,放在房间里。晚餐有用鲜美的海鳖做成的汤,海绯鲤鱼白肉片,鲤鱼肝做成的另一种美味食品。还有一盘大甲胄鲷脊肉,我觉得味道比鲑鱼更好。

晚上我看书,写材料,思考问题。后来,我困了,躺到大叶藻床上,我睡得很香。这时,"鹦鹉螺"号穿过湍急的黑潮暖流。

Chapter 15
一封邀请信

这一夜，我睡了整整十二小时。第二天，十一月九日，我醒得很晚。孔塞耶像往常一样，到房间里问我"先生睡得好吗？"然后就帮我干活。他没有惊动他的加拿大朋友。加拿大人还在睡觉，他睡得很香，好像永远都睡不够似的。

小伙子兴致勃勃、喋喋不休地说着。我听他说，很少搭话。我关心的是，昨晚我们观海景时，内摩船长为什么不来，我希望今天能见到他。

我很快就穿好了贝足丝衣服。孔塞耶不止一次想弄明白这是什么衣料。我告诉他，织造这种衣料所用的原料是一种有光泽的丝状纤维，这种纤维可以把"江珧"固定在岩石上，地中海沿岸盛产这种贝类。从前，人们用这种纤维织成漂亮的衣料、袜子和手套，因为它们既柔软又保暖。这样，"鹦鹉螺"号的船员们无须求助于陆地上的棉花、羊毛和蚕丝，就可以穿上价廉的衣服。

我穿好衣服就去客厅，那儿空无一人。

我开始专心研究堆集在玻璃橱柜里的贝类宝藏。我也翻阅了植物标本集，里面有许多最罕见的海洋植物。尽管这些植物已经风干，但仍然色泽鲜艳。在这些珍贵的水生植物中，我看到有环生的分支冠盘藻、粉团扇藻、葡萄叶形蕨藻、颗粒状绢丝藻、纤细的大红仙菜、摆成扇形的伞菌、很像扁平菌盖的棱柄盘菌（这种菌类很长时间被列入植形动物），还有一组大型海藻。

整整一天过去了，内摩船长没有来看望我。客厅窗板没有打开过。也许人家不想让我们因看得太多而对这些美丽的东西感到腻烦吧。

"鹦鹉螺"号继续向东北东方向航行，航速为每小时十二海里，距海平面五十至六十米。

第二天，十一月十日，船长还是没有来。我仍然孤单一人，连一名船员都没有见到。内德和孔塞耶陪我度过了大半天。他们无法解释船长为什么不露面，对此感到十分惊讶。这个怪人病了吗？他想改变为我们作的安排吗？

孔塞耶说，我们毕竟享有完全的自由，吃得饱吃得好，主人遵守协定，我们不能抱怨。命运使我们遇到了不测事件，却又使我们得到这么好的补偿，我们无权叫屈。

这一天，我开始写日记，记下这些奇遇。日记使我后来能详细而准确地叙述这些事件。有趣的是，写日记用的纸张是用海洋的大叶藻做成的。

十一月十一日大清早，一股新鲜空气进入"鹦鹉螺"号。我知道，我们已经回到海面上，以便更换空气，补充氧气储备。我走向中央楼梯，登上甲板。

这时是早晨六点钟。我只看到天空布满乌云，海面灰暗，但很平静，几乎没有海浪。我希望能在那儿见到内摩船长，他会来吗？我看到驾驶员仍在玻璃小房里。我坐在小艇船体突出的部分上，尽情地呼吸着带咸味的空气。

阳光逐渐驱散晨雾。一轮红日从东方地平线上升起。转眼间海面被照得通红。天空中的云朵被染上了各种鲜艳色彩，十分好看。无数"猫舌头"①预示着全天刮风。

但是，暴风雨吓不倒"鹦鹉螺"号，刮风对它来说又算得了什么呢？

我观看着这令人心旷神怡、使人充满活力的日出景象。突然，我听到有人正在上楼梯。

我准备向内摩船长表示问候，但来人不是他，而是大副。船长第一次来访时，我见过此人。他向甲板走来，好像没有看见我。他举着高倍望远镜，

---

① （原书注）猫舌头指那些边缘为锯齿状的、薄薄的白色云片。

专心致志地观察地平线上的每一个点。观察完毕，他走近盖板，说了一句话。我之所以能记住这句话，是因为每天早晨都能在同样的情况下听到。我把这句话确切地记述如下：

"Nautron respoc lorni virch. "

这句话是什么意思，我说不上来。

说完这句话，大副回到船舱。我想，"鹦鹉螺"号可能马上又要潜入海底航行了。我走下甲板，穿过纵向通道，回到房间里。

就这样过了五天，情况毫无变化。每天早晨，我登上甲板，听到同一个人说同一句话。内摩船长仍未露面。

我已经打定主意不再见他。十一月十六日，我和内德、孔塞耶一起回到我的房间，发现桌子上有一张写给我的便条。

我急忙打开便条，上面字迹娟秀而清楚，不过，有点像哥特字体，使人想到像德语字体。

便条内容如下：

> "鹦鹉螺"号上的阿罗纳克斯教授先生收
>
> 内摩船长敬请阿罗纳克斯教授先生参加打猎，时间是明天早晨，地点是克雷斯波岛森林。船长希望教授先生务必参加，并欢迎他的伙伴们一同前来。
>
> "鹦鹉螺"号船长 内摩
>
> 一八六七年十一月十六日

"打猎！"内德叫起来。

"在克雷斯波岛森林！"孔塞耶补充说。

"那么，这个怪人要到陆地上去了？"内德·兰又说。

"我认为，这一点信上写得明明白白。"我边说边又看了一遍信。

"很好！咱们应该接受邀请，"加拿大人说，"踏上陆地后，我们再考虑该怎么办。再说，我也很想吃几块新鲜的野味肉。"

内摩船长十分厌恶大陆和岛屿，却又邀请我们去森林里打猎，这是相互矛盾的。我不想解释这对矛盾，我只对他们说：

"咱们先看看克雷斯波岛在什么地方。"

我查看地球平面球形图，看到在北纬三十二度四十分、西经一百六十七度五十分处有一个小岛。该岛是克雷斯波船长于一八〇一年发现的，从前的西班牙地图称它为罗加·德·拉普拉塔，意思是银色岩石。由此可知，我们现在离出发点一千八百海里，"鹦鹉螺"号的航向略有改变，它正向着东南方向航行。

我把太平洋北部这个偏僻的岩石小岛指给同伴们看。

"即使内摩船长有时到陆地上去，"我对他们说，"他也一定是选择一些荒无人烟的小岛！"

内德·兰点点头，没有说话。过了一会儿，他和孔塞耶都走了。服务员送来了晚饭，他一声不响，面无表情。晚饭后，我就睡觉了，但还是放心不下。

第二天，十一月十七日，我一醒来就感觉到"鹦鹉螺"号已经停止前进了。我赶紧穿好衣服，走进客厅。

内摩船长在那儿等我。见到我，他便站起来打招呼，问我是否愿意陪同他去打猎。

既然他一字不提八天不露面的原因，我也就避而不谈了。我只回答他说，我和同伴们已准备跟他去打猎。

"不过，先生，"我补充说，"我想向您提一个问题。"

"说吧，阿罗纳克斯先生。假如我能回答，我一定给您一个答案。"

"好吧，船长。您和陆地断绝了一切来往，您怎么会在克雷斯波岛拥有森林？"

"教授先生，"船长回答我说，"我所拥有的森林不需要太阳光照亮，也不需要太阳的热量。狮子、老虎、豹，任何四足动物都不会到我的森林里去。只有我一个人知道这片森林。它只为我一个人生长。那绝不是陆地上的森林，而是海底森林。"

"海底森林！"我大声说。

"是的，教授先生。"

"您要带我去那儿？"

"正是。"

"步行？"

"步行，而且双脚不沾水。"

"一边打着猎？"

"是的，一边打着猎。"

"手里拿着枪？"

"是的，手里拿着枪。"

我看着"鹦鹉螺"号船长，满腹狐疑，脸上没有一点钦佩他的表情。

我想，他的脑子一定出了问题。也许他的病刚发作过，他病了八天了，现在还未康复。真可惜！我宁愿他是个怪人，也不愿他是个疯子！

从我脸上的表情可以清楚地看出我在想什么。但是，内摩船长什么也没有说，只是请我跟他走。我跟着他，好像是一个言听计从、百依百顺的人。

我们来到餐厅，早餐已经准备好。

"阿罗纳克斯先生，"船长对我说，"我请您和我共进早餐，不要客气，我们边吃边谈。我答应带您去森林里散步，但是我没有保证让您在林中找到餐馆。好好吃吧，大概很晚才能回来吃午饭。"

我吃得很多。这顿饭有各种鱼、海参片、上等植形动物，非常开胃的藻类，如条裂紫菜、苦味凹顶藻。饮料是清水。我模仿船长的做法，在清水中加了几滴发酵液体。这种液体是按照堪察加人①的方式，从一种名叫掌状红皮藻的植物中提取的。

开始时，内摩船长只吃不说话。过了一会儿，他对我说：

"教授先生，我建议您到我的克雷斯波森林来打猎，您以为我这个人自相矛盾。我告诉您那是海底森林，您以为我是疯子。教授先生，千万不要轻

---

① 堪察加人是俄罗斯西伯利亚堪察加半岛的居民。

率地评价一个人。"

"但是，船长，请相信……"

"请听我说。您是否应该说我是疯子，或者说我自相矛盾，这一点您会看清楚的。"

"我听您说。"

"教授先生，您和我一样清楚，只要带上可呼吸的空气，人是可以在水下生活的。水下施工时，工人身穿防水服，头戴金属防护帽，通过压气泵和气流调节器呼吸海面上的空气。"

"那是潜水装备。"我说。

"是的。但是，在这种情况下，人没有自由。他离不开通过橡皮管给他输送空气的压气泵。那橡皮管子是一条真正的锁链，把人和陆地拴在一起。如果我们不得不用这样的方式拴在'鹦鹉螺'号上，我们就无法走远。"

"那么，怎样才能自由行走呢？"我问。

"使用鲁凯罗尔—德内鲁兹呼吸器。这种装置是您的两位同胞发明的。但是我将它改造了一下，使它更完善，更适合我的需要。这种装置使您可以冒险新的生理条件下生活在水下，您的器官不会因此而感到不适。这种装置有一个厚钢板储气瓶，瓶内储存五十大气压下的空气。储气瓶用背带固定在背上，就像士兵的背包一样。储气瓶的上部像一只盒子，盒中空气受一个风箱式机构控制，只有在标准压力下才能流出来。通常使用的鲁凯罗尔呼吸器里，有两条橡皮管把这个盒子和一个喇叭形东西连接起来。这个喇叭形东西套在操作人员的鼻子和嘴上，一条管子用来吸入空气，另一条用来排出废气，根据呼吸需要，由舌头来堵住这一条或那一条。但是，我在海底要承受巨大压力，我不得不像潜水员那样把头藏在一个铜球里，呼吸用的两根管子连接在这个球体上。"

"好极了，内摩船长。但是，您携带的空气大概很快就会不适合呼吸的。当空气里只含有百分之十五的氧气时，人就会感到呼吸困难了。"

"是的，但是我对您说过，阿罗纳克斯先生，'鹦鹉螺'号上的压气泵

我吃得很多。

使我可以在高压下储存空气。在这种情况下，鲁凯罗尔呼吸器储气瓶里的空气可以供人呼吸九至十小时。

"我没有什么可说了，"我说，"船长，我只想请教您，在海底您用什么方法照亮道路？"

"使用伦可夫灯，阿罗纳克斯先生。第一个装置背在背上，第二个装置系在腰间。第二个装置有一节本生电池，我不用氯化钾，而用氯化钠使它产生电。电池产生的电聚集在一个感应线圈上，线圈把电送到一盏特殊结构的灯上。这盏灯里有一个蛇形玻璃盘管，管里只有少量二氧化碳。通电时，二氧化碳发光，发出一种微白的、不间断的光。有了这两种装置，我可以呼吸，可以看清道路。"

"内摩船长，对我提出的疑问，您总是给我具有说服力的答复，我再也无法怀疑了。但是，如果说我不得不接受鲁凯罗尔呼吸器和伦可夫灯，那么，对于您要我带的枪，请允许我持保留态度。"

"这完全不是使用火药的枪。"船长回答。

"那么，是气枪吗？"

"当然喽。船上没有硝石，没有硫黄，也没有木炭，我怎么能制造火药呢？"

"何况，"我说，"海水的密度是空气的八百五十五倍，要在水下射击，必须克服巨大的阻力。"

"这不能算是一个理由。有些炮，在富尔敦①之后，又经英国人菲力普·科尔斯和伯利、法国人菲尔西、意大利人兰迪改进，装有一个特殊的闭合装置，可以在海水中射击。不过，我再重复一遍，我没有火药，用高压空气代替火药，'鹦鹉螺'号的压气泵可以大量供应这种空气。"

"但是，这种空气会很快用完的。"

"是的，但我不是有鲁凯罗尔储气瓶吗？需要时，它可以向我提供空

---

① 富尔敦（1765—1815），美国工程师。

120

气，只需打开一个专门的开关。何况，阿罗纳克斯先生，您会亲眼看到，海底打猎花费不了多少空气和子弹。"

"不过，我想，海底光线不好，海水密度又比空气大得多，在这种情况下射击，子弹打不远，也很难命中目标。"

"先生，正好相反，用这种枪射击，每一发子弹都能造成致命伤。动物一旦被击中，哪怕子弹只是轻轻地碰它一下，它就会像遭雷劈一样立即倒下。"

"为什么？"

"因为这种枪发射的不是普通子弹，而是一种小玻璃球，它是由奥地利化学家莱尼布鲁克发明的，我储备了很多。这种小球外面有钢套，底部有一层铅，加大了重量。它们是真正的小莱顿瓶①，里面电压很高。只要轻轻碰撞一下，它们就放电。不管多么强壮的动物，一接触到它们，就会倒下死去。我还要告诉您，这些小球不比四号子弹大，普通猎枪里可以装十个。"

"我算是服您了，"我从餐桌旁站起来说，"我只有带上枪。您去哪里，我就去哪里。"

内摩船长把我带到"鹦鹉螺"号后部。走过内德·兰和孔塞耶的舱房门口时，我把两位朋友叫出来，他们立即跟我们走。

过了一会儿，我们来到船侧靠近机器房的一间小屋，我们将在那里穿上海底漫步的服装。

---

① 莱顿瓶，1746年，荷兰莱顿市三位科学家发明的电容器。

Chapter 16
漫步海底平原

确切地说，这间小屋是"鹦鹉螺"号的武器库和衣帽间。墙上挂着十二套潜水服，供海底散步者使用。

内德·兰一看到它们，就露出极其反感的表情，不愿穿戴。

"我的好内德，"我对他说，"克雷斯波岛森林只不过是一片海底森林而已！"

"好啊！"渔叉手看到他那吃新鲜肉的梦想破灭了，失望地说，"那您呢？阿罗纳克斯先生，您穿这种衣服吗？"

"当然要穿，内德师傅。"

"先生，随您的便，"渔叉手耸耸肩膀说，"至于我，除非你们强迫我穿，否则我决不穿。"

"没有人强迫您，内德师傅。"内摩船长说。

"孔塞耶也要冒这个险吗？"内德问。

"先生去哪里，我就跟他去哪里。"孔塞耶回答。

船长一声呼喊，两名船员过来帮助我们穿这些笨重的防水服装。衣服是用橡胶制成的，没有缝线，可以承受巨大的压力，好像是又柔软又坚固的盔甲。这种衣服包括长裤和上衣。裤腿下面是厚厚的鞋，鞋底上有沉重的铅板。上衣用铜片加固，铜片像盔甲一样保护胸部，顶住水的压力，让肺部自由呼吸。衣袖顶端成手套形，非常柔软，丝毫不妨碍手的活动。

很明显，十八世纪发明和吹嘘的那些不成形的衣服，如软木盔甲、无袖上衣、下海服装、浮筒等，和这套完善的潜水服相比，差别很大。

内摩船长、他的一个同伴（此人像赫拉克勒斯[1]，一定力大无比）、孔塞耶和我，很快穿好了潜水衣，只需再戴上金属球帽就可以出发了。在此之前，我要求船长允许我们检查一下要带的枪。

"鹦鹉螺"号的一名船员给我拿来一支结构很简单的枪。枪托由钢板制成，中间是空的，体积相当大，用来储存压缩空气。通过一个销键操纵阀门，使空气进入金属枪管。枪托钢板上挖成的子弹盒里装着二十发带电子弹。子弹在弹簧推动下自动进入枪管。一发子弹打出后，另一发立即上膛。

"内摩船长，"我说，"这种武器好极了，而且使用方便。我很想试一试。不过，我们怎么去海底呢？"

"教授先生，此刻'鹦鹉螺'号停在海平面以下十米的地方。我们可以出发了。"

"我们怎么出去呢？"

"您马上就会知道的。"

内摩船长把球帽套在头上。我和孔塞耶照他的样子，也戴上球帽，我们听到加拿大人用嘲讽的口气对我们说"打猎顺利"。衣服上部有一个带螺纹的铜领子，金属头盔就拧在上面。头盔上有三个洞，用厚玻璃密封。只要在球体内转动头部，就可以观察四面八方的情况。头盔一戴上，放在我们背上的鲁凯罗尔呼吸器马上开始工作。我感到呼吸很顺畅。

我腰挂伦可夫灯，手拿猎枪，准备出发了。但是，坦率地说，穿着这沉甸甸的衣服，又有脚下铅制鞋底把我钉住，我真感到寸步难行。

不过，这种情况早在预料之中，我感到有人把我推到和衣帽间邻接的一个小房间里。同伴们和我一样，被推着跟在我后面。我们刚进去，我就听到带密封装置的门在我们身后关上了。我们周围一片漆黑。

---

[1] 赫拉克勒斯是希腊神话中的英雄，以非凡的力气和勇武的功绩著称。

准备出发了。

几分钟后，一阵强烈的呼啸声传到我的耳内。我感到一阵冷气从脚底上升到胸部。显然是有人从船内打开阀门，让外面的海水进来，海水漫到我们身上，房间里很快充满了水。这时，"鹦鹉螺"号侧面的另一扇门打开了。微弱的光线照亮我们。过了一会儿，我们的双脚就踩在海底了。

现在，我怎么能讲述这次海底游览给我留下的印象呢？如此奇妙的事物是无法用词语表达的！既然画笔都无法描绘液体环境特有的景象，语言又怎么能再现它们呢？

内摩船长走在前面，他的同伴和我们相隔几步，跟在后面。我和孔塞耶彼此紧挨着，好像我们可以透过金属盔甲交谈似的。我不再感到衣服、鞋和储气瓶沉重，也感觉不到这厚厚球体的重量。我的头在圆球里摇动，就像杏仁在壳里晃荡一样。所有这些物体在水里失去了一部分重量，这失去的重量相当于排去的水的重量。我对阿基米德①发现的这条物理定律非常满意。我已不是一大块惰性物质，我可以比较自由地行动。

光线可以照到海平面以下三十英尺的地方，它的穿透力使我感到惊讶。阳光轻而易举地穿过这一大片海水，驱散了海水的色彩。我可以清楚地看到距我一百米远的物体。一百米以外，海底呈渐变的云青色。在更远的地方，它变成了蓝色，最后消失在一片灰暗中。说真的，我感到周围的水不过是一种空气，它的密度比陆地上的空气大，但是它们的透明度几乎相同。我抬头望去，头顶上是平静的海面。

我们走在一片细沙地上。海滩沙地往往带有海浪痕迹，我们脚下的沙地却不同，它十分平坦，没有波纹。它像一块光彩夺目的地毯，一面真正的反射镜，以惊人的力度把太阳光反射回去。由此产生一种强大的光辐射，它可以穿透所有的液体分子。如果我说在水下三十英尺这个深度，和阳光下一样看得清清楚楚，您能相信我吗？

我在这被照亮的沙地上足足走了一刻钟，地上布满极细的贝壳粉末。

---

① 阿基米德（公元前287—前212），古希腊学者。曾发现杠杆定律和阿基米德定律，确定了许多物体的表面积和体积的计算方法。

"鹦鹉螺"号的身影像是一块长长的礁石，渐渐消失了。但是，如果水中一片黑暗，船灯一定会送来十分清晰的光芒，照亮我们返回的路程。如果您只是在陆地上见过一片片如此强烈的白光，那您很难理解海底的景象。陆地上，空气中充满灰尘，光线就像是一片闪光的云雾。但是，在海上和海底，一道道无比洁净的电光射向四面八方。

我们一直朝前走，这辽阔的细沙平原似乎漫无边际。我用手拨开水帘，水帘在我身后马上合拢。我的脚印在水的压力下立即消失。

过了一会儿，我看到几个物体的外形，由于距离远，看得不十分清楚。我认出了离我们最近的是一些艳丽的岩石，上面覆盖着十分好看的植形动物。起初，这种环境特有的景象使我大为震惊。

这时是上午十点钟。太阳光照到海面上，形成一个相当大的斜角。光线由于折射而分解，就像穿过一面棱镜一样。海底的花、岩石、幼芽、贝壳、珊瑚虫一接触到阳光，其边缘呈现出太阳光谱的七种不同颜色。这种色调的混杂构成一幅神奇的画面，能看到它真是眼睛的福分，它是一个真正的红、绿、黄、橙、紫、青、蓝色万花筒。一句话，是狂热的水彩画家一块完整的调色板！我多么希望能够把头脑里强烈的感受告诉孔塞耶，和他一起赞美叹赏啊！我多么希望能够像内摩船长和他的同伴一样，用商定的动作来交流思想啊！但是，没有更好的办法，我只能自言自语，在套在脑袋上的铜球里大叫大喊，抒发感情。也许我说这些无用的话过多地消耗了空气。

面对这壮丽的景色，孔塞耶和我一样，停住了脚步。这位认真负责的小伙子看到眼前的植形动物和软体动物，一定是在给它们分类，不停地分类。地上的珊瑚虫和棘皮动物不计其数。各种达摩鲨、孤独生活的花苔、一簇簇纯洁的枇杷壳石（从前人们称之为"白珊瑚"）、直立成蘑菇状的真菌、通过肌纤维带粘着的银莲花，这一切构成一个花坛。花坛上点缀着用天蓝色环状触手装扮起来的银币水母，像星星一样撒在沙地里的海星。还有那粗糙不平的星脐藻，好像是水神亲手绣制的精美花边，它们的花彩随着我们走路激起的细小水波来回摆动。成千上万各式各样艳丽的软体动物铺满地面，有同心圆纹扇贝、锤头双髻鲨、斧蛤（那是真正会蹦的贝类动物）、马蹄螺、红色冠螺、仙女翅膀一样的凤螺、海兔螺，以及其他许多取之不尽的海洋产品。我双脚踩在它们身上，心痛如绞。但是，我们又不能不行走。我们向前走着，头顶上有成群的僧帽水母，它们云青色的触手在身后飘动；有钵水母，它们乳白色或粉红色的伞膜带有天蓝色的月牙边，为我们挡住阳光；还有帕氏游水母，如果是在黑暗中，它们可以发出磷光，照亮我们前进的道路！

我走了四分之一海里就见到这么多珍奇生物。由于几乎没有停步，我只能扫一眼。内摩船长向我招手，我只好跟着他向前走。没走多远，海底土质变了。细沙平原后面是一片黏性淤泥，美国人称它为"oaze"，这里只有硅质和钙质贝壳。接着，我们走过一片海藻地，那儿生活着海水还没有冲走的深海植物，它们生长得极快。这种茂密的草地，踩在脚下软绵绵的，简直可以和人工编织的最柔软的地毯媲美。其实，不仅我们脚下绿草如茵，头顶上也是一片翠绿。一大片轻飘飘的海洋植物在水面上浮动，其中有各种各样的海藻。关于这种植物，我们已经了解了两千多种。我看到漂浮着长长的一排排墨角藻（有的呈小球状，有的呈管状）、凹顶藻、叶子纤细的分支冠盘藻、很像仙人掌的掌状红皮藻。我发现，绿色植物最接近海面，红色植物在中等深度的水中，黑色或褐色的水生植物在最深处，形成海底花园和花坛。

这些海藻确实是大自然的奇物，是全球植物区系的奇迹之一。地球上最小和最大的植物都属于这一科。一方面，五平方毫米的空间可以有四万个肉眼看不见的幼体；另一方面，人们采集到的某些墨角藻长度超过五百米。

我们离开"鹦鹉螺"号大约有一个半小时了。太阳光垂直照射，不再产生折射现象，我知道这时已近正午。色彩的魔力逐渐消失，翡翠绿和宝石蓝从我们头顶上闪开。我们步伐均匀地走着，地面发出惊人的回响。即使是很轻微的响声也会迅速传开，陆地上生活的人无法适应这种速度，耳朵会感到不舒服。因为，和空气相比，水是传播声音更好的媒介，声音在水中的传播速度是空气中的四倍。

这时，地面明显向下倾斜，光线的色调变得单一。我们到达一百米的深度，身受十个大气压的压力。但是，我的潜水服就是按这个要求设计的，性能很好。我承受着巨大压力，却丝毫不感到难受。我只觉得手指关节不灵活，而且这种不适很快就消失了。穿着很不习惯的奇装行走两小时，通常会使人感到疲劳，而我一点也不觉得累。有了海水的帮助，我的行动轻松自如。

到了三百英尺这个深度后，我还能看见阳光，不过只能看到微弱的光线。强烈的阳光不见了，只有微红的暮色，介于白天和黑夜之间的半明半暗状态。但是，我们能看清道路，还没有必要使用伦可夫灯。

这时，内摩船长停下脚步。他等我赶上来，用手指着不远处黑暗中隐约可见的物体。

我想，这大概就是克雷斯波森林了。我的猜测完全正确。

Chapter 17
海底森林

　　我们终于来到这海底森林边上，这大概是内摩船长拥有的辽阔地盘上最美的森林之一。他把这片森林看做自己的，授予自己支配它的权利，如同创世时期最初的人类把世界归于自己。何况，谁会来和他争夺这海底财产呢？哪会有比他更大胆的开拓者，手拿斧子，到这阴暗的丛林中来垦荒呢？

　　这片森林里只有乔木状的高大植物。我们一走到它宽阔的拱顶下，我的目光就被奇特的枝叶排列吸引住了，我从未见过这种景象。

　　地上没有一棵野草。小树上丛生的枝条全都笔直地伸向海面，没有一根倒伏在地，也没有一根弯曲向下或伸向水平方向。不管它们的粗细如何，一切丝状物和带状物都像铁杆那样笔直。墨角藻和藤本植物都垂直向上生长，那是因为构成它们的物质密度很大。而且，这些生物始终保持一个姿态。我用手把它们分开，但是一松手，它们又恢复原来的状态。这真是一个垂直线世界。

　　我很快就看惯了这种奇特现象，也习惯了我们周围的昏暗环境。森林的地面上到处是尖利的石块，很难躲开。我认为，那里的海底植物品种相当齐全，甚至比北极地区或者热带地区的种类更多。但是，最初几分钟内，我不知不觉地混淆了这些生物的区分，把植形动物当做水生植物，把动物当做植物。谁又能不搞错呢？在这海底世界里，动物和植物非常相似！

　　我发现，所有这些植物界产品直立在地面上，只有底部树干的表面与地面接触。它们没有根，支撑它们的是什么样的固体，是沙子、贝壳、甲壳还是卵石都无关紧要。它们需要的只是一个支点，不是维持生命的营养。这些植物自生自长，它们生命的源泉在水中，水支撑着它们，营养着它们。它们大多没有叶子，只长一些形状不规则的薄片。薄片局限于不多的几种颜色，有玫瑰红、胭脂红、青绿、橄榄绿、浅褐色和褐色。我在这里又见到了团扇藻，当然不是"鹦鹉螺"号上那种风干的标本，而是呈扇形展开、好像能扇起微风的活生生的团扇藻。还有鲜红色的仙菜，伸出可食用嫩芽的海带，高达十五米、弯弯曲曲、呈丝状的海囊藻，一束束枝端肥大的棱柄盘菌，以及许多其他海洋植物，上面都没有花朵。一位风趣的生物学家说过："动物类开花，植物类不开花，这真是一种奇特的反常现象，一个神乎其神的地方！"

这些小树的高度与温带树木不相上下。在各种小树之间，在它们潮湿的树荫下，生长着一堆堆开着鲜花的荆棘丛，生活着一排排植形动物。它们上面有许多带弯曲条纹的脑珊瑚、触须透明的暗黄色石竹珊瑚、一簇簇青草般的石花珊瑚。最使人眼花缭乱的是蝇鱼，它们像成群的蜂鸟一样，从这枝飞到那枝。而那些两腮耸起、鳞甲尖利的黄色囊虫鱼、豹鲂鮄、松球鱼，在我们脚下跃起，就像一群沙锥。

将近一点时，内摩船长发出信号，叫大家暂停前进，这正合我意。我们躺在一个拱形翅藻群下面，翅藻细长的枝条像箭一样直立着。

在这种情况下休息，对我来说，别有趣味，十分舒服。美中不足的是无法交谈，不能说话，也不能回答。我只能把肥大的铜头靠近孔塞耶的头。我看到，这可爱的小伙子双眼发亮，十分满意。为了表达他的心情，他在盔甲里乱动，那神态着实滑稽可笑。

走了四小时，我却并不感到饥饿，并不很想吃东西，心里十分纳罕。为什么会这样，我说不清。但是，像所有的潜水人员一样，我很想睡觉，难以克制。因此，我的眼睛很快就在厚厚的玻璃后面闭上了。我无法控制自己，昏昏欲睡。刚才是因为不停地走动才战胜了睡意，坚持到现在。内摩船长和他那健壮的同伴躺在这清澈晶莹的水中，比我们先进入梦乡。

这种半睡半醒的状态持续了多长时间，我无法估计。醒来时，我好像看见太阳正向着地平线落下来。内摩船长已经站起来，我开始伸伸胳膊伸伸腿。就在这个时候，一个意外的东西出现了，我腾地站起来。

离我几步远的地方，有一只高达一米的特大海蜘蛛。它斜着眼睛注视我，准备向我扑来。尽管潜水服很厚，有它保护，我不会被这动物咬伤，但我还是被吓了一跳。孔塞耶和"鹦鹉螺"号水手正好醒来，内摩船长把这可怕的甲壳动物指给同伴看，水手一枪就结果了它。我看到那怪物吓人的爪子还在抽搐扭动。

由于遇见了这个怪物，我想，这黑暗的海底一定还有其他更可怕的动物经常出现，我的潜水衣也许抵挡不住它们的进攻。以前我从未想到这种可能性，现在我决心提高警惕。我以为休息标志着我们这次散步已到终点，其实我错了。内摩船长不是向着"鹦鹉螺"号往回走，而是继续前进，继续大胆游览。

地面一直在向下倾斜，而且倾斜度越来越大。斜坡把我们引向更深的海底。我们到达一个狭窄的谷地，大概快到三点钟了。谷地两侧是峭壁，位于一百五十米深的地方。这样，由于装备完善，我们超过了至今似乎是大自然强加给人类的海底游览的最大深度，也就是九十米。

尽管我没有仪器测量，但我敢说是一百五十米。我知道，即使是在最清澈的水中，太阳光也不可能照射到一百五十米以下的地方。而现在，我们周围正好是一片漆黑。十步外的物体，一件也看不见。因此，我摸索着往前走。这时，我突然看见一道相当强的白光，是内摩船长刚刚打开他的电光灯。接着是他的同伴，随后是我和孔塞耶，我们都打开了。我转动一个螺丝钉，接通感应线圈和蛇形玻璃管，灯亮了。我们的四盏灯把大海照亮，周围二十五米以内的海水闪闪发光。

内摩船长继续向黑暗的森林深处走去，那里小树越来越稀少。我发现，植物比动物更容易失去生命力。变得干燥的地面上没有一棵海洋植物，但是海洋动物仍然多得惊人，有植形动物、软体动物和鱼。

一只特大海蜘蛛。

我边走边想。我想，伦可夫灯的光线一定会引来黑暗水层的居住者。它们确实来了，但是和我们保持相当大的距离，猎手无法射中它们。好几次，我看见内摩船长停住脚步，举枪瞄准。他观察一会儿，重新站立起来，继续向前走。

最后，将近四点时，这次神奇的游览结束了。一堵雄伟壮丽的石墙矗立在我们面前。它由巨大石块堆积而成，是高大的花岗岩悬崖，上面有许多黑糊糊的岩洞，但是没有可攀登的坡道。这是克雷斯波岛的尽头，是陆地了。

船长突然停住脚步。他用手势命令我们停止前进。我多么希望能翻越这堵墙，但是我不得不止步。内摩船长的领地到此为止，他不愿越过界线。墙那边是地球的陆地部分，他永远也不想再踏上陆地了。

我们开始往回走。内摩船长仍然走在队伍前面，毫不犹豫地一直往前走。我发现，我们返回"鹦鹉螺"号时走的不是原先的路。这条新路非常陡峭，因此很难走。沿着这条路走，我们很快接近海面。但是，如果返回上层海水过于迅速，水压减小过快，就会引起肌体严重紊乱，造成潜水人员致命的内伤。因而我们上来的速度不算太快。不一会儿，阳光重新出现，而且越来越强。夕阳西下，阳光的折射使各种物体周围重新套上一个光环。

在离海面十米的地方，我们走在一大群各式各样的小鱼中间。它们比空中的飞鸟数量更多，身体更敏捷。但是，值得射击的水栖猎物还未在我们眼前出现。

就在这一时刻，我看见船长迅速地把武器放到肩上，枪口跟踪着荆棘丛中一个走动的东西。子弹打出去了，我听到一阵轻微的嘘嘘声，动物在离我们几步远的地方被电击倒。

这是一头漂亮的海洋獭类动物，一只海獭。海獭是唯一完全生活在海里的四足动物。这只海獭身长一米半，价值一定很高。它的皮，上部呈栗褐色，下部呈银白色，可以制成人们喜爱的皮货，在俄罗斯和中国市场上备受青睐。它的毛纤细而有光泽，这块毛皮至少值两千法郎。我非常喜欢这种奇特的哺乳动物，它有一个圆圆的脑袋，上面长着一对短耳朵，两只圆眼睛，它那白色的胡子很像猫须。它的掌形脚上有爪子。它长着一条毛茸茸的尾巴。由于渔民的追逐和围捕，这种珍贵的食肉动物已经极其罕见。过去它主要藏身于太平洋北部水域，现在似乎快要绝种了。

内摩船长的同伴走过来，拿起水獭，放到肩上。我们重新上路。

我们脚下是一片细沙平原，我们在平原上走了一小时，平原经常上升到离海面不足两米的高度。这时，我可以看到我们的身影倒映在水中，十分清楚。在我们头顶上，有一群和我们一模一样的人，他们的一举一动和我们毫无二致。总而言之，一切都相同，只是他们头朝下，脚朝上。

还有一点值得写下来。那就是有一些厚厚的云层飘过，它们迅速形成，又迅速消散。但是仔细一想，我明白了。这些所谓的云只不过是来自海底的厚度变化不定的长浪。我甚至看到浪峰碎成浪花，海面上就出现无数带泡沫的"絮状云"。只要我们头顶上方有大鸟飞过，我就能看到它们的阴影迅速掠过海面。

这时，我亲眼目睹了一次最震动猎人心弦的射击。一只大鸟张着宽大的翅膀在空中翱翔，我们清楚地看到它正向我们飞来。内摩船长的同伴举枪瞄准。当大鸟离海面只有数米时，枪响了。大鸟被击落，掉在离灵巧射手不远的地方。他一把抓起猎物，那是一种最美丽的信天翁，一个可爱的海洋鸟类品种。

我们没有因这个插曲而停住脚步。我们又走了两小时，时而走在细沙平原上，时而走在大型海藻地上，海藻地很难穿越。说实话，我已经筋疲力尽。这时，我突然看见离我半海里外有一道朦胧的光线，照亮了海水。这是"鹦鹉螺"号的船灯。大概要不了二十分钟，我们就可以回到船上。到了船上，我可以自由自在地呼吸。而现在，我的储气瓶似乎已经不能供给我充足的氧气。但是，我没有想到会有意外遭遇，它使我们稍稍推迟了回到船上的时间。

我走在船长后面，和他相距二十来步。我看见船长突然转过身来，用

一只大鸟张着翅膀在空中翱翔。

他那有力的手把我按倒在地。他的同伴立即把孔塞耶按倒。开始时，我不明白他为什么突然进攻我。后来，看到船长躺在我身边，一动也不动，我才放下心来。

我躺在地上，正好躺在大藻丛后面。我抬起头，看见两个庞然大物从我们面前经过，发出巨大响声，射出道道磷光。

我浑身冰凉，血液快要在血管里凝固了！我看清楚了，那是庞大的角鲨在威胁着我们的安全。是一对火鲛，可怕的鲨鱼，尾巴巨大，目光呆滞无神，嘴巴周围的圆孔中分泌出磷光物质。这种巨大的怪兽可以用它铁钳般的双颚把整个人嚼碎！我不知道孔塞耶是否正忙于给它们归类。而我呢，我不是以一名生物学家的身份，而是从一个受害者的角度出发，以不科学的眼光观察它们银白色的腹部和长满利牙的大嘴。

幸运的是，这些贪吃的动物在水中看不清楚。它们游过去了，浅褐色的鳍从我们身边擦过，却没有发现我们。我们就这样奇迹般地躲过了这场灾难。这次的遭遇肯定比森林深处遇见老虎更危险。

半小时后，在电光指引下，我们到达"鹦鹉螺"号所在地。外面那扇门仍然开着。我们进到第一间小屋后，内摩船长把门关上。然后，他按动电钮。我听到船内水泵开始工作。我感觉到周围的水面在下降。过了一会儿，小屋里的海水全部排空。这时，里面那扇门开了，我们走进衣帽间。

在那儿，我们费了九牛二虎之力脱下潜水服，走回舱房。我疲惫不堪，又饿又困，倒在床上，心里却对这次神奇的海底游览赞叹不已。

Chapter 18
太平洋底四千里

第二天，十一月十八日，早晨醒来，我精力充沛，前一天的疲劳已经荡然无存。我登上甲板。这时，"鹦鹉螺"号大副正在说着他每天都说的那句话。我头脑里突然闪出一个念头：这句话与海面情况有关，更确切地说，这句话的意思是"我们什么都看不见"。

实际情况正是如此。茫茫大海，一片荒凉。抬头望去，看不到一片风帆。克雷斯波岛的高地已在夜间消失。大海吸收了棱镜分离的各种色彩，只把蓝色光线射向四面八方，海面笼罩着一层美丽的靛蓝色。茫茫大海上出现了一条整齐的宽波纹闪光带。

我正在欣赏海面壮丽的景色，内摩船长来了。他着手进行一系列天文观测，似乎没有发现我。观测结束后，他走过去，肘靠船灯小架，凝视着海面。

这时，"鹦鹉螺"号二十来名水手登上甲板，个个身强力壮。他们是来收昨夜撒下的大拖网的。这些水手的体型都像欧洲人，但是他们显然来自不同的国家。我想我不会看错的，我认出其中有爱尔兰人、法国人、几个斯拉夫人、一个希腊人或干尼亚①人。这些人说话谨慎，彼此间只使用那种奇怪的方言，我连这种方言的来源都猜不出。因此，我只好打消询问他们的念头。

渔网拉上船来了。这些网很像诺曼底沿海地区使用的拖网。这是一些大

---

① 干尼亚，现名伊拉克利翁，希腊克里特岛最大的城市和主要港口。

口袋，一根漂浮的横木和一根穿在下部锚链环中的链子把袋口撑开。这些大口袋固定在铁套架上，拖在船后面。船行走时，渔网扫过海底，把经过地区的海洋产品一扫而光。那一天，它们在这片海域捕获了一些奇特品种的鱼。其中有海蛙鱼，它们的动作滑稽可笑，人们称之为丑角鱼；黑色的康氏马鲛，长有触须；波纹鳞鲀，身上有红色带纹；新月形鲀鱼，它们的口液毒性很大；几条暗绿色七鳃鳗；银鳞长吻鱼；旋毛鱼，它们身上的电能与电鳗、电鳐不相上下；带鳞弓背鱼，身上有褐色横纹。还有浅绿色鳕鱼，多种虾虎鱼等。最后，还有一些体积更大的鱼。一条鲹鱼，头部隆起，身长一米；好几条美丽的舵鲣鲭鱼，身上有蓝色和银白色花纹；三条艳丽的金枪鱼，尽管它们前进的速度很快，但是也未躲过"鹦鹉螺"号的渔网。

据我估计，这一网捕获了一千多斤鱼。这次捕捞收获不小，但不能说收获惊人。渔网在船后拖了好几个小时，各式各样的海洋生物都被装进这个线牢。因此，我们不会缺少优质食品。"鹦鹉螺"号航行速度快，又有电光吸引，食品会源源而来。

各种各样的海洋产品立即被从盖板口送到食品储藏室。一部分新鲜食用，一部分储存起来。

捕捞完毕，空气也更换了，我以为"鹦鹉螺"号会立刻继续海底游览。我正准备回房间，内摩船长突然转过身来，开门见山地对我说：

"教授先生，您看这大海，它不是具有真正的生命吗？它不是既会发火，也能温柔吗？昨天，它和我们一样睡着了。安安静静睡了一夜，现在它苏醒了！"

他不说早安，也不说晚安！从这个怪人说话的口气来看，好像我们早就开始交谈，现在只是在继续往下谈！

"您看，"他接着说，"大海在太阳的抚摸下苏醒！它马上就要重新开始白天的生活！跟踪它的机体活动是一个有趣的研究课题。它有脉搏，有动脉，有痉挛。科学家莫里发现，正如动物有血液循环一样，大海也有真正的体内循环。我认为他说的有道理。"

很明显，内摩船长并不期待我回答他。我觉得没有必要对他说一大堆"显然""肯定""您说得对"。与其说他在对我说话，不如说他在对自己说话，每句话之间停顿很长时间。这是一种独特的沉思方式，边说边思考。

"是的，"他说，"大海具有真正的体内循环。要使海水循环，只需由造物主给它更多的热量、盐和微生物。热量使海水具有不同的密度，形成顺流和逆流。在北极地区不存在蒸发现象，而在赤道地带水分大量蒸发。蒸发现象使热带水分和极地水分不断交流。而且，我发现，水从高处流到低处，从低处流到高处，这种流动构成海洋真正的呼吸运动。我看到过这样一种情景：海水分子在海面上受热后，向着海洋深处运动。冷却到零下二度时，达到它的最大密度。然后，它继续冷却，变轻，又回到海面上。您将会在极地看到这种现象的后果，您将会明白为什么有了英明大自然的这条规律，冰冻现象只在水面上发生！"

听到内摩船长这么说，我心中想着："极地！难道这个无所畏惧的人物想把我们一直带到那里去吗？！"

这时，船长不说话了，默默注视着大海。这是他孜孜不倦地全面研究的对象。过了一会儿，他接着说：

"教授先生，海水中含有大量的盐。假如您把溶解在海水中的盐全部提炼出来，那您就可以把它们堆成一个体积为四百五十万立方里的立方体。假如把这些盐铺在地球表面，这盐层可高达十多米。您不要以为是大自然心血来潮，把这么多盐放入水中。不是的。盐使海水不易蒸发，盐使风不能刮走过多的水蒸汽。如果这些水蒸汽化成水，它们可以淹没温带地区。盐在地球总经济中起着重大作用，起着平衡作用！"

内摩船长不做声了，站起来，在甲板上走了几步，又转过身向我走来。

"至于纤毛虫，"他接着说，"至于那几十亿微动物，在一小滴海水中就有几百万个。八十万个这种小动物才重一毫克。但是，它们的作用同样很重要。它们吸收海水中的盐，吸收海水中的固体物质。它们制造红珊瑚和石珊瑚，它们是石灰质陆地真正的建造者！失去矿物质的水滴变轻，升到海面，吸收由于水分蒸发而过剩的盐。水滴变重，又回到海洋深处，给微生物带来新的可吸收物质。这样，海水自上而下又自下而上流动，不停地运动，永远充满生命气息！海洋的每一个部分都比陆地更富有生命力，更加生气勃勃，生命在海洋里更无止境。有人说，海洋在人类眼中是没有生命的，但是对无数动物和我来说，它充满生气！"

内摩船长说这话时，脸色都变了，他的话也使我异常激动。

"因此，"他接着说，"真正的生活在海上！我打算建造一些水上城市，海底住宅区。这些海底房屋和'鹦鹉螺'号一样，每天早晨回到海面上来呼吸。这些是真正的自由城市，独立城市！谁知道是否还会有暴君……

内摩船长用一个猛烈的动作结束了这句话。然后，好像是为了驱走一个不祥的念头，他直截了当地问我：

"阿罗纳克斯先生，您知道大海有多深吗？"

"船长，我至少知道几次重要测量的结果。"

"您能告诉我吗？必要时，我想验证这些数字。"

"下面是我记得的几个数字，"我回答说，"如果我没有记错的话，大西洋北部的平均深度为八千二百米，地中海的平均深度为两千五百米。最引人注目的几次测量是在大西洋南部、靠近南纬三十五度的地方进行的，测得的结果是一万二千米、一万四千零九十一米和一万五千一百四十九米。总而言之，假如海底是个水平面，估计它的平均深度为七千米左右。"

"好，教授先生，"内摩船长说，"我希望能拿出更准确的数字给您看。我可以告诉您，太平洋这个地区的平均深度只有四千米。"

内摩船长说完这些话，向盖板走去，走下楼梯就不见了。我跟着他下来，回到客厅。螺旋桨立刻开始旋转，测程仪上标明船速为每小时二十海里。

几天过去了，几个星期过去了，内摩船长很少来看望我们。我难得见到他。大副定时来测定船的位置，标在地图上。我看了地图，就可以准确地记下"鹦鹉螺"号航行的路线。

孔塞耶和内德·兰常在我身边。孔塞耶向他的朋友讲述了我们在海底散步时见到的各种神奇生物。加拿大人后悔没有和我们一起去。我希望以后还有机会游览海底森林。

客厅的窗板几乎每天都打开几小时，我们的眼睛不知疲倦地探索着海底世界的奥秘。

"鹦鹉螺"号基本上向着东南方向航行，它保持在一百至一百五十米的深度上。但是，有一天，不知为什么，它突然利用斜板沿着对角线斜向下潜，到达两千米深的水层。这时，温度计上标着摄氏四点二五度。在这个深度上，不同纬度地区的海水似乎都保持着这个温度。

十一月二十六日凌晨三点，"鹦鹉螺"号在西经一百七十二度处越过北回归线。二十七日，"鹦鹉螺"号上的人已经可以望见桑威奇群岛。一七七九年二月十四日，著名航海家科克①就在这群岛上被杀死。我们自出发以来，已经航行了四千八百六十里。早晨，我登上甲板时，看到夏威夷岛就在下风处两海里的地方。夏威夷岛是桑威奇群岛七个岛屿中最大的一个。我清楚地看到海岛四周的耕地，与海岸线平行的各条山脉以及岛上的火山，其中最大的是摩那罗亚山，高度为海拔五千米。在这一带捕获的海产品中，除了其他种类外，还有帕翁丝扇藻，形状优美的扁平水螅体，它们是这一带海域特有的生物。

"鹦鹉螺"号继续向东南方向航行。十二月一日，在西经一百四十二度处跨越赤道。经过几天平安而快速的航行后，十二月四日，我们来到马克萨斯群岛附近海域。我看到群岛中法属最大海岛努加衣瓦岛的马丁岬和我们相距三海里，位于南纬八度五十七分、西经一百三十九度三十二分。我只能远远地看到森林密布的山岭，因为内摩船长不喜欢靠近陆地。在这一带海上，"鹦鹉螺"号捕获了几种美丽的鱼，其中有哥利芬鱼，鳍呈天蓝色，尾呈金黄色，肉质鲜美无比；全裸鲤，全身几乎无鳞，但是味道很好；带骨颚的骨吻鱼；浅黄色的塔查鱼，能与舵鲣媲美。所有这些鱼都可以列入船上的膳食。

---

① 科克（1728—1779），英国航海家和探测家，曾领导三次探测航行。第三次航行中发现桑威奇群岛，在一次与当地人的殴斗中被杀。

离开这些受法国国旗保护的迷人海岛后，"鹦鹉螺"号从十二月四日至十一日航行了约两千海里。在这次航行中，我们遇见了一大群枪乌贼，这是一种奇特的软体动物，与墨鱼十分相像。法国渔民称之为"encornets"，它们属于头足纲、二鳃科。这一科还包括墨鱼和船蛸。古代生物学家对这类动物进行了专门研究，它们给古雅典政治集会广场上的演说家提供了不少隐喻资料。据生活在加利安①之前的希腊医生阿泰内说，这类动物也是有钱人餐桌上的美味佳肴。

那是在十二月九日至十日的夜间，"鹦鹉螺"号遇见了这支软体动物大军，它们非常喜欢在夜间出来活动。这支大军有几百万成员。它们沿着鲱鱼和沙丁鱼的路线，从温带向更暖和的地方转移。我们透过厚厚的石英玻璃看见，它们极其迅速地向后游动，它们靠管状外套腔喷水游动，追逐着鱼类和软体动物，吞食小鱼，有的被大鱼吃掉。大自然给它们头上安了十只脚，好像是一个充气蛇形管，它们杂乱无章地挥动这些腕，那情景无法描绘。尽管"鹦鹉螺"号航速很快，但还是花了好几个小时才穿过这群动物，并捕获了无数枪乌贼。在它们中间，我辨认出奥尔比尼②划分的九种太平洋枪乌贼。

在这一段航行中，我们看到，大海不断地把一场场最精彩的表演奉献给我们，这些节目变化无穷。大海更换着布景和舞台装置，使我们百看不厌。我们不仅要观赏造物主在海水中的作品，而且要探索海洋最令人生畏的秘密。

十二月十一日，我整天在客厅里看书。内德·兰和孔塞耶透过半开的窗板观察闪闪发光的海水。"鹦鹉螺"号一动不动。水箱装满了水，船保持在一千米的深度。这个地区的海洋生物很少，只有大鱼偶尔出现。

这时，我正读着让·马塞写的一本很有趣的书，书名叫《为胃效劳的人》。我兴致勃勃地领略着书中巧妙的教诲，突然，孔塞耶的叫声使我不得不放下书本。

"先生，愿意过来一下吗？"他对我说，声音变得很怪。

---

① 加利安（131—201），古罗马著名医生。
② 奥尔比尼（1802—1854），法国生物学家，微体古生物学奠基人。

"出什么事了，孔塞耶？"

"请先生过来看吧。"

我站起来，走过去，肘靠玻璃窗向外观望。

外面一片光明，电光中有一个黑糊糊的巨大物体，悬在海水中间，一动不动。我仔细观察，努力辨认这庞大鲸类动物的属性。头脑中突然闪过一个念头。

"一条船！"我大声说。

"是的，"加拿大人回答，"这是一条失去控制、垂直下沉的船！"

内德·兰说得对。出现在我们面前的是一条船，断裂的桅索还挂在铁链上。船体看来仍然完好，这起海难事件至多发生在几小时前。三根桅杆在离甲板两英尺处折断，说明这条侧倾的船不得不牺牲全部桅杆。船侧身躺在水中，船内装满了水，仍向左舷倾斜。看到这残骸沉入波涛中，真叫人心如刀割，但是，更加惨不忍睹的是甲板上还躺着几具用绳索捆住的尸体。我看到四个男子、一位妇女。其中一个男子站在舵旁，那妇女手中抱着一个孩子，一只脚刚跨出艉楼甲板窗。这位妇女很年轻。"鹦鹉螺"号灯光很亮，我可以看清她的相貌，因为海水还未泡烂她的脸。她竭尽全力把孩子举到头顶上，那可怜的孩子双臂紧搂着母亲的脖子！四名男子的样子十分可怕，他们扭着身子，拼命挣扎，试图挣脱那把他们捆在船上的绳索。只有舵手比较镇静，面部表情坚定而严肃，灰白的头发贴着前额，他一手有力地抓着舵轮，好像还在驾驶着这遇难的三桅帆船穿越海底！

多么凄惨的场面！这场面真像是最后一刻拍摄下来的照片！面对这确确实实的沉船事件，我们心惊肉跳，目瞪口呆。我看见巨大的角鲨受到人肉的引诱，双眼发亮，已经游过来了！

这时，"鹦鹉螺"号掉转船头，绕沉船一周。我看见船尾牌子上写着：

佛罗里达号，森德兰港①

----

① 森德兰港，英国海港，位于北海海岸，威尔河口。

Chapter 19
瓦尼科罗岛①

　　这可怕的场面是"鹦鹉螺"号航路上即将遇见的一连串海难事件中的第一件。自从"鹦鹉螺"号进入来往船只较多的海域后，我们经常看到遇难船只在水中腐烂。在更深一点的地方，大炮、炮弹、铁锚、铁链和其他许多铁制品上布满锈斑。

　　我们生活在"鹦鹉螺"号上，与世隔绝，它带着我们穿洋过海。十二月十一日，我们来到帕摩图群岛附近，从前布干维尔②称之为"危险的岛群"。帕摩图群岛从东南偏东到西北偏西，长五百里，位于南纬十三度三十分至二十三度五十分、西经一百二十五度三十分至一百五十一度三十分之间，包括从迪西岛到拉扎列夫岛的六十来个岛群，其中有法国的保护地甘比尔群岛③。帕摩图群岛面积为三百七十平方里。这些岛屿都是珊瑚环礁。珊瑚虫分泌物使地面不断缓慢地上升，总有一天会把这些小岛连接起来。然后，新形成的岛又与邻近的群岛相接。这样，从新西兰岛和新喀里多尼亚岛④一直到马克萨斯群岛将会连成一片，成为第五大洲。

　　一天，我向内摩船长讲述这一理论，他冷冰冰地回答我说：

---

① 瓦尼科罗岛，美拉尼西亚群岛的一个小岛，位于西南太平洋。
② 布干维尔（1729—1811），法国航海家。
③ 甘比尔群岛，位于太平洋中南部，是帕摩图群岛的南延部分。
④ 新喀里多尼亚岛，美拉尼西亚群岛的一个重要岛屿。

"地球上需要的不是新的大陆，而是新的人！"

"鹦鹉螺"号无意中正好驶向克莱蒙—托内尔岛，这是岛群中最奇特的海岛之一。一八二二年，"密涅瓦"[①]号船长贝尔发现该岛。我因此得以研究构成太平洋岛屿的石珊瑚系统。

千万不要把石珊瑚和普通珊瑚混为一谈。石珊瑚的机体组织上有一层石灰质硬皮。我著名的老师米尔纳·爱德华兹根据结构上的不同，把它们分成五部分。几十亿分泌石灰质的微小生物，生活在石珊瑚体内由膈膜分成的小腔深处。它们分泌的石灰质长期积累，成为岩石、暗礁、小岛、岛屿。在一个地方，它们形成一个圆环，围成一个礁湖或一个小小的内湖，小湖边缘有缺口，与大海相通。在另一个地方，它们形成一个栅栏状暗礁群，新喀里多尼亚和帕摩图群岛各岛的沿海地区就是这种情况。在另一些地方，如在留尼汪岛和毛里求斯岛，它们垒起带状礁石，好像是笔直的高墙，高墙附近的海非常深。

"鹦鹉螺"号在离克莱蒙—托内尔岛边缘几链的地方航行，我欣赏着这些肉眼看不见的微小劳动者完成的巨大工程。这些高墙是名叫多孔珊瑚、有孔珊瑚、星珊瑚和脑珊瑚的石珊瑚完成的杰作。这些珊瑚虫主要生长在海面波涛汹涌的水层，因此，它们从上部开始造礁，造成的礁石和支撑它们的剩余分泌物一起逐渐下沉。至少，达尔文[②]的理论是这样的，它解释了珊瑚岛的形成过程。我认为，达尔文的理论比另一种理论更令人信服。后一种理论认为，石珊瑚是以淹没在海平面以下几英尺的山峰或火山为造礁基础的。

我可以在很近的地方观察这些奇特的高墙。探测器按垂直方向测得的高度为三百米。带光泽的石灰岩，在"鹦鹉螺"号电光波照耀下，闪闪发光。

孔塞耶问我，形成这些巨大栅栏需要多少时间。我回答他说，科学家们认为，每一百年增高八分之一英寸。我的话使他大吃一惊。

---

① 密涅瓦，罗马神话中的智慧女神。
② 达尔文（1809—1882），英国博物学家，进化论的奠基人。

"那么,"他说,"堆积成这些高墙用了……"

"十九万二千年,孔塞耶。这比《圣经》记载的时间长得多。其实,煤炭的形成,也就是说,受洪水冲击埋入地下的森林变成矿物,所需时间多得多。不过,我要补充一点,《圣经》上的一天是一个时期,而不是两次日出之间的时间。因为按照《圣经》的说法,太阳不是开天辟地第一天开始有的。"

克莱蒙—托内尔岛地势低洼,布满树木。当"鹦鹉螺"号回到海面上时,我一眼望去,可以把海岛的发展史看得一清二楚。很明显,岛上礁石已经在旋风和暴风雨的风化腐蚀下变成了沃土。从前有那么一天,邻近陆地上的一粒种子被飓风刮起,落在海岛灰岩层上。灰岩夹杂着腐烂分解了的鱼类和海洋植物,变成了腐殖土。一些果核被海浪冲到这新形成的海岸上。种子发芽,生根,长成大树,大树阻止水分蒸发,小溪出现了。植物越来越多,一些微生物、蠕虫、昆虫,爬到被风刮倒的树干上。乌龟来这里下蛋,飞鸟在新长成的树上筑巢。就这样,越来越多的动物开始在这里生活。岛上一片翠绿,土壤肥沃,吸引着人类,人也就在海岛上出现。这些小岛,这些肉眼看不见的微小生物的大作,就这样出现了。

傍晚时分,克莱蒙—托内尔岛在远处消失了。"鹦鹉螺"号明显改变了航道。在西经一百三十五度处抵达南回归线后,它掉转船头,朝西北西方向航行,重新穿越整个热带地区。尽管夏日的阳光很强,但我们一点都不感到炎热难忍,因为在海平面以下三十至四十米的水中,温度不超过十至十二度。

十二月十五日,我们在迷人的社会群岛[1]和优雅的太平洋王后塔希提岛西侧驶过,没有靠近。早晨,我看见岛上高高的山峰就在下风处几海里的地方。海岛附近海域给船上提供了美味的鱼类,有鲭鱼、舵鲣、长鳍金枪鱼和好几种海蛇。

---

[1] 社会群岛,南太平洋岛群。由塔希提岛等十五个火山岛组成。

　　这时，"鹦鹉螺"号已经航行了八千一百海里。当它在汤加—塔布群岛①和航海家群岛②之间航行时，测程仪上标明已航行了九千七百二十海里。汤加—塔布群岛是"阿尔戈"号、"太子港"号和"波特兰公爵"号船员丧生的地方。拉佩鲁兹③的朋友朗格勒船长在航海家群岛被杀害。然后，我们又来到维提群岛④附近。就是在这岛上，野蛮人屠杀了"团结"号的水手和可爱的"若斯菲娜"号船长、南特⑤人比罗。

　　维提群岛南北长一百里，东西宽九十里，位于南纬二度至六度、西经一百七十四度至一百七十九度之间。它由许多岛屿、小岛和岛礁组成，其中有维提莱武岛、瓦努阿莱武岛和坎达武岛。

　　这岛群是塔斯曼⑥于一六四三年发现的。就在那一年，托里切利⑦发明了气压计，路易十四⑧登基。我不知道这几件事哪一件对人类最有益处。后来，库克于一七一四年、当特尔卡斯托⑨于一七九三年来到这里。最后，迪蒙·迪尔维尔⑩于一八二七年来摸清这个群岛的地理情况。"鹦鹉螺"号驶近了怀莱阿湾，狄龙船长的惊险奇遇就发生在这里，狄龙船长第一个揭开了拉佩鲁兹遇难的秘密。

　　我们在海湾中撒了好几次网，捕获许多美味的牡蛎。按照塞内克⑪的劝告，我们把牡蛎放到桌子上打开后，尽情地吃着。这种软体动物通常叫做瓣鳃牡蛎，科西嘉岛海域到处都有。怀莱阿湾的浅滩一定非常大。如果没有种种原因造成的破坏，这些动物堆积起来一定会填满海湾，因为一个牡蛎甚至

① 汤加—塔布群岛，汤加王国三个岛群之一，位于太平洋西南部。
② 航海家群岛，现名萨摩亚群岛，位于赤道以南，汤加岛以北，属于波利尼西亚群岛。
③ 拉佩鲁兹（1741—1788），法国航海家。
④ 维提群岛，南太平洋斐济的最大岛。
⑤ 南特，法国西部城市。
⑥ 塔斯曼（1603—1659），荷兰航海家。
⑦ 托里切利（1608—1647），意大利物理学家和数学家。
⑧ 路易十四（1638—1715），法国国王（1643—1715在位）。
⑨ 当特尔卡斯托（1737—1793），法国航海家。
⑩ 迪蒙·迪尔维尔（1790—1842），法国航海家。
⑪ 塞内克（2—65），古罗马哲学家。

能产两百万个卵。

在我们这种情况下，内德·兰师傅不必为自己吃得过多而后悔，因为牡蛎是唯一不会引起消化不良的菜肴。实际上，要得到一个人一天所需的三百一十五克氮素，至少要吃二百来个这种无头软体动物。

十二月二十五日，"鹦鹉螺"号航行在新赫布里底群岛①间。基罗斯②于一六〇六年发现此岛，布干维尔于一七六八年前来勘察，库克于一七七三年确定了目前的岛名。这个岛群主要包括九个大岛，从西北偏北至东南偏南成一条长带，位于南纬二度至十五度、东经一百六十四度至一百六十八度之间。我们在欧鲁岛附近经过。中午，我观察海岛，它好像一大片翠绿的树林，中间耸立着一座高高的山峰。

这一天是圣诞节。由于不能庆祝节日，内德·兰似乎感到非常遗憾，因为对基督教徒来说，圣诞节是真正全家团聚的节日，是非庆祝不可的节日。

我已有八天没有见到内摩船长了。二十七日早晨，他走进客厅。他的表情总是好像才离开了五分钟。我正忙于在地球平面球形图上查找"鹦鹉螺"号的路线。船长走过来，用手指着地图上的一个点，只说了一个词：

"瓦尼科罗岛。"

这个岛名很神奇。这是一群小岛，拉佩鲁兹的船队就在这里失踪。我听到这个名字，腾地站起来。

"'鹦鹉螺'号要带我们去瓦尼科罗岛？"我问。

"是的，教授先生。"船长回答。

"那么，我可以游览这些著名小岛吗？'罗盘'号和'星盘'号曾在这里撞得粉碎。"

"只要您愿意游览，教授先生。"

"我们什么时候到达瓦尼科罗岛？"

---

① 新赫布里底群岛，西南太平洋的岛群，由大小七十多个火山岛组成。

② 基罗斯（1560—1614），葡萄牙航海家。

"我们已经到达，教授先生。"

我走在内摩船长前面，登上甲板，双眼贪婪地望着远方。

在东北方，海面上露出两个大小不等的火山岛，四周有四十海里长的珊瑚礁围绕。瓦尼科罗岛就在我们面前，迪蒙·迪尔维尔硬要称它为探索岛。我们正对着瓦努港，这个避风小港位于南纬十六度四分、东经一百六十四度三十二分。从海滩到岛内山顶，地面一片绿色，高度约九百米的卡波戈峰矗立其中，俯视全岛。

"鹦鹉螺"号沿着一条狭窄的水道，穿过环岛石带，来到岩礁中，这里的海洋深度为五十米至六十米左右。我看见在红树的树荫下有几个野人。他们看见我们靠近海岛，显出十分惊讶的样子。看到这长长的黑色物体在水面上前进，他们会不会以为是必须提防的巨大鲸类动物呢？

这时，内摩船长要我讲述拉佩鲁兹的海难事件。

"船长，我知道的情况，人人都知道。"我回答他。

"那么，您是否可以把人人都知道的情况告诉我？"他问我，语气中略带讥讽。

"那非常容易。"

我向他讲述了迪蒙·迪尔维尔的最后著作中谈到的情况。下面就是这些著作的内容提要。

一七八五年，路易十六[①]派遣拉佩鲁兹和他的助手朗格勒船长去作一次环球航行。他们登上"罗盘"号和"星盘"号两艘轻巡航舰出发了。后来，这两艘舰艇杳无音信。

法国政府担心这两艘舰艇的命运，于一七九一年装备了两艘军需品运输舰"探索"号和"希望"号。这两艘运输舰于九月二十八日离开布雷斯特港[②]，舰队由当特尔卡斯托指挥。两个月后，据"阿尔贝马尔"号船长鲍恩

---

① 路易十六（1754—1793），法国国王（1774—1791在位）。
② 布雷斯特港，法国西部城市。

说，他们在新乔治亚岛① 附近看到了遇难船只残骸。但是，当特尔卡斯托不了解这个情况（何况这个消息不大可靠），他的船队驶向海军元帅群岛②，因为亨特船长报告说，拉佩鲁兹就在那儿遇难。

当特尔卡斯托白白寻找了一趟，毫无结果。"希望"号和"探索"号在瓦尼科罗岛前经过，没有停留。总而言之，这次航行非常不幸，当特尔卡斯托、两名助手和船员中的好几名水手都丢了性命。

太平洋上一位有经验的航海家狄龙船长，第一个发现遇难者确凿无疑的踪迹。一八二四年五月十五日，狄龙的船"圣帕特里克"号，在新赫布里底群岛的提科皮亚岛附近经过。一名印第安水手驾驶独木舟前来和他攀谈，卖给他一个银质剑柄，上面有雕刻字体的痕迹。这位印第安水手还说，六年前他在瓦尼科罗岛逗留时，曾见到两位欧洲人，他们的船好几年前就在岛礁上搁浅了。

狄龙猜想，一定是拉佩鲁兹的船队。这个船队的失踪曾经轰动全世界。狄龙想去瓦尼科罗岛，因为据那名印第安水手说，岛上有海难船只的许多残留物。但是，海上风大浪急，他无法前往。

狄龙回到加尔各答。在那儿，他设法使亚洲航运公司和印度航运公司对他的发现产生兴趣。他成功了，他们把一艘名叫"搜索"号的船交给他使用。一八二七年一月二十三日，狄龙在一名法国派遣人员的陪同下出发。

"搜索"号在太平洋上好几处靠岸寻找，然后于一八二七年七月七日抛锚停泊在瓦尼科罗岛，地点正是"鹦鹉螺"号现在所在的瓦努小港。

在岛上，狄龙收集到许多海难残留物，一些铁质用具、铁锚、滑轮索套、小炮、一发直径为十八厘米的炮弹、一些天文仪器残片、一块船顶碎片。还有一口铜钟，上面写着："巴赞为我制造。"这是一七八五年左右布雷斯特军火铸造厂的标记。因此，秘密已经揭开，不容怀疑。

狄龙留在出事地点，继续收集资料，直到同年十月。然后，他离开瓦尼科罗岛，驶往新西兰。一八二八年四月七日到达加尔各答，然后返回法国。

① 新乔治亚岛，西南太平洋所罗门群岛的主岛。
② 海军元帅群岛，美拉尼西亚群岛的一部分。

在法国，他受到查理十世①的热情款待。

但是，那时迪蒙·迪尔维尔已经出发去其他地方寻找海难地点，他并不了解狄龙的发现。事实上，确实有一条捕鲸船报告，一些勋章和一枚圣路易十字勋章落到了路易西亚德群岛②和新喀里多尼亚岛野人的手里。

因此，迪蒙·迪尔维尔在得到狄龙的消息之前，就率领"星盘"号出发了。狄龙刚离开瓦尼科罗岛两个月，他到达霍巴特港③。在那儿，他了解到狄龙取得的成果。而且他还获悉，"加尔各答团结"号大副詹姆斯·霍布斯曾登上一个位于南纬八度十八分、东经一百五十六度三十分的海岛，发现这一带沿海地区土人使用的铁棒和红色衣料。

迪蒙·迪尔维尔十分为难，不知道是否应该相信报上的这些消息，因为这是一些不值得信任的报纸。但是，最后他还是决定鼓足勇气，沿着狄龙的足迹前进。

一八二八年二月十日，"星盘"号到达提科皮亚岛，请一位住在岛上的逃兵做向导和翻译，向着瓦尼科罗岛航行。二月十二日，他见到了瓦尼科罗岛，沿着礁石航行，直到十四日。二十日，他才进入环岛石带内，把船停靠在瓦努港。

二十三日，好几名船员到岛上转了一圈，带回一些无关紧要的残留物品。岛上土人不是否认，就是推托，不肯带他们去出事地点。这种做法十分可疑，使人以为他们虐待了遇难人员。他们也确实好像害怕迪蒙·迪尔维尔来为拉佩鲁兹和他不幸的同伴报仇。

二十六日，土人们收到了礼物，懂得无须害怕报复，他们带领大副雅基诺先生去海难地点。

那儿，在帕库礁和瓦努礁之间五六米深的水中，有锚、炮、铁锭和铅锭，表面都有石灰质凝结物。"星盘"号的小艇和捕鲸船开往这个地方。船

---

① 查理十世（1757—1836），法国国王（1824—1830在位）。
② 路易西亚德群岛，美拉尼西亚群岛的一个岛群，位于新几内亚岛东南方。
③ 霍巴特港，澳大利亚塔斯马尼亚州的首府和港口。

员们费了九牛二虎之力，把一个重一千八百斤的锚、一门口径为八厘米的铸铁炮、一个铅锭和两门铜质回旋炮打捞上来。

迪蒙·迪尔维尔从土人口中得知，拉佩鲁兹在岛礁上损失了船队的两艘船以后，曾建造过一条较小的船，结果又一次出事……在什么地方，无人知道。

于是，他命人在红树丛中建造了一座衣冠冢，以纪念这位著名航海家和他的同伴们。这是一个简单朴素的四棱椎体，建在珊瑚石上，里面没有任何可能引起土人贪心的金属物品。

然后，迪蒙·迪尔维尔想离开这个地方。但是，由于这一带不良环境的影响，船员们发着烧，身体十分虚弱，他自己也病得不轻。直到三月十七日，"星盘"号才开航。

这时，法国政府担心迪蒙·迪尔维尔不了解狄龙的发现，派遣"贝荣内兹"号轻巡航舰去瓦尼科罗岛，这艘舰艇的指挥官是勒戈阿朗·德·特罗姆兰，当时正停泊在美洲西海岸。"星盘"号离开几个月后，"贝荣内兹"号到达瓦尼科罗岛。他们没有任何新的发现，但是看到野人没有亵渎拉佩鲁兹的陵墓。

以上是我向内摩船长讲述的故事主要内容。

"那么，"他对我说，"人们仍然不知道海难人员在瓦尼科罗岛建造的第三艘船沉没在什么地方，对吗？"

"没有人知道。"

内摩船长没有再说什么，示意我跟他去客厅。"鹦鹉螺"号潜入水下几米，窗板打开了。

我急忙向窗户走去，看到海水中厚厚的一层层珊瑚上覆盖着石芝、管状植物、海鸡冠和石竹珊瑚。下面有无数迷人的鱼，有魟鱼、槽纹鱼、唧筒鱼、棘鳍脂鱼和金鳞鱼。穿过鱼层，我看到一些拖网没有带走的残留物品，有铁箍、锚、炮、炮弹、绞盘索具、艄柱。这些物品都是遇难船只留下的，现在上面开满了鲜花。

我正看着这些沉船残骸，内摩船长严肃地对我说：

　　"拉佩鲁兹船长于一七八五年十二月七日率领'罗盘'号和'星盘'号出发。他首先抵达植物学湾①，游览了朋友群岛②和新喀里多尼亚岛，接着向圣克鲁斯群岛③航行，停靠在哈巴伊岛群的纳穆卡岛。然后，船队来到瓦尼科罗岛的无名礁石。'罗盘'号行驶在前面，搁浅于南海岸。'星盘'号前来救援，也搁浅了。'罗盘'号几乎当场撞坏，'星盘'号由于逆风而上，损坏稍轻，坚持了几天。土人对海难人员的态度相当热情。他们在岛上住下来，用两艘大船的残留物品建造了一艘较小的船。有几名水手自愿留在瓦尼科罗岛，其他船员体弱有病，跟着拉佩鲁兹出发。他们向着所罗门群岛④航行。船上人员和财物都在群岛主岛的西海岸失望角和满意角之间沉没了！"

　　"您是怎么知道这一切的？"我大声问。

　　"这里有我在最后一次海难事件的出事地点发现的资料！"

　　内摩船长给我看一个马口铁盒子，上面打有法国国徽印记，盒子已被含盐的海水腐蚀。他打开盒子，我看到里面有一卷文件，纸已发黄，但字迹仍可辨认。

　　这正是海军部长给拉佩鲁兹船长的指示，旁边还有路易十六的亲笔批语！

　　"啊！对于一名海员来说，这样死去真是死得其所！"内摩船长说，"这珊瑚坟墓是一座安宁的坟墓。愿上帝保佑，让我和同伴们也拥有这样的坟墓！"

---

① 植物学湾，位于澳大利亚新南威尔士州悉尼附近。
② 朋友群岛，即汤加群岛。
③ 圣克鲁斯群岛，西南太平洋岛群，位于所罗门群岛东南方。
④ 所罗门群岛，西南太平洋岛群，位于新几内亚以东。

Chapter 20
托雷斯海峡^①

十二月二十七日至二十八日夜间，"鹦鹉螺"号离开瓦尼科罗岛海域，以飞快的速度向西北方向航行。用三天时间从拉佩鲁兹群岛来到巴布亚^②东南端，行程七百五十里。

一八六八年一月一日，大清早，孔塞耶到甲板上来找我。

"先生，"可爱的小伙子对我说，"我可以祝先生新年好吗？"

"当然可以，孔塞耶，就像我在巴黎植物园办公室里一样。我接受你的祝贺，谢谢你。不过，我想问你，在我们这种情况下，新年好意味着什么，是在新的一年里我们将结束囚禁生活，还是将继续这种奇特的旅行？"

"说实话，"孔塞耶回答，"我不知道怎么对先生说。我们确实看到了一些稀奇古怪的东西。两个月来，我们丝毫不感到厌烦。每次新看到的奇景总是比以往更令人惊讶。长此以往，不知道将来会有什么样的结局。我想，以后我们再也不会遇到这种机会了。"

"永远也不会，孔塞耶。"

"而且，内摩先生这个人和他的拉丁语名字很相称，此人存在或不存在，都不会妨碍我们的行动。"

"你说得对，孔塞耶。"

---

① 托雷斯海峡，位于澳大利亚和巴布亚新几内亚之间。
② 巴布亚，位于澳大利亚以北。

"因此，请先生原谅我冒昧，我想，顺利愉快的一年就是能让我们看到一切的一年……"

"看到一切？孔塞耶，那可需要很长时间。内德·兰对此有什么想法？"

"内德·兰的想法正好和我相反，"孔塞耶回答，"这个人讲究实际，胃口很大。他不会满足于看鱼吃鱼。没有酒、没有面包和肉的生活不适合一个真正的撒克逊人，牛排是他的家常便饭，适量的白兰地或杜松子酒吓不倒他！"

"对我来说，孔塞耶，这一切绝不会使我烦恼。我非常适应船上的饮食。"

"我也很适应，"孔塞耶说，"内德·兰一心想逃跑，我却一心想留下来。因此，如果新的一年对我来说不顺利，那么，对他来说就是顺利，反之亦然。这样，我们当中总有一个满意。总而言之，我祝先生万事如意。"

"谢谢你，孔塞耶。不过，我请你把祝贺新年的事暂时放一放，以后再说。现在先好好握一次手，目前我只能这么做。"

"先生从来没有这样慷慨大方过。"孔塞耶说。

说完这句话，小伙子就走了。

我们从日本海出发，到一月二日为止，已经行驶了一万一千三百四十海里，即五千二百五十里。澳大利亚东北海岸附近珊瑚海的危险地区就在"鹦鹉螺"号船首冲角前面。我们的船在相距几海里远的地方沿着这可怕的暗礁脉航行。一七七〇年六月十日，库克的船队几乎在这里沉没。库克所在的船撞在一块礁石上，船之所以没有下沉，是因为那块撞下来的珊瑚正好卡在船体的裂缝里，船幸免于难。

我真希望能参观这条长达三百六十里的暗礁脉。汹涌的海浪向暗礁脉滚来，撞得粉碎，发出巨大的响声，犹如隆隆雷声。但是，就在这时，"鹦鹉螺"号的斜板把我们带到很深的水中，这些珊瑚石灰质高墙统统看不见了。我只能满足于观看渔网打上来的各种鱼类。我看见其中有白金枪鱼，这是和金枪鱼一般大的鲭类鱼，两侧呈浅蓝色，身上有横向带纹。随着这种动物逐渐长大，带纹逐渐消失。这种鱼成群结队地陪伴我们前进，又给我们提供了极其鲜美的肉食。我们还打到大量青花鲷鱼，它身长五厘米，味道很像海绯鲤鱼。还有火鳍飞鱼，它们是真正的海底飞燕，在黑暗的夜晚，它们的磷光时而划破夜空，时而照亮海水。在捕获的软体动物和植形动物中，我发现各种各样的海鸡冠、海胆、锤头双髻鲨、马刺形贝、盘形贝、蟹守螺和龟螺。植物主要有美丽的漂浮藻类、海带和巨藻。这种藻类全身的气孔都会分泌出黏液。其中，我收集到一种奇妙的胶质滑线藻，博物馆把它列入天然珍品。

穿过珊瑚海两天后，我们于一月四日来到巴布亚岛附近海域。这时，内摩船长对我说，他打算经托雷斯海峡驶入印度洋。他只告诉我这个想法，其他的什么都没有说。内德听了很高兴，因为沿着这条航线走，他离欧洲海域就越来越近了。

人们把托雷斯海峡看做危险地带，不仅是因为野蛮居民经常到岸边来，而且因为海峡到处是暗礁。托雷斯海峡把巴布亚岛和新荷兰岛分开，巴布亚岛又名新几内亚岛。

巴布亚岛长四百里，宽一百三十里，面积为四万平方里。它位于南纬零度十九分和十度二分、东经一百二十八度二十三分和一百四十六度十五分之间。中午，当大副测量太阳高度时，我看见阿尔法克斯山脉的山峰一层高过一层，最高处是峻峭的峰峦。

葡萄牙人弗朗西斯科·塞拉诺于一五一一年发现这片土地。以后不断有人来考察，一五二六年唐·约瑟·德·梅内塞斯，一五二七年格里耶瓦，一五二八年西班牙将军阿尔瓦·德·萨维德拉，一五四五年朱伊戈·奥泰，一六一六年荷兰人舒腾，一七五三年尼古拉·斯路易克、塔斯曼、丹皮尔、菲梅尔、卡特莱特、爱德华兹、布干维尔、库克、福雷斯特、马克·克卢尔，一七九二年当特尔卡斯托，一八二三年迪佩雷，一八二七年迪蒙·迪尔维尔[1]。德·利安齐[2]先生说过，"那儿是黑人的家园，黑人占领了整个马

[1] 以上均为各国航海家和生物学家。
[2] 德·利安齐（1789—1843），法国航海家和学者。

来亚地区"。我没有料到，这次航行将使我面对可怕的安达曼岛①居民。

"鹦鹉螺"号来到地球上最危险的海峡入口处，即使是那些最无畏的航海家也几乎不敢穿越。路易·帕兹·德·托雷斯②从南部海洋返回美拉尼西亚③时曾在这里冒险行驶。一八四〇年，迪蒙·迪尔维尔的舰艇在这里搁浅，人员和财物几乎全部沉没。"鹦鹉螺"号虽然不怕任何海上艰险，但是也将尝到这些珊瑚礁的厉害。

托雷斯海峡宽约三十四里，但是无数的大小岛屿、岩礁、岩石遍布海峡各处，船只几乎无法航行。因此，在穿越海峡时，内摩船长格外小心谨慎。"鹦鹉螺"号浮上水面，缓缓前进。螺旋桨慢腾腾地拍打海水，活像鲸类动物的尾巴。

甲板上仍然空无一人，我和两位同伴乘此机会走上去。驾驶室就在我们前面。如果我没有看错，内摩船长就在那里，亲自驾驶"鹦鹉螺"号。

我面前放着托雷斯海峡详图，它们是河海测量工程师万桑东·迪穆兰和海军少将（现为海军上将）库旺·代斯布瓦测量绘制的。他们是迪蒙·迪尔维尔最后一次环球旅行的参谋人员。这些地图和金船长绘制的地图都是最完美的地图，它们标清了这一狭窄航道的复杂情况。我认真仔细地查阅这些地图。

"鹦鹉螺"号周围海浪翻腾，波涌涛起。一排排巨浪以两海里半的速度从东南滚向西北，冲到处处可见、露在海面上的珊瑚礁上，撞得粉碎。

"这里海上风浪险恶！"内德·兰对我说。

"确实很可恶，"我说，"'鹦鹉螺'号这样的船只不适合在这里航行。"

"这该死的船长必须非常熟悉航道才行，"加拿大人接着说，"我看到那儿有一大片一大片珊瑚礁。船体只要轻轻触到这些礁石，就会撞得粉碎！"

我们的处境确实十分危险，但是"鹦鹉螺"号仿佛施了魔法，在这些怒

---

① 安达曼岛，印度的一个群岛，位于孟加拉湾和安达曼海之间。

② 路易·帕兹·德·托雷斯，17世纪西班牙航海家。

③ 美拉尼西亚，西南太平洋的群岛，意为"黑人群岛"。重要岛屿有新喀里多尼亚岛、斐济群岛、所罗门群岛、新赫布里底群岛、俾斯麦群岛、圣克鲁斯群岛，等等。

"鹦鹉螺"号触礁了。

气冲冲的暗礁间轻快地穿行着。它并不完全沿着"星盘"号和"虔诚女"号走过的航线行驶，这条航线曾使迪蒙·迪尔维尔受到严重打击。它在航线以北，沿着默里岛航行。然后转向西南，朝着坎伯兰水道前进。我以为"鹦鹉螺"号将一直朝那儿开去。突然，它又拐向西北，穿过一大群不知名的岛屿，驶向通德岛和莫韦海峡。

我正在纳闷，心想内摩船长会不会失去理智，贸然把船驶进迪蒙·迪尔维尔两艘舰艇触礁的航道。突然，"鹦鹉螺"号再次改变航向，朝着西边的盖博罗岛一直驶去。

这时是下午三点钟。波浪汹涌，海水涨得很高，几乎满潮了。"鹦鹉螺"号驶近这个岛屿。海岛四周美丽的露兜树林边缘至今还在我眼前。我们在离岛不足两海里的地方航行。

突然，船体一下震动，把我震倒在地。"鹦鹉螺"号触礁了，它停在海面上，船身稍稍向左倾斜。

我站立起来，看到内摩船长和大副来到甲板上。他们检查船的情况，用他们那费解的方言交谈了几句。

船的处境是这样的：盖博罗岛位于船右侧两海里处，其海岸由北伸向西，呈圆形，好像一条巨大的手臂；岛的南边和东边，由于退潮，几块珊瑚礁顶已经露出水面，我们的船正好搁在上面。这一带海上，潮水涨得不高，"鹦鹉螺"号很难脱险。不过，由于船体构造非常坚固，船未受损伤。但是，尽管它既不会下沉，也不会裂口，但它很可能永远搁在这些礁石上。如果真是这样，内摩船长的潜水船就完蛋了。

我正这么想着，内摩船长走过来。他沉着镇静，有自制力，似乎既不激动，也不生气。他走到我身边。

"出大事故了？"我问他。

"不，小事故。"他回答我。

"不过，"我又说，"有时小事故也许会迫使您重新成为您所不愿做的陆地居民！"

内摩船长看着我，神态十分奇特，他做了一个表示否定的手势。这清楚地告诉我，任何情况都不能迫使他重新踏上陆地。然后，他说：

"阿罗纳克斯先生，其实'鹦鹉螺'号并没有损坏。它还会把您带到奇妙的海洋深处。我们的旅行才开始，能和您结伴，我感到十分荣幸，我不愿意这么快就失去您这个同伴。"

"可是，内摩船长，"他话中带刺，我没有反驳他，我接着说，"'鹦鹉螺'号在涨潮时搁浅。太平洋上潮水起落不大，如果您无法减少船的压载（在我看来，减少压载是不可能的），我不知道它怎么能脱险。"

"教授先生，您说得对，太平洋的潮水起落不大，"内摩船长说，"但是，在托雷斯海峡，涨潮和落潮时水面高度相差一米半。今天是一月四日，五天后将出现满月。我只想求助于月亮，我就不信这乐善好施的星球会不让海水涨得高高的，帮我摆脱困境。"

说完，内摩船长回到"鹦鹉螺"号内，大副紧跟在他后面。船呢，仍然一动也不动，好像珊瑚虫已经把它牢牢地固定在它们那水泥般的礁石上了。

"先生，怎么样？"内摩船长离开后，内德·兰走过来问我。

"就这样，内德老弟。我们要耐心地等待九日涨潮，因为月亮似乎会帮助我们的船摆脱困境，重新浮起来。"

"事情就这么简单？"

"就这么简单。"

"船长不会把锚抛到大海中，把机器放到链索上，千方百计地使船脱离险境吗？"

"不会，因为潮水足以使船脱离险境！"孔塞耶简单明了地回答。

加拿大人看了孔塞耶一眼，然后耸耸肩膀，以水手的身份说：

"先生，请相信我，我要告诉您，这大铁块以后既不能在水上航行，也不能在海底航行了，只好把它论斤卖掉。我认为，我们不声不响、悄悄离开内摩船长的时刻到了。"

"朋友，"我回答说，"我的想法和您不同，对于这坚强的'鹦鹉螺'

号，我没有失去信心。四天后，我们就可以知道太平洋的潮水有多大的能量。再说，如果我们正在英国海岸或法国南部普罗旺斯海岸附近，您可以建议我们逃跑。但是，我们正在巴布亚岛海域，情况就完全不同了。如果'鹦鹉螺'号不能重新浮起来，我们到那时再采取这种极端做法也不迟。我认为逃跑不是一件小事。"

"但是，我们至少可以接触一下这块土地，不是吗？"内德·兰接着说，"这是一个海岛。岛上有树。树下有陆上动物，动物可以向我们提供排骨和牛肉，我非常乐意咬几口。"

"在这一点上，内德老兄说得对，"孔塞耶说，"我赞同他的意见。先生，能不能请您的朋友内摩船长把我们送到陆地上去，哪怕只是为了让我们的脚踩一踩陆地也好，以免失去在地球上坚硬部分行走的习惯。"

"我可以问问他，"我回答说，"但是，他一定会拒绝的。"

"请先生冒险试一试吧，"孔塞耶说，"这样我们也可以知道船长是否和蔼可亲。"

我完全没有料想到，内摩船长竟答应了我的要求，而且答应得非常痛快，态度十分热情，甚至没有要求我保证会回到大船上来。但是，穿过新几内亚岛逃跑要冒很大风险，我不想让内德·兰作这样的尝试。与其落在巴布亚土人手中，还不如在"鹦鹉螺"号上当囚犯。

船上的小艇第二天早晨就归我们使用。我不想打听内摩船长是否和我们同去，我甚至猜想船上的人谁也不会陪我们去，只能靠内德·兰一人驾驶小艇。何况，船离陆地至多两海里。这一排排礁石会给大船造成致命创伤，但是对加拿大人来说，驾驶轻舟穿行于礁石间，确实是轻而易举的事。

第二天，一月五日，小艇卸下甲板，从凹洞里拉出来，从大船甲板上面放到海上。做这些事情只用了两个人。桨就在艇内，我们只需上船就位就可以出发了。

八点钟，我们带着枪和斧子离开"鹦鹉螺"号。海面相当平静，陆上吹来阵阵微风。我和孔塞耶坐在桨旁，使劲儿划着。内德·兰掌舵，小艇在岩礁间的狭窄水道里穿行。我们驾驶得好，小艇快速前进。

内德·兰抑制不住内心的喜悦。他像是一个逃出牢笼的囚犯，几乎忘记了还得回到那里去。

"肉啊！"他反复地说着，"我们马上就能吃到肉了，多么鲜美的肉啊！真正的野味肉！可惜没有面包。我并不是说鱼不好吃，但是，我们不能天天吃鱼。一块新鲜的野味肉，放在炭火上烤熟，味道好极了，可以让我们换换口味。"

"馋鬼！"孔塞耶说，"他说得我流口水了。"

"我们还需了解一下这些森林里是否有很多猎物，"我说，"这些猎物是否身材高大，会不会伤害猎人。"

"好吧！阿罗纳克斯先生，"加拿大人说，"他的牙齿好像斧刃，十分锋利。不过，如果岛上没有其他四足动物，我就吃老虎，吃老虎的腰部肉。"

"内德老兄真叫人不放心。"孔塞耶说。

"不管怎样，"内德·兰接着说，"我第一枪就要瞄准一头四足无毛动物，或者一头两足带毛动物。"

"好啊！"我说，"内德·兰师傅又要冒冒失失地行动了！"

"阿罗纳克斯先生，请放心吧，"加拿大人对我说，"您用力划吧！用不了二十五分钟，我就会给您端上一盘按我的方式做成的菜。"

八点半，"鹦鹉螺"号小艇顺利通过盖博罗岛周围的珊瑚礁环，轻轻地停在沙滩上。

Chapter 21
陆上两日

　　双脚踏上陆地，我心情分外激动。内德·兰用脚试探着地面，好像要把这块土地占为己有。其实，我们来到"鹦鹉螺"号才两个月。内摩船长说，我们是"'鹦鹉螺'号的乘客"，实际上，我们是船长的俘虏。

　　几分钟后，我们离海岸已有一个枪弹射程了。地上几乎完全是石珊瑚沉积物，但是某些干涸了的急流河槽里残留着花岗岩碎片，说明这个岛由原始地层构成。一片茂密的森林像幕布一样遮掩了整个地平线。一些高大的树木（有的甚至高达两百英尺）枝叶交错，蔓藤相连，好像天然的吊床，在微风中来回摇荡。其中有相思树、无花果树、木麻黄树、木芙蓉、槿麻树、露兜树、棕榈树等，各种不同的树错落混杂，郁郁葱葱。它们那青翠的拱顶下面，巨大的树干根部周围，丛生着兰科、豆科和蕨类植物。

　　可是，加拿大人不关心巴布亚岛上这些美丽的植物，他寻找的不是好看的东西，而是有用的东西。他发现一棵椰子树，打下几个椰子，把它们砸碎，我们喝椰子汁，吃椰子肉。十分高兴。这正说明"鹦鹉螺"号上的日常饮食不能使我们满意。

　　"好极了！"内德·兰说。

　　"鲜美极了！"孔塞耶说。

　　"假如我们多带些椰子回船上，"加拿大人说，"我想，你们那个内摩不会反对吧？"

"我想他不会反对，"我回答说，"但是他一口都不会尝的。"

"算他倒霉！"孔塞耶说。

"那太好了！"内德·兰又说，"他不吃就可以多剩些。"

"我有一句话要说，内德·兰师傅，"我对渔叉手说，他正准备敲打另一棵椰子树，"椰子很好吃，但是，不要急于把椰子装满小艇。我认为，明智的做法是先侦察一下岛上是否还出产其他好吃的东西。例如新鲜蔬菜，在'鹦鹉螺'号厨房里一定会受欢迎。"

"先生说得对，"孔塞耶说，"我建议在小艇上留出三个地方，一处放水果，一处放蔬菜，还有一处放野味。到目前为止，我连野味的影子还没见到呢。"

"孔塞耶，对任何事情都不应失去信心。"加拿大人说。

"咱们继续游览吧，"我说，"不过，要睁大眼睛，保持警惕。这个海岛表面看来荒无人烟，但是说不定岛上藏着一些人，他们和我们不一样，什么样的猎物都要追杀！"

"唉！唉！"内德·兰说，他的颌骨做了一个意味深长的动作。

"怎么！内德！"孔塞耶叫着。

"真的，"加拿大人回答他，"我现在开始明白人肉的诱惑力了！"

"内德！内德！您在说什么呀！"孔塞耶针锋相对地说，"您想吃人肉！我和您同住一个舱房，我常在您身边，那我的处境不是危险了吗？也许有一天醒来时，我已经被您吃掉一半了，对吗？"

"孔塞耶老弟，我非常喜欢您。但是，还不至于无缘无故把您吃掉。"

"我不相信，"孔塞耶回答他，"去打猎吧！咱们必须抓到猎物，喂饱这个食人肉者。否则，总有一天早晨，先生再也没有仆人照顾，见到的只是仆人的几块肉了。"

我们说着这些笑话，来到森林阴暗的拱顶下面，用两小时走遍了森林的各个部分。

一个偶然的机会使我们如愿以偿，找到了可食用植物，热带地区最有用的出产物之一，向我们提供了船上缺少的珍贵食品。

我说的是面包果树，盖博罗岛上这种树很多。我在岛上看到的主要是没有果核的那种，马来话称它为"Rima"。

这种树与其他树不同，树干笔直，高达四十英尺。由多裂片阔大树叶组成的树顶圆圆的，十分优雅。在生物学家看来，这种树顶足以表明那树就是面包果树。人们已经成功地把面包果树移植到马斯克林群岛①。绿色树丛中，露出一个个粗大的球状果实。面包果宽十厘米，表面凹凸不平，呈六角形。这是一种很有用的植物，大自然把它赐给了缺少小麦的地区。这种树不需要人们栽培，一年中有八个月向人们提供面包果。

内德·兰非常熟悉面包果，他早在多次旅行中品尝过，他知道如何食用。因此，一见到面包果，他就兴致勃勃，迫不及待地要吃。

"先生，"他对我说，"如果我不能尝一尝面包果树上长的这种面团，我宁愿死去！"

"尝吧，朋友，尽情地尝吧。我们来这里是为了进行探索，干吧。"

"这用不了多少时间。"加拿大人说。

他用透镜把枯枝点着，火苗跳跃着，火堆发出噼噼啪啪的响声。这时，我和孔塞耶选择最佳的面包果。有些面包果还未完全成熟，白色的肉质上包着一层厚厚的皮，但是肉质里纤维不多。另一些呈浅黄色胶状，已经成熟，只等人们采集，这种面包果数量很多。

这些面包果没有果核。孔塞耶拿了十二个给内德·兰。加拿大人把它们切成厚片，放在炭火上烤。他边干边反复说着：

"先生，您会知道这面包多么好吃！"

"尤其是因为我们很久没有吃面包了。"孔塞耶说。

"可以说，这已经不是普通的面包，"加拿大人又说，"这是一种美味糕点。先生，您从来没有吃过吗？"

---

① 马斯克林群岛，印度洋西部的火山群岛，由留尼汪、毛里求斯和罗得里格斯三个岛组成。

"没有，内德。"

"好吧！请准备享用美味佳肴吧。如果您吃了不想再吃的话，那我就不是渔叉手之王了！"

几分钟后，面包果对着炭火那一面已经完全烤焦。里面露出白色糊状物，如同软软的面包心，味道很像朝鲜蓟。

应该承认，这种面包味道很好，我吃得很开心。

"可惜，"我说，"这种面包无法保存，我看没有必要把它带回船上去储存了。"

"不，先生！"内德·兰大声说，"您以生物学家的身份说这话，但是我，我要像面包师那样行事。孔塞耶，请采集果子，我们回去后再吃。"

"您怎么吃呢？"我问加拿大人。

"我把果肉制成发酵面团，这种面团可以长期保存，不会变质。我想食用时，就到船上厨房去煮熟。尽管有点酸味，您仍会觉得很好吃的。"

"那么，内德师傅，我看，有了面包，我们就什么都不缺了。"

"不，教授先生，"加拿大人回答，"我们还缺少水果，至少还应该有点蔬菜！"

"咱们去寻找水果和蔬菜吧。"

摘好面包果后，我们上路寻找其他食品，以丰富这"陆上"正餐。

我们没有白费力气，将近中午时分，我们找到很多香蕉。这种热带地区的美味出产物一年四季都能成熟。马来人称之为"Pisang"，他们不必煮就可食用。除了香蕉外，我们还摘到一些味道很浓的巨大雅克果①，美味可口的杧果和特大的菠萝。不过，我们花了很多时间才采集到这些水果。当然，我们并不后悔。

孔塞耶一直看着内德。渔叉手走在前面，穿越森林时，他双手熟练地采集好吃的水果。他采集的东西越来越多。

---

① 雅克果，是一种类似面包果的果实。

"内德老兄，"孔塞耶问，"现在您什么都不缺了吧？"

"嗯！"加拿大人有些急躁。

"什么！您还不满意？"

"只吃这些植物性食品不能算是一餐饭。"内德回答，"这是正餐的最后一道，是餐后点心。汤在哪里？烤肉呢？"

"内德的确说过要请我们吃排骨，"我说，"我看这很成问题了。"

"先生，"加拿大人回答，"打猎不仅没有结束，甚至还没有开始呢。请耐心等待！我们一定能遇见带羽毛的或带毛皮的动物，不是这里就是另一个地方……"

"不是今天就是明天，"孔塞耶补充说，"我们不能走得太远。我们还是回到小艇上去吧。"

"怎么，已经要回去了？"内德大声喊着。

"我们必须在天黑以前回去。"我说。

"那么，现在几点了？"加拿大人问。

"至少是下午两点了。"孔塞耶回答。

"在陆地上时间过得真快啊！"内德·兰师傅叹了一口气，带着惋惜的口气大声说。

"走吧。"孔塞耶说。

我们重新穿过森林往回走，一路上又采集了很多棕芽，要摘到棕芽必须爬上树顶；很多菜豆，我辨认出这就是马来人称为"Abrou"的植物；还有很多上等的薯蓣。

我们回到小艇时，身上带的东西已经太多了。可是内德·兰还嫌不够。不过，他的运气不错。正要登小艇时，他看见好几棵树，高二十五至三十英尺，属于棕榈科。这种树和面包果树一样珍贵，也是马来亚地区最有用的产物之一。

这是一些西谷椰子树，是一种无须栽培就能生长的植物。它同桑树一样，靠根蘖和种子繁殖。

　　内德·兰知道怎么对付这些树。他拿起斧子，用力砍去。不一会儿，他就砍倒了两三棵。树叶上有一层白色粉末，说明树已成熟。

　　我以生物学家的眼光，而不是以饥饿者的眼光，看着他砍树。他首先在每段树干上剥去一块树皮。树皮厚一英寸，下面是长纤维网。纤维缠成解不开的结，一种胶质粉末把它们黏合起来。这种粉末就是西谷米，可以食用，是美拉尼西亚居民的主要食物。

　　眼下内德·兰只是把树干剁成块，就像劈柴一样。他准备以后再提取粉末，放在一块布上，以便把粉末和纤维分开。再把粉末晒干，放在模子里，让它变硬。

　　下午五点钟，我们带着全部财富，离开小岛海岸。半小时后，小艇停在"鹦鹉螺"号旁边。我们到达时，船上没有一个人出来。巨大的圆柱体内好像空无一人。食物搬上大船后，我回自己的房间。晚餐已经准备好，吃完饭，我就睡觉了。

　　第二天，一月六日，船上没有发生任何新情况。船内没有一点声响，没有一点生命气息。小艇仍在大船旁边，仍在我们前一天停放的地方。我们决定回到盖博罗岛上去。内德·兰希望在打猎方面比前一天走运，他想游览森林的另一个部分。

　　太阳升起的时候，我们已经上路了。海浪涌向陆地，推送着小艇。不一会儿，我们就来到小岛。

　　我们走下小艇，心想干脆听从加拿大人，由他凭本能给我们带路。我们跟在内德·兰后面，他腿长步子大，我们很难跟上他。

　　内德·兰沿着海岸向西走，然后涉水穿过几条急流，来到一块地势高的平地，平地四周是繁密的森林。几只翠鸟在水边飞来飞去，但是它们不让人接近。它们如此谨慎，说明这些飞禽了解我们这类两足动物。由此我得出结论，即使没有人在岛上居住，至少也是常有人到岛上来。

　　穿过一块相当肥沃的草地后，我们来到一片小树林边上。树林里飞鸟成群，莺歌燕舞，充满生机。

"还是只有飞鸟。"孔塞耶说。

"可是其中有一些是可以吃的!"渔叉手回答。

"一只都没有,内德老兄,"孔塞耶说,"我只看到一些普通鹦鹉。"

"孔塞耶老弟,"内德一本正经地说,"对于没有其他东西可吃的人来说,鹦鹉就等于野鸡。"

"我要补充一句,"我说,"这种飞鸟,如果烹调得好,味道不错,值得动刀叉。"

的确,树林中,在浓密的树叶下面,一大群普通鹦鹉在树枝丛中飞来飞去,等候人们好好教它们说话。现在,它们正和五颜六色的虎皮鹦鹉以及神情严肃的白鹦一起唧唧喳喳叫个不停,白鹦好像在思考某个哲学问题。这时,一群鲜红色的丝舌鹦、加拉奥鹦鹉、巴布亚鹦鹉和其他许多迷人鸟类一起飞过。丝舌鹦好像一块随风飘荡的轻浮织物,加拉奥鹦鹉飞行时发出巨大响声,巴布亚鹦鹉的羽毛呈各种彼此略有差异的天蓝色。但是,总的来说,这些鸟不大适合食用。

在这些鸟中,我没有找到当地特有的一种鸟,这种鸟从未飞离过阿鲁群岛①和巴布亚岛。不过,命运会让我很快见到它的。

穿过一片不太浓密的矮林后,我们又来到一块平地上,那里到处都是灌木。我看见一些华丽的鸟儿从灌木丛中飞起。它们身披长长的羽毛,羽毛的排列方式使它们只能逆风而行。它们上下翻飞,在空中排成优美的曲线,羽毛光彩夺目,这一切吸引着我们,我们看得入了迷。我很快就辨认出它们来了。

"极乐鸟!"我大声叫着。

"鸣禽目,凤鸟亚目。"孔塞耶说。

"鹦鹉科吗?"内德·兰问。

"我认为不是,内德·兰师傅。不过,我希望您想想办法把热带大自然的这种迷人产物抓一只来!"

---

① 阿鲁群岛,位于澳大利亚以北,伊利安岛附近。

内德·兰拿起斧子。

"教授先生，尽管我习惯使用渔叉，不大善于用鸟枪，但我还是会设法抓的。"

这种鸟是马来人对中国人的一种大生意。他们有很多方法捕捉，这些方法我们却不能用。有时他们把捕猎用的绳圈放在极乐鸟喜欢栖息的大树顶上。有时他们用强黏度粘鸟胶来捕捉，这种胶能使鸟儿无法动弹。他们甚至把毒药放在极乐鸟常饮用的泉水中。至于我们，我们只能瞄准飞行中的鸟射击，命中的可能性较小。事实正是如此，我们白白浪费了一些弹药。

将近十一点时，我们已经走过了小岛中部的第一排山头，我们一无所获，饥饿难忍。猎手们原以为一定能打到野味，他们错了。幸好孔塞耶射中两只飞鸟，我们的午餐有了着落，这一点完全出于他自己的意料。他击落的是一只白鸽和一只山鸠。我们很快就拔好毛，把它们穿在小铁钎上，放到点燃的枯枝旺火上烤。我们烤这些有趣动物时，内德在准备面包果。不一会儿，它们就被吃得精光，连骨头都不剩，大家都说味道真好。它们常食用大量肉豆蔻，肉豆蔻给它们的肉增添了香味，成为一种美味食物。

"就像吃块菰长肥的小母鸡一样。"孔塞耶说。

"内德，现在您还缺什么？"我问加拿大人。

"阿罗纳克斯先生，还缺一头四足猎物。"内德·兰回答，"这两只鸟不过是菜前小吃，是不能算做正餐的小玩意儿。因此，只要我还没有打到有排骨的动物，我就不会满足！"

"内德，如果抓不到极乐鸟，我也不会满足的。"

"那么，咱们继续打猎吧，"孔塞耶说，"不过，应该回头向大海方向走。我们已经到达第一排山坡，我想最好回到森林地带去。"

孔塞耶说得有道理，我们听从他的意见。走了一小时，我们来到一片真正的西谷椰子树林。几条不伤人的蛇从我们脚下溜走。只要我们一走近，极乐鸟就飞走。说实话，我已经丧失信心，以为不可能抓到极乐鸟了。正在这时，走在我前面的孔塞耶突然弯下身子，发出一声胜利的欢呼，然后转过身来，给我抱来一只华丽的极乐鸟。

这是只"大绿宝石"极乐鸟。

"啊！孔塞耶，好极了！"我大声喊着。

"先生过奖了。"孔塞耶回答。

"不，小伙子，你干得真棒。你凭一双手活捉了一只极乐鸟，真了不起！"

"如果先生仔细看看这只鸟，就会发现我没有什么大功劳。"

"为什么，孔塞耶？"

"因为这只鸟醉得像只鹌鹑。"

"醉了？"

"是的，先生，它在肉豆蔻树下吃了很多肉豆蔻，醉了，我就在树下捉到它。瞧，内德老兄，您看到过度饮食的可怕后果了吧！"

"活见鬼！"加拿大人反驳道，"两个月来我只喝了这么一点杜松子酒，用不着为此责备我！"

这时，我仔细观察这奇特的鸟。孔塞耶说得对。这只极乐鸟喝了肉豆蔻汁醉了。它虚弱无力，不能飞，几乎不能走。不过我并不担心，让它休息一下就可以清醒过来。

这只鸟是巴布亚和邻近岛屿上八种鸟中最美丽的一种，是"大绿宝石"极乐鸟，稀有品种之一。它身长三十厘米，头比较小，眼睛也小，长在嘴旁边。但是，它身上的各种颜色搭配得很好，嘴是黄色，脚和爪是褐色，紫红色的翅膀尖端是浅褐色，头和颈后是浅黄色，喉部是纯绿色，腹部和胸部是栗色。尾巴上部长有两束角状绒毛，后面是又长又轻、十分纤细的羽毛，使这种神奇的鸟成为一个更加完美的整体。当地人富有诗意地把它称做"太阳鸟"。

我非常希望能把极乐鸟中的这一华丽品种带回巴黎，送给植物园，那里还没有一只活着的这种鸟。

"这种鸟很罕见吗？"加拿大人问。他说话的口气就像是一名普通猎手，不善于从艺术角度评价猎物。

"很罕见，我的好伙伴，尤其是很难抓到活的。即使是死的，这种鸟仍然是重要的买卖对象。因此，当地人曾试图像伪造珍珠和钻石一样伪造这种鸟。"

"什么！"孔塞耶叫着，"有人制造假极乐鸟？"

"是的，孔塞耶。"

"先生知道当地人制作的方法吗？"

"当然知道喽！刮东风的季节里，极乐鸟尾部周围美丽的羽毛脱落了，生物学家把这种羽毛叫做副翼毛。制造假飞禽的人收集这种羽毛。他们捕捉虎皮鹦鹉，把它的毛拔掉，然后巧妙地把极乐鸟的羽毛装到这可怜的鹦鹉身上，把接合处染上颜色，再给整只鸟装饰好。他们把这种特殊行业的产品卖给欧洲的博物馆或收藏家。"

"好啊！"内德·兰说，"尽管不是极乐鸟，但终究是它的羽毛。只要这种鸟不是拿来食用的，我看不会造成多大危害！"

我那拥有极乐鸟的愿望实现了，但是加拿大猎手的愿望还未实现。幸好在将近两点钟时，内德·兰打死了一头肥大的森林野猪，土人把这种猪叫做"bari-outang"。这头动物及时给我们送来了真正的四足动物肉，它很受欢迎。内德·兰因为自己的枪法准而得意扬扬。野猪中了带电子弹，倒在地上死了。

加拿大人先割下六七块排骨，准备晚餐时吃烤肉，再剥去猪皮，干净利落地清出内脏。然后，我们继续打猎，内德和孔塞耶又有了巨大收获。

事情是这样的：两位朋友拍打灌木丛时，赶出来一群袋鼠。袋鼠迈开它们富有弹性的腿，一蹦一跳地逃跑。但是，这些动物逃跑的速度比不上带电子弹，它们在逃跑中被子弹击中。

"啊！教授先生，"内德·兰大声喊着，他像猎人见到猎物那样十分激动，"多好的野味啊，尤其是炖了吃，味道更好！对'鹦鹉螺'号来说，这是多么好的食物啊！两头、三头、五头死了！一想到我们将吃到这么多肉，而船上那些蠢货什么都吃不到，我真开心！"

我想，加拿大人正在兴头上，要不是说了这么多话，说不定会把这一群有趣的有袋动物全部打死！不过，他只打死十一二只。孔塞耶说，这种有袋动物属于无胎盘哺乳动物第一目。

这些动物身材矮小，属于兔袋鼠，通常藏身在树洞里，动作极其敏捷。尽管肉不很多，但是味道鲜美，极受青睐。

我们对打猎的成果十分满意。内德兴致勃勃，打算第二天再到这个迷人的岛上来，他要将这里可食用的四足动物宰尽杀绝。但是，他没有料想到会发生意外事件。

下午六点，我们回到海滩上。小艇仍停在原来的地方。"鹦鹉螺"号停在离岸两海里的海面上，好像一块长长的礁石。

内德·兰急忙准备晚餐。对他来说，这是一件大事。他非常擅长这类食品的烹调。野猪的排骨在炭火上烤着，很快就散发出一阵阵香味。空气中充满了烤肉的香味！

我发现自己正在步加拿大人的后尘。面对新鲜的烤猪肉，我十分陶醉！我原谅过内德·兰师傅，但愿大家同样也能原谅我！

总之，晚餐十分丰富。我们那奇特的菜单上又增加了两只山鸠。西谷米淀粉、面包果、几个杧果、半打菠萝、发酵的椰子汁，我们吃得非常高兴。我甚至觉得，我的好伙伴们神志已经不十分清楚了。

"今晚我们不回'鹦鹉螺'号，好吗？"孔塞耶说。

"我们永远不回'鹦鹉螺'号，好吗？"内德·兰补充说。

正在这时，一块石头落在我们脚边，打断了渔叉手的话。

Chapter 22
内摩船长的雷电

　　我们没有站立起来，只是转身向森林的方向看去。我手拿食物却不往嘴里送，内德·兰刚把食物放到嘴里，也呆着不动了。

　　"石头不会从天而降，"孔塞耶说，"否则，它就该叫做陨石。"

　　第二块石头，磨得圆乎乎的，打在孔塞耶手上，把他手上那美味的山鸠腿打落了，这更证明他刚才说得对。

　　我们三人站起身来，扛上枪，准备迎击任何来犯的人。

　　"会不会是猴子？"内德·兰大声问。

　　"很可能是野人。"孔塞耶回答。

　　"回小艇去！"我边说边向海边走去。

　　我们真的必须退却，因为二十来个土人手拿弓箭和投石器，出现在矮林边上。矮林挡住了右边的地平线，离我们仅一百来步。

　　小艇停在离我们约二十米的海滩上。

　　土人离我们越来越近，虽然他们不是跑步过来的，但是他们边走边做着种种充满敌意的动作。石块和箭像雨点一样落下来。

　　内德·兰不想抛弃食品。尽管危险就在眼前，他还是一手拿野猪，一手拿袋鼠，迅速地把食品收拾好。

　　两分钟后，我们到达沙滩上。一转眼，我们把食品和武器装上小艇，把小艇推到海上，把桨安装好。我们划了不到两百米，就有一百来个土人大喊大叫，指手画脚，一直走到齐腰深的水中。我想看看土人的出现会不会把"鹦鹉螺"号上的人吸引到甲板上来。不，这庞然大物躺在大海上，上面没有一个人影。

二十分钟后，我们登上"鹦鹉螺"号。盖板开着，我们系好小艇缆绳，回到船内。

我向客厅走去，那里传来阵阵悦耳的乐曲声。内摩船长正在客厅里，他弯着腰坐在大风琴前，沉浸在音乐的欢乐中。

"船长！"我叫他。

他没有听见。

"船长！"我又叫了一声，并用手碰了他一下。

他微微一颤，转过身来。

"啊！是您，教授先生？"他对我说，"怎么，打猎收获大吗？采集到许多植物标本了吗？"

"收获很大，船长，"我回答他，"不幸的是，我们引来了一群两足动物，它们就在不远的地方，这使我感到不安。"

"什么两足动物？"

"野蛮人。"

"野蛮人！"内摩船长用嘲讽的口气说，"教授先生，踏上地球上的陆地，发现野蛮人，您对此感到惊奇吗？野蛮人，地球上何处没有？何况，被您称做野蛮人的那些人，比其他人更坏吗？"

"可是，船长……"

"先生，对我来说，我到处都碰到过野蛮人。"

"好吧！"我对他说，"如果您不想在'鹦鹉螺'号上接待他们，请采取措施，提防他们。"

"放心吧，教授先生，区区小事，不必担心。"

"可是，土人的人数很多。"

"您看到有多少人？"

"至少有一百人。"

"阿罗纳克斯先生，"内摩船长说，他的手又放回琴键上去，"即使巴布亚全部土人都集中到这海滩上来，'鹦鹉螺'号也完全没有必要怕他们进攻！"

船长的手指在风琴的键盘上迅速移动着，我发现他只按动黑键，因此，他弹出的乐曲主要带有苏格兰特色。不一会儿，他忘记了我在他面前，沉浸在梦幻中。我不想再打搅他。

我重新登上甲板。黑夜已经来临，因为在低纬度地区，太阳落得很快，没有黄昏。我已经看不清盖博罗岛。但是，海滩上点着很多火堆，这证明土人们不想离开。

我独自在甲板上待了好几个小时，时而想着这些土人，不过我已不太怕他们了，是船长那十足的信心影响了我；时而忘记了土人，欣赏着这热带地区绮丽的夜空。我的心跟随黄道十二星向着法国飞去。再过几小时，这些星星将照亮法兰西。月亮挂在天顶星座中，把银光洒向大海。我想，这颗忠诚而又热心的地球卫星后天一定会重新来到这个位置，掀起海浪，帮助"鹦鹉螺"号从珊瑚床中脱身。将近半夜时分，看到阴沉沉的海面上以及岸上树林里悄无声息，我回到舱房，放心地睡着了。

一夜过去了，平安无事。大概是因为巴布亚人被停在海湾里的庞然大物吓住了，不敢前来。否则，盖板开着，他们很容易闯入"鹦鹉螺"号。

一月八日，早晨六点钟，我又登上甲板。晨色渐渐消散。盖博罗岛很快从消散的晨雾中露出海滩，接着露出山峰。

土人们一直守在那里，而且人数比前一天更多，也许有五六百人。其中一些人趁着退潮，来到珊瑚礁顶，离"鹦鹉螺"号不足四百米。我能清楚地看到他们。他们是地道的巴布亚人，身材高大，体魄健壮，前额又高又宽，鼻子宽大而不塌，牙齿洁白。羊毛状的头发呈红色，与黑色的身躯形成鲜明对照。他们的皮肤和努比亚人①一样黑而发亮。他们那割开而拉长的耳垂上

---

① 努比亚人，非洲苏丹北部努比亚地区的居民。

这些人在"鹦鹉螺"号附近转来转去。

挂着一串骨珠。这些野蛮人通常光着身子。在他们中间，我看到几名妇女从髋部到膝盖穿着真正的用野草编织的裙子，一条植物腰带把裙子系住。某些首领脖子上戴着新月形饰物和红白玻璃珠子项链。他们差不多人人手拿弓箭和盾牌，肩扛一个网状袋子，里面装满圆圆的石块，他们能灵巧地用投石器把石块打出去。

其中一位首领离"鹦鹉螺"号相当近，他仔细观察着。这很可能是一位高级首领，因为他身上披着香蕉叶编成的围巾。围巾颜色鲜艳，边缘呈细齿状。

我本来可以一下子击毙这个土人，因为他站得很近。但是，我想最好还是等到他确实表示出敌意后再动手。欧洲人和野蛮人打交道时，欧洲人只能还击，不应该主动进攻。

整个退潮时间内，这些土人在"鹦鹉螺"号附近转来转去，但是他们不大声喧闹，我听到他们反复说着"assai"这个词。看了他们的手势，我明白他们邀请我到陆地上去。我想应该谢绝这一邀请。

所以，这一天小艇没有离开大船，内德·兰师傅很不高兴，因为他不能继续寻找食物。这位心灵手巧的加拿大人利用这段时间，加工从盖博罗岛带回来的肉和西谷米。至于那些土人，将近上午十一点时，大海开始涨潮，珊瑚礁顶开始没入水中，他们回到陆地上去了。不过，我看到海滩上，他们的人数增加了很多，这些人大概来自巴布亚岛或其他邻近岛屿。可是，我没有看到一只土人的独木舟。

没有事情可做，我想在这清澈美丽的水中捕捞。我看见水中有很多贝类、植形动物和海洋植物。再说，假如真像内摩船长预言的那样，"鹦鹉螺"号第二天满潮时将漂浮起来，那么这将是它在这一带海域度过的最后一天了。

我把孔塞耶叫来，他给我找来一张又小又轻的网，形状和捕捞牡蛎的网差不多。

"那些土人呢？"孔塞耶问，"请先生原谅我冒昧，我看他们并不十分凶恶！"

"小伙子，他们可是要吃人肉的。"

"一个人可以既是吃人肉的又是正直的，"孔塞耶说，"正如一个人可以既是贪吃的又是诚实的。两方面并不互相排斥。"

"好吧！孔塞耶，我同意你的说法，他们是诚实的吃人肉者，他们诚实地吞食俘虏。不过，我不想被吞食，哪怕是诚实地吞食，我也不愿意。我必须保持警惕，因为'鹦鹉螺'号船长似乎不会采取防备措施。现在咱们开始捕捞吧。"

整整两小时，我们积极地捕捞，却没有捕到任何稀有品种。渔网里尽是驴耳贝、竖琴螺、川蜷螺，也有一些我从未见过的漂亮的锤头双髻鲨。我们还打到一些海参、珠母，还有一打小海龟，这些东西全部交给船上的厨房。

我已经不抱希望了。就在这时，我抓到了一种珍奇生物，应该说是一种很难见到的天然变形物。孔塞耶打捞了一网，网里都是各种相当普通的贝类。突然，他看见我把手迅速伸进网里，从里面取出一个贝壳，大叫一声。那是贝类学家有了新发现的叫声，是人类嗓子能发出的最尖利的叫声。

"喂！先生怎么啦？"孔塞耶大吃一惊，问我，"先生被咬了吗？"

"不，小伙子。不过，只要能有新发现，我失去一个指头也心甘情愿！"

"发现了什么？"

"这个贝壳。"我边说边用手指着我那战利品。

"这不过是紫红斧蛤，斧蛤属，栉鳃目，腹足纲，软体动物门……"

"是的，孔塞耶，但是这个斧蛤不是从右向左旋，而是从左向右旋！"

"怎么可能呢！"孔塞耶喊着。

"确实如此，小伙子，这是一个左旋贝壳！"

"左旋贝壳！"孔塞耶重复着，他的心突突直跳。

"你看它的螺塔！"

"啊！请先生相信我，"孔塞耶边说边用颤抖的手拿起那珍贵的贝壳，"我从来没有这样激动过！"

确实值得激动！实际上，谁都知道，正如生物学家们所说，右旋是自然界的规律。星星和它们的卫星在公转和自转中，都是自右向左转。人更多地

海底两万里
Vingt mille lieues sous les mers

使用的是右手，而不是左手，因此，人类的工具、器械、楼梯、锁、钟表弹簧等的结构，都适合自右向左使用。自然界贝壳的螺旋通常也遵循这一规律。贝壳都是右旋的，很少有例外。有人偶尔发现左旋贝壳，收藏家们便以十分昂贵的价格买下来。

我和孔塞耶全神贯注地观赏着宝物，我打算把它带回博物馆，给博物馆增添新的品种。突然，一个土人投来一块石子，正好砸碎了孔塞耶手上的珍奇物品。

我失望地大叫一声！孔塞耶急忙拿起枪，瞄准土人，那土人正在十米远的地方摆动投石器。我想阻止孔塞耶，可是子弹已经射出，打碎了土人手臂上的护身手镯。

"孔塞耶！孔塞耶！"我叫喊着。

"怎么啦！难道先生没有看见那个食人肉者开始进攻了？"

"没有必要为了一个贝壳而杀死一个人！"我对他说。

"啊！混账东西！"孔塞耶叫喊着，"我宁愿被他打伤肩膀，也不愿让他打碎宝物！"

孔塞耶说的是真心话，但是我不赞同他的意见。这时，形势已经发生了变化，我们没有察觉到。二十来只独木舟把"鹦鹉螺"号团团围住。这种独木舟用掏空的树干做成，又长又窄，很适合航行，它靠一双浮在水面上的竹竿保持平稳。划船的是一些半裸着身子的土人，他们十分灵巧。看到独木舟向前驶来，我感到忐忑不安。

很显然，这些巴布亚人早就和欧洲人有过交往，他们熟悉欧洲人的船。但是，看到这长长的圆柱体躺在海湾里，没有桅杆，没有烟囱，他们会怎么想呢？肯定不会认为是好东西，因为起初他们敬而远之。后来看到这东西一动也不动，他们逐渐大胆起来，设法接近它。然而，我们要阻止的正是这种接近。我们的武器不能发出巨大的响声，在这些土人身上不会产生多大效果，因为他们害怕的是发出响声的武器。尽管造成危险的是闪电，而不是雷声，但是假如没有隆隆的雷声，闪电是吓不倒人的。

这时，独木舟更加逼近了，无数的箭一齐射向"鹦鹉螺"号。

"真见鬼！下雹子了！"孔塞耶说，"也许是有毒的雹子！"

"应该通知内摩船长。"我边说边穿过盖板口回到船内。

我来到客厅，没有见到一个人影。我大着胆子去敲那通向船长卧室的门。

有人回答我说"进来"。我走了进去，看见船长正专心致志地在计算，上面写着许多未知数"X"和其他代数符号。

"我打搅您了吧？"我出于礼貌这样问。

"不错，阿罗纳克斯先生，"船长回答我，"不过，我想您来见我一定有充分的理由，对吗？"

"对，非常充分的理由。我们被土人的独木舟围住了，再过几分钟，几百名土人一定会来袭击我们。"

"啊！"内摩船长不慌不忙地说，"他们是乘独木舟来的？"

"是的，先生。"

"好吧！先生，只需把盖板关好就够了。"

"正是这样，我就是来告诉您……"

"再也没有比这更容易的事了。"内摩船长说。

他按动电钮，把命令传送到船员工作室。

过了一会儿，他对我说：

"事情已经办好，先生。小艇已放回原处，盖板已关好。我想，既然你们那军舰发射的炮弹未能损坏'鹦鹉螺'号舱壁，您不会担心这些先生会打穿钢铁墙壁吧？"

"不担心了，船长，不过，还有一个危险。"

"先生，什么危险？"

"明天早晨这个时候，我们必须重新打开盖板，更换'鹦鹉螺'号的空气……"

"不错，先生，因为我们的船用鲸类动物的方式呼吸。"

"假如那个时候他们占领了甲板，我不知道您如何阻止他们进来。"

"那么，先生，您猜想他们会上船来？"

"我肯定他们会上船来。"

"好吧，先生，让他们上来吧。我看，我们没有理由阻止他们上来。其实，这些巴布亚人是些可怜人，我不想因为我来盖博罗岛而使一些苦命人丢掉性命！"

既然他这么说，我就打算走了。但是内摩船长又叫住我，要我在他身边坐下。他饶有兴味地询问我有关陆地游览和打猎的情况，他似乎不理解加拿大人渴望吃肉的心情。后来，我们又谈了其他一些问题。尽管内摩船长并不比以往更爱表露感情，但是，他显得比较和蔼可亲。

我们也谈到了"鹦鹉螺"号的处境，因为它正好在迪蒙·迪尔维尔几乎丧生的海峡中搁浅。然后，谈到迪蒙·迪尔维尔，船长对我说：

"这个迪尔维尔是你们伟大的海员之一，你们最聪明的航海家之一！他是你们的库克，你们法国人的库克。一位不幸的学者！他不怕南极大浮冰，不怕大洋洲的珊瑚礁，也不怕太平洋上吃人肉的土人，他历尽艰难，最后却惨死于火车失事①！如果这个刚毅的人在生命的最后时刻还能思考的话，您猜他临终前想的会是什么呢？"

内摩船长说到这里，显得十分激动，他的情绪影响了我。

然后，我们手拿地图，回顾这位法国航海家的业绩，谈到他的环球旅行，谈到他两次南极探险并发现茹安维尔岛和路易·菲力普地，最后还谈到他那些大洋洲主要岛屿的水文地理资料。

"你们的迪尔维尔在海面上所做的，"内摩船长对我说，"我在海洋深处都做到了，而且比他做得更轻松、更全面。'星盘'号和'虔诚女'号不断地遭到风暴袭击，颠簸不已，无法与'鹦鹉螺'号相比。'鹦鹉螺'号是一间安静的工作室，一个真正的深水定居者！"

"不过，船长，"我说，"迪蒙·迪尔维尔的舰艇和'鹦鹉螺'号之间

---

① 迪蒙·迪尔维尔探险回来，于1842年在火车失事中死去。

有一点相似之处。"

"先生，有什么相似之处？"

"那就是'鹦鹉螺'号和它们一样搁浅了！"

"先生，'鹦鹉螺'号没有搁浅，"内摩船长冷冰冰地回答我，"'鹦鹉螺'号本来就适合在海床上休息。为了使舰艇重返海面，迪尔维尔绞尽脑汁，付出艰巨的劳动，而我无须这样做。'星盘'号和'虔诚女'号几乎沉入海底，而我的'鹦鹉螺'号没有任何危险。明天就是我说过的日子，到了我说过的时刻，潮水会稳稳当当地把它托起，它将继续航行，继续穿洋过海。"

"船长，"我说，"我不怀疑……"

"明天，"船长边说边站起身来，"明天下午两点四十分，'鹦鹉螺'号将浮上海面，不带任何损伤地离开托雷斯海峡。"

内摩船长以非常干脆的口吻说完这几句话，稍稍点一下头，示意我离开。于是，我回到自己的房间。

孔塞耶在我房间里等我，他想了解我和船长交谈的结果。

"小伙子，"我回答他，"我好像觉得他的'鹦鹉螺'号受到巴布亚土人的威胁，船长却用讥讽的口气回答我。因此，我只能对你说：相信他，放心睡觉去吧。"

"先生，没有什么事要我做了吗？"

"没有了，朋友。内德·兰在干什么？"

"对不起，先生，"孔塞耶回答，"内德正在做袋鼠肉糜，味道一定好极了！"

房间里只有我一个人了。我上床睡觉，但是睡得相当不安宁。我听见野人在甲板上踩脚，发出震耳欲聋的叫声。整个夜晚就这样过去了，船员们始终不闻不问。正如铁甲堡垒里的士兵不关心蚂蚁爬上铁甲一样，船员们丝毫不为吃人肉者的到来担心。

我早晨六点起床。盖板还未打开，因此船内空气没有更新。但是储气罐总是装满了空气，这时，它们开始工作，把几立方米的氧气送到"鹦鹉螺"

号混浊的空气中。

我在房间里一直工作到中午，都没有见到内摩船长。船上的人好像没有做任何开航的准备工作。

我又等了一段时间，然后到客厅去。时钟指着两点半。再过十分钟，潮水将达到最高点。如果内摩船长并非轻率许愿，那么"鹦鹉螺"号马上就要得救。否则，也许还要过好几个月，它才能离开珊瑚床。

正在这时，我感觉到船体颤动了几下，这是重返海面的预兆。我听见珊瑚礁凹凸不平的石灰质表面与船壳摩擦，发出嘎吱嘎吱的声音。

两点三十五分，内摩船长出现在客厅里。

"我们马上就要开船了。"他说。

"啊！"我说。

"我已经下达命令打开盖板。"

"那么，巴布亚人呢？"

"巴布亚人？"内摩船长说，轻轻地耸了一下肩膀。

"他们不会闯进'鹦鹉螺'号吗？"

"怎么进来？"

"您叫人打开盖板，他们可以从盖板口进来。"

"阿罗纳克斯先生，"内摩船长平静地回答，"没有人能从盖板口进来，即使盖板开着也不行。"

我看着船长。

"您不明白吗？"他问我。

"一点都不明白。"

"好吧！请过来，您一看就明白了。"

我向中央楼梯走去。内德·兰和孔塞耶正在那儿，他们非常惊讶地看着几名船员打开盖板，外面响起了怒吼声和可怕的叫骂声。

盖板向外打开了，洞口出现了二十来张令人恐怖的面孔。但是，当第一个土人把手放到楼梯扶手上时，他立即被一种看不见的神秘力量推回去了，

十个同伴遭遇和他完全一样。

拔腿逃走，嘴里发出可怕的叫声，双脚乱蹦乱跳着。

紧接着，他的十个同伴来到楼梯边，十个人的遭遇和他完全一样。

孔塞耶看得出了神。内德·兰生性暴躁，冲上楼梯。他双手一抓扶手，就马上被推倒了。

"真是活见鬼！"他叫喊着，"我遭雷劈了！"

听了他的话，我一切都明白了。这不是扶手，而是带电的金属电缆，一直通到甲板。谁触到它，谁就感到一阵剧烈的震动。如果内摩船长把机器发出的电全部输入这一导体，那么这种震动是可以致死的！确实可以说，船长在他自己和来犯者之间张开了一张电网，任何人都不能穿过电网而不受惩罚。

受惊的巴布亚人神色慌张，急忙向后撤退。我们既高兴也不高兴，可怜的内德·兰着了魔似的咒骂着，我们安慰他，替他按摩。

正在这时，"鹦鹉螺"号被潮水最后的波动托起，正好在船长所说的两点四十分离开珊瑚床。螺旋桨缓慢而又庄重地拍打着海水，它的转速逐渐加快。"鹦鹉螺"号行驶在海面上，安然无恙地离开了托雷斯海峡危险的水道。

Chapter 23
强迫睡眠

　　第二天，一月十日，"鹦鹉螺"号重新开始水下航行，速度极快，据我估计，每小时不少于三十五海里。螺旋桨旋转速度那么快，我的眼睛跟不上它的转动，也无法计算它转动的次数。

　　是电给"鹦鹉螺"号以动力、热量和光明，保护它不受外来的攻击，把它变成神圣的方舟，任何亵渎圣物的人只要一触到它就会遭雷劈。想到这些，我对神奇的电赞赏不已。我从船又想到建造船的工程师，对他无限崇拜。

　　我们一直向西航行。一月十一日，我们绕过了韦塞尔角，它位于东经一百三十五度、南纬十度，它是卡奔塔利亚湾①的东端。这里礁石仍然很多，不过间隔距离大一些，而且地图上标得极其准确。"鹦鹉螺"号轻松地躲过了左边的莫内礁、右边的维多利亚礁，它们位于东经一百三十度、南纬十度，我们严格沿着这条纬线航行。

　　一月十三日，内摩船长来到帝汶海，来到位于东经一百二十二度的帝汶岛②附近。帝汶岛面积为一千六百二十五平方里，由王公统治。他们自称是鳄鱼的子孙，也就是说，他们出身于人类历史上最古老的民族。因此，这种有鳞片的祖先在岛上的河里大量繁殖，当地人特别崇敬它们。大家保护它们，姑息他们，奉承它们，喂养它们，把年轻姑娘送给它们当食物。如果外

①卡奔塔利亚湾，位于澳大利亚北边。

②帝汶岛，东南亚努沙登加拉群岛中最东和最大的岛屿。帝汶海，位于帝汶岛和澳大利亚之间，属印度洋。

地人敢碰一下这些神圣的蜥蜴类，那他就该倒霉了。

不过，"鹦鹉螺"号和这些难看的动物没有什么问题要解决。只是中午大副在测量船的位置时，我们在很短的时间看到帝汶岛。同样，我也只是隐隐约约看到这个岛群的罗地岛。在马来市场上，人们公认该小岛上的妇女是花容月貌。

从罗地岛开始，"鹦鹉螺"号转向西南，朝印度洋航行。内摩船长行事任性，他要把我们带到哪里去呢？他会回到亚洲海岸去吗？他会向欧洲海岸靠近吗？他一心躲开有人居住的陆地，怎么可能作出这样的决定呢？他会不会去南边呢？他是否要绕过好望角①、合恩角，然后驶向南极呢？最后他是否还要回到太平洋来？因为"鹦鹉螺"号在这里航行得轻松而自在。将来的事实会把这一切告诉我们的。

我们沿着卡蒂埃、希伯尼亚、瑟兰加帕当和斯科特等礁石航行，这是海水中露出的最后几块陆地。驶过这些礁石，一月十四日，我们已经离开了一切陆地。"鹦鹉螺"号航行得特别慢，它的行动变幻莫测，时而潜入水中游泳，时而钻出水面漂游。

在这段旅行中，内摩船长对大海中不同水层的温度作了一些有趣的实验。通常情况下，这类数据要用相当复杂的仪器测得，不管是用温度计（仪器上的玻璃在水的压力下常常会破碎），还是用根据金属电阻变化制成的仪器，测得的结果均不可靠，而且无法完全得到验证。内摩船长的做法就不同了，他亲自到海洋深处去测量温度，他把温度计放入不同水层，可以立即准确得到所测量的温度。

就这样，"鹦鹉螺"号或者使用过量装满水箱的方法垂直下潜，或者利用斜板斜向下潜，先后来到三千、四千、五千、七千、九千、一万米的深度，实验最后得出的结论是：不同纬度的地方，在一千米的深度上，海水的温度始终是四点五度。

---

① 好望角，非洲最南端的岬角。

我兴致勃勃地看着内摩船长作实验。他确实满腔热情地从事这项工作。我常想，他为什么要作观测？是为了造福于他的同胞吗？这不大可能，因为他测得的结果总有一天将和他一起沉入海洋中某个不为人所知的地方！除非他把试验的结果交给我。如果真是这样，那就意味着我的奇特旅行会有尽头。目前，我还看不到这个尽头。

不管怎么说，内摩船长还是把他测得的数字告诉我了，这些数字表示地球上几个主要海洋里海水的密度。了解这些数字，我从他个人的成果中得到了教益，但并没有用科学方法得到验证。

那是在一月十五日早晨，我和内摩船长在甲板上散步，他问我是否了解海水的不同密度。我回答他，不了解。我还说，科学界对此缺乏严格的观测。

"我作过这种观测，"他对我说，"而且我可以肯定观测结果是可靠的。"

"好啊！"我回答他，"不过，'鹦鹉螺'号是一个与陆地断绝来往的小天地，船上学者发现的秘密不可能传到陆地上去。"

"教授先生，您说得对，"他沉默片刻后对我说，"'鹦鹉螺'号是一个独立的小天地，它与陆地毫不相干。正如和地球一起围绕太阳旋转的行星与地球不相干一样，我们永远也不会了解土星和木星上科学家的研究成果。不过，既然命运把我们俩连接在一起，我可以把观测的结果告诉您。"

"船长，我洗耳恭听。"

"教授先生，您知道，海水的密度比淡水大，但海水的密度并非处处都一样。假如我用'一'表示淡水的密度，那么我发现大西洋水的密度是一点零二八，太平洋水的密度就是一点零二六，地中海水的密度就是一点零三……"

"啊！"我想，"他会冒险去地中海？"

"爱奥尼亚海①水的密度就是一点零一八，亚得里亚海②水的密度就是一点零二九。"

很明显，"鹦鹉螺"号并不避开欧洲那些人来人往的海洋。因此我推

---

① 爱奥尼亚海，位于意大利南部和希腊之间。
② 亚得里亚海，位于意大利和南斯拉夫之间。

测，他可能会把我们重新带到文明程度较高的大陆去，也许就在不久的将来。我想，如果内德·兰得知这个情况，一定会喜出望外。

我们用了好几天时间进行各种各样的实验，测量不同深度水层的含盐度，它们的带电状况，它们的色彩，它们的透明度。不管作什么实验，内摩船长总是显得机敏无比，只有他对我的深情厚谊可以与之相提并论。后来，我又有几天见不到他，又像一个孤独之人在船上生活。

一月十六日，"鹦鹉螺"号好像在海平面以下仅几米的地方入睡了。电动仪器停止了运转，螺旋桨不再转动，"鹦鹉螺"号随波漂流。我猜想，船员们正忙于内部修理，因为机器猛烈转动后需要整修。

就在这时，我和同伴们目睹了一种奇特的景象。客厅的窗板打开了。由于"鹦鹉螺"号的船灯没有打开，水中一片昏暗。暴风雨即将来临，乌云布满天空，只有几道微弱的光线照耀着接近海面的水层。

我正观察着这种状况下的海洋，即使是最大的鱼看起来也像是一些模糊不清的阴影。突然，"鹦鹉螺"号被照得通亮。起初，我以为是船灯打开了，是它把电光射向清澈的海水。我错了，我迅速地观察了一下，承认自己错了。

"鹦鹉螺"号正漂浮在磷光闪闪的水层中，由于海水阴暗，这磷光显得格外耀眼。光线来自无数发光的微小生物，掠过金属船壳，变得更加光彩夺目。我突然看到发亮的水层中有几道闪光，好像炽热大火炉里的熔铅流，又像加热到白热状态的金属块。相比之下，在这火红的、似乎不该存在阴暗部分的环境里，发亮水层中有些地方却显得阴暗了。不，这已不是我们通常的照明器静静地放射出的光芒！这光线具有一种不同寻常的生命力和运动力！我感到这光线充满活力！

是的，这是无数海洋纤毛虫、粟粒状夜光虫的集结体，它们是一些真正的半透明胶质凝固物小球体，每个小球体有一只丝状触手。在三十立方厘米的海水中，这种微小生物的数量甚至可以高达两万五千个。加上钵水母、海盘车、海月水母、海笋和其他磷光植形动物发出的微光，海水中一片光亮。

植形动物体内充满了海洋腐烂的有机物质诱饵，也许还有鱼类分泌的黏液。

"鹦鹉螺"号在这光亮的海水中漂荡了好几个小时。看到巨大的海洋生物像火中蝾螈一样在那里嬉戏，我们更加赞叹不已。我发现在这不发烫的火光中有又美丽又敏捷的鼠海豚，海洋中不知疲倦的小丑；还有身长三米的剑鱼，聪明的暴风雨预报者，它们那令人生畏的剑状上颚有时撞击着客厅的玻璃窗。后来，比较小的鱼类出现了，有各种各样的鳞鲀、会跳跃的鲭鱼、狼鼻鱼，还有其他上百种鱼类，它们四处游动，给这闪光世界划上一道道条纹。

这令人眼花缭乱的景象真是迷人奇观！是不是某种气候条件使这种现象增添了几分诱惑？是不是暴风雨来到海面上了？不过，"鹦鹉螺"号位于海平面以下几米的地方，丝毫感觉不到它的威力，在平静的海水中悠然自得地摇晃着。

我们就是这样行驶着，新的奇景不断地出现在我们面前，我们为之心醉。孔塞耶边观察，边将植形动物、节肢动物、软体动物和鱼分类。时间过得很快，我已不再计算天数。内德按照自己的习惯，设法变换船上的日常伙食。我们成了名副其实的蜗牛，习惯了贝壳里的生活，而且我可以肯定地说，要成为地道的蜗牛并不是一件困难的事。

因此，对我们来说，这种生活似乎很轻松、很自然，我们已经无法想象地球表面上还有另外一种不同的生活。就在这个时候，突然发生了一件事，它使我们想起了自己奇特的处境。

一月十八日，"鹦鹉螺"号来到东经一百零五度、南纬十五度的地方。暴风雨即将来临，海上波涛汹涌，东风猛吹。几天来，气压计一直在下降，告诉我们自然力的斗争即将来临。

大副测定时角的时候，我已经登上甲板。和往常一样，我等着他说那每天必说的话。可是，这一天，他说的是另一句同样无法理解的话。我看到，他刚说完，内摩船长几乎立即出现在甲板上。他举着望远镜，向远处瞭望。

船长站在那儿一动也不动，双眼不离镜头内那个点，观察了几分钟。然后，他放下望远镜，和大副交谈了十来句。大副似乎激动万分，难以克制。

内摩船长的自制力较强，依然神色镇定。而且，船长似乎提出了一些不同意见，大副却回答得十分肯定，十分明确。至少，根据他们不同的语气、不同的动作，我是这么理解的。

至于我，我向他们观察的方向仔细看着，但是什么都没有看见。只见天空和海水汇合在一条十分清晰的地平线上。

这时，内摩船长在甲板上来回走着，他没有看我一眼，也许根本没有发现我在那儿。他的步伐坚定，但不如平日有规律。有时他停住脚步，双手交叉在胸前，观察大海。他究竟在这茫茫大海上寻找什么呢？"鹦鹉螺"号离最近的海岸有几百海里呢！

大副重新拿起望远镜，固执地察看天边。他不停地走着，跺着脚，心神不定，坐立不安，和船长形成鲜明的对照。

其实，过不了多久，这个秘密必定会被揭穿的。内摩船长一声令下，机器加大了推进力，带动螺旋桨加快转速。

这时，大副再次提请船长注意。船长停住脚步，举起望远镜，向大副所指的点瞭望，他观察了很久。我心里很是纳闷，走下甲板，回到客厅，带着我平日使用的高倍望远镜回到甲板上。我把它靠在甲板前部突出部位的船灯小架上，打算把远处天空与海水连接处好好观察一遍。

可是，我的眼睛还未挨近，有人突然把望远镜从我手上夺走了。

我转过身来，内摩船长站在我面前，我简直认不出是他。他的面容变了，他双眉紧锁，眉毛下的眼睛里闪烁着阴沉的光芒。他的牙齿半露，身子笔直，双拳紧握，脑袋缩回双肩中。这表明，他全身上下燃烧着仇恨之火。他一动也不动。我的望远镜从他手中掉下来，滚到他脚边。

难道是我无意中惹得他如此大怒？这位怪人是否以为我发现了"鹦鹉螺"号上客人不该知道的秘密？

不！这场怒火不是我引起的，因为他并不看我，眼睛始终盯着天边那神秘的点。

最后，内摩船长重新平静下来。他那变得很可怕的面容恢复了往日的镇

他的眼睛始终盯着天边。

静。他用那我们听不懂的语言对大副说了几句话，然后转过身来。

"阿罗纳克斯先生，"他用相当蛮横的口气对我说，"我要求您遵守您和我之间的一个契约。"

"船长，什么契约？"

"您和您的同伴们必须被关起来，直到我认为可以让你们恢复自由为止。"

"您是主人，"我双眼盯着他说，"但是，我能否向您提一个问题？"

"不能，先生。"

听他这么说，我无须再争辩，只有服从，因为我无法反抗。

我走下甲板，来到内德·兰和孔塞耶的舱房，把船长的决定告诉他们。您可以想象加拿大人听到这个消息会有什么反应。更何况我没有时间解释。四名船员等在门口，他们把我们带到我们在"鹦鹉螺"号上度过第一个夜晚的那间小屋里。

内德·兰想提抗议。可是，他一进来，门就关上了，这就是对他的回答。

"先生，能告诉我这是什么意思吗？"孔塞耶问我。

我把发生的事情讲给同伴们听。他们和我一样感到惊讶，也一样百思不解。

我陷入了沉思，我忘不了内摩船长脸上那奇怪的担忧神色。我无法把两个合乎逻辑的想法联系起来，我的头脑里充满荒谬的假设。正在这时，内德·兰的话使我从苦思冥想中解脱出来。他说：

"瞧！午餐送来了！"

饭菜确实已经摆好。很明显，内摩船长下令加快"鹦鹉螺"号航速时，也下令准备午餐。

"先生，能允许我向你提一个忠告吗？"孔塞耶问我。

"提吧，小伙子。"我回答他。

"好吧！请先生用午餐。这样做比较明智，因为我们不知道会发生什么事。"

"你说得对，孔塞耶。"

"可惜，"内德·兰说，"他们只给我们送来了船上的饭菜。"

"内德老兄，"孔塞耶反驳他说，"假如人家不送午餐来，您又能说什么呢！"

孔塞耶说的有道理，渔叉手顿时无话可答，他不再发牢骚了。

我们坐到桌子旁，相当安静地吃着。我吃得很少。孔塞耶还是出于明智，"强迫"自己多吃点。内德·兰尽管不满意，却一点都没有少吃。吃完饭，我们各自回到自己的角落里，把身子靠在墙上。

这时，照亮小屋的发光球体突然暗了，屋里一片漆黑。内德·兰很快就睡着了。使我惊奇的是，孔塞耶也很快进入昏睡状态。我正在琢磨是什么使他的睡意这么浓，突然感到自己头脑发木，昏昏欲睡。我想睁大眼睛，眼睛却不听我的话，闭上了。一种幻觉缠绕着我，使我十分难受。显然有人在我们刚才的食品中放了催眠药！为了不让我们了解内摩船长的计划，把我们关进牢房是不够的，还必须让我们睡觉！

我听到盖板关上了。海水波动停止了，船体不再轻轻地左右摆动。"鹦鹉螺"号离开海面了吗？它回到静止不动的水层了吗？

我不想让自己睡着，但是做不到。我的呼吸变弱了。我感到一种难忍的凉气把我沉重的、好像瘫痪了的四肢冻僵了。我的眼皮好像是真正的铅质圆帽，把我的眼睛盖住。我无法掀掉盖子，睁开双眼。一种病态的、充满幻觉的睡意向我袭来，我困得支撑不住了。接着，幻觉消失，我已筋疲力尽，完全进入了梦乡。

Chapter 24
珊瑚王国

　　第二天，我醒来时，脑袋特别轻松。使我感到惊奇的是，我正在自己的房间里。我的同伴们大概和我一样，被送回舱房却没有发觉。他们和我一样不知道夜里发生了什么事。我只能等待机会，揭开秘密。

　　我想要离开房间。我重新获得自由了，还是再一次成为囚犯了？我是完全自由的。我打开房门，穿过纵向通道，爬上中央楼梯。昨夜关上的盖板，现在打开了。我来到甲板上。

　　内德·兰和孔塞耶正在那里等我。我询问他们，他们一无所知。他们睡得很沉，睡眠时的情况一点都记不清了，他们惊奇地发现自己回到舱房了。

　　至于"鹦鹉螺"号，我们感到它和往常一样宁静，一样神秘。它漂浮在海面上，缓缓行驶。船上似乎没有发生任何变化。

　　内德·兰用他那锐利的眼睛观察大海。波涛万顷，一片空荡。加拿大人没有任何新发现，没有风帆，没有陆地。西风呼啸着，长长的海浪被风刮得狂奔乱跑，船体猛烈地摇晃着。

　　更换空气后，"鹦鹉螺"号一直行驶在海平面以下十五米左右的水层，目的是随时可以迅速返回海面。一月十九日那天，它行动反常，好几次来到海面上。一到海面上，大副就登上甲板，他常说的那句话在船内回荡。

　　内摩船长呢，没有露面。船上的人，我只见到那位面无表情的服务员。他像平时一样，不声不响地按时给我送来饭菜。

　　将近两点时，我正在客厅，忙着整理笔记，内摩船长开门进来了。我向他致敬。他向我回礼，回了一个几乎察觉不到的礼，一句话都没有说。我继续干活，心想，他也许会对昨夜发生的事作出解释。他没有这样做。我看着他，看到他满面倦容，双眼发红，睡眠未能使它们恢复正常。他的面部表情说明他十分伤心，确实痛苦极了。他走来走去，坐下去，又站起来，随意拿起一本书，又立即放下，查看仪器，又不像往常那样作记录，他好像一会儿都待不住。

　　最后，他走到我面前，对我说：

　　"阿罗纳克斯先生，您是医生吗？"

　　我真没想到他会提这样一个问题，我看着他，没有回答。

　　"您是医生吗？"他又问我，"您的同行中有好些人，如格拉蒂奥莱、莫坎·唐东等，都学过医。"

　　"是的，"我说，"我是医生，是住院实习医生。进博物馆工作之前，我行过好几年医。"

　　"很好，先生。"

　　很明显，我的回答使内摩船长十分满意。但是，我不知道他到底想干什么，等着他再向我提问题，准备视情况回答他。

　　"阿罗纳克斯先生，"船长对我说，"您愿意给一名船员治病吗？"

　　"您这儿有病人？"

　　"有。"

　　"我愿意跟您去。"

　　"请到这边来。"

　　我得承认，我的心怦怦地跳着，不知为什么，我总觉得船员的病和昨夜发生的事有着某种关联。我对这个秘密的关心不亚于对这个病人的担心。

　　内摩船长把我带到"鹦鹉螺"号后部，让我走进船员工作室旁边的一间舱房。

　　舱房里，一个四十来岁的人躺在床上。此人面部表情刚毅，是真正典型的盎格鲁—撒克逊人。

我弯下身子察看病人，他不仅有病，而且受了伤。他头部裹着血淋淋的布，枕在两个枕头上。我把布解开，伤员睁大眼睛盯着我，任我察看，没有发出一声呻吟。

他的伤势极其严重。颅骨被致挫伤的器械击碎，露出了脑浆，大脑受到严重擦伤。在露出的脑浆上，凝结着一个个紫红色的血块。他既有脑挫伤，又有脑震荡。病人的呼吸缓慢，面部肌肉一阵阵抽搐。整个大脑发炎，病人已失去行动和表达感情的能力。

我给伤员诊脉，脉搏时有时无。身体各部分末端正在变凉。我看到死神正在靠近他，无法阻挡。我给这个不幸的人包扎好，整理好他头上的布，转向内摩船长。

"他是怎么受伤的？"我问他。

"这并不重要！"船长支支吾吾地回答，"'鹦鹉螺'号发生了碰撞事件，撞断了机器上的一根操纵杆，砸在这个人身上。您觉得他的伤势如何？"

我犹豫不决，不敢发表意见。

"您说吧，"船长对我说，"这个人听不懂法语。"

我最后看了伤员一眼，然后回答说：

"这个人将在两小时后死去。"

"没有办法救他了吗？"

"没有。"

内摩船长的手颤抖着，眼睛里流出几点泪水，我原来还以为他不会哭呢。

我又观察了一会儿这垂死的人，生命之火正在逐渐熄灭。电光照着临终人的床，他的脸色在电光下显得更加苍白。我看着他那聪明的脑袋，他额上布满过早出现的皱纹，也许是多年来生活中的不幸和贫穷给他留下的。我多么想从他嘴里最后吐出的几句话中，发现他一生的秘密！

"您可以离开了，阿罗纳克斯先生。"内摩船长对我说。

我走出来，船长继续留在垂危之人的舱房里。我回到自己的房间，刚才的情景使我难以平静。整整一天，我心里总有不祥的预感，坐立不安。夜里，我睡不安宁，睡梦中常常惊醒，仿佛听到远处传来的叹息声和哀歌声。他们是不是在用那种我听不懂的语言为死者祈祷？

第二天早晨，我登上甲板。内摩船长比我先到。他一见到我，就向我走来。

"教授先生，"他对我说，"今天您愿意去海底游览吗？"

"我和同伴们一起去？"我问。

"只要他们愿意去。"

"我们听您吩咐，船长。"

"那么，请去穿潜水服。"

他只字不提那个垂死之人，或者那个死人。我找到内德·兰和孔塞耶，把内摩船长的建议告诉他们。孔塞耶急忙表示同意，加拿大人这一次也乐意跟我们一起去。

这时是早晨八点钟。八点半，我们已经穿好海底散步的衣服，带上了照明器和呼吸器。那两扇门打开了。在内摩船长陪同下，我们踏上离海面十米的地面，"鹦鹉螺"号就停在这个地方。这一次，船长身后跟了十二名船员。

走过一段坡度平缓的路，我们来到约二十五米深的海底，地面高低不平。这地面与我第一次太平洋底游览时见到的完全不一样。这里没有细沙，没有海底草地，没有海洋森林。我立即辨认出，这正是内摩船长那天热情接待我们的神奇地区。这就是珊瑚王国。

在植形动物门、海鸡冠纲中，人们发现了柳珊瑚目，它包括柳珊瑚、丰产珊瑚和珊瑚虫三类。普通珊瑚属于最后一类，这是一种奇怪的东西，人们时而把它列入矿物，时而列入植物，还有时列入动物。古代人用它做药材，现代人用它做装饰品。直到一六九四年，马赛人佩索内尔最终把它列入动物界。

珊瑚是一种微生物群体，它们聚集在石状易碎的珊瑚骨上。这些珊瑚虫有一种独特的繁殖方式，那就是通过生芽繁殖。它们既有各自独立的生活，又参与集体生活，可以说是一种自然界的社会主义。我了解有关这种奇特植形动物的最新研究成果。生物学家们的意见非常正确，他们认为这种植形动物在生长过程中逐渐矿化。对我来说，还有什么能比参观大自然在海底种植的石化森林更令人感兴趣呢？

我们打开伦可夫灯，沿着正在形成中的珊瑚滩往前走。久而久之，珊瑚滩总有一天会把印度洋的这一部分围起来。路边是一团团乱麻似的小树丛，树上布满白色五角星状小花。不过，这些树状生物与陆地植物相反，它们固定在地面岩石上，全部从上面伸向下面。

灯光在色彩艳丽的枝叶之间戏耍，产生了各种各样的迷人景象。我仿佛看见这些圆筒形膜性管在起伏的海水中颤动。我很想采集它们鲜艳的、饰有娇嫩触手的花冠，其中一些刚开花，另一些刚露头。正在这时，一群身体轻巧、鳍翅敏捷的鱼，像飞鸟一样从它们旁边掠过。但是，只要我的手一靠近这些活的花朵，这些充满活力的含羞草，马上就警觉起来，白色的花冠缩回红色的外壳，花朵在我面前消失，小树丛变成了石状小丘。

命运使我有机会站在这种植形动物最珍贵的品种面前。这种珊瑚完全比得上法国、意大利和柏柏尔国家①在地中海沿岸地区采集的珊瑚。商业界把最美丽的珊瑚产品叫做"血花""血沫"，珊瑚鲜艳的色调证明这些富有诗意的名称用得十分贴切。每一公斤珊瑚的价格有时高达五百法郎，我们这一带海水里隐藏着无数珊瑚采集者的财富。这种珍贵物质常和其他珊瑚骨混杂在一起，形成密集而杂乱的群体，这种群体叫做"macciota"，我看到上面有玫瑰珊瑚这一令人喜爱的品种。

我们走了不多时，小树丛就变密了，树枝变粗了，展现在我们面前的是真正的石化矮林和结构新奇的长支架。内摩船长走进一个阴暗的长廊，长廊坡度平缓，逐渐把我们带到一百米深的海底。蛇形玻璃管发出的光线有时产生出魔术般的效果，光线照到这些天然拱券粗糙不平的表面上，照到分支吊

---

① 柏柏尔国家，指埃及以西的北非国家。

灯般的悬挂物上，使其布满一道道针状火光。在珊瑚小树丛中，我看到还有其他奇特的珊瑚虫，如钩虾形珊瑚、节枝鸢尾形珊瑚。还有几簇珊瑚藻，有红的，有绿的，这是真正的外有钙盐硬皮的海藻。生物学家们经过长时间的争论，最终把珊瑚藻列入植物界。但是，一位思想家认为："也许正是在这一点上，生命默默地从沉睡中觉醒，但还未离开这个难以脱离的出发点。"

走了两小时，我们终于来到约三百米深的海底，这是珊瑚开始形成的极限。可是，那里的珊瑚不再是孤立的小树丛，也不是一般的矮小乔木林，那是辽阔的森林，是高大的矿物性植物，是粗大的矿化树木。这些树木间由华丽的羽枝藻环连接。这种海洋藤本植物颜色略有差异，又带光泽，十分好看。我们自由自在地在它们的高枝下走过，高枝上面有海浪的阴影。我们脚下有笙珊瑚、脑珊瑚、星珊瑚、蕈珊瑚、石竹珊瑚。它们构成一片花毯，上面点缀着极美的幼芽。

这真是一幅无法描绘的景象！啊！为什么我们无法交流感受呢！为什么我们被困在这金属和玻璃面具里呢！为什么禁止我们交谈呢！为什么我们不能像鱼儿那样在水中生活，更不能像两栖动物那样可以在陆上和水中停留很长时间，可以随心所欲地到处游历呢！

这时，内摩船长站住了，我和同伴们也停止前进。我转过身来，看见船员们在船长周围排成半圆形。仔细一看，我发现他们当中四人扛着一个长方形物体。

我们站在一块大空地的中央，空地周围是海底森林的高大树枝。我们的灯向这个地方射出昏暗的光线，好像是黄昏的微光，地上的影子伸得很长。空地尽头，一片漆黑，只有珊瑚的棱角受到光照，在黑暗中闪闪发亮。

内德·兰和孔塞耶站在我身旁。我们观察着，我猛然想到自己即将目睹一个奇特的场面。观察地面时，我看见有几处坚硬的石灰质表层微微隆起，这种鼓起的小堆排列得很有规律，显然是有人亲手安排的。

空地中央，随意堆积起来的石头底座上，直立着一个珊瑚十字架。它伸着长长的手臂，那手臂仿佛是石化鲜血做成的。

看到内摩船长的手势，一名船员走上前去。走到离十字架几英尺的地方，他从腰间取下十字镐，开始挖坑。

我完全明白了！这空地是墓地，这坑是墓穴，这长方形的物体是昨夜去世那个人的遗体！内摩船长和船员们到这平常人无法进入的海底公墓来埋葬他们的同伴！

不！我的心情从未这么激动过！任何事情都没有在我头脑里留下过如此深刻的印象！我真不愿看到我现在看到的情景！

不过，墓穴挖得很慢。鱼儿受惊，东躲西藏。我听到镐头落在石灰质地上发出的响声，我看到镐头撞到水下火石发出闪光的火星。墓穴越挖越长，越挖越宽，不久它就相当深了，可以容纳一个人的遗体。

这时，扛遗体的人走近墓穴。遗体用白色足丝布包裹着，被放到潮湿的坑内。内摩船长双臂交叉在胸前，死者生前热爱的朋友们下跪，祈祷……我和两位同伴按宗教方式鞠躬致哀。

墓坑被刚才挖出的碎土石填满，土石在地面上形成一个小堆。

这一切结束后，内摩船长和船员们站起身来。然后，他们走近坟墓，再次下跪，伸手告别……

送葬队伍开始朝着"鹦鹉螺"号往回走，又一次在森林拱券下经过，又一次穿过矮林，沿着珊瑚小树丛，一直往上走。

最后，船上的灯光出现了。光带引导我们回"鹦鹉螺"号，我们于一点钟回到船上。

我换好衣服，马上来到甲板上。可怕的念头萦绕在脑际，我走到船灯旁坐下。

内摩船长来到我面前。我站起身来，对他说：

"那么，正如我预料的那样，那个人是在夜间去世的？"

"是的，阿罗纳克斯先生。"内摩船长回答。

"现在，他长眠在珊瑚墓地里，同伴们的身边？"

"是的，他们被众人忘却，但是我们永远不会忘记他们！我们挖墓穴，

所有的人都跪下祈祷。

珊瑚虫负责把死者永远封存在那里！"

　　船长突然用颤抖的双手把脸捂住，他无法控制自己，还是发出了一声抽噎。过了一会儿，他又说：

　　"那儿是我们宁静的墓地，它离海面几百英尺！"

　　"船长，您死去的同伴至少可以在那儿安眠，不受鲨鱼的侵袭！"

　　"是的，先生，"内摩船长神情严肃地说，"不受鲨鱼和人的侵袭！"

*Vingt mille
lieues sous les mers*

Part 2

Chapter 1
印度洋

　　海底旅行的第二个阶段开始了。第一阶段以珊瑚墓地动人的场面告终，那场面在我脑海中留下了非常深刻的印象。看来内摩船长要在这辽阔的大海深处度过此生，他甚至已经在大海中人们完全无法到达的深渊为自己准备了坟墓。这些"鹦鹉螺"号的主人、这些同生死共命运的朋友长眠在那儿，任何海洋怪物都不会来打扰他们！"任何人都不会来！"船长又说。

　　他对人类社会总是那么不信任，那么凶狠，那么无情！

　　孔塞耶满足于原来的假设，而我不能局限于这一点了。可爱的小伙子坚持认为，"鹦鹉螺"号船长不过是一位被埋没的科学家，他用蔑视来回答人类的冷漠。在孔塞耶眼中，内摩船长仍然是一位不被理解的天才，他在陆地上到处碰壁，心灰意懒，只好躲到人类无法到达的地方。在这里，他可以自由行动，为所欲为。但是，在我看来，这种假设只能说明内摩船长的一个侧面。

　　事实正是如此。那一夜他们神秘地把我们关进牢房，强迫我们睡觉；船长出于谨慎，粗暴地从我眼前抢走对准地平线的望远镜；"鹦鹉螺"号无法解释的碰撞给那位船员造成致命伤；这一切把我引向一条自然的思路。不！内摩船长不仅要避开人类！他建造这艘了不起的船，不仅是出于他那渴望自由的天性，也许还是为了实现他某种可怕的报复愿望。

　　对我来说，目前一切尚不明朗，我只是在黑暗中看到了微光。可以说，我只能随着事件发展作记载。

再说，没有任何东西把我们和内摩船长连接在一起。他知道我们无法从"鹦鹉螺"号上逃走。我们甚至算不上是凭保证而假释的囚犯。没有任何诺言束缚着我们。我们只不过是被监禁的人，是出于所谓的礼貌被称做客人的囚犯。当然，内德·兰并未放弃重新获得自由的愿望。可以肯定，只要一有机会，他便会逃跑。我大概也会采取一样的行动。可是，内摩船长那样慷慨地让我们了解了"鹦鹉螺"号的秘密。带着了解到的情况逃跑，我不会不感到遗憾的！我们到底应该痛恨这个人，还是钦佩他？他是受害者，还是刽子手？坦率地说，我希望完成这次海底环球旅行后再永远离开他，因为旅行的第一阶段十分美好。我希望，在离开前，能观察地球上聚集在海底的全部珍宝，能看到从未有人见到过的东西。为了满足这种难以满足的求知欲，即使要我献出生命，我也在所不惜！到目前为止，我有新发现吗？没有，或者说，几乎没有，因为我们只是在太平洋里走了六千里！

然而，我清楚地知道，"鹦鹉螺"号正在靠近有人居住的陆地。如果逃跑的机会来了，我却为探索未知事物而牺牲同伴们，这未免太残酷了。我应该跟着他们离开，也许还应该带领他们离开。但是这种机会会出现吗？作为被武力剥夺自由意志的人，我渴望这种机会；作为学者、有好奇心的人，我却害怕这种机会到来。

一八六八年一月二十一日那一天，中午，大副来测量太阳的高度。我登上甲板，点着一支雪茄烟，看着他测量。在我看来，这个人显然不懂法语，因为有好几次，我大声说出自己的想法，如果他听懂了，就会不由自主地表示关注。但是，他依然不动声色，一言不发。

大副用六分仪观察的时候，"鹦鹉螺"号一名水手（此人身体健壮，曾陪同我们去克雷斯波岛作第一次海底游览）来擦船灯玻璃。我乘机观察灯的结构。由于环状透镜的排列方式和灯塔上一样，灯光的强度增加了百倍，而且光线始终保持在最有用的方向上。电灯的构造有利于最充分地发挥其照明能力。灯光在真空中产生，可以确保光线匀称而强烈。而且，真空可以减少发出光弧的石墨的损耗。对内摩船长来说，节省石墨非常重要，因为补充石墨不是一件容易的事。在目前这种结构状况下，石墨的损耗就微乎其微了。

"鹦鹉螺"号准备继续海底航行，我回到客厅。盖板重新关上，航行路线直指西方。

我们航行在印度洋波涛中，这是一大片平坦的水面，面积为五亿五千万公顷。海水清澈透明，若是俯身观看水面，您会感到头晕目眩。"鹦鹉螺"号通常在一百至二百米的深度上漂浮，我们就这样度过了几天。别人大概都会感到时间过得太慢太乏味。而我深深地爱上了大海，我每天在甲板上散步，呼吸新鲜的空气；我透过客厅玻璃窗观看物产丰富的海水；我阅读图书室的书籍，写论文。这一切花去了我的全部时间，我没有一丝一毫的厌倦和烦恼。

我们的身体状况始终令人满意。我们非常适应船上的饮食。内德·兰生来爱抗议，他千方百计另做一些不同的菜。对我来说，这完全没有必要。此外，海里没有温度变化，我们连感冒都不会得的。而且，有一种石珊瑚目的木珊瑚，在法国南部普罗旺斯地区称为"海茴香"，用它加上珊瑚虫易溶化的肉，可以提供止咳非常有效的药膏，我们船上保存着一定数量的这种海洋产品。

有几天，我们看到许多水鸟：蹼足乌、大海鸥、小海鸥。我们巧妙地打死了几只，按某种方式烹调，尝到了相当好的水中野味。一些大型飞鸟远离陆地作长途飞行，它们到海面上来休息，消除疲劳。在这些鸟中，我看到有艳丽的信天翁，它们的叫声刺耳，好像驴叫，这种鸟属于长翼科。全蹼科的代表是军舰鸟和众多的鹲。军舰鸟动作敏捷，能迅速地捕捉海面鱼类。鹲鸟中有一种带红色尾羽，身材像鸽子，白色的羽毛略带粉红色，鲜明地衬托出黑色的翅膀。

"鹦鹉螺"号捕捞到许多种蠵龟属海龟，它们背部隆起，其龟甲十分珍贵。这些爬行动物可以轻松地潜入水中，关上鼻腔外孔的肉阀门，在水下停留很长时间。有些蠵龟被抓住时还在甲壳里睡觉，甲壳保护它们不受海洋

信天翁、军舰鸟和鹲鸟。

动物伤害。一般情况下，这些海龟的肉不十分鲜美，但海龟蛋是一种美味佳肴。

至于鱼类，每当我们打开窗板窥视它们水中生活的秘密时，总是对它们赞赏不已。我看到了好几种以前没有见过的鱼。

我主要想说一说红海①、印度洋和赤道附近美洲沿岸海域特有的箱鲀。这些鱼和乌龟、犰狳、海胆、甲壳动物一样，有鳞甲保护，这种鳞甲不是白垩的，也不是石状的，而是真正骨质的。鳞甲时而呈三角形，时而呈四边形。在三角鳞箱鲀中，我看到有一些鱼身长半分米，肉质鲜美，有益于健康，其尾为棕色，鳍为黄色。我甚至建议把这些鱼放入淡水喂养，因为不少海鱼非常适应淡水中的生活。我还要说一说背部有四个大结节的四边鳞箱鲀：身体下部有白色斑点的箱鲀，它们能和鸟一样被养驯；带头刺的三角箱鲀，它们的刺是骨质硬壳的延伸部分，由于它们发出的呼噜声很奇特，人们称之为"海猪"；还有带圆锥形肉峰的驼鱼，其肉质坚韧，难以嚼碎。

从孔塞耶每天作的笔记中，我还可以举出这几个海洋特有的某些鲀类鱼：红脊背白腹肚的斯宾格雷鱼，它有三排丝状物，显得很特别；身长七英寸，颜色鲜艳的电鱼。另外，作为其他鱼类的代表，有很像黑褐色鸡蛋的卵形鱼，它们身有白色带纹，没有鱼尾；身有尖刺的刺鲀，它们是真正的海上豪猪，可以鼓起身子，变成布满螯针的圆球；每个海洋都有的普通海马；长嘴海蛾飞鱼，胸鳍宽阔，很像翅膀，尽管不能飞翔，至少可以跃入空中；抹刀状鸽鱼，鱼尾上有很多鳞片状圆环；长吻刺鳅，身长二十五厘米，色彩鲜艳，味道鲜美；青灰色的丽纹鱼，头部凹凸不平；无数会跳跃的鳎鱼，身有黑色条纹，胸鳍很长，能极其迅速地在水面上滑行；美味的旗月鱼，它们能竖起鱼鳍，很像顺风扯起的风帆；光彩夺目的钩鱼，大自然慷慨地给它们染上了黄色、天蓝色、银白色和金黄色；石蛾鱼，鱼翅由丝状物组成；常带污

---

① 红海，位于阿拉伯半岛和非洲之间。

泥的杜父鱼，它能发出某种轻微的响声；其肝被认为有毒的鲂鮄；眼睛上戴有活动眼罩的普提鱼；最后还有管状长嘴哨子鱼，这是真正的海洋捕食飞虫动物，它们有一支夏斯波特[1]家族和雷明顿[2]家族想象不到的枪，只需发射一滴水就可以打死昆虫。

拉塞佩德列为第八十九属的鱼，属于硬骨鱼第二亚纲，其特征是有鳃盖骨和鳃膜。这类鱼中，我看到有鮋鱼，头部带尖刺，只有一个背鳍。这些动物根据所属的不同亚属，有的带细小鳞片，有的不带。第二亚属中有身长三四分米的二指鱼，身有黄色条纹，鱼头的样子十分古怪。第一亚属中有好几种外号为"海蟾蜍"的怪鱼。这种鱼头部很大，时而有很深的凹陷，时而有隆起。它身上布满尖刺和结节，长着又丑又不规则的触角，身上和尾部均有老趼。它的尖刺可以造成危险的创伤。这种鱼既可憎，又可怕。

从一月二十一日至二十三日，"鹦鹉螺"号每二十四小时行驶二百五十里，即五百四十海里，平均每小时二十二海里。我们一路上之所以能看到各种各样的鱼，是因为这些鱼被电光吸引，前来陪伴我们。由于"鹦鹉螺"号航速快，大部分鱼很快就落在后面了。但是，有些鱼能在某一段时间内跟上"鹦鹉螺"号。

二十四日早晨，我们来到南纬十二度五分、东经九十四度三十三分处，看到了基林岛[3]。这是珊瑚筑起的岛礁，岛上种着美丽的椰子树，达尔文先生和菲茨·罗伊船长曾到过这里。"鹦鹉螺"号在离岛不远的地方沿着这个荒岛边缘航行。渔网捕捞到许多种珊瑚和棘皮动物，以及一些软体动物的奇特贝壳。内摩船长的宝库里又增加了几个珍贵的燕子螺。我又给他添进了一个斑点星珊瑚，这种珊瑚常常寄生在贝壳上。

基林岛很快就在远处消失了，我们向西北方向、朝着印度半岛南端

---

[1] 夏斯波特（1833—1905），法国军械师，法国军队1866—1874年间使用的步枪就是他发明的。
[2] 雷明顿（1816—1889），美国工程师和工业家，曾发明一种步枪和一种打字机。
[3] 基林岛，又名可可群岛，位于印尼爪哇岛西南八百公里处。

航行。

那一天，内德·兰对我说："文明的陆地总比巴布亚岛好。在巴布亚，我们遇到的野蛮人比狍子还多！教授先生，在印度这块土地上，有公路和铁路，有英国的、法国的、印度的城市，五英里内必定能遇到一个同胞。唉！难道说，我们不声不响地离开内摩船长的时刻还没有来到吗？"

"没有，内德，没有，"我回答他，口气十分坚定，"用你们水手的话来说，顺其自然吧。'鹦鹉螺'号正在靠近有人居住的大陆，它正在返回欧洲，正在把我们带回欧洲。到了欧洲海域，我们再考虑该采取什么行动。而且我认为，内摩船长允许我们去新几内亚森林打猎，他不会同意我们去马拉巴尔或科罗曼德尔①沿岸地区去打猎的。"

"怎么！先生，难道我们不能不经他允许就去打猎吗？"

我没有回答加拿大人的问题，我不想争论。实际上，我心里想的是，命运把我抛到"鹦鹉螺"号上，我要充分利用命运给我提供的一切机遇。

总的来说，从基林岛起，我们前进的速度放慢了。"鹦鹉螺"号的行动也更加变幻莫测，常常把我们带到很深的水层。船员们好几次使用斜板，通过船内杠杆把斜板调到与吃水线斜交的方向上。就这样，我们到过两三公里深的地方，但是从未测量过印度洋的深水层，即使是可以到达水下一万三千米的探测器也无法触到印度洋底。至于下层海水的温度，温度计始终标明是零上四度。只是我发现，在上层海水中，浅滩上的水总是比远处大海里的水温度低。

一月二十五日，海上渺无人迹，"鹦鹉螺"号在海面上度过了一整天。大功率螺旋桨拍打着海水，打得水花四溅，溅到很高的地方。看到这种情景，人们怎么可能不把它当做特大鲸类动物呢？这一天，我在甲板上度过了四分之三的时间。我望着大海，什么都看不到。只有在下午将近四点时，一艘长长的轮船在西边和我们迎面对驶。有一阵，我们能看到它的桅杆，

---

① 马拉巴尔，印度西南部海岸。科罗曼德尔，印度东部海岸。

它却看不到紧贴水面的"鹦鹉螺"号。我认为这艘轮船属于半岛东方航运公司，来往于锡兰①和悉尼之间，途中经过乔治王岬和墨尔本。

下午五点钟。在热带地区白天和黑夜之间短暂的黄昏来临之前，我和孔塞耶看到了一种奇特的情景，看得入了迷。

那是一种迷人的动物。古人说，谁见到这种动物，谁就会交好运。亚里士多德、阿泰内、普林尼、奥皮恩②都研究过它的嗜好，在它身上用尽了希腊和意大利学者们富有诗意的词语。他们称之为"鹦鹉螺"和"蛛蜂"。但是现代科学界没有认可这个名称，这种软体动物现在叫做"船蛸"。

若是有人请教孔塞耶，这可爱的小伙子就会告诉他，软体动物门分为五纲。第一纲是头足纲，头足纲动物或裸体或有甲壳。头足纲包括两科，二鳃科和四鳃科，区别就在于鳃的数量。二鳃科包括三属，船蛸属、枪乌贼属和墨鱼属。四鳃科只有一属，鹦鹉螺属。如果听了这一介绍，哪位榆木脑袋的人仍然分不清船蛸和鹦鹉螺，那他就不能被原谅了，船蛸有吸盘，鹦鹉螺有触手。

眼前正是一群船蛸，它们在海面上旅行。我们看到有好几百条，它们属于瘤状船蛸，是印度洋特有的动物。

这些优美的软体动物用推动管把吸入的水喷出，推动身体向后运动。它们有八只触手，其中六只又长又细，漂在水面上，另外两只圆圆的，呈掌状，迎风张开，活像两片轻帆。我清楚地看到它们螺旋形的高低不平的贝壳，居维叶把它比做美丽的小艇，他的比喻十分贴切。那确实是真正的小船，由动物的分泌物构成，动物乘坐在小船上，动物与小船并不粘连在一起。

"船蛸是自由的，它可以离开贝壳，"我对孔塞耶说，"但是它从不离开贝壳。"

"内摩船长就是这样，因此，把他的船叫做船蛸更合适。"孔塞耶说，他说得恰如其分。

① 锡兰，今斯里兰卡，南亚岛国，位于印度东南方。
② 奥皮恩，公元3世纪希腊诗人。

　　"鹦鹉螺"号在这群软体动物中间行驶了约一小时。后来，不知什么东西突然把它们吓住了。它们仿佛接到一个信号，轻帆全部降下，触手收拢，身子蜷缩，贝壳翻转过来，重心改变了，它们全部消失在水下。这一切发生在一瞬间，从来没有一支舰队的船只能像它们那样行动一致。

　　这时，黑夜突然来临，微风掀起的波涛在"鹦鹉螺"号腰外板下静静地伸展。

　　第二天，一月二十六日，我们在东经八十二度处穿过赤道，回到北半球。

　　这一天，一大群角鲨陪伴着我们。这种可怕的动物在印度洋里大量繁殖，使这一带海域成为可怕的地区。这一群角鲨中有菲力浦角鲨，背部褐色，腹部微白色，嘴里长着十二排牙；眼球斑角鲨，颈上有一个黑色大斑点，周围有一圈白色，很像眼睛；灰黄色角鲨，圆圆的脸上布满灰点。这些强壮的动物时常冲撞客厅玻璃窗，来势凶猛，令人担心。因此，内德·兰无法克制自己，他要到海面上去叉这些怪物，尤其是那些一再向他挑衅的星鲨和巨大虎纹角鲨。星鲨嘴里的牙排列得像一块拼花板，虎纹角鲨身长五米。可是，"鹦鹉螺"号马上加快速度，轻松地把这些鲨鱼甩在后面，即使是那些游得最快的也不例外。

　　一月二十七日，在宽阔的孟加拉湾入口处，我们好几次看到不祥的情景！看到一些尸体漂在水面上。那是印度城市里的死人，没有完全被当地唯一的埋尸者秃鹫吞食，被恒河水冲向大海。不过，角鲨一定会帮助秃鹫完成丧葬工作的。

　　晚上七点左右，"鹦鹉螺"号航行在乳状海水中，半身浸没在水里。海上一片乳白色，望不到边际。这是月光照射的结果吗？不是，因为新月才出现两天，这时还未从阳光里的地平线下升起。整个天空，尽管还有星光照耀，但是与白色的海水相比，显得黑糊糊的。

　　孔塞耶不相信自己的眼睛，他问我为什么会有这种奇怪的现象。幸好，我能回答他的问题。

"这就是人们所说的奶海，"我对他说，"一大片白色的波涛。在安波那岛①附近海域和这一带常常可以看到这种情景。"

"可是，"孔塞耶问，"先生，能不能告诉我为什么会产生这种现象？我想，海水没有变成奶吧！"

"没有，小伙子，使你感到惊讶的白色是由水中无数的纤毛虫造成的。这是一种发光小虫，样子像无色明胶，厚度相当于一根头发，长度不超过五分之一毫米。有些纤毛虫互相粘连在一起，形成一大片，长达好几里。"

"好几里！"孔塞耶喊道。

"是的，小伙子，不要费脑筋去估计这些纤毛虫的数量！你无法估计！如果我没记错，某些航海家曾在奶海中航行了四十多海里。"

我不知道孔塞耶是否听从了我的劝告，可是他好像陷入了沉思，大概在计算四十平方海里包含多少个五分之一毫米。我继续观察这种现象。

"鹦鹉螺"号冲角划破这白色水面，航行了好几个小时。我看到它悄悄地在这肥皂水上滑行，好像漂浮在海湾顺流和逆流之间有时会出现的泡沫旋涡里。

将近午夜，大海突然恢复了往常的色彩。但是，在我们身后，直到天边，天空反射着水面的白色，很长时间内好像被朦胧的北极光照亮着。

---

① 安波那岛，印度尼西亚马鲁古群岛的一个岛屿。

Chapter 2
内摩船长的新建议

一月二十八日，中午，"鹦鹉螺"号回到海面上，当时它位于北纬九度四分，在我们西边八海里处出现一块陆地。我首先看到一群山岭，高两千英尺左右，山峦此起彼伏，高低不一。测定船的方位后，我回到客厅，把方位标在地图上。我发现，我们正面对着锡兰岛，一颗挂在印度半岛下方的明珠。

我去图书室寻找有关这座岛的著作，这是地球上最富饶的海岛之一。我正好看到西尔先生写的一本书，题为《锡兰和僧伽罗人》。回到客厅后，我首先记下锡兰岛的方位，古人给这座岛起过各种各样的名字。锡兰岛位于北纬五度五十五分至九度四十九分、东经七十九度四十二分至八十二度四分之间。岛长二百七十五英里，最宽处一百五十英里，周长九百英里。面积二万四千四百四十八平方英里，就是说，略小于爱尔兰岛。

这时，内摩船长和大副来了。

内摩船长看了一眼地图，然后转身对我说：

"锡兰岛的采珠场闻名于世。阿罗纳克斯先生，您想参观一个采珠场吗？"

"当然想，船长。"

"那好，这很容易做到。不过，我们能见到采珠场，却见不到采珠人，一年一度的采珠工作还未开始，见不到也没有关系。我马上下令前往马纳尔湾，我们将于夜间到达。"

船长对大副说了几句话，大副立即走出去。"鹦鹉螺"号很快就潜回水里，压力计标明船位于水下三十英尺的地方。

我在眼前的地图上寻找马纳尔湾，发现它位于北纬九度，锡兰岛西北方。长线状的马纳尔小岛使海面形成一个湾。我们必须沿着整个锡兰岛西海岸北上，才能到达马纳尔湾。

"教授先生，"内摩船长对我说，"人们在孟加拉湾、印度洋、中国海、日本海、美洲南部海洋、巴拿马湾、加利福尼亚湾采集珍珠。但是，在锡兰岛海域采集的珍珠最多最好。当然，我们来得早了一些。只有在三月份采珠人才聚集到马纳尔湾。三十天内，三百条船从事挖掘海洋宝藏这项有利可图的工作。每条船上有十名划桨人、十名采珠人。采珠人分成两组，轮流下海，他们双脚夹着一块很重的石头，潜入十二米深的水层。石头由一根绳子捆住，绳子的另一头系在船上。"

"那么，"我说，"他们一直采用这种原始的方法吗？"

"是的，"内摩船长回答我，"一直采用这种方法，尽管采珠场属于地球上最灵巧的民族——英国人。是一八〇二年的《亚眠①条约》把这些采珠场割让给英国的。"

"我认为，您使用的那种潜水服对从事这项工作的人大有用处。"

"是的，因为这些可怜的采珠人无法长时间在水下停留。英国人佩瑟瓦尔在锡兰旅行时，确实谈到一个卡菲尔人②，说他在水下停留了五分钟，五分钟内没有回到水面上来。可是，我觉得这件事不可信。我知道，有些潜水人在水下停留的时间可以长达五十七秒，有些非常熟练能干的人甚至可以长达八十七秒。然而，这种人很少，而且，这些可怜人回到船上后，鼻子里和耳朵里都流出带血的水来。我认为，采珠人平均能在水里停留三十秒。在这段时间里，他们急忙采集珠牡蛎，装进一个小网。这些采珠人通常寿命不

① 亚眠，法国一城市名。1802年，法国、英国、西班牙和荷兰在这里签订和平条约。
② 卡菲尔人，非洲东南部沿海一带说班图语的部分居民。

长。他们的视力衰退，眼睛发生溃疡，身上有伤疤。有时，他们甚至在海底中风。"

"是的，"我说，"这是一种可怜的职业，只是为了满足某些人一时的欲望。船长，请告诉我，一条船一天能采集多少珠牡蛎？"

"大约四万至五万。有人甚至说，一八一四年，英国政府雇用采珠人为政府采集，二十天内共采集了七千六百万珠牡蛎。"

"至少，这些采珠人得到应得的报酬了吧？"我问。

"教授先生，这很难说。在巴拿马，采珠人每周的收入是一美元。通常情况下，他们采集一个含珍珠的牡蛎才得到一个苏①。可是，他们采集的牡蛎中又有多少不含珍珠啊！"

"这些可怜人得到一个苏，他们的主人却发了大财！真可恨！"

"教授先生，"内摩船长对我说，"您和您的同伴们将参观马纳尔海滩。如果碰巧那儿有提前来的采珠人，那么，我们可以看他采集。"

"就这么说定了，船长。"

"对了，阿罗纳克斯先生，您不怕鲨鱼吗？"

"鲨鱼？"我大声问。

至少可以说，这个问题对我来说毫无意义。

"怎么样？"内摩船长又问。

"船长，老实对您说，我还不十分熟悉这种鱼。"

"我们已经习惯于和它们打交道了，"内摩船长回答，"随着时间的推移，您也会习惯的。何况我们手中有武器，也许我们可以边走边打猎，打死一条角鲨呢。这样打猎很有趣。那么，教授先生，明天清早见。"

内摩船长悠然自得地说完这句话，离开客厅走了。

如果有人邀请您去瑞士山区追捕熊，您也许会说："很好！明天咱们去追捕熊。"如果有人邀请您去阿特拉斯②山区的平地上打狮子，或者去印度

① 苏，法国辅币名，相当于二十分之一法郎。
② 阿特拉斯，非洲北部山区。

从林里打老虎，您也许会说："啊！啊！看来我们要去打老虎或狮子了！"但是，如果有人请您去海底捕捉鲨鱼，您在接受邀请前也许要考虑一下。

我呢，把手伸向额头，额上冒出一滴滴冷汗。

"考虑一下吧，"我对自己说，"不用着急。到海底森林去捕捉水獭，就像我们在克雷斯波岛森林里干过的那样，那还可以。但是，明知会遇到角鲨，还要去海底游览，那就不同了！当然，我知道有些国家里，尤其是在安达曼群岛，黑人一手拿匕首、一手拿绳圈，毫不犹豫地进攻鲨鱼。但是，我也知道，在攻击这种可怕动物的人中间，许多人不能活着回来！况且，我不是黑人。我想，即使我是黑人，在这种情况下，我有点犹豫也不足为奇。"

我开始想象鲨鱼，想着它那宽大的上下颚，上面长着好几排尖利的牙齿，可以把人咬成两段。我已经感到腰部有点疼痛。另外，我无法理解内摩船长发出这一令人遗憾的邀请时，那种满不在乎的神态！难道就像去树下围捕不伤人的狐狸那么轻松吗？

"好吧！"我想，"孔塞耶决不会乐意去的。这样，我也可以不陪船长去了。"

至于内德·兰，我承认，我不敢肯定他会有什么想法。危险，不管是大是小，对他这种天生好斗的人总有诱惑力。

我重新拿起西尔的书，心不在焉地翻着。我仿佛看到字里行间都是张得很大的嘴。

就在这时，孔塞耶和加拿大人进来了。他们神色镇静，甚至很高兴。他们并不知道等待他们的是什么。

"先生，"内德·兰对我说，"说真的，您那位内摩船长——让他见鬼去吧——刚才向我们提出一个令人愉快的建议。"

"啊！"我说，"你们知道……"

"请先生原谅我冒昧，"孔塞耶回答，"'鹦鹉螺'号船长邀请我们明天同先生一起去参观锡兰壮丽的采珠场。他说话时很有礼貌，简直是一位地道的绅士。"

"他没有对你们说别的话?"

"没有,先生,"加拿大人回答,"他只告诉我们,曾对您说过这次小小的游览。"

"他确实说过,"我说,"他没有向你们谈有关……的详细情况?"

"一点都没谈,生物学家先生。您将和我们一起去,真的吗?"

"我……当然喽!内德·兰师傅,我看您对此很感兴趣。"

"是的!这很新奇,非常新奇。"

"也许很危险!"我用暗示的语气说。

"危险?"内德·兰说,"不过是到生长牡蛎的海滩上走一趟呀!"

一定是内摩船长认为不必让我的同伴们想到鲨鱼。而我,我局促不安地看着他们,仿佛看到他们已经断胳膊少腿了。我是否应该告诉他们呢?当然应该,但是我不知道该怎么说。

"先生,"孔塞耶对我说,"您是否愿意给我们讲一些采集珍珠的详细情况?"

"是谈采珠本身呢,还是谈意外事件……"我问。

"谈采珠本身,"加拿大人回答,"去实地观看前,最好有所了解。"

"好吧!朋友们,请坐。我把自己刚从英国人西尔那儿学来的知识全部告诉你们。"

内德和孔塞耶在长沙发上坐下。加拿大人首先对我说:

"先生,什么是珍珠?"

"我的好内德,"我回答,"对诗人来说,珍珠是大海的泪水。对东方人来说,那是凝固了的露水。对妇女来说,那是一种椭圆形、透明而有光泽的螺钿质装饰品,她们把它戴在手指上、脖子上或耳朵上。对化学家来说,那是一种磷酸盐、碳酸钙和少量明胶的混合物。最后,对生物学家来说,这不过是器官的一种病态分泌物,某些双壳类软体动物分泌的物质能变成螺钿质。"

"软体动物门，"孔塞耶说，"无头纲，介壳目。"

"正是这样，孔塞耶，我的大学者。这些介壳动物中，鸢尾鲍、蝾螺、砗磲、海江珧、总而言之，一切分泌螺钿质的动物，即分泌那种蓝色、近蓝色、紫色或白色物质，其双瓣内侧覆盖着这种物质的动物，都能产珍珠。"

"贻贝也可以吗？"加拿大人问。

"可以啊！苏格兰、威尔士地区、爱尔兰、萨克森①、波希米亚②、法国某些河流里的贻贝都可以产珍珠。"

"好！以后我会注意看的。"加拿大人回答。

"但是，"我接着说，"最能产珍珠的软体动物是珠牡蛎，珍贵的珠母。珍珠不过是螺钿质的球状凝结物，它或者粘在牡蛎壳上，或者嵌在动物身体的皱褶里。如果是在贝壳上，那是粘住的；如果是在肉上，它是可以动的。但是，不管哪种情况，它的核心部分都有一个坚硬的小物体，或是一颗石卵，或是一粒沙子，周围是一薄层一薄层的螺钿质，螺钿质层在好几年中依次由里往外逐渐沉积而成。"

"在同一个牡蛎里，可能发现好几颗珍珠吗？"孔塞耶问。

"有可能，小伙子。某些珠母简直是一个名副其实的珠宝盒。甚至有人说，在一个牡蛎里面发现过一百五十多条鲨鱼，对此我表示怀疑。"

"一百五十条鲨鱼！"内德·兰叫喊着。

"我说鲨鱼了吗？"我急忙大声问，"我想说一百五十颗珍珠，说鲨鱼毫无意义。"

"确实如此，"孔塞耶说，"先生现在是否可以告诉我们，用什么方法取出珍珠？"

"有好几种方法。如果珍珠粘在贝壳上，采珠人常用镊子取出。不过，最常见的做法是，把草席铺在海岸上，把珠母摊在草席上。珠母在空气中死亡，十天后，它们腐烂到了相当的程度。再把它们放入大海水池，打开，洗

----

① 萨克森，德国地区名。
② 波希米亚，捷克地区名。

净。就在这时，两方面的清理工作开始了。首先，他们把螺钿片按照商业上的名称分成纯银白、非纯白和非纯黑三类，分别装在容积为一百二十五公斤至一百五十公斤的箱子里运走。然后，他们取出牡蛎的海绵状组织，把它煮开，用筛子筛出全部珍珠，包括最小的。"

"珍珠的价格因体积大小不同而不同吗？"孔塞耶问。

"价格不仅与大小有关，"我回答，"而且与形状、水色和光泽有关。水色指珍珠的颜色，光泽指珍珠那种闪烁、绚丽、悦目的光彩。最美丽的珍珠叫做童贞珍珠或圆形大珍珠，它们每一个单独长在软体动物组织里。它们呈白色，通常不透明，但是有时像乳白玻璃。最常见的形状是球或梨形，球状的用来做手镯，梨形的用来做耳环的坠子。由于是最珍贵的品种，它们论颗出售。其他粘在贝壳上、形状比较不规则的珍珠，按重量出售。最后，被叫做小粒珍珠的小珍珠列入下等，用量器量着卖，主要用来制作装饰教堂的绣品。"

"按颗粒大小将珍珠分类的工作一定很困难，很费时间。"加拿大人说。

"不，朋友。人们使用十一种筛子来完成这项工作，不同筛子上有不同数量的孔。留在二十至八十孔筛子上的珍珠属于一等；留在一百至八百孔筛子上的珍珠属二等；最后，使用九百至一千孔筛子得到的是小粒珍珠。"

"太妙了，"孔塞耶说，"我看，珍珠的分级、归类工作机械化了。先生，能不能告诉我们经营珠牡蛎场有多大收益？"

"根据西尔书上所说的，"我回答，"锡兰采珠场一年的包租税为三百万条角鲨。"

"法郎！"孔塞耶说。

"是的，法郎！三百万法郎，"我接着说，"不过，我认为，现在这些采珠场的效益不如从前。美洲的采珠场就是这种情况，在查理五世时代的收入为四百万法郎，现在减少了三分之一。总之，估计经营珍珠的总收入为九百万法郎。"

"可是，"孔塞耶问，"能不能列举几颗开价极高、名声很响的珍珠？"

"可以，小伙子。听说恺撒①送给塞尔维利亚②的一颗珍珠估计价值十二万法郎。"

"我甚至听说过，"加拿大人说，"古代某一位妇人喝醋泡珍珠。"

"克娄巴特拉③。"孔塞耶答。

"这样做不大好。"内德·兰又说。

"内德老兄，这样做很可恶，"孔塞耶说，"不过，一小杯醋价值一百五十万法郎，这杯醋确实珍贵。"

"遗憾的是，我没有娶这位妇人为妻。"加拿大人边说边挥动胳膊，神态令人不放心。

"内德·兰当克娄巴特拉的丈夫！"孔塞耶大声叫喊着。

"孔塞耶，我本来是打算结婚的，"加拿大人严肃地说，"事情没有成功。这不是我的过错。我甚至买了一条珍珠项链送给我的未婚妻凯特·坦德，而她嫁给了另外一个人。嘿！我买这条项链只花了一点五美元。不过，请教授先生相信我，这项链的珍珠很大，也许不会从二十孔筛子上掉下去。"

"我的好内德，"我笑着说，"那是人造珍珠，是普通的玻璃小球，里面涂了闪光物质。"

"唉！这种闪光物质，"加拿大人说，"一定很贵吧。"

"几乎是一文不值！这不过是欧鲌鱼鳞上的银白色物质，从水里收集起来，保存在氨水里。这种物质没有任何价值。"

"也许正是这个原因，凯特·坦德嫁给了另一个人。"内德·兰师傅达观地说。

"咱们还是回到贵重珍珠这个话题上来吧，"我说，"我认为，任何一位君主拥有的珍珠都比不上内摩船长的那一颗。"

---

① 恺撒（公元前100—前44），古罗马统帅、政治家和作家。
② 塞尔维利亚，恺撒的情妇。
③ 克娄巴特拉，埃及女王（公元前51—前30）。

"这一颗。"孔塞耶指着玻璃下面那漂亮的珠宝说。

"当然喽,我想我不会估错的,它的价值是两百万……"

"法郎!"孔塞耶急忙说。

"对,"我说,"两百万法郎,而船长付出的代价大概只是把它捡起来。"

"啊!"内德·兰大声说,"谁说明天我们去海底散步时不会遇到类似的东西!"

"呵!"孔塞耶说。

"为什么不会?"

"在'鹦鹉螺'号上,即使我们拥有几百万,又有什么用呢?"

"在'鹦鹉螺'号上没有用,"内德·兰说,"但是,在其他地方……"

"哦!其他地方!"孔塞耶摇着头说。

"关于这一点,"我说,"内德·兰师傅说得对。假如有一天我们能带一颗价值几百万的珍珠回欧洲或美洲,这至少可以证明我们说的全是事实,同时也使我们讲述的惊险故事具有很高的价值。"

"我相信这一点。"加拿大人说。

"可是,"孔塞耶说,他总是喜欢回到事物有教益的方面来,"采集珍珠危险吗?"

"不危险,"我急忙回答,"特别是在采取了某些预防措施的情况下。"

"从事这种职业有什么危险呢?"内德·兰说,"危险就在于喝几口海水!"

"您说得对,内德。对啦,"我力图像内摩船长那样,用满不在乎的口气说,"内德,您怕鲨鱼吗?"

"我,"加拿大人回答,"我是一位职业渔叉手!我当然不怕鲨鱼!"

"我不是说用旋转钩捕捉它们,"我说,"把它们拖上甲板,用斧子剁去它们的尾巴,给它们剖腹挖心,再把它们扔到海里!"

"那您是说,遇到……"

"是的，正是。"

"在水里遇到吗？"

"在水里。"

"说真的，只要有一柄好渔叉！先生，您知道，这些鲨鱼是相当不灵活的畜生。要想咬人，它们必须转过身来，腹部向下，这时……"

内德·兰说"咬"字时的口气，使人背脊发凉。

"那么，你，孔塞耶，你对角鲨有什么想法？"

"我，"孔塞耶说，"我会对先生说实话的。"

"好极了。"我想。

"如果先生迎击鲨鱼，"孔塞耶说，"我看，他忠实的仆人不会不和他并肩战斗的！"

Chapter 3
价值千万的珍珠

天黑了，我上床睡觉。我睡得相当不安宁，角鲨成了我梦中的主要角色。按照词源，"鲨鱼"一词来自"祈祷"①，我认为这种说法既非常合理，又非常不合理。

第二天凌晨四点，我被内摩船长专门派来的服务员叫醒。我赶快起床，穿好衣服，来到客厅。

内摩船长正在那儿等我。

"阿罗纳克斯先生，"他对我说，"您作好出发准备了吗？"

"我准备好了。"

"请跟我来。"

"船长，我的同伴呢？"

"他们已接到通知，正在等我们。"

"我们不穿潜水服吗？"我问。

"现在还不穿。我没有让'鹦鹉螺'号过分靠近海岸，我们正在离马纳尔海滩相当远的海上。但是，我已经命人准备好小艇，小艇将把我们送到下船地点，免得我们还要走相当长一段路。艇上放着潜水服，我们在开始海底游览时再穿。"

---

① 词源学不能肯定"鲨鱼"（requin）一词的来源，认为它也许来自拉丁文"为死者祈祷"（requiem），暗示遭鲨鱼伤害的人会很快死去。

内摩船长带我向中央楼梯走去，爬上楼梯来到甲板上。内德和孔塞耶正在那儿，因为马上要去"海底一游"，他们很高兴。"鹦鹉螺"号五名水手拿着桨在小艇里等我们，小艇已系在大船旁边。

夜色依然很浓。一片片云彩布满天空，我们只能看到很少几颗星星。我向陆地方向看去，只是隐隐约约看到一条线，把西南和西北方向四分之三的地平线封住。"鹦鹉螺"号已在夜间沿锡兰岛西海岸北上，现在就在马纳尔湾西边，更确切地说，在锡兰岛和马纳尔岛形成的海湾西边。珠母滩就在海湾阴暗的水下，那是一片取之不尽的采珠场，长度超过二十英里。

我和内摩船长、孔塞耶、内德·兰在小艇后部就座。艇长掌舵，他的四位同伴划桨。我们解开缆绳，小艇离开大船。

小艇向南驶去。桨手们不慌不忙地划着，我看到桨在水中有力地划动，桨手们按照海军惯用的方式，每十秒钟划一下桨。小艇前进着，水滴像铅水一样，落在海浪黑色的底部，发出噼噼啪啪的响声。一个不大的长浪从远处海上滚来，小艇轻轻地左右摇晃着，几个浪峰拍打着船头。

艇内悄然无声。内摩船长在想什么呢？也许在想那块渐渐靠近的陆地，感到它离自己太近了。加拿大人正好相反，对他来说，陆地似乎仍然远在天边。至于孔塞耶，他只是一位普通的有好奇心的人。

将近五点半时，天边最初出现的色彩把海岸线的上部更加清楚地衬托出来。海岸东部相当平坦，南部略有隆起。我们离海岸还有五海里，海岸和雾气腾腾的海水连成一片，难以分辨。在我们和海岸之间，海上一片荒凉，没有一条船，没有一个下海人。这采珠人的会聚场所渺无人迹。正如内摩船长告诉我的那样，我们来这一带海域太早了，早了一个月。

六点钟，天突然亮了，这是热带地区特有的现象，没有曙光，也没有暮色。阳光穿过聚集在东方地平线上的云层，灿烂的红日迅速升起。

我清楚地看到陆地了，岸上零零落落地生长着几棵树。

小艇向马纳尔岛驶去，岛的南部成圆形。内摩船长站立起来，观看海面。

船长做了一个示意动作，船员们立即将锚抛下，只有很小一段锚链进入水中，因为水深不超过一米，这是珠母滩的最高点之一。小艇在退向大海的潮水推动下，掉转了船头。

"阿罗纳克斯先生，我们到达目的地了，"内摩船长说，"您瞧这狭窄的海湾。一个月后，无数经营者的采珠船就将云集于此，船上的潜水人员将勇敢地到这一带水中搜寻。这个海湾非常适合这种采集工作。它不受风暴侵袭，即使是最猛烈的风也刮不到这里，海上从来没有汹涌的波涛，这种情况对潜水人员的工作十分有利。现在我们将穿上潜水服，开始海底散步。"

我什么都没有回答，一面看着这可疑的海水，一面在小艇水手们的帮助下开始穿沉重的潜水服。内摩船长和我那两个同伴也开始穿戴。这一次，"鹦鹉螺"号水手们将不陪同我们游览。

不一会儿，我们的身体已被困在橡皮衣服里，直到齐脖子的地方。水手们用背带把呼吸器固定在我们背上，但是他们没有给我们伦可夫灯。在把头伸进铜帽前，我向船长提了这个问题。

"这一次我们不需要伦可夫灯，"船长回答我说，"我们不去很深的地方，阳光足以给我们照亮道路。而且，把电光灯带到这一带水中是冒失的行动，灯光会出乎意料地引来海里的某种危险生物。"

内摩船长说这些话时，我回过头来看看孔塞耶和内德·兰。但是，这两位朋友已经把金属帽套在头上，他们听不到旁人说话，也无法回答。

我还得向内摩船长提最后一个问题。

"我们的武器呢？"我问他，"我们的枪支呢？"

"枪支？有什么用处？你们山里人不是手拿匕首打熊吗？难道钢铁不比铅更可靠吗？这里有一把非常坚固的刀，请挂在腰间，咱们走吧。"

我看看同伴们。他们和我们一样带着刀。除此之外，内德·兰挥动着一柄巨大的渔叉，他在离开"鹦鹉螺"号前，就把渔叉放在小艇上了。

然后，我和船长一样，戴上沉重的铜球帽。我们的呼吸器立即开始工作。

过了一会儿，水手们把我们一个一个送出小艇。我们站在一米半深处平坦的沙地上。内摩船长一招手，我们跟在他身后，沿着一条平缓的坡道，消失在海水中。

到了水里，萦绕脑际的念头就被抛到脑后了。我重新变得出奇的镇静。我行动自如，信心倍增，奇妙的景象吸引着我的想象力。

太阳照得水下相当明亮，每件细小的物体都能看得见。走了十分钟后，我们来到五米深的水中，地面几乎不再倾斜，一片平坦。

一路上，一群群新奇的单鳍属鱼类腾跃而起，很像沼泽地里的一队队沙锥。这些鱼只有一只鳍，那就是尾鳍。我辨认出其中有爪哇鳗，形似身长八分米的蛇，腹部呈青灰色，人们常误认为是两侧不带金线的康吉鳗。在身体扁平而呈椭圆形的鲳属中，我看到有色彩鲜艳的山雀鲳，其背鳍呈镰刀形，这是一种可食用的鱼，晾干、腌制后，是一种美味佳肴。还有特兰格巴尔鱼，它属于非裸脊鱼，身上覆盖着纵向八角鳞甲。

这时，太阳逐渐升起，照得海水越来越明亮。地面慢慢地发生了变化，细沙地之后是真正的圆石地，上面布满软体动物和植形动物。在这两门动物中，我看到有胎盘贝，两瓣壳薄而大小不一，这是红海和印度洋特有的牡蛎。还有其贝壳成环状的橘黄色满月蛤；钻头螺；几个波斯大红贝（它们给"鹦鹉螺"号提供色彩鲜艳的染料）；带角岩状贝，长十五厘米，它们在水下直立着，很像准备抓人的手；全身长刺的角螺；张口舌状贝；小鸭嘴蛤，这是印度斯坦市场上常见的可食用贝；发出微光的半球形水母；最后还有漂亮的扇形枇杷壳石，这种艳丽的扇子，是这一带海域最珍贵的枝叶动物之一。

在这些植形动物中间，在水生植物绿廊下面，跑动着一队队排列不整齐的节肢动物，其中主要有带齿旭蟹，其甲壳呈略圆的三角形；这一带特有的椰子蟹；可怕的菱蟹，模样十分难看。我好几次遇见一种和菱蟹一样丑的动物，那就是达尔文先生观察过的那种大蟹，大自然给了它吃椰子的本能和力量。它可以爬到岸边树上，打下椰子。椰子落到地上就裂开，大蟹用有力的大螯把椰子打开。这里，在清澈的水下，这种蟹行动异常敏捷，而那种常来马拉巴尔沿岸地区的、无拘无束的海龟则在摇晃的岸石间慢慢爬行。

将近七点时，我们终于踏上珠母滩，不计其数的珠牡蛎在这里繁殖。这些珍贵的软体动物黏着在岩石上，褐色的足丝把它们牢牢地固定，不能移动。在这一方面，这些牡蛎不如贻贝，大自然给了贻贝自由运动的能力。

珠母的两个瓣壳几乎相同，贝壳呈圆形，壳厚，外表凹凸不平。这些贝壳中，有一些呈叶片状，有从顶部开始的暗绿色带纹，它们属于幼小牡蛎。其他的则表面粗硬，呈黑色，它们的年龄在十岁以上，宽度可达十五厘米。

内摩船长用手指给我看一大堆珠母，我明白这里确实是取之不尽的宝库，因为大自然的创造力胜过人类天生的破坏力。内德·兰保持着这种破坏本性，急急忙忙把最美的软体动物装进他带在身边的网袋里。

但是，我们不能停下脚步，必须跟着船长走，他似乎正沿着只有他一人熟悉的小路走去。地面又明显地升高，有时我伸直胳膊，胳膊能露出水面。过了一会儿，地面又突然低下去。我们时常绕着高而细长的方尖锥状岩石前进。在它们阴暗的凹陷处，巨大的甲壳动物直立在它们的长腿上，好像武器放在支架上，双眼盯着我们看。在我们脚下，爬行着海缨蚓、吻沙蚕和环节动物，它们把触角和触须伸得特别长。

这时，在我们前面出现了一个宽大的岩洞。洞位于别致的岩石堆里，岩石上有各种高大直立的海洋植物。起初，我觉得洞里一片漆黑，阳光似乎逐渐减弱，以至消失。洞内海水不清不浊，那不过是光线淹没在水中产生的效果。

内摩船长走进洞里，我们跟着他进去。其实洞内并非一片漆黑，我的眼睛很快就习惯了。我看清了奇形怪状的拱顶沉积物，拱顶由天然柱子支撑着，柱子下部宽大，安放在花岗岩石基上，很像沉重的托斯卡纳柱。我们那古怪的向导为什么把我们带到这水下小教堂里来呢？不久，我就明白了。

走了一段相当陡的斜坡后，我们脚下踩的好像是一口圆井的底部。内摩船长停住脚步，用手指着一件物品，那时我自己还没有发现这物品。

这是一个大得出奇的牡蛎，一个巨大的砗磲，一个装得下一湖圣水的圣水缸，一个宽度超过两米的承水盘。因此，它比装饰"鹦鹉螺"号客厅的那个更大。

我走近这个大得惊人的软体动物，看到足丝把它固定在一块花岗岩板上。它独自在洞内平静的水里生长。据我估计，这个砗磲的重量有三百公斤，它的肉重十五公斤。只有高康大①那样胃口大的人才能吃几打。

内摩船长显然知道这个双壳软体动物。他不是第一次来这里。我以为他带我们来，只是想让我们看一种天然奇物。我错了。内摩船长专程来了解这个砗磲的现状。

这个软体动物的双壳半开着，船长走过去，把匕首放在两壳之间，阻止它们合拢。然后，他用手稍稍提起壳边上的流苏状膜层，即软体动物的外套膜。

我看到，在套膜下面，叶状皱褶之间，有一颗可以移动的珍珠，体积相当于一个椰子。珍珠的形状像小球，它晶莹透明，光泽艳丽，真是价值连城的珠宝。我十分好奇，伸手想抓那珍珠，掂一掂分量，摸摸它！但是船长阻止了我，示意我不要动它，他迅速地抽出匕首，让两瓣立即合拢。

这时，我明白内摩船长的意图了。他把珍珠埋在砗磲外套膜下面，是为了让它慢慢地长大。年复一年，软体动物的分泌物给珍珠增添一圈圈螺钿质。这个岩洞只有船长一人知道，这个大自然的奇妙果实在洞里"成熟"。可以说，也只有他一人培育这颗珍珠。将来有一天，他要把它带回那珍贵的博物馆。也许他早就决定按照中国人和印度人的方法生产这种珍珠，在软体动物肉体皱褶里放进一小块玻璃或金属，周围慢慢地形成螺钿层。不管怎么说，把这颗珍珠与我见过的珍珠相比，与船长收藏品中上等的珍珠相比，我估计它至少值一千万法郎。这是罕见的自然珍品，不是豪华的首饰，因为我不知道哪位妇女的耳朵承受得住这么大的珍珠。

对特大砗磲的参观结束了。内摩船长离开岩洞，我们回到珠母滩，回到

---

① 高康大，法国作家拉伯雷小说《巨人传》中食量惊人的巨人。

那尚未被潜水人员搅浑的清澈海水中。

我们像真正的闲逛人一样，各走各的路，各人按照自己的爱好，或停下，或走开。我呢，我已不关心会有什么危险，出发前我胡思乱想，夸大了危险，十分可笑。浅滩明显地在逐渐接近海面，不一会儿，我的头离水面只有一米了。孔塞耶来到我身边，他把大铜帽紧贴我的大铜帽，用眼神向我表示问候。但是，这块高地只有几米长，我们很快就回到自己的生活场所。我想，现在我有权把水下说成是我们的生活场所。

十分钟后，内摩船长突然停住脚步。我以为他停下来是为了往回走。不，他做了一个手势，命令我们到一个宽大的凹陷处，蹲在他身边。他用手指着水中一个点，我聚精会神地看着。

在离我五米远的地方，出现了一个黑影，正在潜入海底。鲨鱼这个令人不安的念头掠过我的脑海。不过，我错了，这一次我们遇到的仍然不是海洋怪物。

那是一个人，一个活人，一个印度人，一个黑人，一个采珠人，当然是一个可怜人，他在采珠季节到来前先来拾几颗。我看见他那小船就停泊在头顶上方几英尺的水面上，他一会儿潜入水中，一会儿回到水面上。一块圆锥状岩石夹在双脚中间，使他能更快地潜入海底。一根绳索把石块和小船连接在一起。一根绳索和一块石头就是他的全部工具。那里海深约五米，他一到海底，立即跪下，胡乱拾几个珠母放进口袋。然后，他回到水面上，倒空口袋，重新夹好石块，重新开始下潜，每次下潜只有三十秒钟。

采珠人看不见我们。岩石的阴影挡住了他的视线。况且，这可怜的印度人怎么会想到有人，有一些和他差不多的人，会在水下偷看他的动作，仔细观察他采珠时的一举一动呢！

就这样，他下潜，上浮，来回了好几次。每下潜一次，他只能采集到十来个珠母，因为坚固的足丝把珠母固定在海底，他必须用力把它们拔下来。他冒着生命危险采集珍珠，可是，在他拾回的牡蛎中又有多少不含珍珠啊！

我全神贯注地观察他。他的动作很有规律，半小时内，他似乎没有遇到任何危险。我逐渐熟悉了这种有趣的采珠工作。印度人跪在地上，我看到他突然惊恐万状，站起身来，往上一跃，想要回到海面上。

我明白他为什么惊慌了。一个巨大的黑影出现在那可怜的采珠人上方，那是一条很大的鲨鱼，它双眼发亮，双颚张开，正在斜向前进！

我吓得目瞪口呆，动弹不得。

那贪婪的动物，使劲一甩尾鳍，向印度人扑来。印度人向旁一闪，躲开了它的嘴，却躲不开它的尾巴。鲨鱼尾巴打在他的胸部，把他打倒在地。

这个场面只持续了几秒钟。鲨鱼回过头来，翻转身子，腹部向上，打算把印度人咬成两段。这时，我感觉到蹲在我身旁的内摩船长突然站起来。他手拿匕首，直向怪物冲去，准备同它搏斗。

角鲨正准备去咬那可怜的采珠人，突然发现又来了一个敌人。它重新翻转身子，腹部向下，迅速地扑向新来的敌人。

内摩船长当时的样子至今还在我的眼前。他弯下身子，等候那巨大的角鲨。他沉着镇静，令人钦佩。角鲨向他扑来，船长极其敏捷地向旁一闪，躲开了进攻，把匕首直插鲨鱼腹部。不过，事情并未结束，大局未定。一场可怕的战斗开始了。

鲨鱼简直是吼叫起来了。鲜血从伤口处涌出，染红了海水。在这不透明的海水中，我什么都看不见了。

什么都看不见，直到水中出现短暂的亮光。我看见勇敢的船长抓住一只鳍，正在同怪物搏斗，匕首在敌人腹部划出一道道伤痕，但是未能给它致命一击，即没有刺中心脏。角鲨挣扎着，怒气冲冲地搅动海水，水中旋涡几乎把我卷倒。

我很想跑过去搭救船长，但是，恐惧钉住了我的双脚，我无法动弹。

我神色惊慌地看着。我看到斗争发生了阶段性变化。船长被庞然大物压倒在地。然后，鲨鱼张开大嘴，那嘴大得惊人，活像工厂里的剪切机。要不是内德·兰身体敏捷，手拿渔叉，一个箭步冲向鲨鱼，用那可怕的渔叉刺中它，船长就完蛋了。

一场可怕的战斗开始了。

水中留下一大摊血。角鲨怒火中烧，疯狂地搅动海水，搅得波涛汹涌。内德·兰击中了目标，怪物发出嘶哑的喘气声。它被刺中心脏，猛烈地抽搐着，挣扎着，其反冲力掀倒了孔塞耶。

这时，内德·兰把船长拉起来。船长没有受伤，一站起来马上向印度人走去，一下子切断连接印度人和石头的绳索，把他抱在怀里，双脚使劲一蹬，回到海面上。

我们三人跟在他后面。过了一会儿，我们这群奇迹般得救的人来到采珠人的小船上。

内摩船长做的第一件事，就是要救活那个可怜人。我不知道他会不会成功。我希望他能成功，因为可怜的人淹在水里的时间不长。但是，鲨鱼尾巴对他的打击可能会造成致命伤。

令人欣慰的是，我看到，经过孔塞耶和船长用力的按摩，被淹之人渐渐恢复了知觉，睁开双眼。试想，他看到四个大铜头低下来看着自己，会多么惊讶，甚至多么害怕！

尤其是当内摩船长从衣服口袋里取出一小袋珍珠，交到他手上时，他心中会怎么想呢？可怜的锡兰岛印度人用颤抖的手接下了水中人给他的这份丰厚礼物。他神色张皇，说明他不知道是什么非凡的生物救了他的命，又给了他财产。

船长示意我们离开，我们回到珠母滩，沿着原路走了半小时，见到了"鹦鹉螺"号小艇固定在海底的铁锚。

一登上小艇，我们各自在水手的帮助下脱下沉重的铜甲。

内摩船长的第一句话是对加拿大人说的。他对他说：

"谢谢您，内德·兰师傅。"

"船长，这是一种回报。"内德·兰回答，"我应该回报您。"

船长的嘴角露出淡淡的一笑，他没有作任何别的表示。

"回'鹦鹉螺'号。"他说。

小艇在水上飞快行驶。几分钟后，我们看到那条鲨鱼的尸体漂在水上。

看到那鲨鱼鳍尖呈黑色，我认定这就是印度洋可怕的黑鳍鲨，属于狭义范围的鲨鱼。它身长超过二十五英尺，大嘴占据身体的三分之一。它有六排牙，在上颚上排成等腰三角形，这说明它是一条成年鲨鱼。

孔塞耶以十足的科学工作者姿态仔细地看着鲨鱼。我肯定他在分类，他把它归入软骨鱼纲，固定鳃软鳍目，横口科，角鲨属。他这样分类不无道理。

我正看着这一动不动的庞然大物，突然，十多条贪婪的黑鳍鲨出现在小艇周围。但是，它们并不关心我们，它们扑向尸体，争吃一块块肉。

八点半，我们回到"鹦鹉螺"号上。

回去后，我开始思考在马纳尔湾游览时发生的事件，从中自然地得出两点看法。一点是内摩船长无比英勇；另一点是他勇于为一个普通人献身，而这个人正是人类的一分子。船长就是为了避开人类才来到水下生活的。不管他怎么说，这个怪人还未完全失去人性，还不是一个冷酷无情的人。

我把自己的看法告诉他，他回答时口气略有点激动，他说：

"教授先生，这位印度人是被压迫国家的居民，我至死仍然是这个国家的人！"

238

Chapter 4
红海

一月二十九日，锡兰岛在远处消失，"鹦鹉螺"号以每小时二十海里的速度驶入位于马尔代夫①和拉克代夫②之间的航道迷宫。它甚至沿着基丹岛航行。基丹岛原是石珊瑚岛，瓦斯科·达·伽马③于一四九九年发现该岛。它是拉克代夫群岛十九个主要岛屿之一，拉克代夫群岛位于北纬十度至十四度三十分、东经五十度七十二分至六十九度之间。

我们从日本海出发，至此已航行了一万六千二百二十海里，即七千五百里。

第二天，一月三十日，"鹦鹉螺"号返回洋面时，我们已看不到任何陆地。它朝西北偏北方向航行，往阿曼海驶去。阿曼海位于阿拉伯半岛和印度半岛之间，是波斯湾的出口。

朝这个方向航行，显然只能走进死胡同，不可能有出路。那么，内摩船长要把我们带到什么地方去呢？我说不上来。加拿大人对此感到不满，那一天，他问我，我们去哪里。

"内德师傅，船长这个人难以捉摸，他带我们去哪里，我们就去哪里。"

"这个怪人不会把我们带到很远的地方去。"加拿大人说，"波斯湾没

---

① 马尔代夫，亚洲岛国，在斯里兰卡西南640公里处的印度洋中。
② 拉克代夫，印度岛群。
③ 瓦斯科·达·伽马（1469—1524），葡萄牙航海家。

有出口，我们进去后很快就得往回走。"

"好啊！那我们就回来。如果驶过波斯湾后，'鹦鹉螺'号想去红海，曼德海峡①随时可以为它提供通道。"

"先生，"内德·兰说，"我没有必要对您说，红海和波斯湾一样没有出口，因为苏伊士地峡还未凿通。即使凿通了，我们这种神秘的船也不会冒险去那些设有一道道船闸的运河里航行。所以，去红海仍然不能把我们带回欧洲。"

"因此，我没有说我们将回欧洲。"

"那么，您猜我们去什么地方？"

"我想，游览了阿拉伯半岛和埃及附近奇特的海域后，'鹦鹉螺'号回到印度洋，或许穿过莫桑比克运河，或许经过马斯克林群岛，再去好望角。"

"到了好望角呢？"加拿大人固执地问。

"那么，我们将进入还未去过的大西洋。喂！朋友，您对这次海底旅行感到厌烦了吗？海底层出不穷的奇妙景象，您看腻了吗？我呀，如果旅行就此结束，我会非常恼火的，因为很少有人有机会作这种旅行。"

"可是，阿罗纳克斯先生，"加拿大人回答，"我们被囚禁在'鹦鹉螺'号上快三个月了，您知道吗？"

"不，内德，我不知道，也不想知道，我不计天数，也不计时数。"

"结果呢？"

"时候到了，结果就会有的。何况，在这件事上，我们无能为力，争论半天，毫无用处。我的好内德，假如您来对我说'逃跑的机会来了'，我将和您讨论。但是情况并非如此，坦率地说，我认为内摩船长不会冒险去欧洲海洋的。"

从这短短的谈话中可以看出，我已被"鹦鹉螺"号迷住了，在我身上已经可以看到船长的影子。

---

① 曼德海峡，位于阿拉伯半岛和非洲之间。

　　内德·兰呢，他最后自言自语："这些都是千真万确的，但是，我认为，哪里有约束，哪里就不再有欢乐。"

　　从那一天到二月三日这四天内，"鹦鹉螺"号在不同深度的水层上，以不同的航速游览了阿曼海。它似乎漫无目的地航行，好像不知道该走哪条道，不过从未穿越北回归线。

　　离开阿曼海后，我们经过马斯喀特附近，这是阿曼①最重要的城市。我很欣赏它那奇特的外貌，城市四周是黑色岩石，黑色岩石衬托出城内白色的房屋和城堡。我看到市内清真寺的圆盖，尖塔漂亮的塔顶，翠绿色的平台。但是，我只能扫一眼，因为"鹦鹉螺"号很快就潜到这一带阴暗的海水中。

　　随后，"鹦鹉螺"号在离海岸六海里的水中沿着阿拉伯半岛马赫拉和哈达拉毛②地区航行，这一带沿海地区有起伏不平的山岭，又有古代遗址点缀。二月五日，我们终于向亚丁湾③驶去。亚丁湾是真正的伸进曼德海峡这个瓶颈的漏斗，把印度洋的水灌入红海。

　　二月六日，"鹦鹉螺"号漂浮在亚丁港附近。亚丁港位于高高的岬角上，一条狭窄的地峡把它和大陆连接起来。它很像难以进入的直布罗陀港，一八三九年，英国人占领了该港，重新修筑防御工事。我隐约看到亚丁港的八角形尖塔，据历史学家埃德里希④说，这座城市从前是这一带沿海地区最富裕、最商业化的货物集散地。

　　我真的以为内摩船长到达这里后会往回走。但是，我错了。事情的发展和我想象的完全不一样，我感到十分惊讶。

　　第二天，二月七日，我们驶进曼德海峡。这个海峡的名字在阿拉伯语中的意思是"泪水之门"。海峡宽二十海里，长度却只有五十二公里。"鹦鹉螺"号全速航行，用了不到一小时就穿过海峡。不过，我什么都没有看见，

---

① 阿曼，亚洲国家，位于西南亚阿拉伯半岛东南部、波斯湾入口处，首都马斯喀特。

② 马赫拉和哈达拉毛均位于阿拉伯半岛东南部。

③ 亚丁湾，印度洋西北部的海湾，位于亚洲阿拉伯半岛和非洲索马里半岛之间。

④ 埃德里希，12世纪阿拉伯地理学家和历史学家。

连丕林岛都未见到，英国政府用该岛加强亚丁湾的阵地。来往于苏伊士和孟买、加尔各答、墨尔本、波旁岛、毛里求斯之间的英国轮船和法国轮船太多，它们都要经过这狭窄的通道。因此，"鹦鹉螺"号不想在那儿露面，只得小心谨慎地在水下航行。

中午，我们终于来到红海。

红海是《圣经》传说中的名湖。雨水几乎不能给它补充水量，又没有一条大江流入，蒸发作用却像水泵一样不断把水抽走，水位每年降低一米半！这真是一个奇怪的海湾，它四周封闭，好像一个湖，也许有一天它会完全干涸。在这一点上，红海比不上它的邻居里海①和死海②，这两个湖水位降低不多，蒸发的水量正好等于注入的水量。

红海长两千六百公里，平均宽度为二百四十公里。在托勒密③王朝和罗马皇帝统治时代，红海是世界商业大动脉。苏伊士铁路的诞生已使它的重要性有所恢复，地峡凿通后，红海将重新变得和古代一样重要。

我不想搞清楚为什么内摩船长心血来潮，决定把我们带进这个海湾。但是，我举双手赞成"鹦鹉螺"号来这里。它以中速航行，时而行驶在海面上，时而潜入水下，避开某艘船只。因此，我既可以在水里，也可以在水上，观察这片奇怪的海。

二月八日天刚亮，穆哈港④就出现在我们面前。这座城市目前已遭破坏，一有炮声，城墙就倒塌，城里有几棵绿色的海枣树。可是从前，穆哈港是一个重要城市，市内有六个公共市场、二十六座清真寺，城墙就像城市身上三公里长的腰带，十四座城堡保卫着城墙。

过了穆哈港，"鹦鹉螺"号向非洲海岸靠近，因为那里的水更深。在这一带清澈晶莹的水中，透过玻璃窗，我们可以观赏光彩夺目的珊瑚树丛和一

---

① 里海，位于亚洲和欧洲之间。
② 死海，位于以色列和约旦之间。
③ 托勒密，古埃及王。
④ 穆哈港，也门共和国港口城市，位于红海沿岸。

块块宽阔的、披着鲜艳的绿色毛皮大衣的岩石断面，这毛皮大衣用海藻和墨角藻制成。在与利比亚海岸相接的暗礁和火山岛下部，景色千变万化，无法描绘！但是，什么地方的树木状动物最美丽呢？"鹦鹉螺"号很快就要到达的东部海岸附近，就在蒂哈马沿岸地带，布满这一带的植形动物不仅在水下像盛开的鲜花，而且它们纵横交错、十分别致的枝叶在水下二十多米形成艳丽的图案。靠近水面的更加清新艳丽，那是海水滋润着它们，使它们始终鲜艳夺目。

就这样，我不知在客厅窗前度过了多少迷人的时光！我在船灯照耀下，观赏了不知多少海洋动植物新品种！其中有伞形菌，深灰色海葵，海紫菀，形如成排笛子、专等畜牧神来吹奏的笙珊瑚。还有一些红海特有的贝类，它们生活在石珊瑚的凹洞中，底部有短短的螺纹。最后，一种我从未观察过的珊瑚骨在这里有许多典型品种，这就是普通海绵。

海绵动物纲是水螅类第一纲，这一纲就是由这种奇怪的、非常有用的海洋产品构成。尽管有些生物学家至今仍认为海绵是植物，实际上海绵绝不是植物，它是最后一目动物，是一种排在珊瑚后面的珊瑚骨。它的动物特性不容怀疑。古人认为海绵介于植物和动物之间，我也不能同意这种看法。不过，我承认，生物学家们对于海绵的机体构造意见不一。一些人认为这是一种珊瑚骨，另一些人，例如米尔纳·爱德华兹先生，认为这是一种单一的、独立的个体。

海绵动物纲大约包括三百种，许多海洋中都能见到，甚至在某些江河也有，人们称它们为"河绵"。但海绵最喜欢的水域是地中海、希腊群岛附近、叙利亚沿岸地带和红海。细软的海绵在那里繁殖、生长，这种海绵的价值高达一百五十法郎，其中有叙利亚的金黄色海绵、柏柏尔国家的坚韧海绵等。既然无法越过的苏伊士地峡把我们和地中海东岸诸港隔开，我不能指望去那里研究这些植形动物，我只得在红海里观察它们。

因此，当"鹦鹉螺"号在平均八九米深的水中缓慢地擦过非洲东海岸这些美丽的岩石时，我把孔塞耶叫到身边来。

这里生长着各种形状的海绵，有柄状海绵、叶状海绵、球状海绵、指状海绵。渔民称它们为花篮、花萼、纺线锤、驼鹿角、狮子脚、孔雀尾、海神手套，这些名称用得非常恰当，渔民比学者更富有想象力，更像诗人。从海绵带有半流体胶状物质的纤维组织里，不断渗出细线状水流，水把生命带给每一个细胞后，被机体的收缩运动排出。水螅体死后，这种胶状物质消失，腐烂，放出氢氧化铵。于是只剩下角质或胶质纤维，家庭用的海绵就是由这类纤维构成的，近橙黄色，根据其弹性、渗透性或耐泡性用于不同的方面。

这些珊瑚骨黏着在岩石上和软体动物贝壳上，甚至黏着在水生植物的枝杈上。它们填满每一个细小的凹陷处，有的展开，有的直立或悬挂，好像珊瑚石灰质瘿瘤。我告诉孔塞耶，人们用两种方法采集海绵，一种用捞网，一种用手。后一种方法必须使用潜水人员，这样采集更好，因为手不破坏珊瑚骨组织，使它保留很高的价值。

和海绵生活在一起的其他众多植形动物中，主要有一种非常优美的水母；软体动物中，有各种各样的乌贼，按照奥尔比尼的说法，它们是红海特有的海洋生物；爬行动物中，有海龟属的维氏龟，这种海龟给我们提供肉质细嫩而有益健康的菜肴。

这一带鱼类很多，十分惹人注目。"鹦鹉螺"号的渔网常打捞回来的鱼有：鳐鱼，其中有一种为椭圆形，砖红色，身带大小不等的蓝色斑点，这种鱼可以从它们的一对齿状尖刺辨认出来；背部银白色的白鱼；尾部有斑点的缸鱼；博卡鱼，形状很像长两米、在水中漂动的宽大斗篷；没有一颗牙齿的无齿鱼，这是一种近似于角鲨的软骨鱼；长一英尺半的单峰箱鲀，峰顶有一弯曲的尖刺；鼬鳚，这是一种真正的海鳝，尾部银白色，背部近蓝色，胸部褐色带灰白边；一种鲳鱼，身带金黄色线纹，点缀着法国国旗的三种颜色；身长四分米的加氏鲻鱼；美丽的鲹鱼，身有七道黑色横带纹，鳍呈蓝色和黄色，鱼鳞呈金黄色和银白色。还有锯盖鱼、头部呈黄色的火黄鲻鱼、鹦嘴鱼、隆头鱼、鳞鲀、虾虎鱼等，以及成千上万我们穿越海洋时已见过的其他鱼类。

二月九日，"鹦鹉螺"号航行在红海最宽部分的海面上，位于西海岸的萨瓦金①和东海岸的昆菲扎②之间，海面宽一百九十海里。

这一天中午，测定船的方位后，内摩船长来到甲板上，我正好也在那里。我决心试探他以后打算去什么地方，在对他的意图有所了解之前，不让他回船内。他一看到我，就走上前来，彬彬有礼地递给我一支雪茄烟，然后对我说：

"喂！教授先生，您喜欢这红海吗？它隐藏的珍奇生物、鱼类和植形动物、海绵花坛和珊瑚森林，您都仔细观察过了吗？您隐约望见海边的城市了吗？"

"是的，内摩船长，"我回答，"'鹦鹉螺'号真神奇，十分适合从事这种研究工作。啊！这是一艘有灵性的船！"

"是的，先生，它聪明，大胆，坚不可摧！它不怕红海的狂风暴雨，也不怕它的急流和暗礁。"

"是的，"我说，"红海是风浪最险恶的海洋之一。如果我没弄错，古代它的名声很坏。"

"坏透了，阿罗纳克斯先生。希腊和拉丁历史学家没有说过它的好话。斯特拉波③说，特别是在季风季节和雨季，红海上更是风大浪急，无法航行。阿拉伯人埃德里希把红海称做'科尔珠姆湾'。他说，很多船只沉没在它的沙滩上，没有人敢在夜间航行。他认为，这海上常有可怕的暴风雨，海里处处有不好客的岛屿。无论是海面上，还是海底下，红海'一无是处'。其实，阿利安④、阿加塔希德⑤和阿特米德罗斯⑥的著作也都持这种观点。"

---

① 萨瓦金，苏丹港口城市。
② 昆菲扎，沙特阿拉伯港口城市。
③ 斯特拉波，古希腊地理学家和历史学家。
④ 阿利安，古希腊历史学家和地理学家。
⑤ 阿加塔希德，古希腊历史学家和地理学家。
⑥ 阿特米德罗斯，古希腊作家和地理学家。

"很明显，"我说，"那是因为这些历史学家没有乘坐'鹦鹉螺'号旅行。"

"是的，"船长微笑着回答，"在这一方面，现代人并不比古代人先进。人类用了好几百年才发现蒸汽的机械动力！谁知道再过一百年会不会出现第二艘'鹦鹉螺'号！社会前进得很慢，阿罗纳克斯先生。"

"确实如此，"我回答，"您的船比时代先进了一个世纪，也许先进了好几个世纪。这样的秘密将和他的发明者一起消失，真可惜啊！"

内摩船长没有回答我。静默了几分钟后，他说：

"您刚才谈到古代历史学家对红海航运危险性的看法，是吗？"

"是的，"我回答，"可是，他们不是过分担心了吗？"

"阿罗纳克斯先生，您说的也对也不对。"内摩船长回答我，我感到他似乎非常熟悉"他的红海"，"现代船只船体坚固，设备齐全，靠听话的蒸汽掌握方向，对这种船来说，红海并不危险。但是对各种古代船只来说，确实有各种各样的危险。请想一想最早的航海家乘坐木板船历险的情景。他们用棕绳把木板拼在一起，用捣碎的树脂嵌塞板缝，再在板上涂一层鲨鱼油。他们连测定方位的工具都没有，他们凭感觉在了解甚少的水流中航行。在这种条件下，常有海难事件发生，这是很自然的。但是今天，来往于苏伊士和南部海洋之间的轮船完全不必害怕红海的怒涛，即使遇到逆向季风也不必担心。船长们和旅客们准备出发时不请神灵保佑，回来时不戴着花环和金色头带去邻近的圣殿感谢神灵。"

"我同意您的观点，"我说，"我认为，蒸汽使水手们心中不再有感激之情。船长，您似乎专门研究过红海，您能不能告诉我这个名称的来历？"

"阿罗纳克斯先生，关于这一点有很多种解释，您想了解十四世纪一位史学家的看法吗？"

"我很想知道。"

"这位富有想象力的史学家认为，这个名称是以色列人经过以后才有的。那时法老的军队走到水中，海水听到摩西的声音立即合拢，法老的军队被淹没①。这位史学家说：作为奇迹的征候，海水变得鲜红。唉，从此以后，只有称它为‘红海’。"

"内摩船长，那是诗人的解释，"我回答，"不过，我并不满意。我想听听您个人的看法。"

"下面谈谈我的看法。阿罗纳克斯先生，我认为应该把红海这个名称看做是从希伯来语‘EDROM’翻译过来的。古人之所以称它为‘红海’，是因为这里的海水有一种特殊的色彩。"

"可是，至今我见到的海水清澈透明，不带任何色彩。"

"当然是这样。不过，到达海湾深处时，您会看到这种奇特现象的。我记得曾看到图尔湾的水一片红色，好像一个血湖。"

"那么，这种颜色，您是否认为它来自一种微生藻类？"

"是的，这是一种大红色的胶状物质，由一些名叫束毛藻的细小胚芽分泌出来，四万个胚芽才占据一平方厘米。也许等我们到了图尔湾，您会见到这种胚芽的。"

"那么，内摩船长，您不是第一次乘坐‘鹦鹉螺’号来红海，对吗？"

"不是第一次，先生。"

"既然您在上面已经谈到以色列人走过红海和埃及人遇难的故事，那么，请问您在海底见到这一重大历史事件的痕迹了吗？"

"没有，教授先生，理由很充分。"

"什么理由？"

"摩西带领人民走过的地方，现在堆积了大量泥沙，骆驼走过几乎不湿腿。您知道，那儿水太浅，‘鹦鹉螺’号无法航行。"

"那是什么地方？……"我问。

"在苏伊士往北一点的地方，那海峡从前是一个很深的港湾，当时红海

---

① 据《圣经》故事记载，摩西带领以色列人逃出埃及，来到红海边。摩西举起手杖，向海中一伸，海水向两旁分开，露出海底，形成一条通道。埃及王法老的军队追入海中。以色列人走上对岸后，海水便向中间合拢，埃及全军覆没。

一直伸展到咸湖。不管通道是否是圣迹造成的，现在，以色列人毕竟走过了红海，来到希望之乡①，法老的军队正是在那里被淹没的。所以，我想，在这些泥沙中，一定可以发掘出埃及制造的大量武器和工具。"

"当然喽，"我回答，"对地质学家来说，应该希望在苏伊士运河凿通后，在地峡上建造新城市时，有机会发掘这些东西。对'鹦鹉螺'号这样的船只来说，苏伊士运河毫无用处！"

"是的，但是对全世界有用，"内摩船长说："古人完全懂得，在红海和地中海之间建立交通联系对商业贸易非常有用。但是，他们丝毫没有想到挖一条直通的运河。他们把尼罗河当做纽带。根据传说，连接尼罗河和红海的运河很可能是在赛索斯特里斯时代开凿的。可以肯定的是，公元前六一五年，尼科②开始挖一条与尼罗河相通的运河，运河穿过阿拉伯半岛对面的埃及平原。溯运河而上需要四天时间，运河很宽，两艘三排桨战船可以相对而行。希斯塔斯普③的儿子大流士④继续挖凿，工程大概在托勒密二世时期完成。斯特拉波看到了运河通航。但是，由于运河从布巴斯特附近的出发点到红海之间坡度不大，一年只有几个月可以行船。这条运河用于商业，直至安托南时期⑤。后来，运河被废弃，堆积了泥沙，又根据哈里发⑥欧麦尔⑦的命令修复。最后于七六一年或七六二年被哈里发曼苏尔⑧填平，因为曼苏尔想阻止粮食运送到反抗他的穆罕默德·本·阿卜杜拉那里。在远征埃及时，你们的波拿巴将军在苏伊士沙漠中发现了运河遗迹。他突然受到潮水袭击，在到达哈加罗特前几小时几乎被海水吞没。三千三百年前，摩西就在

① 希望之乡，《圣经》中上帝赐给亚伯拉罕的迦南地带。
② 赛索斯特里斯和尼科均为古埃及国王。
③ 希斯塔斯普，古波斯帝国省区的总督。
④ 大流士，公元前521年至前486年的波斯国王。
⑤ 安托南时期，公元96年至192年的七位罗马皇帝统治的时期。
⑥ 哈里发，中世纪政教合一的阿拉伯国家和奥斯曼帝国的国家元首。
⑦ 欧麦尔（约581—644），生于麦加，伊斯兰教史上第二代哈里发（634—644在位）。
⑧ 曼苏尔，阿拔斯王朝（750—1055）第二代哈里发。阿拔斯王朝是阿拉伯帝国王朝，首都巴格达，最盛时领土横跨欧、亚、非三洲。

那儿扎过营。"

"那么，船长，古人不敢做的事，即开凿运河，连接两个海，将加的斯①和印度之间的路程缩短九千公里，雷赛布②先生做了。不久，他将把非洲变成一个辽阔的海岛。"

"是的，阿罗纳克斯先生，您有权为您的同胞感到骄傲。他为民族增光，胜过那些最伟大的船长！他和其他许多人一样，开始时遇到麻烦和挫折，但是，他最后胜利了，因为他天生有毅力。这本来是一项国际性的任务，本来足以为一个时代争光，现在却靠一个人的力量来完成，这一点实在叫人痛心。向雷赛布先生致敬！"

"是的，向这位伟大的公民致敬。"我回答。内摩船长刚才说话时的语气使我大吃一惊。

"可惜，"他接着说，"我不能带您穿过苏伊士运河。不过，后天我们到达地中海时，您可以望见塞得港的长堤。"

"到地中海！"我大声喊着。

"是的，教授先生，这使您感到惊讶吗？"

"使我感到惊讶的是，我们后天就能到达地中海。"

"真的觉得奇怪吗？"

"我真的感到惊讶，船长，尽管自从来到您的船上后，我必须养成习惯，对任何事情都不感到惊讶！"

"那么，这一次什么事情使您惊讶呢？"

"对'鹦鹉螺'号的速度感到惊讶。要让它沿着非洲海岸航行，绕过好望角，于后天到达地中海，您必须让它以惊人的速度前进！"

"教授先生，谁告诉您它要沿着非洲海岸航行？谁告诉您它将绕过好望角？"

---

① 加的斯，西班牙西南部港口。
② 雷赛布（1805—1894），法国企业家。1854年，自埃及取得苏伊士运河开凿权。1858年，成立苏伊士运河公司。1859年至1869年，开凿运河。

“那么，除非‘鹦鹉螺’号能在陆地上航行，除非它能从地峡上面过去……”

“从地峡下面过去，阿罗纳克斯先生。”

“从下面？”

“当然喽，”内摩船长平静地回答，“人类今天在这个狭长地面上所做的，大自然早就在它下面做了。”

“什么！下面会有通道！”

“是的，有一条地下通道，我把它叫做“阿拉伯地道”。它从苏伊士城下开始，一直通到培琉喜阿姆湾[①]。”

“那么，这个地峡完全是流沙构成的吗？”

“一直到相当深的地方都由流沙构成。只有到了五十米深的地方，才出现坚硬的岩石层。”

“您是无意中发现这条通道的吗？”我问他，越来越感到惊奇。

“教授先生，既是偶然发现，也是通过推理发现，甚至可以说，推理的成分多于偶然的成分。”

“船长，我在听您说，可是我的耳朵听不进去。”

“啊！先生！充耳不闻的人历来就有。不仅存在这条通道，而且我还利用过好几次。没有这条通道，我今天不会冒险来红海这个死胡同。”

“请问您是如何发现这地道的，我是否太冒昧？”

“先生，”船长回答我，“在再也不会分离的人之间不存在任何秘密。”

我不理睬内摩船长的暗示，等待他讲述发现地道的经过。

“教授先生，”他对我说，“生物学家简单的推理引导我发现了这个通道，只有我一个人知道这个通道。我曾看到红海和地中海里有某些完全一样的鱼，如鼬鳚、鲳鱼、鲃鱼、狼鲈、银汉鱼、飞鱼。由于对这个事实确信不疑，我想这两个海之间可能有联系。如果有通道，那么由于水面高低

① 培琉喜阿姆湾，古埃及地名，邻近塞得港。

不同，地下的水一定从红海流向地中海。我在苏伊士附近捕捉了不少鱼，在鱼尾上套一个铜环，再把鱼放回海里。几个月后，在叙利亚沿岸地区，我重新捕获了几条带有标记环的鱼。这表明，两个海之间有通道。我乘坐'鹦鹉螺'号寻找通道，我找到了，又冒险去穿越。教授先生，不久您也将穿越阿拉伯地道！"

Chapter 5
阿拉伯地道

就在那一天，我把这次谈话中和他们直接有关的部分告诉了孔塞耶和内德·兰。我对他们说，两天后我们就可以到达地中海。孔塞耶拍手叫好，加拿大人耸耸肩膀。

"海底地道！"他大声嚷着，"两海之间的通道！谁听说过？"

"内德老兄，"孔塞耶回答，"您听说过'鹦鹉螺'号吗？没有听说过！可它存在。因此，请不要轻率地耸肩膀，请不要借口从未听说过而拒绝接受事实。"

"咱们走着瞧吧！"内德·兰摇摇头，反驳道，"其实，我巴不得相信存在这条通道，相信船长的话。愿苍天带领我们真的去地中海。"

当天晚上，"鹦鹉螺"号航行在北纬二十一度三十分的海面上，正向阿拉伯半岛海岸靠近。我望见了吉达①，这是埃及、叙利亚、土耳其和印度的重要柜台。我相当清楚地看到它的建筑群和停靠在码头的船只。这些船吃水深，只能停泊在这里。太阳快要落山了，正好照在城里的房屋上，白色的墙壁显得分外耀眼。城外的几间小木屋或芦苇屋表明那是贝都因人②居住区。

吉达港很快消失在暮色中，"鹦鹉螺"号回到略带磷光的海水中。

---

① 吉达，沙特阿拉伯港口城市。
② 贝都因人，阿拉伯半岛和北非沙漠地区从事游牧的阿拉伯人。

第二天，二月十日，海面上出现了好几艘船，它们向我们驶来。"鹦鹉螺"号重新潜入水下航行。中午测定船的方位时，海上空荡荡的，"鹦鹉螺"号浮上水面，直到露出水位线。

我在内德和孔塞耶的陪同下，来到甲板上坐下。东边的海岸很像是潮湿雾气中隐约可见的一个巨大物体。

我们身靠小艇侧面，谈天说地。突然，内德·兰手指着海上一点，对我说：

"教授先生，您看到那儿有什么东西吗？"

"看不到，内德，"我回答，"我的眼力不如你，你是知道的。"

"仔细瞧瞧，"内德又说，"那儿，右前方，与船灯的高度差不多！您没有看到一块东西似乎在移动吗？"

"看到了，"我仔细观察后说，"我望见海上似乎有一个长长的黑色物体。"

"是第二艘'鹦鹉螺'号吗？"

"不，"加拿大人回答，"假如不是我看错了，那就是某种海洋动物。"

"红海中有鲸鱼吗？"孔塞耶问。

"有，小伙子，"我回答，"红海中有时能遇见鲸鱼。"

"这绝不是鲸鱼，"内德·兰又说，他一直盯着所指物体，"我和鲸鱼是老相识，我熟悉它们的外形，不会看错的。"

"咱们等一等吧，"孔塞耶说，"'鹦鹉螺'号正向这个方向驶去，我们很快就会知道那是什么东西，我们该怎么办。"

确实如此。一转眼，那黑色物体离我们只有一海里了。它像大海上一块巨大的礁石。是什么呢？我还说不上来。

"啊！它在走动！它下潜了！"内德·兰喊道，"真是活见鬼！是什么动物呢？它不像露脊鲸或抹香鲸那样尾巴分岔，它的鳍很像被截去一段的手脚。"

"那么……"我说。

"好，"加拿大人又说，"它转过身来，仰躺在水上，乳房朝上了！"

"这是一条鳗螈，"孔塞耶喊道，"请先生原谅我冒昧，这是一条真正的鳗螈。"

"鳗螈"这个名称启发了我，我明白这个动物属于这一目海洋生物，神话故事把鳗螈说成美人鱼，一半是女人，一半是鱼。

"不，"我对孔塞耶说，"这绝不是鳗螈，这是一种奇特的生物，红海中所剩无几。这是人鱼。"

"海牛目，鱼形类，单子宫亚纲，哺乳动物纲，脊椎动物门。"孔塞耶回答。

孔塞耶这么说，我再也没有什么好说的了。

内德·兰一直在看。一看到这头动物，他的眼睛里就射出贪婪的光芒。他的手似乎作好了投叉的准备。他好像在等待时机，跃入水中，在水里进攻这头动物。

"啊！先生，"他情绪激动，用颤抖的声音对我说，"我从未杀死过这种东西。"

一语道出了渔叉手的全部心愿。

这时，内摩船长出现在甲板上。他看到了人鱼。他明白加拿大人的态度，直截了当地对他说：

"内德·兰师傅，如果您现在拿着渔叉，您是不是会手痒难忍？"

"是的，先生，您说得对。"

"难道您不乐意重新当一名渔叉手，在您过去打死的动物清单上再加上这头鲸类动物吗？"

"我非常乐意。"

"那好！您可以试一试。"

"谢谢您，先生。"内德·兰回答，双眼发亮。

"不过，"船长又说，"我希望您不要放过这头动物，击中了对您有好处。"

"进攻这人鱼危险吗？"尽管加拿大人耸肩，我还是这样问。

"是的，有时是有危险的，"船长回答，"这动物会重新冲向进攻者，把船翻转过来。不过，他无须担心这种危险，他眼快手准。我之所以叮嘱他不要放过这头动物，那是因为人们说得对，这种猎物肉细味美。我知道，他不讨厌美味肉块。"

"啊！"加拿大人说，"这畜生竟然是美味食品吗？"

"是的。它的肉是真正的肉食，极其珍贵。在整个马来亚地区，它是专供王公们食用的。因此，人们奋力捕捉这种珍贵动物，使得它和它的同属动物海牛一样日渐稀少了。"

"那么，船长先生，"孔塞耶严肃地说，"假如它正好是这种族的最后一头动物，为了科学，是不是应该放过它？"

"也许应该，"加拿大人回答，"但是为了膳食，最好还是捕捉它。"

"捕捉吧，内德·兰师傅。"内摩船长回答。

这时，七名船员登上甲板，他们和往常一样默不做声，面无表情。其中一人拿着渔叉和一根类似捕鲸用的绳索。小船取下甲板，拖出船穴，放到海里。六位桨手各就各位，艇长把舵。我和内德、孔塞耶坐到船后部。

"船长，您不来吗？"我问。

"不，先生，我祝你们捕捉顺利。"

小艇离开大船。六支桨一齐划着，小艇向着人鱼飞快驶去。当时，那头动物正在离"鹦鹉螺"号两海里的水面上。

来到离鲸类动物几链的地方后，小艇放慢速度，桨轻轻地进入平静的水中。内德·兰手执渔叉，站在小艇前端。用来捕捉鲸鱼的渔叉通常系在一根很长的绳索上。受伤的动物带着渔叉逃跑时，绳索会迅速放出去。但是这一次，绳长不足二十米，绳索的另一端固定在一个小桶上。小桶浮在水面上，可以告诉人们人鱼在水下的踪迹。

我站起身来，清楚地观看加拿大人的对手。这种人鱼，也叫"儒艮”，很像海牛。它的身体呈椭圆形，尾部很长，侧鳍顶端呈真正的指状。它和海牛的不同点在于它的上颚有两颗又长又尖的牙，它们是两侧作用不同的防卫武器。

内德·兰准备捕捉的人鱼非常大，它的身长至少超过七米。它一动也不动，好像在水面上睡觉，这种情况下比较容易捕捉。

小艇小心翼翼地向那头动物靠近，离它只有五六米了。船桨停在桨架上。我半站着。内德·兰身子略向后倾，熟练地挥动渔叉。

我们突然听到一声吼叫，人鱼消失了。用力甩出的渔叉大概落在水中了。

"真是活见鬼！"加拿大人怒气冲冲地喊着，"我没有击中它！"

"不，"我说，"动物受伤了，这是它的血。不过，您的器械没有留在它身上。"

"我的渔叉！我的渔叉！"内德·兰叫喊着。水手们重新开始划桨，艇长掌握方向，小艇朝浮在水上的小桶驶去。收回渔叉后，小艇开始追逐那头动物。

那动物不时返回水面呼吸。伤口并未使它变得虚弱，它溜得快极了。水手们用力划着，小艇飞速追赶。好几次，小艇离它只有几米了，加拿大人准备投叉。但是，那人鱼突然下潜逃跑了，我们无法击中它。

您可以想象到性急的内德·兰会多么气愤，愤怒使他异常激动。他用英语中最激烈的词语咒骂这不幸的动物。我呢，我不过是因看到人鱼挫败我们的各种计谋而恼火。

我们一个劲儿地追捕它，追了一小时，我已经开始认为很难抓到它了。这时，那动物的脑海中产生了不祥的报复念头，以后它会因此而后悔的。它转回来，向小艇发动了进攻。

它的行动逃不过加拿大人的眼睛。

"小心！"他说。

艇长用他那奇怪的语言说了几句话，大概是通知船员们提高警惕。

那人鱼来到离小艇二十英尺的地方，停下来，突然张大鼻孔吸了一口气。它的鼻孔不是长在吻的顶端，而是长在吻上部。然后，它猛地跃起，向我们扑来。

小艇无法躲开它的冲撞，船身翻转一半，一两吨水进入艇内，我们必须把水排出去。幸喜艇长十分机灵，小艇只是斜向，而不是垂直方向被撞，没有倾覆。内德·兰一手抓住船头，一手用渔叉乱刺。那头巨大的动物用牙齿咬住舷缘，把小艇掀离水面，好像狮子叼起狍子一样。我们被掀倒了，倒成一堆。要不是加拿大人始终奋力与那畜生搏斗，终于刺中它的心脏，我真不知道这次历险会有什么样的结局。

我听到牙齿碰在小艇钢板上发出的"咯咯"声。那人鱼不见了，带走了渔叉。但是，小桶很快又浮上水面。不多时后，那动物的躯体出现了，腹部朝上。小艇驶近它，拖着它向"鹦鹉螺"号划去。

要把那人鱼拖上甲板，必须使用大功率的起重滑车。那动物重五千公斤。由于加拿大人坚持要观看整个宰杀过程，船员们当着他的面把它切成块。当天，服务员给我送来的晚餐中就有几片人鱼肉，船上的厨师经验丰富，烹调得很好。我觉得这种肉味道鲜美，甚至胜过小牛肉，虽然它不一定比得上大牛肉。

第二天，二月十一日，"鹦鹉螺"号的厨房又增添了一种美味猎物。一群燕鸥突然跌落在"鹦鹉螺"号上。这是一种埃及特有的尼罗河燕鸥，嘴呈黑色，头部灰色且有细点，眼睛周围有白点，背部、翅膀和尾部呈浅灰色，腹部和颈部呈白色，脚爪呈红色。我们还抓到了几十只尼罗河鸭，这是一种美味野禽，鸭子颈部和头顶呈白色，有黑色斑点。

"鹦鹉螺"号以中等速度航行着，可以说它在闲逛。我发现，我们越靠近苏伊士，红海的水含盐量越少。

下午，将近五点，我们望见了北边的穆罕默德角。这个角是阿拉伯半岛中部岩石地带的尽头，位于苏伊士湾和亚喀巴湾之间。

"鹦鹉螺"号驶入朱巴尔海峡，这个海峡通往苏伊士湾。我清楚地看

那头巨大的动物用牙齿咬住船沿。

到一座高山，俯视着两个海湾之间的穆罕默德角。这就是何烈山，即西奈山，当年摩西就在这山顶上见到上帝。在人们的脑海中，这座山总是闪耀着光芒。

下午六点，"鹦鹉螺"号经过图尔附近海面，它时而浮在水上，时而潜入水下。图尔位于一个小湾深处，正如内摩船长说过的那样，这里的海水呈红色。过了一会儿，黑夜降临了，周围一片寂静。我们偶尔可以听到鹈鹕和几种夜鸟的叫声，海浪撞击岩石发出的响声，或是远处轮船桨叶拍打湾中海水的声音。

八点至九点，"鹦鹉螺"号一直在水下几米的地方航行。按照我的计算，我们大概离苏伊士城很近了。透过客厅的窗户，我看到一些岩石底部被我们的电光照得透亮。我似乎觉得海峡越来越窄了。

九点一刻，我们的船回到水面上，我登上甲板。我急于穿越内摩船长的海底地道，坐立不安，使劲儿地呼吸着夜晚的新鲜空气。

不一会儿，我望见黑暗中有一些微弱的灯火，夜雾使它失去了部分色彩，灯火闪闪，离我们有一海里远。

"这是一座浮在水上的灯塔。"有人在我身旁说。

我转过头，看到是内摩船长。

"这是苏伊士城的水上灯火，"他又说，"我们很快就要到达地道口了。"

"进入地道不容易吗？"

"不容易，先生。因此，我习惯于待在驾驶室里亲自操作。阿罗纳克斯先生，现在请您下去，'鹦鹉螺'号就要潜入水中，穿过阿拉伯地道后才浮上水面。"

我跟着内摩船长走下去。盖板关上了，水箱装满水，船下潜了十来米。

我正准备回房间去，内摩船长把我叫住。

"教授先生，"他对我说，"您乐意和我一起去驾驶室吗？"

"求之不得。"我回答。

"那么，请来吧。这样，您将看到这一段航行中一切能看到的情况，这一次既是地下航行，又是水下航行。"

内摩船长带我向中央楼梯走去。我们走到楼梯中部，船长打开一扇门，沿着上部纵向通道来到驾驶室。上文已提到，驾驶室直立在甲板顶端。

驾驶室每边长六英尺，和密西西比河上或哈德逊河上的轮船驾驶室非常相似。中央有一垂直方向的轮子在转动，轮齿与操舵链啮合，操舵链一直通到"鹦鹉螺"号后部。四扇装有透镜的窗户嵌在驾驶室四壁，因此舵手可以观察海上的四面八方。

驾驶室内漆黑一团。不过，我的眼睛很快就适应了，我看到舵手体魄健壮，双手扶着轮缘。外面，位于驾驶室后面、甲板另一端的船灯似乎把海面照得通亮。

"现在，"内摩船长说，"咱们来寻找通道吧。"

几根电线把驾驶室和机器房连接起来。船长可以在驾驶室里同时决定"鹦鹉螺"号的航向和航速。他按动一个金属钮，螺旋桨的转速立即大大减低。

我们沿着一堵非常陡峭的高墙航行，那是海岸沙质高地的坚硬底部。我默默地注视着高墙。我们就这样在离墙只有几米的地方走了一小时。内摩船长双眼一直盯着挂在驾驶室里的有两个同心圆的罗盘。只要他一做手势，驾驶员就立即改变"鹦鹉螺"号的航向。

我坐在左侧窗户旁，看到一些珊瑚美丽的底部，一些植形动物、海藻和甲壳动物。甲壳动物舞动着它们巨大的爪子，把爪子伸出岩石凹陷处。

十点一刻，内摩船长开始亲自掌舵。一条宽大的长廊，又黑又深，出现在我们面前。"鹦鹉螺"号勇敢地钻进长廊。船身两侧响起低低的、不寻常的声音。那是因为地道地面倾斜，红海的水快速流向地中海。尽管为了减慢航速，机器带动螺旋桨逆向旋转，"鹦鹉螺"号还是顺流而下，快如投梭。

我只能看到通道狭窄的墙上有一道道发亮的条纹，一条条直线，那是快速行进时电光照在墙上形成的亮光。我的心突突地跳着，我用手捂住胸口。

十点三十五分，内摩船长放下舵轮，转过身来，对我说：

"我们到达地中海了。"

"鹦鹉螺"号在急流推动下，花了不到二十分钟，就穿越了苏伊士地峡。

Chapter 6
希腊群岛

第二天，二月十二日清晨，"鹦鹉螺"号回到海面上。我赶紧登上甲板。南边三海里远的地方，培琉喜阿姆湾的轮廓隐约可见。激流把我们从一个海带到另一个海。不过，在地道里顺流而下不难，逆流而上大概难以做到。

将近七点时，内德和孔塞耶来到我身边。这两位形影不离的同伴安安稳稳地睡了一夜，不大关心"鹦鹉螺"号的壮举。

"那么，生物学家先生，"加拿大人以略带嘲笑的口气问，"那个地中海呢？"

"我们正在地中海海面上，朋友。"

"嗯！"孔塞耶说，"就在昨夜？……"

"是的，就在昨夜，用了几分钟，我们便穿越了这个不可穿越的地峡。"

"我一点也不相信。"加拿大人回答。

"内德·兰师傅，您错了，"我接着说，"那弯向南方的、低低的海岸，就是埃及海岸。"

"先生，请对其他人说吧。"固执的加拿大人回答。

"既然先生说得这么肯定，"孔塞耶对他说，"那就应该相信先生的话。"

"内德，内摩船长还请我去看他的地道了。他亲自驾驶'鹦鹉螺'号穿过这狭窄的通道时，我就在驾驶室里，在他身旁。"

"内德，您听见了吗？"孔塞耶说。

"内德，"我又说，"你眼力好，可以看到伸展在海上的塞得港长堤。"

加拿大人仔细观察着。

"是的，"他说，"教授先生，您说得对，您那位船长很能干。我们是在地中海上。很好，那么，谈谈我们的小事吧，但不要让任何人听到。"

我很清楚加拿大人想谈什么。不管怎样，既然他想谈，我想还是谈一谈为好。我们三人坐到船灯旁边。在这里，我们不大会被水沫打湿。

"内德，现在我们听你说，"我说，"你有什么话要对我们说？"

"我要对你们说的话很简单，"加拿大人回答，"我们现在在欧洲。在内摩船长一时心血来潮，把我们带到两极海底，或把我们带回大洋洲之前，我想离开'鹦鹉螺'号。"

我承认，和加拿大人谈这件事，我一直感到左右为难。我丝毫不想剥夺同伴们的自由，但是我又一点儿也不想离开内摩船长。是他，是他的船，使我的海底研究日益完善，我正在海里重写有关海底秘密的书。我以后还会有这种观察海洋珍品的机会吗？不，肯定不会再有了！因此，在这个调查阶段结束前，我不想离开"鹦鹉螺"号。

"朋友，"我说，"请你坦率地回答我。你在船上是否感到无聊？命运把你抛到内摩船长手里，你是否感到遗憾？"

加拿大人没有立即回答。过了一会儿，他把双臂交叉在胸前说：

"坦率地说，我并不后悔作这次海底旅行。完成了旅行，我会很高兴的。但是，要完成旅行，就得结束它。这就是我的想法。"

"它会结束的，内德。"

"什么地方？什么时候？"

"什么地方？我一点也不知道。什么时候？我说不上来。可以这么说，将来有一天，我们不再能从海洋中学到知识了，我想旅行也就结束了。在这个世界上，有始必定有终。"

"我赞同先生的想法，"孔塞耶说，"游遍了地球上的海洋后，内摩船长很可能会让我们三人远走高飞。"

"远走高飞!"加拿大人叫嚷着,"你想说远走高飞?"

"咱们别太过分了,内德,"我又说,"内摩船长没有什么可怕的。不过,我也不同意孔塞耶的看法。我们掌握着'鹦鹉螺'号的秘密,我不指望船长给我们自由,甘愿让秘密跟随我们走遍世界各地。"

"那么,您指望什么呢?"加拿大人问。

"我希望六个月后和现在一样,出现我们可以利用,而且应该利用的情况。"

"哟!"内德·兰说,"生物学家先生,请问六个月后,我们会在什么地方?"

"也许在这里,也许在中国。你知道,'鹦鹉螺'号航行得很快。它穿越海洋犹如飞燕掠过天空、快车跑过大陆。它丝毫不怕人来人往的海洋。谁知道它会不会去法国、英国或美洲海岸?在那儿和在这儿一样,都会有机会逃走的。"

"阿罗纳克斯先生,"加拿大人说,"您的论据从根子上就错了。您说的是将来:'将来我们会在那里!将来我们会在这里!'我呢,我说的是现在:'现在我们在这里,我们应该利用这个机会。'"

内德·兰的话合乎逻辑,说得我不知如何回答。我感到自己打了败仗,再也找不到对自己有利的论据。

"先生,"内德接着说,"咱们不妨作这样的假设:万一内摩船长今天就给您自由,您乐意吗?"

"我不知道。"我回答。

"假如他又说,他今天给您自由,您若不要,以后他不再给您自由了,那么,您愿意得到自由吗?"

我没有回答。

"那么,孔塞耶老弟有什么想法?"内德·兰问。

"孔塞耶老弟,"小伙子平静地回答,"孔塞耶老弟没有什么可说的。

他对这个问题丝毫不感兴趣。他和主人一样，和同伴内德一样，孤身一人，没有妻子、父母和孩子在国内等他。他帮先生干活，他想先生所想，说先生所说。遗憾的是，不能指望他来成为多数。现在只有两个人争论，一方是先生，另一方是内德·兰。话说完了，孔塞耶老弟静听着，准备给双方记分。"

看到孔塞耶完全把自己排除在外，我不禁微微一笑。实际上，孔塞耶不反对他，加拿大人大概很高兴。

"那么，先生，"内德·兰说，"既然孔塞耶不发表意见，只有我们俩来讨论了。我说过了，您已听到我的意见。您怎么回答？"

显然，我们必须作出结论，我不愿意找借口。

"朋友，"我说，"下面是我的答复。你反对我的意见，你说得对。我的论据在你的论据面前站不住脚。我们不应该指望内摩船长发慈悲。起码的谨慎也会阻止他给我们自由。反过来，为了谨慎起见，我们应该一有机会就离开'鹦鹉螺'号。"

"很好，阿罗纳克斯先生，这样说才是明智的。"

"不过，"我说，"我还有一点要说，只有一点。这种机会必须是可靠的。我们第一次逃跑就得成功，因为，如果第一次失败了，我们以后就再也不会有机会，内摩船长绝不会饶恕我们。"

"您说的都对，"加拿大人说，"不过，您的意见适合一切逃跑企图，不管是两年后还是两天后。因此，问题仍然在于：如果好机会来了，我们就必须抓住它。"

"我同意。现在，内德，你能否告诉我，你说的好机会指什么？"

"好机会指的是，一个黑暗的夜晚，'鹦鹉螺'号来到离欧洲海岸很近的地方。"

"你打算泅水逃跑吗？"

"是的，条件是我们离海岸相当近，我们的船浮在海面上。如果我们离岸远，船又在水下航行，那就不行。"

"那么，在这种情况下怎么办？"

"在这种情况下，我将设法强占小艇。我知道如何驾驶。我们进入小艇，松开螺栓，小艇浮上水面，即使是在船头的驾驶员也不会看到我们逃跑。"

"很好，内德。那你就注意观察，等待好机会吧。但是，不要忘记，万一失败，我们就完蛋了。"

"先生，我不会忘记的。"

"现在，内德，你想知道我对你那个方案的全部想法吗？"

"阿罗纳克斯先生，我很想知道。"

"好吧，我认为，我不是说希望，我认为这样的好机会不会出现。"

"为什么？"

"因为内摩船长不可能不知道我们并未放弃重新获得自由的希望，他一定会提高警惕，尤其是在欧洲海里和靠近欧洲海岸的地方。"

"我同意先生的看法。"孔塞耶说。

"咱们走着瞧吧。"内德·兰回答，他神色坚定地摇摇头。

"现在，内德·兰，"我又说，"讨论到此为止，不要再提这件事了。哪一天你准备好了，你就通知我们，我们跟你走。我把此事完全托付给你。"

这次谈话就这样结束了，后来发生了非常严重的后果。现在我应该说，事实似乎证明我的预见正确，加拿大人大失所望。是内摩船长来到这常有船只来往的海上后提防着我们，还是他仅仅为了躲开地中海上众多的各国船只？这一点我不清楚。不过，船通常在远离海岸的水下航行。有时"鹦鹉螺"号浮上水面，仅仅露出驾驶室，有时潜入很深的水中，因为在希腊群岛和小亚细亚半岛之间，海深超过两千米。

因此，我没有见到斯波拉提群岛①的卡尔帕托斯岛，只是从维吉尔②的诗句中对它有所了解。内摩船长手指着地球平面球形图上的一个点，朗诵着：

在卡尔帕托斯岛上生活着，

---

① 斯波拉提群岛，爱琴海中的岛群，属希腊。

② 维吉尔（公元前71—前19），古罗马诗人。

尼普顿的先知者普洛透斯①……

这确实是古代尼普顿的老牧人普洛透斯的居住地，现名斯卡邦托岛，位于罗得岛和克里特岛②之间。我只能透过客厅窗户看到海岛的花岗岩基底。

第二天，二月十四日，我决定花几小时研究希腊群岛的鱼类。但是，出于某种原因，窗板始终紧闭着。在测量"鹦鹉螺"号方位时，我发现它正驶向康地岛（克里特岛的旧名）。在我登上"亚伯拉罕·林肯"号的时候，该岛全体居民奋起反抗土耳其的专制统治。可是，后来起义的结果如何，我一无所知。内摩船长与陆地断绝了联系，他不可能把起义情况告诉我。

因此，晚上我单独和他在客厅时，只字不提这个事件。何况，他好像忧心忡忡，不愿说话。过了一会儿，他命人打开客厅窗板，从这个窗户走到那个窗户，仔细观察海水，这完全不是他的习惯做法。这是为什么呢？我猜不透。我独自利用时间研究出现在眼前的鱼类。

我看到的鱼类中有阿菲兹虾虎鱼，俗名叫"海花鳅"，亚里士多德也这样称呼它。这种鱼在尼罗河三角洲附近的咸水中格外多。和它们生活在一起的还有半带磷光的大西洋鲷。埃及人把这种鲷看做神圣的动物，人们举行宗教仪式庆祝它们来到江河，因为这预示着河水充足，丰收在望。我也看到了长三分米的唇鱼，这是一种带透明磷甲的硬骨鱼，青灰色中带红色斑点。它们吞食大量的海洋植物，因此肉质鲜美，备受古罗马美食家青睐。它们的内脏，加上海膳的鱼白、孔雀的脑、红鹤的舌头，可以制作成绝妙的美味佳肴，维泰利尤斯③酷爱这道菜。

另一种海洋居民引起了我的注意，使我想起了古代的事情。那就是短卿，它们贴在鲨鱼腹部游水。据古人说，这种小鱼贴在船的水下部分，可以阻止船前进。在亚克兴④战役中，一条短卿拖住安东尼的战船，帮助奥古斯

---

① 普洛透斯，海神尼普顿的侍从，看管海牛。能知未来，变幻无常。

② 克里特岛，希腊最大的岛屿，在地中海东部。

③ 维泰利尤斯（15—69），古罗马皇帝。

④ 亚克兴，希腊一海角，位于阿卡那尼亚西北隅。公元前31年9月，奥古斯都在这里大败安东尼和克娄巴特拉七世的船队，从而确立了他在罗马的统治。

都取得胜利。国家的命运取决于什么啊！我还观察了美丽的花鱼，它们属于笛鲷目。希腊人把它们奉为神鱼，认为这种鱼有能力把海洋怪物逐出它们常去的海洋。这种鱼的名称含义是"花"，它们身上绚丽多彩，包括从浅粉红到鲜艳的宝石红的一系列红色，背鳍闪闪发光，真是名实相副。我目不转睛地看着这些海洋珍宝，突然一件意想不到的事情在我眼前发生了。

海水中出现了一个人，一个腰间带着皮袋子的潜水人。这不是随波漂动的尸体，而是一个活人。他用手有力地划着水，有时他消失了，到海面上呼吸空气，立刻又潜入水中。

我转过身来，激动地对内摩船长大声说：

"一个人！一个遇难的人！我们应该不惜一切代价搭救他！"

船长不回答我，他走过来，靠在窗子上。

那个人已经游过来，把脸贴在窗板上，看着我们。

使我大为震惊的是，内摩船长向他做了一个示意动作。潜水人用手势回答他，然后立即回到海面上去，后来再也没有出现。

"请放心吧，"船长对我说，"这是马塔潘角①的尼古拉，外号叫'佩斯'。基克拉迪群岛②的人都认识他。这是一位有胆量的潜水人！水是他的生活场所，他生活在水中的时间比在陆上更多，不停地从这个岛游到那个岛，直到克里特岛。"

"船长，您认识他吗？"

"我为什么不认识他，阿罗纳克斯先生？"

说完这句话，内摩船长向着客厅左边窗户附近的一件家具走去。家具旁，我看到一只包了铁皮的箱子，箱盖上有一块铜板，上面写着"鹦鹉螺"号的起首字母和它的题词"动中之动"。

这时，船长不顾及我在场，打开家具。那家具好像一个保险柜，里面有许多金锭。

---

① 马塔潘角，希腊伯罗奔尼撒半岛南端一海角。
② 基克拉迪群岛，爱琴海中的希腊岛群。

"一个人！一个遇难的人！"我喊道。

那是金锭。这些价值很高的贵重金属是从哪里来的呢？船长从什么地方得到这些黄金的？他要用来干什么呢？

我一言不发，静静地看着。船长拿起一条又一条金锭，把它们整齐地排在箱子里，装了满满一箱。我估计箱内装了一千多公斤黄金，就是说，价值将近五百万法郎。

船长把箱子关严，在盖上写了地址，他使用的文字大概是现代希腊语。

写好后，内摩船长按动电钮，一根电线把信息传到船员工作室。四名船员出现在客厅，他们费了九牛二虎之力把箱子推出客厅。后来，我听到他们用起重滑车把箱子放到铁梯上。

这时，内摩船长转过身来问我：

"教授先生，您刚才说什么？"

"船长，我什么也没说。"

"那么，先生，请允许我祝您晚安。"

说完，内摩船长离开了客厅。

您可以想象到，我回到房间，心里很纳闷。我强迫自己睡觉，可是睡不着。我寻找潜水人的出现和满箱黄金之间的联系。不久，我感觉到船身左右摇摆，前后颠簸，"鹦鹉螺"号正在离开下层海水，返回海面。

后来，我听到甲板上有脚步声。我明白有人在松开小艇，把它放到海上。小艇与"鹦鹉螺"号侧面碰撞了一会儿，然后什么声音都没有了。

两小时后，我又听到同样的声音，同样的来来去去的脚步声。小艇拉上大船，放在艇穴里，"鹦鹉螺"号重新潜入水中。

价值几百万的黄金就这样按地址送出去了。送到陆上的什么地方呢？和内摩船长有联系的人是谁呢？

夜间发生的事使我难以平静，我十分好奇，很想知道底细。第二天，我把这些事告诉孔塞耶和加拿大人，他们和我一样大为震惊。

"他从什么地方得到了这价值几百万的黄金呢？"内德·兰问。

我无法回答这个问题。午饭后，我来到客厅，开始工作。我记笔记，一直写到下午五点。这时（不知是否与我的心情有关）我觉得很热，不得不脱下足丝衣服。这种现象实在费解，因为我们不是在高纬度地区，而且"鹦鹉螺"号潜在水中，即使大气温度升高，也不该影响它。我看了看压力计，它正指着水下六十英尺，大气温度不可能影响这个深度的水。

我继续工作，但是温度越来越高，令人难以忍受。

"会不会是船上着火了？"我想。

我正要离开客厅，内摩船长进来了。他走近温度计，看了一下，转过身来对我说：

"四十二度。"

"我已经看到了，船长，"我回答，"只要温度再稍稍升高一点，我们就无法忍受了。"

"啊！教授先生，我们想让温度升高，它才升高。"

"那么，您可以随意降低温度？"

"不，但是我可以远离热源。"

"热量来自外面？"

"当然喽，我们正航行在沸水流中。"

"可能吗？"我大声问。

"请看。"

窗板打开了，我看到"鹦鹉螺"号周围的海水一片白色。含硫蒸汽从水中升起，海水像锅炉里的水一样沸腾着。我把手放到玻璃窗上，玻璃滚烫，我不得不把手缩回来。

"我们在什么地方？"我问。

"在桑托林岛①附近，教授先生，"船长回答我，"正在内阿—卡迈尼岛和帕莱阿—卡迈尼岛之间的水道里。我想让您看到海底火山喷发的奇特情景。"

---

① 桑托林岛，基克拉迪群岛的南部岛屿。

"我原以为，"我说，"这些新岛屿的形成过程已经结束了。"

"在海里火山地带，任何东西都不会结束，"内摩船长说，"在那儿，地下火焰一直在折磨着地球。卡西奥多尔①和普林尼说过，在最近这些小岛形成的地方，早在公元十九年，就出现过一个新岛，名叫'泰雅圣岛'。后来，该岛沉入水下。公元六十九年又露出水面，又一次沉没。从此以后，沉浮的工作停止了。但是，一八六六年二月三日，一个新的小岛，名叫乔治岛，在含硫蒸汽中出现在内阿—卡迈尼岛附近，并于同月六日与该岛连成一片。七天后，二月十三日，出现了阿夫罗萨小岛，它和内阿—卡迈尼岛之间留有一条十米宽的水道。这一现象发生时，我正在这一带海里，我有机会观察了小岛形成的各个阶段。阿夫罗萨小岛呈圆形，直径三百英尺，高三十英尺。它由黑色玻璃状熔岩构成，里面夹杂着长石片。最后，三月十日，一个更小的岛屿，名叫雷卡岛，出现在内阿—卡迈尼岛附近。后来，这三个小岛连接起来，形成一个岛屿。"

"那么，我们所在的水道呢？"我问。

"就在这里，"内摩船长指着一张希腊群岛地图对我说，"您瞧，我把新出现的小岛都标在地图上了。"

"将来有一天，这水道会被填平吗？"

"很可能会被填平，阿罗纳克斯先生，因为一八六六年以来，已有八个熔岩小岛出现在帕莱阿—卡迈尼岛的圣尼古拉港对面。很明显，内阿岛和帕莱阿岛不久就会连接起来。在太平洋里是纤毛虫造陆地，这里是火山喷发形成陆地。先生，您瞧，这水下正在进行的工作。"

我回到窗前，"鹦鹉螺"号停止了前进。温度高得难以忍受。大海由白色变成红色，那是因为水中含有铁盐。尽管关得很严，客厅里仍然有一种硫黄味，十分呛人。我看到鲜红色的火焰，火光灿烂，压倒了船灯发出的电光。

---

① 卡西奥多尔（大约480—575），古代拉丁作家。

我浑身是汗，气喘吁吁，快要被煮熟了。是的，我确实感到自己在被蒸煮。

"我们不能再停在这沸水中了。"我对船长说。

"是的，再留在这里会有危险的，"内摩船长沉着地回答。

命令一下达，"鹦鹉螺"号掉转船头，离开了这个火炉。如果它再待下去，必定会受到伤害。一刻钟后，我们来到海面上呼吸。

因此，我想，如果内德选择这一带海域逃跑，我们不可能活着离开这火海。

第二天，二月十六日，我们离开罗得岛和亚历山大港①之间的盆地，这里海深三千米。"鹦鹉螺"号途经基西拉岛②海面，绕过马塔潘角，离开了希腊群岛。

① 亚历山大港，埃及港口城市。
② 基西拉岛，希腊海岛，位于伯罗奔尼撒半岛和克里特岛之间。

Chapter 7
地中海里四十八小时

　　地中海的水蓝得出奇，希伯来人称它"大海"，希腊人称它"海"，罗马人称它"我们的海"。地中海沿岸种植着柑橘、芦荟、仙人掌和海松，海上充满爱神木的芳香，四周有峻峭的群山环抱，空气洁净透明。但是，它不断受到地下火焰的煎熬。这里是一个真正的战场，尼普顿和普路托①仍在争夺世界统治权。米什莱说，来到这里，来到地中海沿岸，来到地中海水里，人类又一次来到地球上自然力最强大的地带之一接受磨炼。

　　尽管地中海很美，我却只能迅速地对这盆地看一眼。它的面积是二百万平方公里。我甚至未能从内摩船长那儿了解地中海，因为在这次快速穿越中，这位神秘人物未露过一次面。据我估计，"鹦鹉螺"号在地中海底航行了六百里左右，它用四十八小时走完这段路程。二月十六日早晨我们离开希腊海域，十八日清晨我们已经穿过直布罗陀海峡。

　　我认为，内摩船长显然不喜欢地中海，因为地中海周围是他要逃避的陆地。这里的海浪，这里的海风，给他带来的，即使不是太多的悔恨，也是太多的往事。在大海上，他自由自在，无拘无束；在这里，他完全不同了。非洲海岸和欧洲海岸相距不远，对"鹦鹉螺"号来说，这里的天地太狭小。

　　我们的航速是每小时二十五海里，即十二里（每里合四公里）。不用

---

① 普路托，罗马神话中的冥王。

说，内德·兰不得不放弃逃跑计划，十分烦恼。大船带着小艇每秒钟航行十二至十三米，他无法使用小艇。在这种情况下离开"鹦鹉螺"号，等于从快速飞奔的火车上往下跳，是十足的鲁莽行为。而且，我们的船只在夜间浮上海面，更换空气，它完全根据罗盘指示的方向和测程仪标出的速度航行。

我所看到的地中海内部情景，就像快车上旅客看到的眼前疾驰的风景一样，就是说，我只看到远远的天际，看不见闪电般的近景。不过，我和孔塞耶可以观察几种地中海鱼类。这些鱼的鳍强壮有力，因此它们能够伴随"鹦鹉螺"号前进一段时间。我们一直待在客厅窗户前观看，并作了笔记。笔记使我现在有可能简要介绍地中海的鱼类。

地中海里生活着各种各样的鱼类，其中有的我看清了，有的我隐约看见，有的我没有看到，因为"鹦鹉螺"号飞速前进，它们从我眼前溜走了。请允许我按照自己的意愿将它们分类，以便更好地描绘出我在瞬间观察到的情景。

一片片电光把大海照得透亮，海水中蜿蜒着几条长一米的七鳃鳗，不同气候条件的地方几乎都有这种鱼。还有鳐类的尖吻鱼，身宽五英尺，腹部白色，背部浅灰色带许多小斑点，它们像展开的宽大披肩，随流而去。其他一些鳐鱼，希腊人称之为"鹰"，而现代渔民给它们起了"老鼠""癞蛤蟆"和"蝙蝠"等怪名字。由于它们匆匆而过，我无法弄清哪个名称和它们相配。米氏角鲨，它们身长十二英尺，特别令潜水人员生畏。海狐狸，身长八英尺，嗅觉极其灵敏，像巨大的浅蓝色阴影一样出现。鲷属的荆棘鲷，身穿银灰色和天蓝色的衣裳游来了，衣服上带环状细带纹，鱼鳍颜色深，与浅色衣服形成鲜明的对照，其中有的身长达十三分米；这是用来祭美神维纳斯的鱼，深深的眼睛周围有金黄色的眉睫；这种鱼非常珍贵，适应各种水质，不管是淡水还是咸水，它们居住在江河、湖泊和海洋里，生活在各种气候条件下，能忍受高温，也能忍受寒冷；这种鱼早在地质时期就存在，至今仍和早期一样美丽。艳丽的欧鲟，身长九至十米，前进速度很快，背部浅蓝色中带褐色小点，它们用强壮的尾部撞击客厅玻璃窗；这种动物与角鲨相像，但是不如角鲨力大，各个海洋中都能见到它们；春天，它们喜欢溯大江而上，在伏尔加河、多瑙河、波河、莱茵河、卢瓦尔河、奥得河①里与水流作斗争；它们的食物是鲱鱼、鲭鱼、鲑鱼和鳕鱼；尽管它们属于软骨鱼纲，肉质却十分鲜美；人们有很多食用方法，新鲜食用，晾干后食用，腌制或盐渍后食用，从前，有人得意扬扬地把它们送到卢西尼乌斯②家族的餐桌上。但是，各种地中海鱼类中，我趁着"鹦鹉螺"号靠近海面时，观察得最清楚的鱼属于硬骨鱼第六十三属。那就是金枪鲭鱼，背部蓝黑色，腹部有银甲，背部辐射条纹发出金色微光；这种鱼名声不小，很多人都知道它们喜欢跟随船只前进，千方百计藏身于船体阴影中，躲开赤道地区火热的阳光。事实正是如此，它们陪伴着"鹦鹉螺"号，正如从前它们陪同拉佩鲁兹的船队。它们和我们的船赛跑了好几小时。面对这些动物，我百看不厌，它们的体型确实非常适合快速游泳，头部小，身体光滑，呈纺锤形，有的身长超过三米，胸鳍特别有力，尾鳍叉形。它们游泳时和某些鸟群一样，排列成三角形，前进速度和这些鸟不相上下。因此，古人说这些鱼熟悉几何和战略。可是，它们躲不开普罗旺斯人的追捕。从前，普罗蓬迪特③沿岸地区和意大利居民非常喜欢这种鱼，今天它们备受普罗旺斯人青睐。这些珍贵的动物像瞎子，像冒失鬼一样，成千上万地钻进马赛人的渔网。

我要列举我和孔塞耶隐约看见的地中海鱼类，以免遗忘。其中有费氏电鳗，近白色，像无法抓住的蒸汽一样漂过；康吉海鳗，很像长三至四米的蛇，身带鲜艳的绿色、蓝色和黄色；无须鳕鱼，长三英尺，其肝脏是一种美味佳肴；绦虫鱼，它们像纤细的海藻在水中漂动；鲂鮄，诗人称它们为"天琴鱼"，水手称它们为"吹哨鱼"，它们吻部有两块锯齿状三角形骨板，

---

① 伏尔加河，欧洲第一大河，俄罗斯内河航运干道。多瑙河，欧洲第二大河。波河，意大利最大的河流。莱茵河，欧洲大河之一。卢瓦尔河，法国最长的河流。奥得河，欧洲中部河流。
② 卢西尼乌斯（约公元前109—前57），罗马将军。
③ 普罗蓬迪特，现土耳其马尔马拉海。

很像老荷马的乐器；燕鲂鲉，游泳速度比得上它名称中包含的那种鸟；石斑鳚，头部红色，背鳍带细丝；西鲱，身带黑色、灰色、褐色、蓝色、黄色、绿色斑点，它们对清脆响亮的铃声非常敏感；色彩鲜艳的大菱鲆，它们是海里的野鸡，像是带黄色鳍的菱形，有褐色细点，其上侧，即左侧，通常有褐色和黄色的大理石花纹。最后有一群群美丽的徘鳍鱼，这是大洋里的极乐鸟。过去，罗马人甚至花费一万个小银币买一条绯鲻鱼，他们让鱼在桌子上死去，为的是能残忍地看到鱼的颜色变化过程，从活着时的朱红色逐渐变成死后的灰白色。

我未能观察的鱼类有奇鳍鱼、鳞鲀、单鼻鲀、海马、海笋鱼、玻甲鱼、鳚鱼、羊鱼、隆头鱼、胡瓜鱼、飞鱼、鲲鱼、真骨鲷、泥铲鲷、颚针鱼，以及鲽目的主要代表，如黄盖鲽、川鲽、舌鳎、比目鱼等，大西洋和地中海里都有这些鱼。我之所以未能观察，是因为"鹦鹉螺"号穿越盛产这些鱼类的海洋时急速航行，令人晕眩。

至于海洋哺乳动物，经过亚德里亚海口时，我似乎看到了两三条抹香鲸，它们具有典型的抹香鲸属背鳍；几条圆头属海豚，这是地中海的特产，头的前部有浅色斑纹；十多头海豹，腹部白色，毛皮黑色，人们称它们"僧侣"，因为它们十分像身长三米的多明我会修士。

孔塞耶呢，他说看到一只六英尺宽的海龟，有三道纵向隆起。遗憾的是我没有看到这头爬行动物。根据孔塞耶的描述，我认为这是棱皮龟，十分罕见的品种。我只看到几只长甲卡库安龟。

至于植形动物，我有机会观看了美丽的橘黄色山珊瑚，它贴在左侧玻璃窗上。这是一种长而纤细的丝状物，伸出无限长的分支，枝端有最精美的花边，即使是阿拉喀涅①的敌手也织不出来。可惜我未能采集到这种美丽的标本。幸亏十六日夜晚"鹦鹉螺"号航行得特别慢，否则，地中海的其他任何植形动物都不会出现在我眼前。"鹦鹉螺"号在什么情况下放慢了航速呢？

———————————————

① 阿拉喀涅，希腊神话中的吕狄亚少女，善织绣。

那时，我们航行在西西里岛和突尼斯海岸之间。在邦角①和墨西拿海峡②之间这个狭窄的空间里，海底几乎突然上升，形成一个真正的山脊，离海面只有十七米，而山脊两侧水深一百七十米。因此，"鹦鹉螺"号不得不小心翼翼地航行，以免撞上这道海底栅栏。

我拿出地中海地图，把这一长礁所在的位置指给孔塞耶看。

"请先生原谅我冒昧，"孔塞耶说，"这真像连接欧洲和非洲的地峡。"

"是的，小伙子，"我说，"它把利比亚海峡完全拦住。史密斯的探测结果证明，这两块陆地从前在博科角和菲丽娜角之间连接在一起。"

"我完全相信。"孔塞耶说。

"我还要告诉你，"我接着说，"直布罗陀市③和休达市④之间也有一道类似的栅栏。在地质时期，这道栅栏把地中海彻底封闭。"

"啊！"孔塞耶说，"也许将来有一天，火山喷发把这两道栅栏推出水面！"

"这几乎是不可能的，孔塞耶。"

"最后，请先生允许我把话说完，如果发生这种现象，雷赛布先生会伤心的，因为他为凿通地峡付出了多大的代价！"

"我同意你的看法。不过，我再说一遍，孔塞耶，这种现象不会发生。地下蕴藏的能量越来越少。创世初期，火山很多，现在逐渐停止喷发。地球内部的热量正在减少，地球下层温度每一百年下降好多度，这对地球本身有损害，因为热量就是它的生命。"

"可是，太阳……"

"太阳不足以改变这种情况，孔塞耶。太阳能使尸体变热吗？"

"据我所知，它不能。"

---

① 邦角，位于突尼斯东北部。
② 墨西拿海峡，位于意大利半岛和西西里岛之间。
③ 直布罗陀市，英国殖民地，位于直布罗陀海峡北岸。
④ 休达市，摩洛哥北部港口城市，位于直布罗陀海峡东端南岸。

"对，朋友，将来有一天，地球就是这冰凉的尸体。它将变得和月亮一样无法居住，无人居住，月亮早已失去了维持生命所必需的热量。"

"再过几百年会发生这种情况？"孔塞耶问。

"再过几十万年，小伙子。"

"那么，"孔塞耶说，"只要内德·兰不找麻烦，我们还来得及完成旅行。"

孔塞耶放心了，继续研究浅滩，"鹦鹉螺"号正以中等速度擦过。

浅滩上，在岩石和火山岩层下，各种会动的植物像盛开的鲜花，有海绵、海参；透明的环栉水母，装饰着淡红色的腕丝，发出微弱的磷光；瓜水母，俗称海黄瓜，在太阳照耀下反射出七色闪光；移动的毛头星，宽一米，其大红色染红了海水；最美丽的乔木状蔓蛇尾；长茎孔雀葵；许多不同种类的食用海胆；绿海葵，躯干浅灰色，花盘褐色，无数毛发状橄榄绿触手把它们包住。

孔塞耶特别注意观察软体动物和节肢动物。尽管这方面的词语有点枯燥乏味，但是，我不能不提小伙子的观察结果而伤害他。

在软体动物门中，他列举了无数栉形扇贝；堆积如山的驴蹄形海菊蛤；三角形的斧蛤；三齿龟螺，其鳍黄色，壳透明；橙黄色的无壳侧鳃贝；带淡绿色小点的卵形贝；海兔；截尾海兔；多肉的无角螺；地中海特有的伞形贝；鲍，其贝壳能生产一种珍贵的螺钿质；火形扇贝；不等蛤，听说法国朗格多克地区居民认为它们比牡蛎更鲜美；马赛人十分喜爱的盲贝；又肥又白的双层帘蛤；不多几个美洲帘蛤，这种软体动物盛产于北美沿岸地区，在纽约销售量很大；五颜六色的盖形扇贝；藏在洞里的石蛏，我很喜欢它带辣味；带细纹的帘心蛤，其贝壳顶部隆起，好像突出的海岸；布满大红结节的石勃卒；顶端弯曲的龙骨螺，很像威尼斯轻舟；戴冠荨麻螺；贝壳成螺旋形的明螺；灰色的南瓜贝，有白色斑点，上面盖着条纹头巾；蓑海牛，很像小蛞蝓；仰身爬行的龟螺；耳状贝，尤其是带椭圆形贝壳的勿忘草耳状贝；浅黄褐色的梯螺；滨螺；海蜗牛；千里光螺；住石蛤；片螺；猫眼蛤；邦斗蛤，等等。

关于节肢动物，孔塞耶的笔记中把它们分为六纲，其中三纲属于海洋生物，这样分类十分正确。这三纲是甲壳纲、蔓足纲和环节纲。

甲壳纲动物又分为九目。第一目是十足目，这些动物头部和胸廓通常连在一起，口腔由好几对颚足组成，它们拥有四至六对胸肢或步足。孔塞耶遵照我们的老师米尔纳·爱德华兹的方法，把十足动物分成三类：短尾类、长尾类和歪尾类。这些名称有点粗俗，但是很正确、很贴切。短尾类中，孔塞耶列举了愚蟹，前额上有两根分岔的长刺；伊纳胡斯蝎子，不知为什么希腊人认为它们象征着智慧；马塞纳紧握蟹，斯皮尼曼紧握蟹，它们通常生活在深水中，也许是迷路来到这浅滩；扇蟹；毛刺蟹；菱形蟹；颗粒状的馒头蟹，孔塞耶说这种蟹很容易消化；无齿冠海蟹；坚壳蟹；波纹蟹；带绒毛的关公蟹等。长尾类分五科：鳞甲科，挖土科，鳌吓科，长臂虾科和鞘虾科。他列举了普通龙虾，人们很喜欢其母虾肉；熊蝉虾或海蝉；沿岸地蟹；以及各种食用虾。但是，他没有谈到包括大鳌虾的鳌虾科分类，因为地中海的鳌虾只有一种，那就是龙虾。最后是歪尾科，他看到一些普通的走蟹，它们占领一个被遗弃的贝壳，藏在它后面，前额带刺的人面蟹，寄居蟹，磁蟹等。

以上是孔塞耶笔记本的内容。由于时间紧，他未能观察全部甲壳动物，他未看到口足动物、端足动物、同足动物、等足动物、三叶虫、鳃足动物、介形动物和切甲动物。在海洋节肢动物中，他本来还应列举蔓足动物和环节动物，蔓足纲包括剑水蚤、鲺，环节纲分为管毛目和背鳃目。但是，"鹦鹉螺"号已经过利比亚海峡浅滩，来到深水层，恢复正常航速。从此以后，我们再也看不到软体动物、节肢动物和植形动物了。只有几条大鱼影子似的游过去。

二月十六日至十七日夜间，我们进入地中海第二个盆地，最深的地方达三千米。"鹦鹉螺"号在螺旋桨推动下，使用斜板，潜入最深的水层。

那里没有自然珍宝，海水却在我眼前展现了一幕又一幕动人而可怕的情景，因为那时我们正在穿越地中海的海难多发区。从阿尔及利亚沿岸到普罗旺斯沿岸，不知有多少船只遇难，不知有多少巨轮消失！与辽阔而平静的太平洋相比，地中海不过是一个湖泊。但是，这个湖泊反复无常，风浪变幻莫测。今天，它对不堪一击的帆船既温柔又慈悲，帆船好像在云青色的天空和海水之间漂游。明天，它勃然大怒，海风掀起滚滚波涛，短浪迅猛地扑向水上船只，能把钢筋铁骨之船砸成碎片。

因此，这次快速穿越深水层时，我看到许多海难船只残骸长眠于海底，有的上面布满珊瑚虫，有的仅仅长了一层锈。海底有铁锚、大炮、炮弹、铁制器具、螺旋桨叶片、机器碎片、裂开的汽缸、撞破的锅炉，还有漂在水中的船壳，有的直立着，有的底朝天。

这些遇难船只，有的因相撞而沉没，有的因触岩礁而下沉。我看到，有的船直沉海底，桅杆笔直，帆索被水拉得很紧。它们好像聚集在一个宽阔的停泊场，等待出发时刻的到来。"鹦鹉螺"号在它们中间驶过时，电光照亮了这些船只，它们仿佛正要挥动旗帜，向"鹦鹉螺"号致意，向它报告顺序号码！可是不，在这海难场所，死气沉沉，一片寂静！

我发现，"鹦鹉螺"号越靠近直布罗陀海峡，地中海底堆积的遇难船只残骸越多。非洲海岸和欧洲海岸越来越近，在这狭窄的空间里，船只相撞是常有的事。我看到那里有许多铁制的船体机身，一些古怪的轮船残骸，有的躺倒在地，有的直立着，如同庞大的动物。其中有一条船船侧裂开，烟囱弯曲，机轮只剩支架，船舵已与尾柱分离，但是一根铁链仍把它系住，尾部船板已被海盐腐蚀，这条船的样子十分骇人！这艘船遇难时，多少人丧了命！多少受害者被它拖入海底！有没有船员死里逃生，向人们讲述这起海难事件呢？会不会只有海浪了解灾难的秘密？不知为什么，我突然想到这沉入海底的船也许就是二十年前失踪的"阿特拉斯"号，船上的人员和财产全部损失，没有人再谈起过它！啊！多少财产沉入地中海底，多少人在地中海丧命，地中海底这个辽阔骸骨堆的历史真是一部不祥的历史！

可是，"鹦鹉螺"号对这一切无动于衷，开足马力，飞快地在残骸中驶过。二月十八日早晨，将近三点，它来到直布罗陀海峡入口处。

　　海峡中有两道水流，一道是上层水流，人们早就探察清楚，它把大西洋的水引入地中海盆地；另一道是下层逆流，今天人们用推理的方法证明它存在。因为，大西洋的浪潮和江河的流入使地中海的水量不断增加，而蒸发作用不足以抵消增加的水量，海平面理应年年升高。然而，实际情况并非如此，人们自然就承认存在一道下层水流，它通过直布罗陀海峡，把地中海过多的水引入大西洋盆地。

　　事实正是如此。"鹦鹉螺"号就是利用这道逆流，在这狭窄的水道里迅速前进。有一刹那，我可以望见壮丽的海格立斯寺废墟。据普林尼和阿维纽斯①说，该寺是和它所在的小岛一起沉入海底的。几分钟后，我们就航行在大西洋水面上了。

---

① 阿维纽斯，公元4世纪的拉丁诗人和地理学家。

Chapter 8
维哥湾①

　　大西洋！这茫茫大海长九千海里，平均宽度两千七百海里，面积两千五百万平方海里。这是非常重要的海洋，可是，古代除了部分迦太基②人外，几乎没有人知道！迦太基人是古代的荷兰人，为了经商，他们曾沿着欧洲和非洲西海岸长途旅行。大西洋辽阔的海面四周是弯曲而又平行的海岸线，世界上最大的江河都流入这里，圣劳伦斯河、密西西比河、亚马孙河、拉普拉塔河、奥里诺科河、尼日尔河、塞内加尔河、易北河③、卢瓦尔河和莱茵河给大西洋带来了最文明国家和最野蛮地区的水！壮丽的沧海，各国的船只不断地来往其间，各国的旗帜布满海面，大海尽头是航海家们惧怕的两个岬角：合恩角和风暴角④！

　　"鹦鹉螺"号航行在大西洋中，冲角为它分水开路。三个半月以来，它行驶了近一万里，超过地球一大圈的路程了。现在我们要去什么地方？等待我们的又是什么样的命运？

　　"鹦鹉螺"号驶出直布罗陀海峡，来到远离海岸的大海里。它浮上水

---

① 维哥湾，位于西班牙西部。
② 迦太基，非洲北部（今突尼斯）的奴隶制国家，公元前7世纪到公元4世纪发展成为西地中海强国。
③ 圣劳伦斯河，北美洲东部的国际河流。密西西比河，美国的主要河流。亚马孙河，南美洲北部河流。拉普拉塔河，南美洲巴拉那河与乌拉圭河的河口部分。奥里诺科河，南美洲北部的河流。尼日尔河，西非最大河流。塞内加尔河，非洲西部的河流。易北河，欧洲中部河流。
④ 风暴角，现名好望角，位于非洲南端。

面，我们又可以天天到甲板上散步了。

我在内德·兰和孔塞耶的陪同下，立即登上甲板。离我们十二海里的地方，圣维森提角隐约可见，它位于西班牙半岛西南端。南风劲吹，海上波涛滚滚，汹涌澎湃。"鹦鹉螺"号猛烈颠簸着，巨浪不断打上甲板，我们几乎无法待在那里。因此，呼吸了几口新鲜空气后，我们走回船内。

我回到房间里，孔塞耶回他自己的舱房。但是，加拿大人心事重重地跟我进来。我们的船快速穿过地中海，他的计划未能实现，他大失所望，满脸懊丧。

我房间的门关好后，他坐下来，默默地看着我。

"朋友，"我对他说，"我理解您的心情，但是您不必自责。在'鹦鹉螺'号当时所处的情况下，想要逃跑简直就是发疯！"

内德·兰什么也没有说。他双唇紧闭，双眉紧锁，这说明一个固执的想法萦绕在他脑际，无法摆脱。

"好啦，"我接着说，"事情还没有完全失去希望。我们正沿着葡萄牙海岸北上，离法国、英国不远了，到了那里，我们很容易找到一个藏身之处。啊！如果'鹦鹉螺'号穿过直布罗陀海峡后向南航行，如果它把我们带到没有大陆的地方去，那我也会和您一样焦虑不安。但是，现在我们知道，内摩船长不躲避文明程度高的海洋，我想，几天后，您可以比较安全地采取行动。"

内德·兰盯着我，盯得更紧了。最后，他开口了。

"就在今天晚上。"他说。

我霍地站起身。我承认没有料到他会说这话。我很想回答加拿大人，但是，不知该怎么说。

"我们曾经约定等待机会，"加拿大人接着说，"现在，机会已在我手中。今天晚上，我们离西班牙海岸将只有几海里。夜很黑，海上有风。阿罗纳克斯先生，您答应过我，我相信您。"

我始终沉默不语，加拿大人站起来，走到我面前。

　　"今天晚上，九点钟，"他说，"我已经通知孔塞耶。那时，内摩船长将关上房门，待在里面，很可能已经上床。不管是机械师，还是船员，都不会看到我们。我和孔塞耶去中央楼梯。阿罗纳克斯先生，您待在离我们只有两步远的图书室里等我的信号。桨、桅杆和帆都在小艇里，我甚至还放进去一些食品。我搞到一个螺旋扳手，可以拧开连接小艇和'鹦鹉螺'号船壳的螺母。因此，一切都准备好了。晚上见。"

　　"海上有风浪。"我说。

　　"我承认这一点，"加拿大人回答，"但是，必须冒这个险。要自由，就得付出代价。而且，小艇很坚固，在海风推动下航行几海里，这不是什么难事。谁知道明天我们会不会跑到百里外的大海上？如果一切顺利，十点到十一点之间，我们不是已登上陆地某处，就是已经丧生。听凭上帝安排吧！晚上见！"

　　加拿大人说完就走了。他的话使我大为震惊，几乎不知所措。我原以为，即使机会来了，我还会有时间思考，讨论。可是，我那固执的同伴不允许我这么做。实际上，我又能对他说什么呢？内德·兰说得对，无可非议。现在可以说是个机会，应该利用，我怎么能不守信用，为了个人利益而牺牲同伴们的前途呢？明天，内摩船长不会把我们带到远离陆地的大海上去吗？

　　这时，响起一阵相当强的呼啸声，我知道，水进入水箱，"鹦鹉螺"号正潜入大西洋底。

　　我留在房间里，想避开船长，不让他看到我心情激动。就这样，我痛苦地度过了一天。我左右为难，一方面渴望恢复自由，另一方面感到抛弃神奇的"鹦鹉螺"号、终止海底研究确实可惜！我喜欢把这个海称做"我的大西洋"，现在我还未研究它的底部水层，还没有像在印度洋和太平洋那样刺探到秘密，我怎么能离开它呢！小说刚开始阅读怎么能丢开？美梦达到高潮时怎么能打断！我时而看到自己和同伴们平安到达陆地；时而失去理智，希望出现意外情况，阻止我们实现内德·兰的计划。这几小时，我心中苦涩难言！

　　我两次来到客厅，想查看罗盘。我想知道，"鹦鹉螺"号确实是在靠近海岸，还是在远离海岸。不，"鹦鹉螺"号始终在葡萄牙附近海里航行，它沿着大西洋海岸向北驶去。

　　因此，必须打定主意，准备逃跑。我的行李不重，除了笔记本，什么都没有。

　　至于内摩船长，我不知道他对我们逃跑会有什么想法，逃跑会使他如何焦虑不安，会给他造成什么样的伤害；万一走漏风声，或者逃跑失败，他会怎么办！当然，我不能怨恨他，只有感激他才是。没有人会比他更热情、更真诚地对待我们。我离开他，不会有人说我忘恩负义。没有任何誓言把我们和他连接在一起。他打算把我们永远留在身边，指望的是客观环境，而不是我们的诺言。但是，既然他公开声称要把我们永远囚禁在船上，我们就有理由设法逃跑。

　　离开桑托林岛以后，我没有见到过船长。出发前，我还有没有机会遇到他呢？我既想见他，又怕见他。我侧耳细听他是否在隔壁房间里走动。我没有听到任何声音。他的房间里大概空无一人。

　　于是，我问自己，这位古怪人物是否在船上。自从那天夜里小艇离开"鹦鹉螺"号执行秘密任务以来，我对他的看法略有改变。我认为，不管他自己怎么说，内摩船长大概和陆地还保持着某种联系。难道他从不离开"鹦鹉螺"号吗？我常常好几个星期都见不到他一面。他在这期间干什么呢？我以为他愤世嫉俗，抱恨终天，而他会不会在远处干什么秘密的、我至今不了解性质的事呢？

　　所有这些念头和无数其他想法一齐涌现在我脑海中。我们的处境奇特，自然会左思右想，胡乱猜测。我感到苦恼难忍。等待中的一天好像是漫漫长夜，没完没了。我心急如焚，恨时光过得太慢。

　　像往常一样，我在房间里用晚餐。由于心神不宁，我吃得不香，七点钟离开餐桌。我计算了一下，离我和内德·兰约定的会面时刻还有一百二十分钟。我的心情越发烦躁了，脉搏猛烈地跳着。我坐立不安，来回走动，希望用身体的运动来减少心情的纷乱。我并不十分害怕会在这次大胆行动中丧生。但是，一想到我们的计划也许会在离开"鹦鹉螺"号前被发觉，想到我们会被带回内摩船长面前，船长因为我抛弃他而发怒，或者更糟糕的是，他因此而伤心，想到这一切，我的心突突地跳着。

　　我想最后看一次客厅。我穿过纵向通道，来到这座博物馆，我曾在这里度过多少美好而有收获的时光。我看着所有这些财富，所有这些宝藏，我的心情好像是一个即将终生流亡、永不返回的人。多少时间以来，我全神贯注地生活在这些大自然的珍宝和艺术杰作中间，现在，我却要永远抛下它们。我真想透过客厅玻璃窗，好好观察大西洋底层的水。可是，窗板关得很严，一件铁板外套把我和这个尚不了解的海洋隔开。

　　穿过客厅，我来到开在隅角斜面上的门旁，这扇门通向船长的卧室。门半开着，我大吃一惊，不由自主地往后退。如果内摩船长在房间里，他就能看到我。没有听到任何动静，我就走近房门，房间里没有人。我推开门，向里面走了几步。房间里的摆设依然是那么朴实无华，好像苦行僧的住处。

　　这时，挂在壁上的几幅铜板画吸引了我的注意力，我第一次来这里时，没有见到它们。这是一些肖像，一些伟大历史人物的肖像，他们把毕生的精力奉献给人类伟大的思想。他们是：柯斯丘什科[①]，一位在"波兰完了"喊声中倒下的英雄；博察里斯[②]，现代希腊的列奥尼达[③]；奥康瑙尔[④]，爱尔兰的保卫者；华盛顿[⑤]，美利坚合众国的缔造者；马宁[⑥]，意大利爱国志士；林肯[⑦]，倒在了一位奴隶制维护者的枪弹下；最后，绞刑架上的约翰·布朗[⑧]，他为黑人解放牺牲了生命，这幅画很像维克托·雨果用铅笔描绘的可怕

---

① 柯斯丘什科（1746—1817），波兰民族解放运动领导人之一。
② 博察里斯（1788—1823），希腊独立战争初期的重要领导人。
③ 列奥尼达（？—公元前480），古斯巴达国王。
④ 奥康瑙尔（1794—1855），英国宪章运动领袖之一，早年曾参加爱尔兰独立运动。
⑤ 华盛顿（1732—1799），美利坚合众国奠基人，第一任总统。
⑥ 马宁（1804—1857），意大利律师和爱国人士，威尼斯复兴运动领袖。
⑦ 林肯（1809—1865），美国第16任总统。
⑧ 约翰·布朗（1800—1859），美国奴隶制度废除论者，因号召奴隶们拿起武器而被处以绞刑。

情景。

这些英魂和内摩船长的内心世界有什么联系呢？我能否从这一群肖像中最终找到船长生活的秘密呢？他是不是被压迫人民的捍卫者，被奴役种族的解放者？他曾是本世纪最近的政治或社会动荡中的一位重要人物吗？他是那场可悲而又永远光荣的、激烈的美洲战争中的一位英雄吗？

突然，时钟敲响八点。钟锤敲打金属铃发出的第一声把我从沉思中惊醒。我浑身颤抖，好像有一只无形的眼睛能看透我内心深处的秘密，我赶紧走出船长的房间。

回到客厅里，我的目光停留在罗盘上。我们一直向北航行。测程仪告诉我，船正以中等速度行驶。压力计表明船位于六十英尺左右深的水层。因此，情况对执行加拿大人的计划有利。

我回到自己的房间里，套上下海靴，戴上水獭帽，穿上带海豹皮里子的足丝外套，十分暖和。我作好了准备，等待出发的时刻到来。船上一片沉寂，只有螺旋桨低微的颤动声。我侧耳细听。有没有人大叫大喊？是不是内德·兰的逃跑计划突然被人发觉？我惶恐不安。我试图冷静下来，却控制不了自己的情绪。

九点差几分，我把耳朵贴近船长的房门。里面没有声音。我离开卧室，回到客厅。客厅里半明半暗，但是空无一人。

我打开通向图书室的门。图书室内同样是灯火黯然，寂静无声。我走过去，站在对着中央楼梯间的门旁边，等候内德·兰发出信号。

正在这时，螺旋桨的颤动声明显减弱，然后完全停止了。为什么"鹦鹉螺"号的状况发生这样的变化呢？这次停船是有利于还是阻碍了实现内德·兰的计划，我说不上来。

寂静中，只听到我的心脏猛烈跳动发出的怦怦的声音。

突然，我感到船体轻微地碰撞了一下。我明白，"鹦鹉螺"号刚在海底停住。我更加忐忑不安了。加拿大人的信号迟迟不来。我很想去找内德·兰，劝他推迟行动。我感觉到，我们的航行不再处于正常状态。

　　这时，客厅的门打开了，内摩船长走进来。他见到我，开门见山又和蔼可亲地对我说：

　　"啊！教授先生，我正找您呢。您了解西班牙历史吗？"

　　即使是非常熟悉本国历史的人，如果处在我当时的情况下，心慌意乱，失魂落魄，也说不出一句话来。

　　"怎么啦？"内摩船长接着说，"您听到我的问题了吗？您了解西班牙历史吗？"

　　"我了解得很少。"我回答。

　　"学者们就是这个样子，"船长说，"他们不了解历史。那么，请坐，我给您讲述西班牙历史上一段奇特的插曲。"

　　船长躺在一张长沙发上，我身不由己地坐到他身旁，室内光线微弱。

　　"教授先生，"他对我说，"请仔细听我说。从某个方面来说，您会对这段历史感兴趣的，因为它将回答一个您大概尚未找到答案的问题。"

　　"船长，我听您说。"我说。我不知道和我交谈的人到底想干什么，我问自己，这个插曲会不会和我们的逃跑计划有关。

　　"教授先生，"内摩船长接着说，"如果您乐意，我们将从一七〇二年讲起。您不会不知道，那时候，你们的国王路易十六以为专制君主的一个手势就可以使比利牛斯山缩回地下。他把孙子安儒公爵强加在西班牙人头上。这位亲王就是菲利浦五世，他统治得不高明，在国外遇到了强敌。

　　"实际上，前一年，荷兰、奥地利和英国王室在海牙签订了一个同盟条约，目的是要摘下菲利浦五世的王冠，把它戴在一位奥地利大公头上，他们过早地称这位大公为查理三世。

　　"西班牙必须与这个同盟作斗争，可是，它几乎没有士兵和水手。不过，只要满载美洲金银的帆船能够进入港口，它就不缺金钱。一七〇二年底，西班牙正在等待一支富有的船队到来。法国派遣二十三艘军舰护送这支船队，舰队由德夏多·雷诺元帅指挥。当时，盟国的舰只正在大西洋上游弋。

　　"船队本应开赴加的斯港。雷诺元帅得知英国舰队正在这一带巡航，决定返回法国港口。

"船队的西班牙船长们反对这个决定。他们要去西班牙港口，如果不能去加的斯港，那就去维哥湾。维哥湾位于西班牙西北部海岸，没有被封锁。

"德夏多·雷诺元帅态度不坚决，听从船长们的要求，船队进入维哥湾。

"可惜维哥湾是一个完全无法防守的敞开锚地。因此，船队必须赶在盟国舰队到达之前卸下金银。若不是突然出现了不该出现的争权夺利问题，他们有足够的时间卸货。"

"您听清楚这一连串事件了吗？"内摩船长问我。

"完全听清楚了。"我说。我仍然不知道他为什么要给我上这堂历史课。

"我继续说。情况是这样的：加的斯港的商人们享有一种特权，一切来自西印度群岛的货物都应由他们接收。把帆船上的金银卸在维哥港，就是侵犯他们的权利。因此，他们向马德里告状。软弱的菲利浦五世答应让船队停在维哥湾，封存货物不卸，一直等到敌人的舰队离去。

"可是，当西班牙决定这样做时，英国舰队于一七〇二年十月二十二日到达维哥湾。尽管力量单薄，但德夏多·雷诺元帅仍然英勇奋战。眼看船队财富马上就要落入敌人之手，他放火烧毁并凿沉了这些帆船，船上的大量财宝也一起沉入海底。"

内摩船长停住不说了。我承认，仍然不知道这段历史有什么地方可以吸引我。

"那么？"我问他。

"那么，阿罗纳克斯先生，"内摩船长回答我，"我们现在就在维哥湾，能不能弄清这件事的秘密全看您了。"

船长站起来，请我跟他走。我已经恢复平静，跟着他走。客厅里一片黑暗，但是，透明的玻璃窗外，海水闪闪发光。我注意看着。

在"鹦鹉螺"号周围半海里范围内，海水好像浸泡在电光中，海底沙地清楚而明亮。几名船员身穿潜水服，正在变黑的沉船残骸之间清理半腐

元帅放火烧毁并凿沉这些帆船。

烂的木桶和裂开的木箱。一块块金锭和银锭从木桶和木箱里掉出来，无数的钱币和珠宝瀑布般地往外流，把沙地盖满。然后，船员们带着珍贵的战利品回到"鹦鹉螺"号。他们放下身上的包袱，又去打捞那取之不尽的金银财宝。

我明白了。一七〇二年的那一场战斗就发生在这里，为西班牙政府运送金银财宝的帆船就沉没在这里。还是在这里，内摩船长根据自己的需要，把千百万金银装上"鹦鹉螺"号。美洲为他，为他一个人，献出了自己的贵金属。他是从印卡①那里，从费迪南·科尔特斯②的手下败将那里夺来的那些珍宝的直接继承人，唯一继承人！

"教授先生，"他微笑着问我，"过去，您是否知道海里有这么多财富？"

"过去我听说，有人估计海水中含有的银有二百万吨。"我回答。

"不错，可是，提炼这些银子所需的费用也许会超过所得利润。这里就不必了，我只需把别人丢失的东西拾起来。不仅在维哥湾如此，而且在无数海难事件地点都如此。我把这些地点都标在海底地图上。现在，您是否明白我为什么是亿万富翁了吗？"

"明白了，船长。不过，请允许我告诉您，您正好开发利用了维哥湾，比一家与您竞争的公司抢先了一步。"

"什么公司？"

"有一家公司得到西班牙政府特许，要来寻找沉没的帆船。巨大的利润诱惑着公司的股东们，据估计，这些沉没的财富价值高达五亿！"

"五亿！"内摩船长回答我，"原来值五亿，现在已经没有这么多了。"

"是的，"我说，"因此，向股东们发出善意的劝告等于做一件好事。不过，谁知他们会不会接受劝告呢？通常情况下，赌徒们悔恨的，主要不是损失金钱，而是过高希望的破灭。总之，我可怜的不是那些赌徒，而是成千

① 印卡，美洲发现初期，秘鲁歧楚阿帝国君主的名字。
② 费迪南·科尔特斯，侵略墨西哥的西班牙殖民者。

上万的不幸之人。如果这么多财富公平地分给他们，一定会对他们有所帮助。可是，这些财富永远都不会给他们带来好处！"

我刚说完这句话，就发现它大概刺伤了内摩船长。

"对他们没有好处！"他怒气冲冲地说，"先生，您是否认为因为得到财富的是我，这些财富就完蛋了？您是否认为我辛辛苦苦打捞财宝是为了自己？谁告诉您我不会好好使用它们？您以为我不知道地球上有受苦人，有被压迫种族，有可怜人要帮助，有受害人要复仇吗？难道您不理解？……"

说到这里，内摩船长不说了，也许他后悔说得太多了。但是，我猜到了。不管是什么动机促使他到海底来寻求独立自主，他首先仍然是一个人！他的心仍然为人类的痛苦急速地跳动着，他大量施舍，帮助个人，也帮助被奴役的种族！

我明白了，"鹦鹉螺"号航行在起义中的克里特岛附近时，内摩船长把价值几百万的金子给了谁！

Chapter 9
消失的陆地

第二天，二月十九日早晨，我看见加拿大人走进我的房间，我正在等他。他的神色非常沮丧。

"先生，怎么回事？"他问我。

"唉，内德，昨天我们运气不好。"

"就是！我们正准备离开他的船，该死的船长把船停下了。"

"是的，内德，他有事找他的银行经理。"

"他的银行经理！"

"更确切地说，是他的银行。我说的银行就是这大海，他把财产放在这里，比放在国家的金库里更安全。"

于是，我把头一天夜里发生的事情告诉加拿大人，暗暗希望他回心转意，不要离开船长。可是，我的讲述只产生了一个结果，那就是内德因未能去维哥战场走一趟而感到极大的遗憾。

"算了，"他说，"好在不是一切都完了！仅仅是一叉落了空！下一次我们一定会成功的，必要时，今晚就……"

"'鹦鹉螺'号朝什么方向航行？"我问。

"我不知道。"内德回答。

"好吧！中午我们会知道方位的。"

加拿大人回到孔塞耶那儿去了。我穿好衣服，来到客厅。罗盘不能令我放心，它告诉我"鹦鹉螺"号朝西南偏南方向行驶，我们正背对欧洲航行。

我焦急地等待船员把方位标到地图上。将近十一点半时，水箱的水排空了，船浮上海面。我奔向甲板，内德·兰比我先到那里。

一眼望去，望不到任何陆地，只见一片汪洋大海。天边有几片风帆，这些船大概是去圣罗克角等待顺风，以便绕过好望角。天空乌云密布，马上就要起风了。

内德怒容满面，试图望穿远处的浓雾。他仍然希望这浓雾后面是他渴望的陆地。

中午，太阳露出了一会儿笑脸。大副利用这短暂的晴朗，测量太阳的高度。过了一会儿，海面更加波涛汹涌，我们走下甲板，盖板又关上了。

一小时后，我去查看地图，我看到上面标着"鹦鹉螺"号的位置是西经十六度十七分、南纬三十三度二十二分，离最近的海岸有一百五十里。这里无法逃跑。您可以想象到，当我把我们的处境告诉加拿大人时，他是多么气愤。

至于我，并不十分伤心。我感到自己好像卸下了压得喘不过气来的包袱，我可以比较安宁地继续干我的日常工作。

晚上，将近十一点，内摩船长突然来访。他非常亲切地问我，前一天熬夜是否感到疲劳，我说我不累。

"那么，阿罗纳克斯先生，我建议您去作一次奇特的旅行。"

"请说吧，船长。"

"您只是在白天，在阳光下，游览过海底。您是否想在黑夜里去看看海底？"

"非常乐意去。"

"我事先告诉您，这次游览很累人，要走很长时间，要爬一座山，路不大好走。"

"船长，听您这么一说，我更加好奇了。我已经作好准备跟您去。"

"那么，教授先生，请过来吧，咱们去穿潜水服。"

来到衣帽间后，我发现，无论是我的同伴，还是船员，这一次他们都不跟我们去。内摩船长甚至没有建议我带内德或孔塞耶去。

过了一会儿，我们穿好潜水服。有人把装满空气的呼吸器放到我们背上，但是没有人给我们准备电光灯。我向船长提出这个问题。

"灯对我们没有用处。"他回答。

我以为自己没有听清楚。可是，我不能再提这个问题，因为船长的头已经套进金属球帽。我穿戴完毕，感到有人往我手里塞一根包铁头的棍子。经过和前几次一样的操作过程，几分钟后，我们就站立在大西洋底，水深三百米。

这时快到午夜了，海水一片漆黑。内摩船长指给我看远处一个浅红色点，好像是一大团微光，离"鹦鹉螺"号约两海里。这火光是什么，什么物质供给它能源，为什么它能在水中发光，怎么发光，这一切我都说不上来。不管怎样，它照亮了我们。当然，光线很弱。不过，我很快就适应这种独特的黑暗环境了。我明白，在这种情况下，伦可夫灯没有用处。

我和内摩船长紧挨在一起，直接朝着所指的火光方向走去。平坦的地面缓缓升高。我们拄着拐杖，大步向前走。但是，总的来说，我们走得很慢，因为我们的脚经常踩在夹杂着海藻和扁平石块的淤泥中。

一路上，我听到头顶上方有一种轻微的爆裂声。有时这种声音大大增强，变成一种持续不断的噼噼啪啪声。不久，我明白这是什么原因了。这是雨水猛烈地落在海面上发出的响声。我本能地想到自己要被淋湿了！在水里，在水中间，被淋湿！出现这种古怪的想法，我不禁笑出来。不过，说实在的，穿着那厚厚的潜水服，我感觉不到自己在水里，只是以为自己在比陆上大气密度稍大一些的环境中。

走了半小时后，地面变得多石了。水母、微小甲壳动物、海鳃发出微弱的磷光，把地面稍稍照亮。我隐约看到一堆堆石块，上面布满千百万植形动物和一团团海藻。我的脚时常在这些发黏的海藻地毯上打滑。要是没有那包铁头的拐杖，我肯定会不止一次地滑倒了。我回过头来，还能看到"鹦鹉螺"号微白色的船灯。由于距离远，灯光开始变得暗淡。

我刚才谈到的石堆按照一定的规律排列在海底，我无法解释这是为什么。我瞧见一道道巨大的沟，一直延伸到远处的黑暗中，其长度无法估量。还有其他一些特殊情况，我也无法理解。我那沉重的铅质鞋底好像踩在一层骸骨上，发出干巴巴的折断声。那么，我们脚下的大平原到底是什么呢？我很想询问内摩船长。他的伙伴们跟他到海底游览时，他可以使用手势语言和他们交谈。可是对我来说，这种语言依然令人费解。

这时，给我们引路的淡红色火光越来越亮，把地平线照得通红。水下存在这样的光源，我感到十分惊奇。是不是出现了某种电光射流？我是不是正走向地球上学者们尚不知晓的一种自然现象？我头脑中闪过一个念头：人手是否参与了这一火光现象？这只手是否在扇旺这堆火？在这深水层中，我会不会遇见内摩船长的同伴和朋友？也许这些人和他一样过着奇特的生活，他要去拜访他们。我会不会在那儿发现一群流亡者？也许这些人对陆上的贫困感到厌倦，到海底来寻找独立自主，他们找到了。这些古怪的、令人无法接受的想法萦绕在我脑际。有了这种思想状态，加上不断出现在我眼前的一系列神奇景象，使我过度兴奋。即使在这海底见到内摩船长渴望的海底城市，我也不会感到惊讶！

我们的道路变得越来越亮。白色的光线从一座高约八百英尺的山顶上射向四面八方。但是，我看到的仅仅是清澈海水反射出的普通反光。光源，这种无法解释的光线的源泉，在背面山坡上。

内摩船长毫不犹豫地走在大西洋底排列成行的石头迷宫之间。他熟悉这阴暗的道路。他可能走过多次，不会迷路。我相信他，坚定地跟着他走。在我眼中，他好像是大海中的一位神灵。他走在我前面时，我钦佩地看着他那高大的身材，远处光亮的背景上清晰地映出他那黑色的身躯。

夜间一点钟。我们来到山脚下。但是，要爬上山坡，必须冒险穿过一大片矮树林中难走的小路。

是啊！这是一片死树丛，没有树叶，没有树浆，只是一些在海水作用下矿化了的树，几棵巨大的松树耸立其间。它们好像是依然直立的煤矿，根部固定在塌陷的地面上，枝条在顶部海水中清晰地显露出来，很像精美的黑色剪纸。这情景与哈次山[1]森林相似，树木生长在山坡上，不过，这里是被海水淹没的森林。小路上堆满海藻和墨角藻，藻类之间有一大群甲壳动物在爬动。我攀上一块块石头，跨过一根根躺倒在地的树干，扯断两树之间摆动的海藤，惊走树枝之间飞快游动的鱼类。就这样，我向前走着，周围的一切吸引着我，我不再感到疲劳。我紧跟着不知疲倦的向导。

多么迷人的景象！我该怎么描绘呢？怎么描绘这树林、这岩石在海水中的情景呢？它们下部阴暗且张牙舞爪。上部呢？海水的反射能力使光线强度增加，光线照亮上部，上部呈现红色。我们攀石而上，一大片一大片石块随即崩塌，发出沉闷的泥石流隆隆声。左右两边是望不到尽头的黑暗长廊。这儿有几块宽阔的林中空地，好像是人手整理过的。有时我问自己，这一带海底的某位居民会不会突然出现在我眼前。

可是，内摩船长一直往上走。我不甘落后，大胆地跟着他。拐杖帮了我大忙。在深渊两侧凿出来的这些狭窄通道上，踩空一步是非常危险的。不过，我走得很隐，没有感到头晕眼花。一会儿，我跳过一条裂缝，裂缝很深，如果是在陆上冰川中间，我也许会后退；一会儿，我冒险踩着横躺在两个深渊之间、摇摇晃晃的树干行走，不看脚下，只欣赏这个地区的原始景色。那儿有几块巨大的岩石，它们向形状不规则的底部倾斜，好像在嘲弄平衡定律。在岩石的膝状凸出点之间生长着一些树木，好像是巨大压力下喷出的水流，它们互相支撑着。接着又有一些天然塔楼，一些宽阔的墙面。墙修整得笔直，好像碉堡之间的护墙。塔楼和墙的倾斜角度很大，按照万有引力定律，陆上的地面建筑物不允许有这么大的倾斜角度。

海水密度大，人在海水中和在陆地上感觉不同，我自己不是也体会到这一点了吗？身上有沉重的衣服，头上有铜球，脚下有金属鞋底，我却能攀登极其陡峭的山坡，简直可以说是像岩羚羊一样轻松地爬上山坡！

---

① 哈次山，位于德国，山上多森林、草地。

我叙述这次海底游览，清楚地意识到别人不会相信！我记述的东西表面看来是不可能的，然而它们是真实的、不容置疑的。我丝毫没有胡思乱想。我亲眼看到了，亲身感觉到了！

离开"鹦鹉螺"号两小时后，我们已经穿过树林苷。山峰耸立在我们头顶上方一百英尺的地方，山峰的影子投在光辐射照亮的背面山坡上。几棵石化小树歪歪扭扭地。一大群鱼儿在我们脚下跃起，好像高草丛中惊起的飞鸟。石堆上挖成一个个无法进入的凹陷处、深不见底的石窟和无法探测的岩洞，我听到里面有可怕的东西在乱动。当我看到一个巨大的触角挡住去路，或者某个可怕的鳌钳在黑洞中合拢咯咯作响时，我的血液几乎停止了流动！成千上万个亮点在黑暗口闪闪发光。那是躲在洞穴中巨大的甲壳动物露出的眼睛。巨型龙虾像持戟步兵一样直立起来，舞动爪子，发出铁器相撞的叮当声；大得出奇的海蟹活像安放在支架上的大炮瞄准敌人；令人生畏的章鱼交错着触手，好像乱糟糟的一堆活蛇。

这个我尚不了解的异常世界到底是什么？这些节肢动物属于哪一目？岩石似乎是它们的第二层甲壳。大自然从什么地方发现了它们的植物性生活这个秘密？几个世纪以来，它们一直这样生活在海底水层吗？

可是，我不能停下来。内摩船长熟悉这些可怕的动物，已经不提防它们了。我们来到第一个台地，这里还有许多惊奇的事物在等待着我。这里的废墟景色如画，说明它们并非出自造物主之手，而是人类亲手建造。这一大堆一大堆的岩石里可以隐约辨认出城堡和寺庙的形状，上面覆盖着许多鲜花般的植形动物，岩石堆那厚厚的植物外套不是用常青藤织成的，而是由海藻和墨角藻形成的。

地球上由于地壳激变而淹没的这一部分究竟是什么？是谁把岩石和石块堆成史前时期的石桌坟形状？我到底在什么地方？内摩船长心血来潮，把我带到什么地方来了？

我本想问问他，但是无法问。于是，我拦住他，抓住他的胳膊。可是他呢，他摇摇头，指指最后一座山峰，好像在对我说："走吧！再往前走！一直往前走！"

我使出最后一股冲劲，跟着他走。几分钟后，我登上了峰顶。峰顶高出整个大石堆十来米。

我向我们刚走过的一侧望去，山高出平原不过七百至八百英尺。但是在另一侧，从这一部分大西洋底到峰顶的距离是上面所说高度的两倍。我举目远眺，一大片明亮的闪光空间映入眼帘。实际上，这山是一座火山。在离峰顶五十英尺的地方，在雨滴般的石块和岩渣中间，一个宽大的火山口喷射出大量熔岩，熔岩像火红的瀑布，流入海水中。由于火山口位于这个地方，它像一个大火炬，照亮山下平原，一直照到天边。

我说过，海底火山口喷出的是熔岩，而不是火焰。有氧气才能有火焰，在水下，火焰无法燃烧。但是，熔岩流本身就有白热源，可以达到白热程度，可以制伏海水，一接触到海水就产生蒸汽。急流把扩散中的气体带走，熔岩一直流到山脚下，好像维苏威火山①的喷出物落在另一个托雷—德尔格雷科城②上。

我的眼前果然出现了一座遭破坏的城市。这座城市已遭毁坏，倒塌了，成了废墟。房顶压塌，寺庙倒塌，柱廊散架，支柱倒地，人们仍然可以看到托斯卡纳建筑风格在这里占重要地位。稍远一点，有一条巨大水渠的残迹。这儿是一座古卫城臃肿的加高部分，好像是漂浮的帕特农神庙③。那儿是码头的遗迹，好像某个古代海港在一个消失的海洋岸边供商船和战船停泊。更远一些，有一道道倒塌的围墙、一条条宽阔荒凉的街道，好像是整个淹没在水中的庞贝④城，内摩船长使它重新出现在我眼前！

我在什么地方？究竟在什么地方？我不顾一切地想找到答案，我想说

---

① 维苏威火山，欧洲大陆唯一的活火山，位于意大利南部那不勒斯东南十公里处。
② 托雷—德尔格雷科，意大利城市，位于维苏威火山西南麓，临那不勒斯湾。
③ 帕特农神庙，古希腊雅典城邦的女守护神雅典娜·帕特农的神庙。
④ 庞贝，意大利古城，位于那不勒斯附近。

话，想摘去套在头上的铜球。

可是，内摩船长来到我面前，用手势制止我。然后，他拾起一块白垩石，向着一块黑色玄武岩走去，写下这一个词：

"大西洋洲①。"

我突然想起来了！大西洋城，就是泰奥彭波斯②所说的古梅罗皮德，柏拉图③所说的大西洋洲。奥利金④、波菲利⑤、扬布里克⑥、昂维尔⑦、马尔特—布戎⑧、洪堡⑨否认这块陆地存在，认为它的消失纯属神话故事。波塞多尼奥斯⑩、普林尼、阿米阿努斯·马尔切利⑪、德尔图良⑫、恩格尔、谢乐⑬、图尔纳福尔⑭、布丰⑮、阿韦扎克⑯承认这块陆地存在。它就在我眼前，上面还有不容置疑的灾难证据！因此，这个淹没的地区不在欧洲、亚洲、利比亚，它在海格立斯擎天柱⑰之外，那儿生活着强大的大西洋民族，古希腊最初发动的战争就是针对他们的！

把这英雄时代的丰功伟绩写进作品的历史学家就是柏拉图本人。他那《狄美和克利斯提亚斯谈话录》可以说是受到诗人和立法家梭伦⑱的启示

---

① 大西洋洲，传说中曾经存在过的一块陆地，位于大西洋中，直布罗陀海峡以西。
② 泰奥彭波斯，公元前4世纪希腊演说家和历史学家。
③ 柏拉图（公元前428—前347），古希腊哲学家。
④ 奥利金（约185—254），罗马帝国基督教神学家，教父哲学的主要代表之一。
⑤ 波菲利（约233—305），古罗马唯心主义哲学家。
⑥ 扬布里克（250—330），新柏拉图学派哲学家。
⑦ 昂维尔（1697—1782），法国地理学家。
⑧ 马尔特—布戎（1775—1826），法国丹麦裔新闻记者和地理作家。
⑨ 洪堡（1769—1859），德国自然科学家，地理学家。
⑩ 波塞多尼奥斯（约公元前135—前50），古代历史学家和斯多葛派哲学家。
⑪ 阿米阿努斯·马尔切利（约330—400），罗马最后一位大史学家。
⑫ 德尔图良（约150—222），基督教教父之一。
⑬ 谢乐（1815—1889），法国批评家。
⑭ 图尔纳福尔（1656—1708），法国植物学家和医生，系统植物学的先驱。
⑮ 布丰（1707—1788），法国生物学家和作家。
⑯ 阿韦扎克（1800—1875），法国学者，历史地理学家。
⑰ 海格立斯擎天柱，指直布罗陀海峡两岸的两座山。
⑱ 梭伦（约公元前638—前559），古雅典政治改革家和诗人，传为古希腊"七贤"之一。

而写成的。

一天，梭伦和塞斯①城几位圣贤老人交谈。根据城中寺庙圣墙上所刻的编年史，这座城市已有八百年历史了。其中一位老人讲述了另一座城市的故事，它比塞斯城古老一千年。这个雅典最早的城邦已有九万岁，曾遭大西洋人入侵，城市一部分被破坏。他说，这些大西洋人占有一块辽阔的陆地，这陆地的面积超过非洲和亚洲的面积之和，它从北纬十二度一直延伸到四十度。大西洋人的统治甚至扩展到埃及。他们企图把统治范围一直扩大到希腊。但是，由于希腊人民不屈不挠，英勇抵抗，他们不得不退却。几个世纪过去了，地壳激变，有洪水，又有地震。一夜间大西洋洲就消失了，只有马德拉、亚速尔、加那利、佛得角群岛②仍然露出水面。

内摩船长写在岩石上的那个词，使我想起了历史上有关的许多记载。奇特的命运把我引到这里，我的脚踩在该陆地的一座高山上！我的手摸着十万年前地质时期的遗址！我走在人类最早的祖先走过的地方！我那笨重的鞋底踩碎传说中时代的动物骨骸，现已矿化了的树木曾为这些动物挡住阳光。

啊！为什么我没有充足的时间呢？我真想沿着陡峭的山坡走下去，走遍这辽阔的陆地，这块很可能把非洲和美洲连接起来的陆地，我也想参观这些挪亚时代大洪水之前的伟大城邦。到了那儿，好战的马基摩斯城和虔诚的优西贝斯城也许就会出现在我眼前。它们身材高大的居民生活了整整几个世纪，他们有足够的力量堆砌这些至今仍未受海水腐蚀的岩石。也许有一天，某种火山喷发现象会把这些淹没的废墟送回水面！人们知道这一带海底有许多火山，不少船只驶过这不平静的海底上方时，都有不同寻常的震感。有些船只听到沉闷的响声，这表明海底各种自然力之间将展开斗争。另一些船只收集到抛出海面的火山岩灰。从这里到赤道，整个地面仍然受到冥王普路托的烦扰。有谁能知道，在遥远的将来，由于火山喷出物和一层层熔岩积累，火山顶峰会不会露出大西洋水面！

① 塞斯，埃及西部古城。
② 马德拉、亚速尔、加那利、佛得角群岛，现在均为大西洋上的群岛。

　　我这样思索着，努力把这壮观景色的每一个细节装进脑海。这时，内摩船长把臂肘支在一块长满苔藓的石碑上，一动也不动，好像在默默观赏，看得出了神。他是否正想着那一代代消失了的人，是否在询问他们有关人类命运的秘密？这个古怪的人不愿过现代生活，是不是常来这个地方回忆历史，重温古代生活？我多么想了解他在想什么，分担他的忧愁，理解他的想法！

　　我们在这个地方停留了整整一小时，凝视着那熔岩照亮的大平原，有时熔岩亮得惊人。地球内部的沸腾使山壳各个部分迅速抖动。低沉的声音，显然是由于海水传送，产生了洪亮的回响。

　　这时，月亮穿过海水出现了片刻，几道淡淡的月光照在淹没的陆地上。这仅仅是一种微弱的光线，却产生了无法描绘的效果。船长站起来，向这辽阔的平原看了最后一眼，然后做了一个手势，要我跟他走。

　　我们很快走下山岭。过了矿化森林，我就看到"鹦鹉螺"号的船灯，它像一颗星星在闪耀。船长径直向船灯走去，最初几缕晨曦染白海面时，我们已经回到船上。

Chapter 10
海底煤矿

翌日，二月二十日，我很晚才醒来。劳累了一夜，我睡得沉沉的，一觉醒来已是十一点了。我赶紧穿好衣服，急于想知道"鹦鹉螺"号的行驶方向。仪器向我显示，它仍在向南航行，位于水下一百米，时速二十海里。

孔塞耶进来了。我给他叙述了我们夜游大西洋洲的经过。窗板开着，因此，他仍能依稀看见这个沉没于海底的陆地的一部分。

的确，"鹦鹉螺"号正贴着大西洋平原航行，离海底只有十米。它犹如一只气球，被风驱赶着在草原上空飞驰而过，但是，把我们所在的客厅比做特快列车的一节车厢，也许更名副其实。从我们面前闪过的近景，是一块块奇形怪状的岩石，一片片从植物界转入动物界的树林，它们静止不动的身影在波涛下面挤眉弄眼地做着鬼脸。还有一堆堆石头，覆盖着厚厚的一层阿蟹和海葵，矗立着一根根长长的水草，还有一块块形状奇异的熔岩石，证明了心火的扩张是何等猛烈。

这些光怪陆离的景象在我们的电灯光下闪闪烁烁，我则向孔塞耶讲述大西洋人的历史，他们曾激发了巴伊①的想象力，使他写下了多少美妙的篇章。我给他讲这些英勇人民的战争，我以不再怀疑的口气来讨论大西洋城的问题。可孔塞耶心不在焉，几乎没有听我说话。他对探讨这一历史问题为何

---

① 巴伊（1736—1793），法国天文学家和政治家。

不感兴趣，我很快就找到了答案。

原来，他的注意力被数不胜数的鱼儿吸引过去了。当那些鱼经过时，孔塞耶就被卷进鱼类分类学的深渊中，脱离了现实的世界。在这种情况下，我只有跟着他，同他一起投入鱼类学的研究中。

其实，大西洋的这些鱼同我们至今观察到的鱼相比，没有明显的区别。有巨大的鳐鱼，身长五米，力气很大，可以跃出海面。有各种各样的角鲨，其中有一种海蓝色的角鲨长十五英尺，牙齿呈三角形，尖利异常，那透明的蓝色躯体与海水的颜色几乎混为一体；褐色的小角鲨；棱柱形的覆盖着结节的多刺鲨鱼。还有鲟鱼，和它们地中海的同类十分相似；管状海龙，长一英尺半，体呈黄褐色，长着灰色的小鳍，没有牙齿，也没有舌头，像蛇一样纤细灵活，在水中鱼贯而过。

在硬骨鱼类中，孔塞耶注意到有淡黑色的金枪鱼，体长三米，上颚武装着一把利剑；有颜色鲜明的龙腾，在亚里士多德时代叫做海龙，背鳍上有利刺，捕捉起来非常危险；有鲯鳅，脊背呈褐色，相间着蓝色的小条纹，有一圈金色的边饰；有美丽的鲷鱼；还有月形金口螺鱼，犹如闪烁着蓝光的圆盘，在阳光照耀下，好似一个个银色的斑点；最后是箭鱼，身长八米，结群而行，长着形同镰刀的淡黄色的鳍和六英尺长的利剑，这些勇敢顽强的动物，与其说食小鱼，不如说食草，雌箭鱼稍微发出信号，雄箭鱼便立即服从，就像是训练有素的丈夫。

不过，我在观察海洋动物的这些不同品种时，仍不忘注视大西洋洲的浩瀚平原。有时地面崎岖不平，"鹦鹉螺"号被迫放慢速度，于是，它像一条鲸鱼，轻巧地钻入狭窄的峡谷中。如果迷宫般的峡谷变得扑朔迷离，它就像一只气球浮上来，越过障碍后，又潜入到离海底几米的深度，恢复原速前进。这真是一次引人入胜的海底航行，它使人联想到乘气球遨游天空，唯有一点不同，那就是"鹦鹉螺"号被动地服从舵手的操纵。

我们掠过的海底一般来说是厚厚一层杂有矿化树枝的淤泥，但在下午四点左右，地面渐见变化，石头越来越多，似乎撒满了砾岩、玄武凝灰岩，还有熔岩石和含硫化物的黑曜石。我心想，辽阔的平原就要被山岳地带取而代之了。果然，在"鹦鹉螺"号忽左忽右的行进中，我不时依稀看见在南边的尽头矗立着一座高墙，似乎挡住了我们的去路。那高墙的巅峰显然越出大洋的水平面。这大概是一块陆地，至少是一座岛屿，也许是加那利群岛[①]的一个岛，也可能属于佛得角群岛[②]。船的方位尚未测定——也许是有意的——我不知道我们所在的位置。不管怎样，这一座高墙在我看来是大西洋洲的终端。总而言之，我们仅仅涉足了这个陆地的一小部分。

黑夜降临，我仍没停止观察。我独自滞留在客厅里。孔塞耶回他的房间去了。"鹦鹉螺"号放慢速度，在一团团模糊不清的东西上面飞来飞去，时而轻轻擦过，仿佛想在上面栖息，时而心血来潮，浮现海面。这时，我透过水晶般清澈的海水，望见几颗灿烂的星星，正是五六颗拖在猎户座末梢上的黄道星宿。

我在玻璃窗前流连忘返，可能又待了很久很久，欣赏着大海和天空的美丽景色，直到窗板合上。此时，"鹦鹉螺"号已来到那座高墙脚下。我无法猜测它将如何面对这座高墙。我回房去了。"鹦鹉螺"号已停止前进。我带着小睡几小时就醒来的坚定意愿，进入了梦乡。

可是，第二天我来到客厅时，已是八点了。我看了看压力计，得知"鹦鹉螺"号漂浮在洋面上。此外，我听见甲板上有脚步声。可是没有任何晃动表明海面上有海浪在波动。

我从楼梯爬到盖板口。盖板开着。但我看到的不是我所期待的大白天，而是四周一片漆黑。我们在哪里？难道我搞错了？天还没有亮？不！没有一颗星星在闪烁，夜不可能黑成这个样子。

我不知道该想什么，这时，我听到有个声音对我说：

"是您吗，教授先生？"

"啊！内摩船长，"我回答，"我们在哪里？"

---

① 加那利群岛是北大西洋东部火山群岛，东距非洲西海岸约130公里。
② 佛得角群岛位于北大西洋东南部，东距非洲大陆最西端515公里。

"在地下，教授先生。"

"地下！"我叫了起来，"'鹦鹉螺'号不是还浮在水面上吗？"

"一直浮在水上。"

"那我就不明白了。"

"待会儿您会明白的。船灯马上就点亮。如果您想弄明情况，您会得到满足的。"

我走上甲板，等待船灯点亮。甲板上漆黑一团，我甚至看不见内摩船长。但是，当我仰望天空，就在我的头顶上，我似乎看见一道若隐若现的微光，一种在圆形洞穴里才有的朦胧光线。这时船灯突然亮了，散发出强烈的光芒，使那微光黯然失色。

光束照得我眼花缭乱，我闭上眼睛。闭了一会儿，我睁开眼来环视四周。"鹦鹉螺"号静止不动，它浮在水面上，紧挨着一个陡坡，好像是用做码头的。"鹦鹉螺"号现在停泊的海面，是一个圆形的湖泊，四周高墙矗立，直径为二海里，也就是周长六海里。压力计显示的水平面与墙外面的水平面相等，因此这个湖必定同外面的大海相通。高大的内壁向根部倾斜，上端呈圆形穹，酷似一个倒放的漏斗，高度有五六百米。顶端是一个圆孔，我刚才发现的那个微光就是从这孔里射进来的，显然是白昼的光线。

我没有时间仔细观察这巨洞的内部布局，也没有细想这是大自然还是人工的杰作，就走到内摩船长跟前。

"我们在哪里？"我问。

"在一座死火山的中心，"船长回答我，"由于地面发生激变，海水侵入这座火山里面了。教授先生，在您睡觉时，'鹦鹉螺'号从一条距洋面十米深的天然通道驶进了这个潟湖中。这里是湖中的港口，是一个安全、方便、神秘的港口，任何方向的风都吹不进来。在你们陆地或岛屿的海岸上，您能找到一个能与之相匹敌的安全可靠的避风港吗？"

"的确，"我回答，"您在这里很安全，内摩船长，您在火山的中心，谁能伤害您呢？不过，在那顶上，我不是看见有一个口吗？"

"不错，那是喷火口，从前那里岩浆四溅，烟雾弥漫，火光冲天，现在从那里进入适合我们呼吸的空气。"

"那么，这个火山叫什么？"我问道。

"这一带海域小岛星罗棋布，这座火山是其中之一。对船来说，这是个普通的暗礁；对我们来说，是一个巨大的山洞。我是偶然发现的，因此，可以说偶然帮了我大忙。"

"可以从这个喷火口下来吗？"

"既不能下，也不能上。这座山的内壁离地面一百英尺处是可以上下的，但是越往上，内壁就越向里突出，那斜坡是无法通过的。"

"船长，我发现大自然时时处处都在帮您的忙。您在这个湖上很安全，除了您，谁都不可能涉足此地。不过，这个避风港有什么用？'鹦鹉螺'号并不需要港口。"

"是不需要，教授先生。但它航行需要用电，发电需要元素，要产生发电的元素就要有钠，要产生钠就要有煤，而要开采煤，就要有煤矿。就在这里，海底下埋藏着一片片完整的森林，它们在地质时期就被泥沙掩埋了。现在它们已矿物化而变成了煤，对我来说，这是一个取之不尽的煤矿。"

"船长，这么说，您那些人是来这里当矿工的？"

"正是。这些煤矿就像纽卡斯尔①的煤矿，伸展在汹涌的波涛下。我的人将穿上潜水衣，拿着镐和锹，在这里采煤，我甚至从没向陆地的煤矿要过煤。当我把这些煤燃烧起来制造钠时，从这火山口里会冒出烟雾，看上去会仍像个活火山。"

"那么，我们可以看到您的同伴们采煤喽？"

"不，至少这次看不到，因为我急于继续我们的海底环球旅行。因此，我只把我储存的钠装上船。一天就够了，装完船我们继续赶路。阿罗纳克斯

①纽卡斯尔，英国著名的产煤区。

先生，如果您想看一看这山洞，绕这潟湖走一圈，那您就利用这一天吧。"

我谢过船长，就去找我那两位同伴，他们还没离开船舱。我让他们跟我走，但没告诉他们现在我们在哪里。

他们走上甲板。孔塞耶是个见怪不怪的人，他认为入睡时在海底，醒来时在一座山下，是一件很寻常的事，但内德·兰一心想弄清楚这山洞有没有出口。

饭后将近十点，我们下船来到陆岸上。

"我们又上陆地了。"孔塞耶说。

"我可不把这叫做'陆地'，"加拿大人回答说，"再说，我们不是在地上，而是在地下。"

在山脚和湖水之间有一条沙岸，最宽处达五百英尺。沿着这沙岸绕湖走一圈并不困难。但是岩壁高耸，地面崎岖不平，堆积着"秀色可餐"的火山岩石和大浮石。这些石头已经风化，在地下火的作用下，覆盖着一层光耀夺目的珐琅质，在船灯光束的照耀下发出灿烂的光辉。我们走在沙岸上，扬起一片尘土，那含有云母的尘土犹如一片火星，在空中飞扬。

越是远离滩地，地面就越明显升高。不久，我们就来到了坡道上。长长的坡道弯弯曲曲，那是名副其实的斜坡，可以从那里慢慢地往上爬，但走在砾岩中必须小心翼翼，砾岩之间没有水泥黏合，这些玻璃状的粗岩石由长石和石英晶体构成，走在上面直打滑。

在这个大山洞里，火山特征随处可见，我让我的同伴留心观察。

我问他们："当这个漏斗充满沸腾的熔岩，炽热的液体犹如火炉里的熔铁那样一直升到火山口时，你们能想象得出是什么情景吗？"

"我完全能想象得出，"孔塞耶回答，"不过，先生能不能告诉我，这个伟大的铸工为什么停止他的工作，而熔炉怎么换成了静静的湖水？"

"孔塞耶，很可能因为大洋底下发生激变，形成了一个缺口，'鹦鹉螺'号就是从这个缺口里进来的。大西洋的水冲入这座火山内，水与火经过一场鏖战，最后海王尼普顿获得全胜。从那时起，多少个世纪过去了，这个被海水淹没的火山变成了平静的岩洞。"

"很精彩，"内德·兰说，"我同意这个解释。不过，遗憾的是，教授先生讲的那个缺口没有开在海平面以上，否则，我们就要利用了。"

"可是，内德老兄，"孔塞耶反驳道，"假如这个通道不在水下面，'鹦鹉螺'号就进不来了！"

"还有，内德·兰师傅，那样水就不可能进入山里面，火山就会仍然是火山。因此，您的遗憾是多余的。"

我们继续往上爬。坡道越来越陡，越来越窄，时常被深洞切断，我们要从上面跨过去。突出的石头需要绕着走。我们时而跪着钻过去，时而匍匐而行。不过，孔塞耶轻巧敏捷，加拿大人力大无比，多亏他们，一个个困难全都克服了。

到了三十来米处，土质发生了变化，但并没有变得更好走。黑色玄武石接替了砾岩和粗面岩。玄武岩形成一块块布满气泡的熔岩席，而砾岩和粗面岩则形成一根根规则的棱柱，组成一道柱廊，支撑着这个巨大穹隆的拱底石，真是天然建筑的样本，令人叹为观止。还有，在这些玄武石之间，蜿蜒着冷却了的熔岩长流，相间着沥青条纹，随处都覆盖着大片硫黄。一道比较强烈的光线从山顶的喷火口里射进来，给这些将永远深埋在这座死火山腹中的喷出物，蒙上了一层朦胧的光辉。

然而，爬到二百五十英尺处，我们被不可逾越的障碍挡住了去路。拱穹向内伸突，我们只得放弃爬山而改成环游。在这个平面上，植物界开始同矿物界展开斗争了。在岩壁的坑洼处，冒出几株小灌木，甚至几棵大树。我发现，有一些大戟流着腐蚀性的浆汁。还有些向日草，真是名不副实，因为太阳光从来照不到这里，它们郁郁不乐地垂下一串串花朵，颜色几乎褪去，香味消失殆尽。这里和那里，在忧戚戚病恹恹的长叶芦荟脚下，战战兢兢地长着几株菊花。在凝固的熔流中间，我发现了一些细小的紫罗兰，还在发出淡淡的芬芳。我得承认，我呼吸着这股幽幽的香味，感到心旷神怡。芳香是花之灵魂，而海洋中的花，这些绚丽的水生植物，是没有灵魂的！

　　我们走到了一丛茁壮的龙血树旁，它们靠着强壮的根部，顶开岩石，从岩缝中冒出来。这时，内德·兰喊了起来：

　　"看哪，先生，一个蜂窝！"

　　"蜂窝！"我顶嘴道，还做了个手势，表示绝不相信。

　　"就是蜂窝！"加拿大人重复了一遍，"周围还有蜜蜂在嗡嗡叫哩。"

　　我走近一看，果然有个蜂窝。在一棵龙血树上有一个窟窿，洞口有成千上万只蜜蜂，这些灵巧的昆虫在加那利群岛比比皆是，它们生产的蜜在那里备受珍视。

　　自然，加拿大人想取些蜂蜜作储备，我没有理由反对他这样做。他用打火机点着了混杂有硫黄的干树叶，开始烟熏蜜蜂。蜜蜂的嗡嗡声渐渐停止，蜂窝被开膛剖肚，为我们提供了好几斤香喷喷的蜂蜜，内德·兰用它们装满了他的背囊。他对我们说：

　　"我要把这蜂蜜同面包果的粉和起来做糕点，就可以请你们吃美味可口的点心了。"

　　"当然！"孔塞耶说，"那将是香料蜜糖面包！"

　　"先放下你的香料蜜糖面包吧，"我说，"现在，我们得继续这场饶有趣味的游览。"

　　在我们走的那条小径的某些拐弯处，可以看到湖的全貌。船灯照亮整个湖面，湖面上异常宁静，没有波浪，没有涟漪。"鹦鹉螺"号纹丝不动。船员们在甲板上和湖岸上忙忙碌碌，他们的黑影清晰地显现在这明亮的环境中。

　　此时，我们绕来绕去，绕到了支撑穹隆的前列岩石的最高峰。于是，我发现，蜜蜂不是这火山内部动物界的唯一代表。一些猛禽在黑暗中盘旋飞翔，或从高栖于岩尖上的巢中跳出来，那是些白肚鹰和发出尖叫声的红隼。还有美丽而肥壮的大鸨，迈开长腿，在斜坡上飞速逃跑。请大家想象一下，当加拿大人看见这些美味猎物时，是多么垂涎欲滴，他直后悔自己没有带枪来！他试着用石头代替子弹，投了几次都没成功，最后终于打伤了一只漂亮的肥鸨。如果说他甘愿冒二十次生命危险也要把那只大鸨弄到手，那是一

他甘愿冒二十次生命危险。

点也不夸张的。他干得很出色，那只鸨终于同蜂蜜点心在他的背袋中"会师"了。

爬到这里，我们不得不往回走了，因为山脊已变得不可通行。在我们的头顶上，张着大嘴的火山口有如一个硕大无朋的井口。从我们所在的位置，可以比较清楚地看到天空，我看见被西风吹乱的云彩奔跑而过，朦胧的残片一直挂到山顶上，这充分说明那些云彩不很高，因为火山高出洋面不会超出八百英尺。

在加拿大人完成他最后的战绩之后半小时，我们回到了湖岸上。这里的植物表现为一片片海马齿草，宛若一张张地毯。那是种开伞形花的小植物，用醋泡着吃味道鲜美。它又名钻石草、穿石草、海茴。孔塞耶采了几扎。至于动物，有各种各样数不胜数的甲壳动物：龙虾、黄道蟹、瘦虾、糠虾、长脚虾、铠甲虾，还有不可胜数的贝类：宝贝、骨螺和帽贝。

在这里，有一个漂亮的岩洞。我和我的同伴们乐滋滋地躺在它的细沙地上。洞壁被火烧得像是涂了层闪光的珐琅，上面布满了云母粉屑。内德·兰摸摸洞壁，试图探测其厚度。我不禁微微一笑。于是，我们开始谈论他那日思夜想的逃跑计划，我认为可以较有把握地对他说，他的计划可望实现，因为内摩船长到南边来，仅仅是为了补充钠的储备。因此，我希望他将回到欧洲和美洲海岸，这样，加拿大人就更有把握实现至今未遂的逃跑计划了。

我们在这个迷人的岩洞里躺了一小时了。谈话起初很热烈，现在已变得没精打采。我们都想睡觉了。我觉得没有理由抵制瞌睡，就索性昏昏入睡。我梦见——做什么梦是无法选择的——我梦见我的存在变得像一个普通软体动物那样毫无生气。我感到，这个岩洞成了我的两个贝瓣……

蓦的，我被孔塞耶的叫声惊醒了。

"有危险！有危险！"这个可敬的小伙子喊道。

"什么事？"我微微抬起身子问道。

"水漫到我们身上了！"

我倏的站了起来。海水犹如激流冲进我们的藏身之地。既然我们不是软体动物，当然得赶快逃命。

不一会儿，我们爬到了岩洞顶上，也就没有危险了。

"怎么回事？"孔塞耶问道，"是新的奇观吗？"

"不是的，朋友们，"我回答道，"是海潮。不过是海潮险些袭击我们罢了，正如袭击司各特①小说中的主人公那样。外面的海水上涨，鉴于自然的平衡法则，湖面也要上升。我们洗了个坐浴罢了。回'鹦鹉螺'号去换衣服吧。"

三刻钟后，我们结束了环湖漫游，回到船上。这时候，船员们装钠的工作已经完毕，"鹦鹉螺"号即将起航。

然而，内摩船长没下命令起航。他是不是想等到天黑，再秘密地从他的海下通道出去？可能吧。

不管怎样，"鹦鹉螺"号第二天离开了它的港口，远离任何陆地，航行在大西洋波涛下几米深的水中。

---

① 司各特（1771—1832），英国小说家，历史小说的首创者。

Chapter 11
马尾藻海①

　　"鹦鹉螺"号没有改变航行方向。因此，暂时无望能重回欧洲海域。内摩船长依然让船向南行驶。他带我们去哪里？我不敢设想。

　　那一天，"鹦鹉螺"号穿越了大西洋的一个奇怪的海域。谁都知道大西洋上有一个巨大的暖流，那就是赫赫有名的湾流②。这股暖流从佛罗里达海峡流出。但在进入墨西哥湾之前，在接近北纬四十四度的地方，这股暖流一分为二，主流流向爱尔兰和挪威海岸，而支流在与亚速尔群岛同一纬度的地方折向南边，然后抵达非洲海岸，画一个长长的椭圆，又流回安的列斯群岛。

　　然而，这第二条支流——与其说支流，不如说环流——用它一个个暖流环，把大西洋这一部分冰冷、平静、安详的海域包围起来，这部分海域就称做马尾藻海。这是大西洋中一个地地道道的湖泊，大暖流环湖走一圈，所需的时间不会少于三年。

　　确切地说，马尾藻海覆盖着整个沉没的大西洋洲。某些作家甚至认为，这些散布在海上的无穷无尽的马尾藻，是从这个沉没大陆的草原上连根拔起来的。但是，另一种解释可能更有道理：这些藻类原本生长在欧洲和美洲海岸，被这股湾流卷到了这个海域。这是导致哥伦布假设存在着一个新大陆的理由之一。当这位大胆无畏的探险者的船队到达马尾藻海时，步履维艰地航

① 马尾藻海为北大西洋中较平静的椭圆形海域，散布着自由漂移的马尾藻属海藻。
② 即墨西哥湾流，通常指从佛罗里达海峡流向欧洲西北部海域的温暖海流。

行在这些海藻中。船员们看到他们的船被海草挡住去路，感到惶恐不安，他们足足耽误了三个星期才穿过去。

这就是"鹦鹉螺"号此刻巡视的海域，一个地地道道的草原，一块交织着海藻、墨角藻、马尾藻的地毯，密密集集，厚厚实实，船首要花九牛二虎之力才能冲出一条路来。因此，内摩船长不愿把他的螺旋桨插入这密集的海草中，而是让船航行在水下几米深处。

"Sargasses"①一词源自西班牙的"Sargazzo"，意即褐藻。这些褐藻，或称漂浮马尾藻，带浆果状气囊的马尾藻，是构成这个巨大草滩的主要成分。这些水生植物为何聚集在大西洋的这一平静的海域里，我们来听听《海洋自然地理》的作者、科学家莫里的解释。他说："我认为，我们对此可能作的解释，似乎可以从众所周知的一种试验中得出。如把木塞或某一漂浮物体的碎片放进一个水盆中，让盆中的水作圆形运动，就可以看到四散的碎片会集中到水面的中央，也就是最平静的地方。在我们所关注的现象中，水盆便是大西洋，环流便是那湾流，而马尾藻海就是那些漂流的物体前来集聚的中心。"

我完全赞同莫里的看法。我终于能对这个极少有船涉足的特殊海域里的这个现象进行研究了。在我们上面，在这些褐藻中间，堆积着从四面八方漂来的物体，有从安第斯山脉或落基山脉冲下来经过亚马孙河或密西西比河漂到这里的树干，有遇难船只的无数残骸、龙骨或船底的残片、船旁板，上面长满了贝壳和茗荷，沉重不堪，不可能再浮上洋面。时间将证明莫里的另一个看法也是正确的。他说，这些物质像这样积累了几个世纪，在海水的作用下渐渐变成矿物，于是将会形成取之不竭的煤矿。这是未雨绸缪的大自然为人类耗尽陆地矿藏时准备的宝贵储备物。

在这杂乱无章的马尾藻中间，我发现了许多妩媚迷人的玫瑰色八放珊瑚，拖着长长触手的海葵，绿色、红色和蓝色的水母，尤其是居维叶发现的

① "Sargasses"为法语，意思是"马尾藻"。在法语中，马尾藻海为"Mer de Sargasses"。

那种根足水母，它们淡蓝色的伞膜上有一圈紫色的边饰。

二月二十二日的整个白天都是在马尾藻海度过的。那些以海洋植物和甲壳动物为生的鱼类，在这里找到了丰富的食物。翌日，大西洋恢复了往常的面貌。

此后，在二月二十三日至三月十二日的十九天中，"鹦鹉螺"号行驶在大西洋中间，以二十四小时行四百公里的常速带着我们前进。内摩船长显然是想完成周游海底的计划，我相信，绕过合恩角，他就会考虑回到太平洋的南海域里来的。

因此，内德·兰的担心不是没有道理的。在这一望无垠的大海上，没有任何岛屿，就别再想离船逃跑。也就不再有任何办法对抗内摩船长的意愿，唯一要做的就是服从；不过，用武力或计谋不能得到的，我很想通过说服来获取。这次旅行结束后，只要我们向内摩船长发誓决不泄露他的存在，难道他会不同意还我们自由吗？我们将用名誉担保，一定履行誓言。但是，必须和内摩船长商谈这个棘手的问题。可是，我去要求释放我们，是不是合适呢？他不是一开始就正式宣布，为了不让外界知道他的秘密，要把我们永远囚禁在"鹦鹉螺"号上吗？四个月来，我缄口不提释放的事，在他看来，我不是已默认这样的处境了吗？现在又来谈这个问题，会不会引起他的疑心？如若以后真有机会逃走，会不会因为他起了疑心而使我们的计划功亏一篑呢？所有这些理由，我反复掂量，拿不定主意。我让孔塞耶帮我考虑，他也和我一样犹豫不决。总之，虽然我是不会轻易气馁的，但我明白，我重见世人的机会越来越少，尤其是此刻内摩船长正勇往直前地奔向南大西洋。

在我上面提到的十九天内，一路顺顺利利，没什么特别的事要指出。我很少看见船长。他在工作。在图书室里，我常常发现有些书翻开着，尤其是一些博物学方面的书，船长打开后没有合上。我那本关于海底的著作，他也翻阅了，页边写满了批注，有些地方是在驳斥我的理论和体系。不过，船长只满足于在书上作眉批，很少和我当面讨论。有时候，我听见哀婉凄凉的风琴声，内摩船长弹琴时，面部表情异常丰富。他也只是在夜里弹弹，那时，

我听见风琴声。

"鹦鹉螺"号已在荒凉的大西洋上进入梦乡，周围一片漆黑，神秘莫测。

在这段旅程中，我们整天航行在洋面上。大海像是被遗弃了似的，偶有几只帆船，满载运往印度的货物，向好望角驶去。一天，我们被几只捕鲸小艇追逐，他们肯定把我们错当成可卖大价钱的巨鲸了。但是，内摩船长不想让这些老实人枉费时间和气力，就潜入水下，从而结束了这场追捕。对这个意外事件，内德·兰似乎很感兴趣。我敢肯定，我们这条钢鲸不可能被捕鲸人的铁叉杀死，加拿大人对此一定非常遗憾。

在这期间，我和孔塞耶观察到的鱼类，和我们在其他海域研究过的鱼类大同小异。主要是可怕的软骨鱼类中的几个品种。软骨鱼分成三个亚属，不少于三十二个品种。这里的软骨鱼有：条纹角鲨，身长五米，扁平的脑袋比身躯还大，尾鳍呈圆形，背脊上有七条纵向平行的黑阔条纹；还有珠光角鲨，呈浅灰色，鳃间有七个孔，只有一只脊鳍，差不多位于躯体中央。也有大角鲨经过，那是极其饕餮的鱼类。下面记录了渔民们的叙述，信不信由你。有人在一条大角鲨的肚子里发现了一个小牛的头和一条完整的牛犊；在另一条的肚内，有两条金枪鱼和一个穿制服的水手；第三条里是一个拿着刺刀的士兵；还有一条里是一匹马和它的骑士。当然，这些叙述不一定可信。不过，这些角鲨没有一条落入"鹦鹉螺"号撒下的网中，我也就不可能验证它们是否真的如此饕餮了。

有几天，几群漂亮而淘气的海豚整天伴随我们左右。它们五六头一群，追捕着猎物，正如狼群在旷野里追捕猎物一样；如果相信哥本哈根的一位教授的说法，它们的饕餮不比大角鲨逊色，他从一条海豚的腹中掏出过十三只鼠海豚和十五只海豹。其实，这是一只逆戟鲸[①]，属于现在所知的最大的种类，长度有时超过二十四英尺。海豚科有十属，我看到的那些海豚为长吻海豚属，以又细又长的嘴筒著称，它们嘴筒的长度相当于头部的四倍，身长三米，背呈黑色，腹部为淡粉红色，散布着稀稀疏疏的小斑点。

---

① 逆戟鲸为灰海豚，但因身体巨大，常不被认为是海豚。

　　在这些海域中，我还可以列出棘鳍鱼和石首鱼的几个稀奇的品种。有几个作者——与其说是博物家，不如说是诗人——声称，这些鱼唱起歌来悦耳动听，它们的歌声汇成大合唱，会让人类合唱队自叹弗如。我不反对这样说，但我深感遗憾的是，在我们经过时，那些石首鱼并没有为我们唱小夜曲。

　　最后还有不可胜数的飞鱼，孔塞耶将它们一一分类。最令人惊奇的莫过于看见海豚无比准确地猎取这些飞鱼了。倒霉的飞鱼不管飞得多高多远，哪怕飞到了"鹦鹉螺"号的上空，也逃不脱海豚那张大了迎接它的嘴巴。这是些豹鲂鮄或鸢鲂鮄，嘴巴闪闪发光，夜间，它们在空中划出一道道火光后，犹如一颗颗流星沉入黑洞洞的大海中。

　　直到三月十三日，我们都是在这样的情况下航行的。那一天，"鹦鹉螺"号开始作探测海底的试验，我极感兴趣。

　　我们从太平洋的公海中出发以来，已经航行近一万三千里了。经过测定方位，得知我们现在位于南纬四十五度三十七分、西经三十七度五十三分。就在这一带海域，当年"先驱"号的德纳姆船长曾投下一万四千米长的深测器，未能达到海底。美国"国会"号护卫舰的帕克上尉也在这里探测过，投下一万五千零四十米的深测器，也未到达海底。

　　内摩船长决定把他的船开到最深处，以便核实这些不同的探测结果。我准备把试验的结果一一记录下来。客厅里的窗板已全部打开，"鹦鹉螺"号开始去勘探那深不可测的海底了。

　　大家一定会想到，"鹦鹉螺"号不是靠往水箱里注水潜入海底的。这种方法不足以增加船的比重。再者，船浮上来时，要把超载的水排除，水泵的功率可能扛不住外部的压力。

　　内摩船长决定让船的侧斜板与船的吃水线保持四十五度角，走一条尽可能长的对角线，用这样的方法寻找海底。然后，他让螺旋桨开到最大速度，螺旋桨的四片机叶凶猛异常地拍击着海浪。

　　在这股巨力的推动下，"鹦鹉螺"号的船体像一根乐弦那样颤动，匀速地沉入水下。我和船长守在客厅里，眼睛盯着压力表的指针，只见指针飞快地转动。"鹦鹉螺"号很快就通过了适合大部分鱼类居住的水层。这些鱼类中，有一些只能生活在海洋或河流的表层，另一部分，数量要少一些，则生活在比较深的水层。在后一类鱼中，有六鳃海豚，长着六个呼吸孔；有望远镜鱼，长着两只巨大的眼睛；有黄鲂鲱鱼，长着灰色的前胸鳍和黑色的后胸鳍，淡红色的骨片起到胸甲的保护作用；最后，还有突吻鳕鱼，生活在一千二百米深的水层，要承受一百二十个大气压。

我问内摩船长，他有没有在更深的海里观察过鱼。

"鱼？"他回答我说，"很少。但是，就目前的科学状况，人们能推测什么？能知道什么呢？"

"船长，我来告诉您。人们知道，到了海洋的低层，植物比动物消失得更快。人们知道，有的地方尚有动物存在，但已不见任何水草。人们知道，牡蛎生活在两千米深的水层，麦克林托克[1]，北极海的探险家，在两千五百米深的水层采到了一只活海星。人们知道，英国皇家海军'猛犬'号的船员在两千六百二十英寻[2]，也就是在四公里多的深处，采到过一只海星。不过，内摩船长，您也许会对我说，人们一无所知吧？"

"不会的，教授先生，"船长回答道，"我不会如此无礼。不过，我要问问您，您如何解释动物能够在如此深的水下生活？"

"我认为有两个理由，"我回答，"首先因为那些垂直的水流，受到海水不同咸度和密度的影响而上下运动，这足以维持海百合和海星的基本生命。"

"正确。"船长说。

"第二个原因是，如果说氧是生命的基础，人们知道，氧溶解于海水中，水越深，氧的数量非但不会减少，反而会增加，低层的水压起到把氧压缩的作用。"

---

① 麦克林托克（1819—1907），爱尔兰海军军官和探险家。
② 英寻为水深单位，1英寻约合1.83米。

"呀！连这个都知道？"内摩船长回答，语气有点惊讶，"好吧！教授先生，人们有理由知道，因为这是事实。我还要作些补充：在水面上捕捉的鱼，它们的鳔里含氮的量多于氧，相反，在深水里捕捉的鱼，是氧气多于氮气。这证明您说的是有道理的。现在我们继续观察吧。"

我又看了看压力计。仪器指示的深度为六千米。我们潜水已有一小时了。"鹦鹉螺"号在斜板上滑行，不停地往下沉。大片空阔的海水清澈透明，令人难以描绘。又过了一小时，我们下沉到一万三千米，即十三公里的深处。可是，仍感觉不到海底的存在。

然而，在一万四千米的深水中，我依稀看见露出一个个黑黢黢的尖顶，但这些尖顶可能属于像喜马拉雅山或勃朗峰那样高的甚至更高的大山，其深渊仍然不可测量。

"鹦鹉螺"号虽然遇到强大的压力，仍然继续下潜。我感到它的钢板在螺栓下面颤动起来，栏杆变弯了，隔板在呻吟，客厅的玻璃窗在水的压力下鼓了起来。这艘坚固的船，假如不像它的船长所说的那样固若磐石，就会顶不住了。

当我们从消失在水下的岩石斜面掠过的时候，我仍看到了一些贝壳、龙介虫等，也看到了几种海星。

但再往下，这些动物界的最后代表全都消失了。在十二公里以下，"鹦鹉螺"号就超越了海底生存的极限，正如气球升到不适合呼吸的空气层中所遇到的情况一样。我们到达了一万六千米，即十六公里的深度，"鹦鹉螺"号受到一千六百个大气压的压力，也就是说，它的表面每一平方厘米就要承受一千六百公斤的重量！

"多么奇特的处境！"我叫了起来，"在从无人涉足的深海里漫游！您瞧，船长，这些漂亮的岩石，这些无人居住的岩洞，这些地球最后的收容所，这里不可能再有生命的存在！多么迷人的风光却无人知道！为什么我们只能把它们保存在记忆中呢？"

"您想带回比记忆更美好的东西吗？"内摩船长问我。

"此话怎讲？"

"我是说，给这海底照张相，这是最容易不过的事！"

我还没来得及表达我对这个新建议的惊讶，只见内摩船长一声招呼，就有一架照相机拿到了客厅中。窗板敞开着，水界被电光照亮，看得清清楚楚。尽管是人工的光线，但既无阴影，亦无晕阴。即便是阳光，也未必更适合拍这样的照片。在螺旋桨的推动下，受斜板倾斜度的制约，"鹦鹉螺"号稳稳当当，一动不动。照相机对准海底的景色，几秒钟，我们就拍好了一张无比清晰的底片。

我这里给的就是用那张底片冲洗出来的照片。从照片上，可以看到那些从未受到天光照射的原始岩石，那些构成地球深厚地层的下层花岗岩，那些巨大岩石上的深幽岩洞，那些清晰无比的侧影，它们的轮廓呈现出黑色的线条，仿佛出自某些佛兰德画家之手。最远处是山脉，起伏不平，有一道秀丽的线条，组成了这幅风景画的远景。那群黑魆魆的岩石，平滑光洁，没有一丝苔藓，没有一块斑点，奇形怪状，牢牢扎根在细沙地毯上，而细沙在灯光的照耀下熠熠闪亮。这壮丽的岩群，我这支拙笔实在难以把它们淋漓尽致地描绘出来。

可是，内摩船长拍完照片后，对我说：

"教授先生，我们上去吧。不要在这里耽搁太久，也不要让'鹦鹉螺'号过久地承受这样大的压力。"

"上去吧！"我回答。

"站稳了。"

我还没来得及弄明白为什么船长这样嘱咐，我就被抛到了地毯上。

船长一声令下，螺旋桨就起动了，船侧板竖了起来，"鹦鹉螺"号有如一只气球升向空中，风驰电掣般地飞了起来。它大声颤动，把海水切成两半。窗外的景色模糊一片。四分钟，它就越过十六公里，升到了洋面上，它就像条飞鱼，跃出海面，随即又落下，溅起万丈巨浪。

Chapter 12
抹香鲸和露脊鲸①

三月十三日至十四日的夜间，"鹦鹉螺"号重新登上了南行的航程。我想在合恩角的纬度上，它将转向西行，以便回到太平洋上，结束它的世界环游。可它没有这样做，而是继续驶向南方。它要去哪里？去南极吗？那样太没理智了。我开始认为，船长不理智的行为，足以证明内德·兰的忧惧不无道理。

一段时间来，加拿大人不再同我谈他的逃跑计划了。他变得沉默寡言，几乎无声无息。我看出，这旷日持久的囚禁已使他忍无可忍。我感到，他的心中积满了愤怒。当他和船长相遇时，他的眼睛里燃烧着阴郁的怒火，我总担心他的火暴脾气会导致他做出过激的行动来。

那天是三月十四日，孔塞耶和他一起到我的房间来找我。我问他们有什么事。加拿大人回答我说：

"先生，有一个简单的问题要问您。"

"问吧，内德。"

"您认为'鹦鹉螺'号船上有多少人？"

"我说不清楚，朋友。"

"我看，"内德·兰又说，"驾驶船不需要庞大的船队。"

---

① 鲸目为海生哺乳动物，包括齿鲸亚目和须鲸亚目。抹香鲸属齿鲸亚目，长着长长的牙齿，性格凶猛。须鲸长着须板，靠它们滤获食物。露脊鲸是须鲸的一种。

"确实如此，"我回答，"从它的情况来看，十来个人就足够了。"

"那好！"加拿大人说，"为什么会有这么多人？"

"为什么？"我反问道。

我目不转睛地看着内德·兰，他的想法是显而易见的。

"因为，"我说，"如果我相信我的预感，相信我对船长生活方式的了解，那么，'鹦鹉螺'号不仅仅是一只船。对于像内摩船长这样与尘世断绝一切关系的人来说，这是一个庇护所。"

"有可能，"孔塞耶说，"不过，'鹦鹉螺'号只能容纳一定数量的人，先生能不能估摸一下最多可容纳多少人？"

"孔塞耶，这怎么知道？"

"可以算出来。根据先生了解的这只船的容量，也就是根据它所含有的空气数量。另一方面，知道了每个人呼吸所需的空气，而'鹦鹉螺'号每隔二十四小时要浮上去换空气，把两者比较……"

孔塞耶话未说完，我就明白他要说什么了。

"我懂你的意思了，"我说，"这不难算，不过，算出来的数目不一定精确。"

"那没关系。"内德·兰坚持道。

"那就来算一算，"我回答，"每人每小时呼吸一百升空气中含有的氧气，二十四小时消耗两千四百升空气。因此，必须求出'鹦鹉螺'号包含多少倍的两千四百升空气。"

"正是。"孔塞耶说。

"而'鹦鹉螺'号的容量是一千五百桶，"我接着又说，"一桶的容量是一千升，'鹦鹉螺'号含有一百五十万升空气，除以两千四百……"

我用铅笔迅速地作着计算：

"得出的商是六百二十五。这就是，'鹦鹉螺'号上的空气，可供六百二十五人呼吸二十四小时。"

"六百二十五！"内德重复了一遍。

"不过，"我又说，"请相信，我们现有的乘客、水手或高级船员，加起来不到这个数字的十分之一。"

"对于三个人来说，这就太多了！"孔塞耶咕哝道。

"所以，可怜的内德，我只有劝你忍耐了。"

"不只是忍耐，"孔塞耶说，"只好听天由命。"

孔塞耶用的词十分准确。

"内摩船长总不至于总往南跑吧，"他接着又说，"他总有停下来的时候，遇到南极的大浮冰总不能再往前了吧，他迟早要回到文明的海洋中来的！到那时，就可以重新考虑内德·兰的计划了。"

加拿大人摇摇头，用手摸了摸额头，一句话没说，就出去了。

"先生请允许我谈谈对他的看法，"内德出去后，孔塞耶对我说，"可怜的内德净想些他现在不可能有的东西。他念念不忘过去的生活，现在越是不可能有的，他就越感到遗憾。对往事的回忆压得他喘不过气来，他心里很不好受。应该理解他。他在这里有什么事可做呢？什么也没有。他不像先生是个学者，不可能和我们一样对海上令人神往的东西感兴趣。要是有一个他家乡的小酒店，他会不顾一切进去的。"

加拿大人习惯了自由自在、充满生机的生活，船上单调乏味的生活，对他而言肯定是无法忍受的。能激起他热情的事寥寥无几。然而，那天，一个插曲使他想起了从前捕鲸的美好日子。

上午十一时左右，"鹦鹉螺"号航行在洋面上，闯入一群露脊鲸中间。我对遇到鲸鱼并不感到惊奇，我知道，这些动物被人类大肆追捕，逃到了高纬度的海域。露脊鲸在海洋世界，以及对发现新的地理区都曾起过重要作用。正是它们引导巴斯克人，继而是阿斯图里亚人、英国人、荷兰人藐视海上的种种危险，把他们从地球的一端带到了另一端。露脊鲸酷爱光顾南极海和北极海。一些古老的传说甚至认为，露脊鲸曾把渔民带到了离北极只有三十来公里远的地方。如果说这在现在不是事实，那么迟早会成为事实，人类很有可能像这样通过在北极海或南极海里捕鲸而到达地球这个陌生的极点。

我们坐在甲板上，大海风平浪静。但在这高纬度的海域，三月给我们带来了秋高气爽的日子。是加拿大人——他绝不会搞错——指出，在东边的天际有一条露脊鲸。我们定睛细看，果然看见它那黑糊糊的背脊在离"鹦鹉螺"号五海里远的海浪上时起时伏。

"啊！"内德·兰惊叫道，"假如我在一条捕鲸船上，遇到这条鲸鱼，我会高兴死的。这是一种巨大的动物。你们看，它的鼻孔喷出气柱的力量有多大！见鬼！为什么我要被拴在这块钢板上！"

"怎么！内德，"我回答，"你还没摆脱捕鲸的老念头？"

"先生，一个捕鲸人能忘记他的老行当吗？能对捕鲸激起的亢奋感到厌倦吗？"

"内德，你从没有在这些海里捕过鲸吗？"

"没有，先生。只在北极的边海里捕过，在白令海峡和戴维斯海峡。"

"这么说，南极露脊鲸对你来说还是陌生的喽。你以前捕捉的都是格陵兰露脊鲸，它们不敢冒险越过赤道的热水。"

"啊！教授先生，您在说什么呀！"加拿大人反驳道，语气显得不相信。

"我说的是事实。"

"啊！我对您说，在一八六五年，也就是两年半以前，在格陵兰岛附近，我叉死了一条露脊鲸，它身上还带着白令海峡上的一条捕鲸船刺中的渔叉。我问您，这条鲸在美洲西部挨了一叉，如果它不绕过合恩角或好望角，越过赤道，怎么能来到东边被杀死？"

"我和内德的想法一样，"孔塞耶说，"很想听听先生的高见。"

"朋友们，先生的回答是，露脊鲸按种居住在一定的海域里，从不离开。如果说有条露脊鲸从白令海峡跑到了戴维斯海峡，那是因为两个海峡之间有一条通道，或在美洲海岸，或在亚洲海岸。"

"我该相信您的话吗？"加拿大人合上眼睛问道。

"应该相信先生的话。"孔塞耶回答。

在格陵兰岛附近，我叉死了一条露脊鲸。

"我从没在这些海上捕过鲸，"加拿大人又说，"就不认得来往于这些海域的露脊鲸了吗？"

"我已说过了，内德。"

"那就更有理由同它们相识了。"孔塞耶抗辩说。

"瞧啊！快瞧！"加拿大人激动地喊道，"它来了！它朝我们游过来了！它在嘲弄我！它知道我对它无可奈何！"

内德急得直跺脚。他的手挥动着一柄假想的渔叉，微微发抖。

"这里的鲸鱼，"他问道，"同北极海里的鲸鱼一样大吗？"

"差不多，内德。"

"我见过大露脊鲸，先生，它们的身长竟达一百英尺！我甚至说过，在阿留申群岛的霍拉莫克岛和乌姆加里克岛，有时能见到超过一百五十英尺的露脊鲸。"

"我觉得您太夸张了，"我回答，"那不过是些长着背鳍的鳁鲸，和抹香鲸一样，它们一般都比露脊鲸小。"

"啊！"加拿大人喊道，眼睛紧盯着海洋，"它靠近了，它进到'鹦鹉螺'号的水圈中了！"

接着，他又加入谈话，说道：

"您谈起抹香鲸来就像是在谈小动物！可有些抹香鲸是很大的。它们是聪明的鲸类。据说，有些抹香鲸身上覆盖着海藻和墨角藻。有人以为是小岛，便在上面安营扎寨，生火做饭……"

"还在上面造房子。"孔塞耶说。

"是的，你这个促狭鬼！"内德·兰还击道。

"然而，有一天，那动物一头扎进海中，把它的居民全部拖进海底。"

"就像在海员森巴的游记中遇到的那样。"我笑着反驳道。

"啊！内德·兰师傅，你好像很喜欢离奇的故事！你的抹香鲸太不可思议了！我希望你别信以为真！"

"博物学家先生，"加拿大人严肃地说，"有关露脊鲸的一切都应该相信！——瞧我们这一条！它游得多快！它躲得多快！——有人说，这些动物十五天就可以绕地球走一圈！"

"这我同意。"

"不过，阿罗纳克斯先生，您不一定知道，世界之初，露脊鲸游得还要快。"

"是吗，内德？为什么？"

"因为那时候，它们像鱼一样，有一条横向的尾巴，也就是说，这条尾巴横向受到压缩，从左到右、从右到左地拍水。可是，造物主见它们游得太快，就把它们的尾巴扭了个方向，从此它们的尾巴上下运动，速度就变慢了。"

"好吧，内德，"我说道，并用他说过的话来反击他，"应该相信你的话吗？"

"不要太相信，"内德·兰说，"就像如果我对您说有三百英尺长、十万磅重的露脊鲸，您也不要太相信一样。"

"这确实难以置信，"我说道，"不过，应该承认，有些鲸类有了很大发展，因为，据说，它们最多能提供一百二十吨鲸油。"

"这我见过。"加拿大人说。

"我乐意相信，内德，正如我相信有些露脊鲸有一百头象那样大。请想一想，这样庞大的躯体，全速前进，会产生多大的作用。"

"它们真的能让船沉没吗？"孔塞耶问。

"我不相信，"我回答说，"不过，有人讲过一件事：一八二〇年，也在这南边的海里，一条露脊鲸冲到'埃塞克斯'号船上，以每秒四米的速度把它撞得连连后退。海浪从后面进入船内，'埃塞克斯'号几乎立即就沉没了。"

内德以嘲讽的神态看了看我。

"至于我，"他说，"我被露脊鲸的尾巴打过一下——当然，是在我的小艇上。我和我的同伴们被抛到六米高。不过，与教授先生的露脊鲸相比，我那条不过是鲸崽子。"

"这些动物寿命长吗？"孔塞耶问。

"一千年。"加拿大人毫不犹豫地说。

"内德，你怎么知道的？"

"因为人们这样说的。"

"人们为什么这样说？"

"因为人们知道。"

"不，内德，人们不知道，但人们这样假设。我给你们讲讲人们是根据什么作这个推理的。四百年前，当渔民们第一次捕捉露脊鲸时，它们的个头比现在的大。于是，人们相当合乎逻辑地假设，现在的露脊鲸之所以不如过去的大，是因为它们没等充分发育就被逮住了。布丰据此推理说，这些鲸鱼可以甚至应该活一千年。你听见了吗？"

内德没有听见。他没有在听。那条鲸鱼越来越近。内德贪婪地看着它。

"啊！"他叫了起来，"不是一条，而是十条，二十条，整整一群！可我无可奈何！脚和拳头都像被捆住了似的！"

"可是，内德老兄，为什么不去请求内摩船长允许您捕鲸呢？"

没等孔塞耶把话说完，内德·兰咻溜一声就从盖板口滑进了舱内，跑去找船长了。不一会儿，他和船长一起出现在甲板上。

内摩船长观察那群鲸鱼，它们在离"鹦鹉螺"号一海里的海面上嬉戏。

"这是南极露脊鲸，"他说，"够一队捕鲸船发财的了。"

"那么，先生，"加拿大人问道，"我能不能追捕它们？哪怕是为了不让我忘记我从前当叉鲸手的行当。"

"捕它们干什么？"船长回答，"追了半天就为了杀死它们！我们船上用不着鲸鱼油。"

"可是，先生，"加拿大人又说，"在红海时，您却准许我们追捕过一头人鱼！"

"那是为了给我的船员们提供鲜肉。而这次只是为了屠杀而屠杀。我知道，这是人类的一个特权，但我不允许用做消遣的杀戮。内德·兰先生，您的同类在杀死南极露脊鲸时，也和杀死格陵兰露脊鲸一样，犯下了值得谴责的罪行。它们都是善良无害的动物。你们已经弄得整个巴芬湾没有一条露脊鲸了，你们会让一类有用的动物绝种的。让这些可怜的露脊鲸过安稳的日子吧！没你们掺和，它们的天敌也已够多的了：抹香鲸、箭鱼、锯鳐。"

请大家想象一下船长在上这堂道德课时，加拿大人是什么样的神态吧。给一个捕鲸人讲这些道理，那是对牛弹琴！内德·兰瞪眼看着内摩船长，显然不明白他在说什么。可是，船长言之有理。捕鲸人野蛮无度的追捕，总有一天会使露脊鲸从海洋上消失殆尽。

内德·兰用口哨吹起扬基歌①，将手插进兜里，转过身去，不理我们了。

然而，内摩船长注视着那群鲸鱼，对我说：

"我说的一点不错，除了人类，露脊鲸还有其他天敌。那些露脊鲸就要遇到劲敌了。阿罗纳克斯先生，您没看见在六海里外的下风处，有几个黑点在浮动吗？"

"看见了，船长。"我回答。

"那是抹香鲸，极其可怕的动物！有时我遇见它们一群有二三百条。那是凶残而有害的动物，人们有理由把它们彻底消灭。"

加拿大人听到这话，连忙转过身来。

"那好！船长，"我说，"还来得及，为了露脊鲸……"

"用不着冒这个险，教授先生。单'鹦鹉螺'号就足以驱散这些抹香鲸了。它的船首装有一个钢冲角，我想，这个冲角不会比您的渔叉逊色。"

加拿大人不客气地耸了耸肩。用船首冲角进攻鲸鱼！谁听说过？

"等一会儿，阿罗纳克斯先生，"内摩船长说，"我们要为您组织一次您从未见过的追杀抹香鲸的战斗。对这些凶残的鲸类，绝不要怜悯。它们只长着嘴和牙！"

---

① 美国独立战争时期流行的一首歌曲。

它们只长着嘴和牙！

嘴和牙！这是对大头抹香鲸最逼真的描绘了。它们的身长有时超过二十五米。抹香鲸的头很大，约占身长的三分之一。它们比露脊鲸装备得更好，露脊鲸的上颚只有鲸须，而抹香鲸有二十五颗大牙，牙长二十厘米，牙尖呈圆柱形和圆锥形，每颗牙有二磅重。就在这大脑袋的上部，在被软骨隔开的巨大头腔内，藏着三四百公斤的宝贵鲸脑油，俗称"鲸蜡"。抹香鲸是一种极其丑陋的动物，照弗雷多尔的说法，与其把它叫鱼，不如称做蝌蚪。它构造不全，可以说在它的整个左边"空空如也"，它只用右眼视物。

然而，那群可怕的动物越来越近了。它们已发现那群露脊鲸，正准备发起攻击。可以预测一定是抹香鲸取胜，因为同无伤害力的露脊鲸相比，抹香鲸的体形更适合进攻，而且它们在水下待的时间更长，不用回到水面上来换气。

再不去救露脊鲸就来不及了。"鹦鹉螺"号破浪而上。我和孔塞耶、内德站在客厅的玻璃窗前。内摩船长走到舵手身旁，他要把他的船当做毁灭性的武器来操作。不久，我就感到螺旋桨转动加剧，船速加快。

当"鹦鹉螺"号到达时，抹香鲸和露脊鲸间的战斗已经开始。"鹦鹉螺"号设法冲散大头鲸群。抹香鲸看见新的庞然大物加入战斗，起初并不在意，但不久就不得不躲避它的攻击了。

真是一场鏖战！内德·兰很快就欣喜若狂，拍起手来。"鹦鹉螺"号在船长的巨手指挥下，成了一柄绝妙无比的渔叉。它扑向那些巨大的肉体，在它们中间横冲直撞，身后留下被劈成两半的还在扭动的身躯。抹香鲸的尾巴狠狠地打在它的两侧，它毫无感觉。它对抹香鲸冲击，也毫无感觉。一条抹香鲸消灭后，它就奔向另一条。为了击中猎物，它原地掉头，忽前忽后，听从指挥，抹香鲸潜入深水，它跟着潜下去，抹香鲸浮出水面，它也跟着浮上来，或攻其正面，或击其侧面，或把其劈开，或将其撕裂。在各个方位，以各种姿势，用可怕的冲角将对方刺穿。

多么恐怖的屠杀！海面上响起的声音多么可怕！那些受惊的动物发出尖锐的呼啸和异样的吼叫！在通常平静的水层中间，它们的尾巴掀起了汹涌的波涛。

　　这场令人难以置信的屠杀持续了一小时，抹香鲸难逃劫数。好几次，十来条抹香鲸聚集起来，企图用它们的重量来压碎"鹦鹉螺"号。从玻璃窗可以看到，它们长着一排巨牙的大嘴和可怕的眼睛。内德·兰不能自已，威胁着，咒骂着。我们感到它们牢牢抱住了我们的船头，犹如一群猎狗在矮林里抱住一只野猪一样。可是，"鹦鹉螺"号开足马力，卷带着它们，驱逐着它们，或者把它们带回水面上，全然不顾它们巨大的重量和有力的挤压。

　　这群抹香鲸变得疏疏落落，所剩寥寥。海浪恢复了平静。我感到我们在浮上海面。舱盖一打开，我们立即奔到甲板上。

　　海面上尽是伤残的尸体。就是一次巨大的爆炸，也不可能如此猛烈地把这些肉体切割、撕裂和扯碎。我们漂浮在巨尸之间，它们脊背浅蓝，肚子灰白，全身隆起巨大的瘤状物。几条受惊的抹香鲸向天边逃遁。好几海里的水面已染成红色，"鹦鹉螺"号漂浮在血海中。

　　内摩船长也来到甲板上和我们会合。

　　"怎么样，内德·兰师傅？"他说。

　　"先生，"加拿大人回答，他的热情已经平息，"的确，这场面十分可怕。但我不是屠夫，是猎人，而这不过是场屠杀。"

　　"屠杀有害的动物，"船长回答说，"'鹦鹉螺'号不是一把屠刀。"

　　"我更喜欢我的渔叉。"加拿大人反唇相讥。

　　"各有各的武器。"船长凝视着内德·兰说道。

　　我担心内德·兰会有什么粗暴的行为而导致严重的后果。可是，他的怒火立即转移了，因为他看见"鹦鹉螺"号此刻正向一条露脊鲸驶去。

　　那条露脊鲸没能逃过抹香鲸的尖牙。我认出这是南极露脊鲸，头扁平，全身黑色。从解剖学上讲，南极露脊鲸同白露脊鲸及巴斯克海域的黑露脊鲸之间的区别，在于它们的颈部由七根椎骨接合而成，比它们的同类多两根肋骨。那可怜的鲸鱼已经死去，它侧卧在水面上，肚子被咬得千疮百孔。在它受伤的鳍上，还吊着一只幼鲸，也未能免遭杀戮。那鲸鱼张着嘴巴，水从里面流出来，犹如一股激浪穿过鲸须，咕咕地往外冒。

　　内摩船长把"鹦鹉螺"号开到那条死鲸鱼旁。两个船员爬到鲸鱼身上，我不胜惊讶地看到，他们从鲸鱼的乳房挤出的所有的奶，差不多有二三桶。

　　船长递给我一杯热气腾腾的鲸奶。我情不自禁地对他说，我不喜欢这样的饮料。他向我保证，这奶味道很好，跟牛奶没什么两样。

　　我尝了尝，果然不错。这对我们是非常有用的储备，因为这奶制成咸黄油或奶酪后，可为我们的日常伙食增添美味可口的花样。

　　从那天起，我不无忧虑地注意到，内德·兰对内摩船长的态度越来越坏，我决定密切监视加拿大人的一举一动。

Chapter 13
大浮冰

　　"鹦鹉螺"号坚定不移地继续朝南驶去。它沿着西经五十度快速前进。难道它要去南极？我想不会，因为至今没有一个去南极的企图成功过。况且，季节也嫌太晚，南极的三月十三日相当于北极的九月十三日，是秋分的开始。

　　三月十四日，在南纬五十五度，我看见一些浮冰，那是些二十至二十五英尺大小的灰白色冰块，形成一个个暗礁，波浪在上面翻滚。"鹦鹉螺"号航行在洋面上。内德·兰曾在北极海上捕过鱼，对这冰山的景象习以为常。我和孔塞耶第一次观赏到这样的美景。

　　在南边的天尽头，展现出一条令人目眩的白带。英国的捕鲸船称它为"冰映光"。尽管云层很厚，但仍遮不住它的白光。这条白带预示着那里有一块大浮冰。

　　果然，很快就出现了一些更大的浮冰，它们的亮度随云雾的变化而变化。有几块冰显现出绿色纹路，仿佛是硫酸铜画下的曲线。还有几块犹如紫水晶，被光线穿透。前者发出石灰岩的强烈反光，足可用来建造整整一座大理石城；后者有无数的晶体切面，反射出太阳的光辉。

　　越往南驶，漂浮的冰块就越多，体积也越大。南极的鸟类几千只一群地在上面建巢筑窝。有海燕、棋盘鹱、海鹦，它们唧唧喳喳地鸣叫，震耳欲聋。有几只海鸟以为"鹦鹉螺"号是一条鲸鱼，飞到上面来歇息，用喙啄得钢板笃笃响。

当船像这样在冰块中间航行的时候，内摩船长不时地跑到甲板上来。他凝神观察这荒无人迹的海域。我看见他冷静的目光常常显得兴奋激动。他是不是在想，在这人迹不至的南极海中，他是在自己的家里，是这不可逾越的空间的主人了？很可能。但他一句话也不说。他一动不动地待着，只有当驾驶员的本能重占上风时，他才回过神来。于是，他娴熟地驾驶着他的"鹦鹉螺"号，灵巧地避开冰块的撞击。有的冰块有几海里长，七八十米高。天边常常看上去被冰封住，不能通行。到了南纬六十度，任何通路都消失了。但内摩船长仔细寻找，很快就能找到一个狭窄的口子。他大胆地钻进去，然而他很清楚，船进去后，那口子又会合上。

就这样，"鹦鹉螺"号在这双妙手的驾驶下，绕过了一块块浮冰。孔塞耶喜不自胜地按冰的形状和大小进行精确的分类：冰山、冰原、浮冰、浮冰群。若是圆形的浮冰群，就叫圆浮冰群；若由一块块长冰组成，就叫川浮冰群。

气温比较低。温度计放在外面，标出的温度是零下二三度。可我们穿着海豹或海熊皮袄，非常暖和。船内由电器设备定时提供暖气，再冷也不怕。再说，只要潜入水下几米深，"鹦鹉螺"号便可找到能够忍受的气温。

如果两个月前来这里，在这样高的纬度，就会是绵绵白昼，但现在每天有三四小时的黑夜，再过些日子，南极圈内将有持续六个月的绵绵长夜。

三月十五日，我们越过了南设得兰群岛①和奥克尼群岛②的纬度。船长告诉我，从前这些陆地上居住着无数的海豹，但是，英国和美国的捕鲸船毁灭成性，在生命兴旺的地方，大肆屠杀成年和怀胎的海豹，留下了死亡的寂静。

三月十六日上午八点，"鹦鹉螺"号沿西经五十五度航行，穿过了南极圈。冰将我们团团围住，无路通往天边。然而，内摩船长能找到航道，一直向前驶去。

"他要去哪里？"我问。

① 南设得兰群岛为大西洋南部、南极洲附近的火山群岛，在南纬61度到63度、西经54度到63度之间。
② 奥克尼群岛是英国大不列颠群岛的北部岛群。

"一直向前！"孔塞耶回答，"当他无路可走时，就会停下来。"

"这很难说！"我说。

说实话，我得承认，到南极旅行虽然冒险，但我非常高兴。这陌生地区的美丽景象使我如何心醉神迷，那是无法用语言表达的。那些冰块千姿百态，妙不可言。这儿是一座东方城市，仿佛被一场地震推倒在地。这些景象，在阳光的斜照下瞬息万变，或遇暴风雪而隐没在灰蒙蒙的云雾中。不仅如此，周围的冰山随时都会爆炸、崩裂、翻筋斗，就像透景画①中的景色，不断地变换着背景。

当冰山失去平衡时，"鹦鹉螺"号就潜入水中，震耳欲聋的巨响传到水下；那些冰山落入水中，掀起巨浪，波及大洋的深层。于是，"鹦鹉螺"号左右摇摆，前后颠簸，就像一只任风暴摆布的船。

有时候，我看不到任何通路，心想我们将永远囚禁在冰中了。但内摩船长凭着本能，根据些微迹象，总能发现新的通道。他观察冰原上出现的一条条细小的淡蓝色水纹，从来不会搞错。因此，我不怀疑，他早已驾着"鹦鹉螺"号到南极海来探过险。

但是，三月十六日那天，冰原完全堵住了我们的去路。那还不是大浮冰，而是被寒冷凝固在一起的一个个大冰原。这一障碍挡不住内摩船长的去路，他向冰原猛烈地冲过去。"鹦鹉螺"号像一个楔子插入那易碎的冰原中，冰原在可怕的爆裂声中四分五裂。那是受到无限力量推动的古代破城锤。碎冰被高高抛起，又像冰雪那样散落在我们周围。"鹦鹉螺"号靠它自身的推力，为自己开辟了一条航道。时而，它被冲力抛到冰原上面，将冰压碎；时而，它又陷入冰里，上下颠簸，将冰裂成一条条大缝。

在这些日子里，我们常常受到猛烈的暴风雪的袭击。雾浓得站在甲板的一端望不见另一端。风向常常突然改变，罗盘的指针也大起大落。白雪堆积，变成坚冰，要用镐头才能敲碎。气温才零下五度，"鹦鹉螺"号的外部

① 透景画为立体式陈列，一般置于小室中并通过镜孔观看。

却覆盖了一层冰。假如是帆船，那些索具就无法操作了，因为所有的绳索都会冻在滑轮的凹槽里。只有一艘不用帆不用煤、靠电机驱动的船，才能将如此高的纬度不放在眼里。

在这种气候条件下，气压表上水银柱的高度一般很低，甚至降到七十三点五厘米。罗盘上的读数不再具有可靠性。当罗盘的磁针接近南磁极时，晃动很厉害，指示的方向互相矛盾。罗盘磁针指示的南磁极与地理上的南极是不一致的。的确，根据汉斯廷[①]的说法，南磁极差不多位于南纬七十度、东经一百三十度，但据迪佩雷的观察，是在东经一百三十五度、南纬七十度三十分。因此，必须把罗盘搬到船的不同位置上，进行多方位观察，取一个平均数。但人们常常是根据航迹来推算出船位的，这一方法难以令人满意，因为航道弯弯曲曲，水准点变化无常。

最后，三月十八日，"鹦鹉螺"号经过几十次徒劳的冲击，终于停止不前了。周围不再是川浮冰群、圆浮冰群、冰原，而是一座座冰山粘连在一起，构成漫无边际、静止不动的屏障。

"大浮冰！"加拿大人对我说。

我明白，对于加拿大人和在我们之前来南极探过险的所有航海家来说，大浮冰是无法跨越的障碍。中午时分，太阳露了一下脸。内摩船长得出比较准确的观察，我们位于西经五十一度三十分、南纬六十七度三十九分。这表明，我们已经深入南极区了。

我们面前不再有海洋，不再有流动的水面。在"鹦鹉螺"号的冲角脚下，延伸着峰峦起伏的广袤冰原，错落不齐地矗立着一座座冰山。这种杂乱无章、变幻莫测的特点，酷似一条河流解冻前呈现的景象，只不过这里的规模异乎寻常罢了。到处是尖尖的冰峰，细得像根针，高达二百英尺；远处是一连串削成尖峰状的灰白色悬崖峭壁，犹如一面面硕大无朋的镜子，在半隐于云雾中的太阳照耀下光芒四射。此外，在这荒凉的景色中，静得叫人心里

---

① 汉斯廷（1784—1873），挪威天文学家和地理学家，因研究地磁而闻名。

发慌，偶尔有海鸥或海燕飞过，划破这死一般的寂静。一切都结成了冰，连声音都冻冰了。

因此，"鹦鹉螺"号被迫停在冰原中，不能继续往前探险。

"先生，"那天，内德·兰对我说，"如果您的船长能继续前进……"

"怎么样？"

"那他就是人杰。"

"为什么，内德？"

"因为没有人能越过大浮冰。您的船长确实有本事，可是，见鬼！他再强也强不过大自然。在大自然设立界限的地方，不管人们愿不愿意，都得停下来。"

"不错，内德·兰。可我倒很想知道这大浮冰后面有什么。一堵墙挡住了去路，这是最让我气恼的。"

"先生说得对，"孔塞耶说，"墙发明出来，只是为了让科学家不高兴。哪里都不该有墙。"

"好吧！"加拿大人说，"这大浮冰后面是什么，谁都知道。"

"是什么？"我问。

"冰，除了冰还是冰！"

"你对此确信无疑，内德，"我答道，"可我不敢肯定。因此我想去看看。"

"去看看！教授先生，"加拿大人回答，"您还是放弃这个念头吧。您已来到了大浮冰脚下，够可以的了，您不可能走得更远，您的内摩船长，他的'鹦鹉螺'号也一样。不管他愿不愿意，我们就要返回北方了，也就是回到正直人居住的国土上。"

我应该承认内德·兰是对的。只要船不适用于在冰上航行，它们遇到大浮冰就只得停止航行。

果然，不管"鹦鹉螺"号怎样竭尽全力、施出全部本领来撞开浮冰，它都寸步难移。通常，不能进总能退。但现在，后退和前进一样变得不可能，因为我们身后的航道已合上了。我们的船只要一停下来，就会立即被冰封住。这事就发生在下午两点左右，船身周围飞速地形成了新的冰层。我只得承认，内摩船长太不谨慎了。

那时，我就站在甲板上。内摩船长一直在观察情况，他对我说：

"教授先生，您是怎么想的？"

"船长，我想我们被困住了。"

"被困住了！这是什么意思？"

"我是说，我们既不能进也不能退，朝哪边都动不了。我认为，这就叫'被困住'。至少，在有人居住的陆地上是这样说的。"

"那么，阿罗纳克斯先生，您认为'鹦鹉螺'号不可能冲出冰层了？"

"很难，船长，季节太晚，您不可能指望会解冻。"

"啊！教授先生，"内摩船长以揶揄的口吻回答，"您永远也改变不了了！这就叫一叶障目。我可以肯定地告诉您，'鹦鹉螺'号不仅能冲出冰层，而且能继续前进！"

"继续向南吗？"我看着船长问道。

"是的，先生，它要去南极。"

"去南极！"我惊叫道，流露出难以抑制的怀疑。

"是的！"船长冷冷地回答，"去南极！去那个陌生的地方，地球所有的子午线相交的地方。您是知道的，我想让'鹦鹉螺'号做什么，它就能做什么。"

不错，这我早就领教了。我知道这个人胆子大到了鲁莽的程度！可是，要战胜布满在南极的种种障碍，那是难如登天！它比北极还要不可接近，而北极至今连最大胆的航海家都未曾涉足！这是绝对丧失理智的行为，只有疯子才会这样做。

这时，我突然想问一问内摩船长，他是不是在这个人类从未涉足的地方探过险。

"没有，先生，"他回答我说，"我们一起去揭开它的秘密。别人失败过的地方，我绝不会失败。我从没有把我的'鹦鹉螺'号开到这么远的地方。不过，我对您再说一遍，它还要开到更远的地方。"

"我愿意相信您，船长，"我带点揶揄的口吻说道，"我相信您！我们勇往直前！没有障碍可以阻挡我们！把这大浮冰敲开！把它炸掉！如果它负隅顽抗，就给'鹦鹉螺'号装上翅膀，让它从上面飞过去！"

"从上面，教授先生？"内摩船长平静地回答，"不是从上面，而是从下面。"

"从下面！"我惊叫道。

船长突然向我泄露的计划使我茅塞顿开。我明白了。"鹦鹉螺"号无与伦比的优点，将再次帮助它完成这个超凡的行动！

"我看到我们的意见开始一致了，教授先生，"船长微笑着对我说，"您已经隐约看到了这个行动的可能性，而我看到的是成功。普通的船不能做的事，对'鹦鹉螺'号来说易如反掌。如果南极有陆地，它在陆地面前停下来。如果没有陆地，而是一无阻挡的海洋，它就一直开到南极。"

"有道理，"我对船长的说理心悦诚服，说道，"即使海面上结冰，深层是不结冰的，因为天从人愿，海水的最大密度要比冰点高。如果我没搞错的话，这大浮冰浸没部分的厚度与露出部分的比例是不是三比一？"

"差不多，教授先生。冰山在海上有一英尺，它们在海下就有三英尺。而这些冰山的高度不超过一百英尺，因此，它们也就只有三百英尺深。这区区三百英尺，怎奈何得了'鹦鹉螺'号？"

"绝对不能，先生。"

"它甚至可以到更深的地方去寻找海水均匀不变的温度，尽管海面上的温度为零下三四十度，但我们在那样深的海中安然无恙。"

"对，先生，太对了。"我兴奋地回答。

"唯一的困难，"内摩船长接着又说，"就是我们要在海下待好几天，不能浮上来更换空气。"

"就这个？"我反诘道，"'鹦鹉螺'号有几个大储气罐，我们把它们全储满空气，它们将给我们提供所需的全部氧气。"

"想得很好，阿罗纳克斯先生，"船长微笑道，"不过，我不想让您将来有可能指责我鲁莽，我还是先把我考虑到的困难全都告诉您。"

"还有什么？"

"还有一个。如果南极上仍是海洋，这海可能完全被冰封住，那样，我们就可能回不到海面上来了！"

"好吧，先生。可您是不是忘记'鹦鹉螺'号有一个可怕的冲角了？我们可以让它斜向地朝冰原冲去，一定会冲出一条路来的。"

"嘿！教授先生，今天您的点子倒不少！"

"再说，船长，"我越发来劲，又说道，"在南极，为什么就不能像在北极那样，遇到自由海①呢？无论在南半球，还是在北半球，冷极和地极是不相重合的。在有相反的证据之前，我们应该假设，在这两个地极上，或者是一块陆地，或者是一个不被浮冰覆盖的大海。"

"我也这样认为，阿罗纳克斯先生，"内摩船长说，"不过，我要提醒您，您先是竭力反对我的计划，现在却又拼命为它辩护。"

内摩船长说对了，我甚至比他胆子还大了。是我鼓动他去南极的！我胜过他了，我超过他了……才不是呢？可怜的傻瓜！内摩船长对这件事的利弊比你知道得更清楚，他是在捉弄你，想看到你对不可能做的事跃跃欲试的傻样子！

然而，内摩船长说干就干。他一个信号，大副就上来了。他们用别人不懂的语言迅速作了商量，也许大副早已知道这个计划，或者觉得它切实可行，没有流露出丝毫惊讶。

不过，他再镇定自若，比起孔塞耶来也是小巫见大巫：当我把去南极的计划告诉这位可敬的小伙子时，他竟然无动于衷，只说了句"我听先生的"。我只好满足于这个回答。至于内德·兰，如果说有谁的肩膀耸得最

---

① 自由海，这里指不被浮冰覆盖的船只可以通行的海。

高，那就是这位加拿大人了。

"听着，先生，"他对我说，"您和您的内摩船长让我感到可怜！"

"可我们肯定能到南极，内德师傅。"

"有可能，但你们回不来！"

内德·兰说完就回他的舱里去了。离开时，他又说了句："不要干蠢事！"

此时，实行这个大胆计划的准备工作已开始。"鹦鹉螺"号上的几台大功率抽气泵往储气罐里灌气，用高压将空气储存起来。四时许，内摩船长向我宣布，甲板的舱盖就要合上了。我朝我们就要通过的大浮冰瞅了最后一眼。天气晴朗，空气洁净，气温为零下十二度，非常寒冷，但风已消停，因而这样低的温度似乎不太令人难以忍受。

十来个人爬上"鹦鹉螺"号的侧面，他们都拿着镐头，把船底周围的冰敲碎，不久船底就自由了。这活干得很快，因为新结的冰还不太厚。我们全都回到船内。常用的几个水箱装满了吃水线上已经活动的海水。"鹦鹉螺"号立即潜入海下。

我和孔塞耶已在客厅的窗边就位。通过拉开窗板的玻璃窗，我们观察南冰洋下层的情景。温度计在上升，流体压力计的指针在刻度盘上移动。

正如内摩船长预料的那样，下到将近三百米处，我们就漂浮在大浮冰下波动的水面上了。但是，"鹦鹉螺"号继续下潜。它潜到八百米深的地方。水面上的温度是零下十二度，可现在显示的温度是零下十一度，也就是说我们赢得了一度。不言而喻，因为有暖气，"鹦鹉螺"号内部保持着很高的温度。一切操作都完成得无懈可击。

"请先生原谅我冒昧，我们肯定能过去。"孔塞耶对我说。

"希望这样！"我满怀信心地回答。

在这畅通无阻的海底，"鹦鹉螺"号径直朝南极驶去，不偏离西经五十二度。从纬度六十七度三十分到九十度，还有二十二度半，即两千公里多一点的路程要走。"鹦鹉螺"号平均时速为四十七海里，相当于特别快车的速度。如果保持这样的行速，只要四十小时便可抵达极地。

　　大海的景象十分新奇，夜里，我和孔塞耶在客厅的窗边驻足很久。船灯光芒四射，照得大海明明亮亮。可是大海空阔冷落。鱼类不在封冻的海中停留，只是作为过路客，从南冰洋游到南极的自由海中。我们的行速很快，这可从长形钢船壳的震动中感觉到。

　　凌晨两点左右，我去休息了几小时。孔塞耶也跟着去休息了。在穿过通道的时候，我没有遇见内摩船长，我寻思他一定在驾驶室里。

　　翌日，三月十九日，清晨五点，我回到客厅窗边的位置上。电动测程器向我表明，"鹦鹉螺"号正在减速。它在浮向海面，但它小心翼翼，慢慢地给水箱排水。

　　我的心突突直跳。我们就要浮出海面，呼吸到南极的自由空气了吗？

　　不对。我感到撞击了一下，知道"鹦鹉螺"号撞上大浮冰的底面上了。从沉浊的声音判断，冰层依然很厚。的确，用海员的话来说，我们"触"了，不过是反方向的，在三千英尺的深处。上面有四千英尺厚的冰层，其中一千英尺露在洋面上。大浮冰现在的高度，要比我们先前在它边缘上测出的高度更高。情况并不乐观。

　　这一天，"鹦鹉螺"号试了好几次，想浮上海面，但总是撞到横在上面的冰墙上。好几次，它在九百米的深处碰到了冰墙，这说明冰的厚度为一千二百米，其中三百米露在洋面上。与"鹦鹉螺"号潜入海下时相比，高度增加了一倍。

　　我仔细地记下了这些不同的深度，这样，就得出了水下冰层深度的断面图。

　　晚上，我们的处境毫无改变。冰的厚度在四百至五百米之间，显然是在减少，可横在我们和洋面之间的冰层依然很厚！

　　晚上八点了。按照惯例，"鹦鹉螺"号内的空气四小时前就该换了。然而，尽管内摩船长尚未让储气罐放出氧气，但我并不怎么感到不舒服。

　　这天夜里我怎么也睡不着，希望和忧惧轮番折磨着我。我起来了好几次。"鹦鹉螺"号继续在探索。凌晨三点左右，我观察到大浮冰底面离表面只有五十米了，我们离水面只有一百五十英尺。大浮冰又渐渐变成冰原。山又成为平原。

我的眼睛牢牢盯住压力表。我们继续沿着被船灯照得闪闪发光的斜面上升。大浮冰犹如一条长长的坡道，坡面和坡底在渐渐降低。每前进一海里，它就变薄不少。

终于，在这值得纪念的三月十九日，早晨六点钟，客厅的门打开了。内摩船长走进来。

"自由海！"他对我说。

Chapter 14
南极

我奔上甲板。果然！自由海！只分散着一些浮冰，一些活动的冰山；远处伸展着一片海洋；空中无数鸟儿展翅飞翔，水中无数鱼儿摆尾嬉戏。海水的颜色随海底而变化，时而深蓝，时而橄榄绿。温度表指示的温度是摄氏三度。大浮冰后似乎隐藏着相对的春天。那大浮冰渐渐远去，它的轮廓显露在北方的天际。

"我们是在南极吗？"我问船长，心怦怦直跳。

"不知道，"他回答我说，"中午，我们测量一下方位。"

"太阳会从这些云雾中露出来吗？"我望着灰蒙蒙的天空问道。

"只要露出一点点，对我就足够了。"船长回答。

在南边，离"鹦鹉螺"号二海里的地方，孤零零地矗立着一个两百米高的小岛。我们向小岛驶去，但临深履薄，小心翼翼，因为海上可能有暗礁。

一小时后，我们驶达小岛。两小时后，我们绕岛行了一圈。小岛周长有四五海里，一个狭窄的海峡把它同一大片陆地分开，可能是一个洲，望不见它的尽头。这片陆地的存在似乎证明莫里的假设是对的。的确，这位机敏过人的美国人指出，在南极和纬度六十度之间的海面上，覆盖着巨大的浮冰，而在大西洋北部是绝不会有的。他由此得出结论，南极圈内有大片陆地，因为冰山是在海岸上，而不是在大海中形成的。据他计算，覆盖南极的冰形成一个硕大的冰盖，其宽度可达四千公里。

然而，"鹦鹉螺"号害怕搁浅，在离海滩六米的地方停了下来。海滩上高耸着一堆堆蔚为壮观的岩石。我们把小艇放到海中。船长、两个拿着各种仪器的水手、孔塞耶和我，我们上了小艇。那是上午十点钟。我没有看见内德·兰。加拿大人想必不愿意面对南极，不愿意承认自己错了。

划了几下桨，小艇便到了沙滩上，搁浅在那里。孔塞耶正要跳上沙滩，我把他挡住了。

"先生，"我对内摩船长说，"请您第一个上岸。"

"好的，先生，"船长回答，"我会毫不犹豫地踩上这南极的土地，那是因为至今还没有一个人在这里留下过足迹。"

说完，他就轻轻一跳，上了沙滩。他无比激动，心怦怦乱跳。他登上一块岩石，那岩石伸突在一个小岬角上。他双臂交叉，目光灼热，一动不动，一言不发，仿佛南极地区已成为他的领地。他像这样心醉神迷了五分钟后，回头向我喊道：

"您愿意就上来，先生。"

我上了岸，孔塞耶跟在我后面，那两个水手留在小艇上。

很长一段地面呈现出淡红色的凝灰岩，仿佛由一层层红砖构成。遍地是火山岩渣、熔岩流、浮石。不难看出，这是火山造成的。有些地方还在冒出轻微的火山气体，发出一股硫黄的气味，这证明地心火仍在向外扩张。我攀上一个很高的峭壁四下瞭望，方圆好几里却望不见一座火山。众所周知，詹姆斯·罗斯[①]在南极地带，东经一百六十度、南纬七十七度三十二分，发现了埃里伯斯和泰罗尔活火山口。

在这荒芜的大陆上，我感到植物极为稀少。黑岩石上覆盖着一些灰囊果目的苔藓。某些用显微镜才能看见的胚芽，一些夹在两瓣石英质贝壳中间的细胞植物原始硅藻，一些由激浪扔到海岸上贴在小鱼鳔上面的紫红和深红色的长墨角藻，它们构成了这个地区贫乏的植物系。

---

① 詹姆斯·罗斯（1800—1862），英国海军军官，曾在北极和南极进行过磁力测量，发现了南极的罗斯海和维多利亚地。

　　海岸上散布着软体动物：小贻贝、帽贝、光滑的牛心果贝，尤其是海若螺，身体细长，膜状，头由两个圆瓣组成。我还看见无数北极海若螺，长三厘米，露脊鲸一口能吞下成千上万。这些可爱的翼足目软体动物，是名副其实的海蝴蝶，使岸边的流动海水显得生机勃勃。

　　在海底植虫类动物中，有珊瑚树。据詹姆斯·罗斯说，这些珊瑚树甚至生活在南极海一千米深处；还有属于深海髓形种的海鸡冠珊瑚，以及为这里的气候所特有的海盘车和俯拾皆是的海星。

　　但是，动物最多的地方要算空中了。成千上万、各种各样的鸟儿在天空中飞来飞去，它们的尖叫声都快把我们的耳朵震聋了。还有些鸟儿挤在岩石上，毫不胆怯地看着我们经过，亲热地拥在我们的脚边。那是企鹅，它们在水中敏捷灵活，而在岸上却笨拙呆傻。当它们在海里时，常常被错当成游得飞快的金枪鱼。它们成群结队，发出古怪的叫声，动作很少，却叫声不断。

　　在鸟类中，我看见有鞘嘴鹬，属涉禽类，鸽子般大小，白羽毛，喙短而呈锥形，眼睛周围有一个红圈圈。孔塞耶逮了许多作储备，因为这些飞禽好好烹调，是很鲜美的菜肴。空中飞过煤烟色的信天翁，翼幅有四米，被恰如其分地叫做大洋的秃鹫；有巨大的海燕，尤其是弓形翼海燕，最喜欢吃海豹；有棋盘鹱，一种体小的鸭子，覆盖着黑白两色的羽毛；还有形形色色的海燕，有的全身灰白，两翼边缘为褐色，另一些为蓝色，这是南极海特有的品种。我对孔塞耶说，那些白海燕"像是浸过油似的，法罗群岛①的居民在它们身上装一根灯芯，就可把它们点着"。

　　"再多一些油，"孔塞耶回答，"那就是完美无缺的灯盏了！可惜，我们不能要求大自然给它们预先准备一根灯芯。"

　　再过去半海里，地上到处是潜水鸟的巢穴。那是一种用来产卵的地穴，从里面飞出许多潜水鸟来。内摩船长后来让人逮了数百只，因为它们黑糊糊的肉是很好吃的。它们的叫声和驴叫很相像。这些鸟大小像鹅，身上呈板岩

① 法罗群岛是欧洲大西洋北部的火山群岛，原属挪威，后属丹麦。

成千上万只鸟。

色，腹部呈白色，脖子上像是系了一条柠檬色的领带，它们见人从不知道逃跑，用石头就可把它们打死。

可是，轻雾迟迟不散，都十一点了，太阳仍不露面。太阳不出来，我感到很焦急。没有太阳，就不可能进行观察，那么，如何确定我们已到了南极呢？

当我追上内摩船长时，见他胳膊支在一块岩石上，默默地仰望天空。他看上去心烦意乱，焦虑不安。可太阳一刻都没出现，甚至无法辨认雾幕后面哪个地方是太阳。不久，轻雾就化做白雪了

船长只是简单地对我说了句："明天再说。"我们就冒着鹅毛大雪回"鹦鹉螺"号去了。

我们不在时，留在船上的人撒网捕鱼。我兴致勃勃地观察刚刚打捞上船的鱼。南极海是许多洄游鱼的避难所，它们为了躲避低纬度水域的风暴，却又落入南极海豚和海豹的口中。我看见有几条南极杜父鱼，体长一分米，是一种灰白色的软骨鱼，身上有青灰色的横条纹，长着尖刺；还有南极银鲛，身子长长的，有三英尺，白色的表皮光溜溜的，闪着银光，头圆圆的，背上长着三只鳍，嘴部有一个吻管，弯向嘴巴。我尝了尝它们的肉，觉得无滋无味，可孔塞耶觉得味道鲜美。

暴风雪一直下到第二天。不能再站在甲板上了。我在客厅中把游览南极大陆遇到的事儿记录下来。在客厅里，我听见海燕和信天翁在暴风雪中嬉戏，发出嗷嗷的叫声。"鹦鹉螺"号没有停着不动，它沿着海岸行驶，又往南行进了十来海里。太阳在地平线上掠过，天空半明半暗。

第二天是三月二十日。雪早就停了，天气更冷得彻骨。温度计指示零下二度。雾散了，我希望这一天能进行观测。

内摩船长还没有出来，小艇把我和孔塞耶送到陆地上。土壤仍然是火山质的。到处是熔岩渣、玄武岩的痕迹，却看不见喷出这些物体的火山口。这里跟那边一样，成千上万只鸟儿给南极大陆的这块土地平添了几分生气。不过，它们和一群群海洋哺乳动物分享着这个王国，那些海洋动物瞪着眼睛瞅

着我们。有各种各样的海豹，有的躺在地上，另一些卧在漂浮的冰上，有几只海豹从海中出来，或钻进海里。它们从没和人打过交道，看见我们走近也不逃跑。我看，那些海豹用来供应数百条船都绰绰有余。

"天哪！"孔塞耶说，"幸亏内德·兰没有陪我们来！"

"为什么，孔塞耶？"

"因为他是狂热的猎人，会把它们全部杀光的。"

"说全部有点夸张，但我相信，我们谁也阻止不了我们这位加拿大朋友用渔叉杀死几头美丽的鲸类动物。这会使内摩船长心头不悦，因为他不会无故杀死无害的动物。"

"他这样做是对的。"

"那当然，孔塞耶。告诉我，你是不是已把这些漂亮的海洋动物进行分类了？"

"先生知道，"孔塞耶回答，"我在实践上不内行。如果先生告诉我这些动物的名字……"

"这是海豹和海象。"

"它们是鳍脚科的两个属，"博学的孔塞耶赶紧说道，"食肉目，有爪类，单子宫亚纲，哺乳纲，脊椎门。"

"很好，孔塞耶，"我回答道，"不过，这两个属，海豹和海象，可分成好几个种，如果我没搞错，我们现在有机会观察它们。走吧！"

那是早晨八点。中午才能有效地观察太阳，在这之前，我们还有四小时可以支配。我带着孔塞耶向一个大海湾走去，那海湾成凹形，深入海岸的花岗岩峭壁中间。

我们在那里极目而望，只见一片片陆地和一块块冰上，可以说挤满了海洋哺乳动物。我下意识地用目光寻找海中老人普洛透斯，那位神话中的牧人为尼普顿看守着这些不可胜数的畜群。最多的是海豹。它们组成一个个明显的群体，雄的和雌的厮守一起，父亲照管着一家，母亲给幼崽喂奶。有几只已经身强力壮的小海豹摆脱束缚，在离父母几步路的地方嬉戏。这些哺乳动物想移动时，就靠身体的收缩，一跳一跳地行进，相当笨拙地使用它们不发达的阔鳍，而这鳍在它们同属的海象身上，就成了地地道道的前臂。这些动物脊椎灵活，骨盆狭窄，毛短而密，长着蹼足，当它们到了海中，到了最适合它们的生活场所，应该说游得既快又漂亮。它们在陆地上憩息时，姿势优雅至极。因此，古人们看到它们那温柔的脸容，那无一女人能与之媲美的极富表情的漂亮眼神，那毛茸茸的明亮透澈的眼睛，那妩媚迷人的姿势，他们就按照各自的方式美化它们，雄海豹变成了半人半鱼的海神，雌海豹变成了美人鱼。

我向孔塞耶指出，这些聪明的鲸科动物有着非常发达的大脑叶。除了人，没有一种哺乳动物具有像这样发达的大脑。因此，海豹可以接受一定的教育，它们很容易驯养。我赞同某些博物学家的看法，可对海豹进行适当的训练，它们可作为捕鱼的猎狗，为人类效劳。

那些海豹大多在岩石或沙滩上睡觉。在这些没有外耳（这是与有耳海豹，即海狮的区别所在）的狭义海豹中，我观察到长吻海豚属的几个变种，它们体长三英尺，覆盖着白毛，长着狗一样的脑袋，上下颚各有十颗牙，其中四颗门牙、两颗百合花形的犬牙。它们中间钻进了一些海象，那是一种长着可动的短鼻子的海豹，是海豹中体形最大者，腰围二十英尺，身长十英尺。我们靠近时，它们一动也不动。

"这些动物不危险吗？"孔塞耶问我。

"不危险，"我回答，"除非有人惹恼它们。海豹为了保护幼崽，会勃然大怒，变得十分可怕，常常会把渔船撕成碎片。"

"这是它们的正当权利！"孔塞耶回嘴说。

"我没说不是呀。"

我们又走了两海里，被一个岬角挡住了去路。那岬角保护海湾免遭南风的袭击。它垂直地矗立在海边，浪头打来，泡沫四溅。岬角那边吼声震天，好似有一群反刍动物在怒号。

"好，"孔塞耶说，"是牛群在吼叫吗？"

"不是，"我说，"是海象。"

"它们在打架？"

"可能打架，也可能闹着玩。"

"请先生原谅我冒昧，应该去看一看。"

"是应该去看一看，孔塞耶。"

于是，我们翻过一块块黑糊糊的岩石，不时有石块崩落，岩石上结了冰，走起来直打滑。我不止一次地滑倒在地，弄得腰酸背痛。孔塞耶比我小心，也比我结实，一次也没滑倒。他把我扶起来，说道："如果先生愿意把双脚叉开，就能更好地保持平衡了。"

爬上岬角的尖脊后面，我看见一片白皑皑的广阔平原，那里遍地是海象。这些动物在互相嬉戏，这是快乐的而不是愤怒的吼声。

海象在躯体的外形和布局上同海豹颇为相似。但它们的下颚没有犬牙和门牙，至于上颚的犬牙，是两颗长达八十厘米的獠牙，牙槽的周长有三十三厘米。这些獠牙质地较密，没有条痕，比大象的獠牙还要坚硬，又不容易变黄，是极其珍贵的物品。因此，海象遭到大捕猎，已濒临灭绝，因为猎人连怀孕的和幼小的海象也不放过。每年杀死的海象达四千多头。

走到这些珍贵的动物跟前，我可以自由地观察，因为它们不会受到妨碍。它们的表皮很厚，非常粗糙，接近红棕色，毛短而稀疏。有些海象有四米长。它们比北极海象更平静，更大胆，没有选派哨兵在营地周围警戒。

观察完这个海象集居地后，我就想回去了。已是十一点，假如内摩船长到时有条件观测方位，我想在他身边看他工作。但我不敢奢望这天能出太阳。天边乌云密布，遮住了太阳。这个天体似乎格外珍视地球的这一极地，不愿向人类泄露这不可接近的地方。

不管怎样，我想回"鹦鹉螺"号那里去。我们沿着悬崖峭壁上的一条狭窄的坡道下去。十一点半，我们就回到了着陆的地方。小艇搁浅在海滩上，它已把船长送上海岸了。我看见他站在一块玄武岩上，仪器放在他的身边。他凝视着北边的天尽头，太阳正在附近画它拉长的曲线。

　　我站到他身边，没有说话，等待着。中午到了，和昨天一样，太阳就是不露脸。

　　这是天不助我。观测再次化为泡影。假如明天仍然进行不了，那就只好永远放弃测定我们的位置了。

　　的确，今天已是三月二十日。明天二十一日，是春分的日子，不算折射的光，太阳将沉落到地平线下，六个月不露面。随着太阳的消失，南极将开始绵绵长夜。从九月的秋分之日起，它从北边的地平线上露面，画着陡斜的螺旋渐渐上升，直到十二月二十一日。这时候，是北极地区的夏至，太阳开始下落。明天，它将向北极地区射出最后的光线。

　　我向内摩船长谈了我的看法和忧虑。

　　"您讲得对，阿罗纳克斯先生，"他对我说，"如果明天我测不到太阳的高度，六个月内我就不可能再作测定。不过，恰恰因为在这次航行中，机遇使我在三月二十一日到达这南极海中，只要明天中午出太阳，我所在的位置是很容易测定的。"

　　"为什么，船长？"

　　"因为太阳在画陡斜的螺旋时，是很难正确测量出它在地平线上的高度的，仪器很可能出现严重的误差。"

　　"那么您如何着手呢？"

　　"我只用我的测时计，"内摩船长回答说，"如果明天，三月二十一日中午，把折射光考虑在内，太阳的圆盘正好同北方的地平线相切，那我就是在南极了。"

　　"当然。"我说，"不过，这样确定的数字从数学上看不一定精确，因为春分的时间不一定是中午。"

　　"有可能，先生，但误差不到一百米，这就很不错了。那么明天见。"

　　内摩船长回船上去了。我和孔塞耶一直待到五点才回去。我们在沙滩上走来走去，进行观察和研究。除了捡到一枚企鹅蛋外，没有任何稀奇的收获。那枚企鹅蛋大得出奇，收藏家会花一千法郎把它买下来。它浅褐色，装饰着象形文字般的线条和花纹，使它成为一件稀世珍宝。我把它放到孔塞耶手中，这位办事谨慎、走路稳健的小伙子，就像拿一件珍贵的中国瓷器那样端在手中，把它完好无损地带回了"鹦鹉螺"号。

我把这枚罕见的企鹅蛋放到博物馆的一个玻璃橱内。我津津有味地吃了一块海豹肝，它鲜美可口，味同猪肝。然后，我就睡觉了。睡前，我像印度人那样，祈求灿烂的太阳赐给我们恩惠。

翌日，三月二十一日清晨五点，我就上了甲板。内摩船长已经在了。

"天气晴朗一些了，"他对我说，"我相信太阳会出来。吃完饭，我们就上岸，选一个观察点。"

观察点选好后，我就去找内德·兰。我想拉他跟我一起去。固执的加拿大人拒绝了。我清楚地看到，他越来越心绪郁闷，也越来越沉默不语。不过，在现在的情况下，他执意不去，我并不遗憾，因为陆地上到处是海豹，不应该让这位冒失的猎人受到诱惑。

吃完饭，我就上岸了。昨天夜里，"鹦鹉螺"号又上行了几海里。它停在海上，离海岸足足有四公里。那海岸上矗立着一座高达三四百米的尖峰。和我同乘小艇的有内摩船长、两名船员，还有仪器，即一个计时器、一个望远镜和一个气压计。

在驶往海岸时，我看见了许多露脊鲸，属于南极海特有的三个品种：没有脊鳍的露脊鲸，俗称"地道鲸"，英国人称为"right-Whel"[①]；鲸科的驼背鲸，胸部有纵向褶沟，鳍肢极长，呈灰白色，虽名曰"驼背鲸"，其鳍并不形成翼；最后是长须鲸，黄褐色，是最敏捷的鲸类动物。这强大的动物呼吸时，喷出高高的水柱，宛若袅袅炊烟，老远就能听到它们的声音。这几种不同的哺乳动物，成群结队地在宁静的大海中嬉戏玩耍。我看到，由于人类乱捕滥杀鲸鱼，南极海现已成为这些动物的避难所了。

我还看到了一种动物的灰白色的长触手，那是一种胶质无脊椎动物，还

[①] 为英文词，即"地道鲸"，指无脊鳍的露脊鲸，此类鲸行动缓慢，且死后漂浮于水面，故为捕鲸者"地道的"的猎物。

有大型水母，在海浪的旋涡中摇来摆去。

九点钟，我靠了岸。天空晴朗了，乌云向南逃跑，轻雾抛弃了冰冷的水面。内摩船长向那座尖峰走去，他可能想把它作为观察点。攀登尖峰十分艰难，我们踩着尖利的熔岩和浮石，空气中常常充满了火山喷气孔发出的硫黄气味。内摩船长尽管不习惯走陆地，但他在爬世上最陡的山坡时，显得轻捷灵巧，我简直望尘莫及，比利牛斯山的岩羚羊见了也会甘拜下风。

我们爬了两小时，才登上这座由斑岩和玄武岩组成的尖峰。从那里，我们可以看到一片汪洋大海向北方延伸，在天尽头画下一条清楚的终端线。在我们脚下，是白皑皑的田野，刺得人睁不开眼睛。在我们头顶上，是淡蓝色的天空，轻雾已经散去。在北边，日轮像个火球，已被地平线的利刃截去了一部分。从大海中升起数百个壮丽的水柱。在远处，"鹦鹉螺"号宛若一条酣睡的鲸鱼。在我们后面，一望无垠的陆地伸向南边和东边，那是岩石和冰的堆积，杂乱无章，无边无际。

内摩船长登上峰顶后，用气压测高仪仔细测量了尖峰的高度，因为峰高也要考虑在内。

十二点钟差一刻，太阳只是通过折射才看见，它犹如一个金色的圆轮，把它最后的光芒散发到这个荒蛮的大陆上，这些从未有人到过的大海上。

内摩船长用十字架望远镜观察太阳。望远镜用一面镜子纠正太阳的折射。太阳沿着一条很长很长的对角线，渐渐地沉入水平线下。我手里拿着测时计。我的心剧烈跳动。如果半个日轮消失时，测时计恰好指的是正午十二点，那我们就在南极了。

"正午到！"我喊道。

"南极！"内摩船长庄重地回答。他把望远镜递给我。望远镜中显示的太阳正好被水平线切成了完全相等的两部分。

我凝望着那最后的阳光笼罩着的山顶，阴影冉冉爬上山坡。

这时，内摩船长把手搭在我肩上，对我说："先生，一六〇〇年，荷兰人被海浪和风暴卷到南纬六十四度，发现了南设得兰群岛。一七七三年一月十七日，杰出的库克沿着东经三十八度，到达了南纬六十七度三十分，又于一七七四年一月三十日，到达西经一百零九度、南纬七十一度十五分。一八一九年，俄国人贝林哥森到达了南纬六十九度；而在一八二一年，他又到达南纬六十六度、西经一百一十度。一八二○年，英国人布兰斯菲德被挡在南纬六十五度。同年，美国人莫雷尔在西经四十二度、南纬七十度十四分的地方发现了自由海，但他的叙述不一定可靠。一八二五年，英国人鲍威尔没能越过南纬六十二度。同年，一个普通的猎海豹者、英国的威德尔远达南纬七十二度十四分、西经三十五度，最远到达了南纬七十二度十四分、西经三十六度。一八二九年，英国人福斯特驾驶'雄鸡'号，登上南纬六十三度二十六分、西经六十三度二十六分的陆地。一八三一年二月一日，英国人比斯特在南纬六十八度五十分，发现了恩德比地；又于一八三二年二月五日，在南纬六十七度发现了阿德雷德岛；同年二月二十一日，在南纬六十四度四十五分发现了格雷厄姆海岸。一八三八年，法国人迪蒙·迪尔维尔在南纬六十二度五十七分遇到大浮冰，测定了路易—菲力普地的方位；两年后的一月二十一日，他在南纬六十六度三十分发现了一个新海角，命名为阿代利地；八天后，在南纬六十四度四十分，命名了克拉里海岸。一八三八年，英国人威尔克斯远达南纬六十九度、东经一百度。一八三九年，英国人巴尔尼在南极圈的边缘上，发现了萨布里纳地。最后，詹姆斯·罗斯于一八四二年一月十二日，登上了埃里伯斯和泰罗尔两座火山，在南纬七十六度五十六分、东经一百七十一度七分，发现了维多利亚地；同月二十三日，他测定了南纬七十四度，他第一次到达这样高的纬度；二十七日，他在南纬七十六度八分，二十八日，在南纬七十七度三十二分，二月二日，在南纬七十八度四分；一八四二年，他又一次来到了南纬七十一度，但未能越过。而我，内摩船长，于一八六八年三月二十一日到达了南纬九十度，到达了南极，我占领了地球的这一部分土地，它将是第六个被公认的大陆。"

"以谁的名义，船长？"

"以我的名义，先生！"

"再见，太阳！"他喊道。

　　说着，内摩船长展开一面黑旗，这面黑粗纱布旗的中央写着一个金色的
"N"①。然后，他转身面向太阳。那太阳正在用最后的光芒抚摸大海那一
头的水平线。

　　"再见，太阳！"他喊道，"消失吧，灿烂的天体！沉入这自由海中
吧！让六个月的漫漫长夜将黑暗铺展在我的新领地上！"

---

① "N"为内摩船长的名字"Nemo"的首写字母。

Chapter 15
大事故还是小事故

翌日，三月二十二日早晨六点，出发的准备工作开始了。最后几抹曙光正在黑暗中渐渐消失。天气彻骨的寒冷。一个个星座发出异常强烈的光辉。奇妙的南十字座在天顶上光芒四射，那是南部地区的极星。

温度计指示零下十二度。风力增加时，寒风刺得人刀割般疼痛。水面上的冰块越来越多。大海就要完全结冰。无数微微发黑的冰块浮在海面上，表明新冰即将形成。在持续六个月的冬季，南极海被厚冰覆盖，显然是无法接近的。在这个时期，鲸鱼怎么办呢？它们大概从厚冰下面游出去，寻找更为适宜的海域。至于海豹和海象，它们习惯于生活在最严寒的气候下，便继续留在这厚冰覆盖的沿岸海面上。这些动物本能地在冰原上挖洞，并让洞口敞开着，需要歇息时，就到这些洞里来；当鸟类为寒冷所迫向北迁徙时，这些海洋哺乳动物就成了南极大陆的唯一主人。

这时，水箱注满水了，"鹦鹉螺"号慢慢潜入水下。下到一千英尺，它就不再往下了。螺旋桨拍击海水，"鹦鹉螺"号径直向北驶去，时速十五海里。傍晚时分，它就行驶在大浮冰下面了，那大浮冰犹如一个无边无际的冰甲壳。

为了谨慎起见，客厅的窗板早已合上，因为船身可能会撞上没入水中的冰峰。因此，这一天，我就整理笔记。我的思想完全沉浸在对南极的回忆中。我们到达了这个不可接近的南极，没有丝毫疲劳，没有任何危险，我们这只漂浮的船，就好像行驶在一条铁路的轨道上。现在真的踏上了归途，我还会遇到类似的奇事吗？我想还会有的，因为海底的奇迹层出不穷。然而，自从我们意外地来到这条船上，五个半月来，我们航行了一万四千里，在这比地球赤道还要长的旅程中，不知遇到了多少奇妙或惊险的意外，给我们的旅行增添了乐趣：克雷斯波森林中打猎、托雷斯海峡上搁浅、珊瑚墓地、锡兰采珠、阿拉伯海底通道、桑多林岛潟湖的火山、维哥湾的数百万财宝、大西洋岛、南极！夜里，所有这些回忆在我的梦中一一闪过，我的大脑一刻也未得休息。

凌晨三点，我被猛烈的撞击惊醒。我霍地从床上坐起来，在黑暗中侧耳细听，猛不防被抛到了房间中央。显然，"鹦鹉螺"号撞上了什么东西，船身倾斜得很厉害。

我扶着壁板，从纵向通道一步一步移到客厅。天花板的灯光照得客厅亮堂堂。家具倒在地上。所幸玻璃柜站得稳稳的，没有翻倒。由于船身倾斜，挂在右舷上的那几幅画都紧贴在挂毯上，而在左舷上的画，下缘离挂毯有一英尺。这就是说，"鹦鹉螺"号是向右边倾斜，而且，它此刻已彻底停下来了。

我听到船内响起了嘈杂的脚步声和说话声。可是，内摩船长没有露面。我正要离开客厅，内德·兰和孔塞耶进来了。

"出什么事了？"我问他们。

"我就是来问先生的。"孔塞耶回答。

"见鬼！"加拿大人喊道，"我知道！'鹦鹉螺'号搁浅了，我认为，这次可不像上次在托雷斯海峡中那样能够摆脱险境。"

"至少它已经回到海面上了吧？"我问道。

"这可不知道。"孔塞耶回答。

"这不难确定。"我回答。

我看了看流体压力表。令我吃惊的是，压力表指的是水深三百六十米。

"怎么回事？"我叫了起来。

"应该去问问内摩船长。"孔塞耶说。

"到哪里去找他？"内德·兰问。

"跟我来。"我对我的两个同伴说。

我们离开客厅。图书室，没有人。楼梯间、船员工作室，没有人。我设想内摩船长可能在机房操作，最好还是等一等。我们三个又回到客厅里。

这里且不谈加拿大人如何骂骂咧咧，他可逮着机会大发脾气了。我让他尽情地发泄，对他置之不理。

我们这样待了二十分钟，努力想听到船内有什么细微的动静，这时，内摩船长进来了。他似乎没有看见我们。他的脸平时不露声色，此刻却忧形于色。他默默地看了看罗盘和流体压力表，走过来把手指放在地球平面图的一个点上，那是南极海域。

我不想打断他。直到过了一会儿，当他回头看我时，我才用他在托雷斯海峡用过的一个词来问他：

"是小事故吗？"

"不，先生，"他回答，"这次是大事故。"

"严重吗？"

"可能。"

"马上就有危险吗？"

"不会。"

"'鹦鹉螺'号搁浅了吗？"

"是的。"

"怎么造成的？"

"是大自然的任性，不是人的无能。我们的操作无懈可击。然而，人们不可能阻止平衡发生作用。人类的法律可以冒犯，大自然的法则不可抗拒。"

内摩船长选择了这个奇特的时刻，来进行这个哲学的深思。总之，他的回答对我无济于事。

"先生，我能知道这次事故的原因吗？"我问他。

"一块大浮冰，整整一座冰山，倒转过来了，"他回答我，"由于较温热水流的作用，或者不断受到撞击，冰山的下端受侵蚀，重心上升，冰山就会翻筋斗，上下转个个儿。这就是我们遇到的情况。一座冰山翻筋斗时，撞上了在水下航行的'鹦鹉螺'号。然后，冰山钻到船下面，用不可抗拒的力量把它顶起来，带到了密度小的水层中，'鹦鹉螺'号侧卧在那里。"

"能不能把水箱排空，使船身恢复平衡，从而使'鹦鹉螺'号摆脱困境呢？"

"现在正在这样做，先生。您可以听见水泵工作的声音。您看压力计的磁针，'鹦鹉螺'号在上升，可冰山也随它一起上升。直到出现一个障碍物阻止它继续上升，我们的处境才会改变。"

果然，"鹦鹉螺"号仍然侧向右舷。等冰山停止上升时，船身大概会正过来。可到那时，谁知道我们会不会撞到上层的大浮冰，被可怕地挤在两个冰面之间呢？

我把如果出现这种情况会有什么后果，翻来覆去地思考着。内摩船长不停地观察压力计。冰山翻身后，"鹦鹉螺"号大约上升了一百五十英尺，但它身体右侧的角度始终未变。

突然，我们感到船身轻微动了一下。显然，"鹦鹉螺"号稍微正过来一点。挂在客厅里的东西正在明显地趋向平衡，壁板越来越接近垂直。我们谁也不说话。我们紧张地观察着，感到船位越来越垂直。我们脚下的地板在恢复水平状态。十分钟过去了。

"船身终于直了！"我喊道。

"对。"内摩船长说道，并向客厅门口走去。

"我们还能浮起来吗？"我问他。

"当然，"他回答，"因为水箱还没有排空，等水排空，'鹦鹉螺'号就要升到海面上去了。"

船长出去了。但我很快看到，根据他的命令，"鹦鹉螺"号停止上升了。因为再继续上升，可能会与大浮冰的下端相撞，最好还是待在水中。

"我们幸免于难了。"孔塞耶说。

"不错。刚才，我们很可能挤在冰块之间被压扁，至少会被困住。那样，因为不能补充空气……不错！我们幸免于难了！"

"只要能结束就好！"内德·兰嘀咕了一句。

我不想和加拿大人进行无谓的争论，因此我没有反驳。况且，此刻窗板打开了，外面的光线穿透玻璃窗射进客厅里。

正如我前面说的，我们周围都是水，可是，"鹦鹉螺"号两侧，十米以外，竖着两堵令人头晕目眩的冰墙。上下也有两堵冰墙。在上面，是大浮冰的底面，犹如无边无际的天花板。在下面，是翻了筋斗的冰山，它慢慢移动，在两侧的冰墙之间找到了两个支点，卡在中间不动了。"鹦鹉螺"号被困在一个名副其实的冰隧道里。那冰洞大约有二十米宽，充满了平静的海水。因此，从里面出来并非难事，只要把船往前或往后开一些，然后潜下去数百米，在大浮冰下重新寻找一条自由的通道。

天花板上的灯已熄灭，可客厅依然非常明亮，因为冰墙强大的反光作用把船灯的光线强烈地反射到里面了。我简直难以描绘电光对于这些高低不平的冰墙所产生的作用：每个角，每条棱，每个面，根据冰上不同的纹理，放射出五彩缤纷的光芒。这是光彩夺目的宝石矿，尤其是蓝宝石矿，那蓝色的光束和绿宝石的绿色光束交相辉映。一个个闪光点，宛若一颗颗灿烂夺目的钻石，使人无法逼视；在这些闪光点之间，到处散发出无限柔和的乳光。船灯的亮度增加了一百倍，正如一盏灯，通过一个高级灯塔的透镜，亮度会增加一百倍。

"真美！太美了！"孔塞耶惊叹道。

"是的！"我说，"这景象令人赞叹不已，是不是啊，内德？"

"嗯！见鬼！是挺美的，"内德·兰回答，"美极了！我不得不承认，这使我很恼火。从未见过这样的景象。可我们也许要为此付出很大的代价。恕我直言，我想，我们看到了上帝禁止凡人看到的东西！"

内德言之有理。这景色是美得过分了。忽然，孔塞耶大叫一声。我转过头去。

"怎么啦？"我问。

"先生快闭上眼睛！先生不要看了！"

说着，孔塞耶立即用手遮住眼睛。

"你怎么啦，小伙子？"

"我眼花，看不见了！"

我不由自主地把目光转向玻璃窗，但我忍受不了那吞噬玻璃的火光。"鹦鹉螺"号正在快速航行，静静的反光全都变成了一条条闪烁的射线。无数钻石的火光交织在一起。"鹦鹉螺"号在螺旋桨的驱动下，航行在一个光套中。

客厅的窗板关上了。我们的手仍然护着眼睛，因为我们视网膜前仍在浮动着同心的光环，就像被阳光过于强烈地照射了那样。过了一会儿，我们模糊的眼光才恢复正常。

最后，我们把手放了下来。

"天哪，若不亲眼看见，我决不会相信。"孔塞耶说。

"我现在也不相信！"加拿大人反驳道。

"我们饱赏了大自然的多少奇迹，"孔塞耶又说，"当我们回到陆地后，对贫乏的大陆和人工制造的小玩意儿，会怎样想呢？不，人类居住的世界和我们不相配了。"

这话出自一个冷漠的佛兰德人的口中，表明我们的热情是何等的高涨。但是，加拿大人照例又泼下一盆冷水。

"人类居住的世界！"他摇摇头说，"放心吧，孔塞耶老弟，我们回不去啦！"

清晨五点。"鹦鹉螺"号前部撞了一下。我明白它的冲角撞上了一块浮冰。大概是操作不当，因为这条海下冰隧道里到处是浮冰，"鹦鹉螺"号步履维艰。因此，我想内摩船长会改变路线，或绕过这些障碍，或沿着这条隧道曲折前进。总之，船无论如何都要往前驶，然而，出乎意料，

"鹦鹉螺"号明显在后退。

"我们在往回走?"孔塞耶说。

"是的,"我回答,"想必隧道那头没有出口。"

"怎么办?"

"很简单。"我说,"我们倒回去,从南边的口子出去。就这样。"

我这样说,是想表示我心情平定,其实我忧心忡忡。这时,"鹦鹉螺"号后退的速度加快了,螺旋桨倒转着,带着我们飞速往后退。

"这要耽搁时间了。"内德说。

"早几小时,晚几小时,这倒没关系,只要能出去就行了。"

我在客厅和图书室之间来回地踯躅。我的同伴们坐着,默不做声。转了一会儿,我就一下子坐到沙发上,拿起一本书,机械地翻阅起来。

过了一刻钟,孔塞耶走到我身边,对我说:

"先生读的书有趣吗?"

"非常有趣。"我回答。

"我想是的,先生读的是先生著的书。"

"我著的?"

果然,我手里的那本书是《海底的秘密》。我甚至毫无察觉。我合上书,又开始来回踱步。内德和孔塞耶站起来准备出去。

"别走,朋友们,"我拦住他们说,"和我一起待着,直到我们走出这个死胡同。"

"听先生的。"孔塞耶回答。

几小时过去了。我不断观察挂在客厅内壁上的仪表。压力计表明"鹦鹉螺"号保持在三百米的深处,罗盘一直指向南方,测程仪指出航速每小时二十海里。在这样狭小的空间航行,这个速度是极点了。内摩船长知道,他不能过于加速,这时,一分钟就等于一个世纪。

上午八点二十五分,发生了第二次撞击,这次是在后面。我的脸刷地白了。同伴们走到我身边,我抓住孔塞耶的手。我们面面相觑,目光要比话语更能直接表达我们的思想。

这时，内摩船长走进客厅。我迎上去，问他：

"南边的路也堵住了吗？"

"是的，先生。冰山翻身时，把所有的出口都堵住了。"

"我们困在里面了吗？"

"是的。"

Chapter 16
缺少空气

因此，"鹦鹉螺"号上下左右、前前后后都是不可穿透的冰墙。我们成了大浮冰的囚徒！加拿大人砰的一声用他的大拳头敲了下桌子。孔塞耶默不做声。我抬眼看看船长。他的脸上和平时一样变得毫无表情了。他交叉着双臂，他思考着。"鹦鹉螺"号静止不动。

船长终于说话了。

"先生们，"他以平静的声音说，"就我们目前的处境，有两种死法。"

这个古怪的家伙就像个数学老师，在向学生论证数学题。

"第一种，"他继续说，"是被挤死。第二种是窒息而死。先不说可能饿死，因为'鹦鹉螺'号的食品供应肯定比我们坚持的时间久。因此，我们来研究一下挤死或窒息而死的可能性。"

"船长，"我说道，"关于窒息问题，这倒不必担心，我们储备的空气还没有用呢。"

"不错，"内摩船长说，"但它们只够用两天。可我们在水下已待了三十六小时了，船内的空气已经污浊，该更换了。四十八小时后，我们储备的空气就会用完。"

"那好！船长，我们设法在四十八小时内摆脱险境！"

"至少，我们要试一试，把周围的冰墙凿开。"

"凿哪一边的？"我问。

"用探测器测一下就知道了。我把船停在下面的浮冰上，船员们穿着潜水衣，从最薄的冰墙凿通冰山。"

"现在可以打开窗板吗？"

"可以。我们停下来不走了。"

内摩船长离开客厅。不久，我听到了咕咕声，我知道储水箱开始进水了。"鹦鹉螺"号慢慢下沉，沉到三百五十米处，就停在了浮冰的下面。那是下层浮冰沉入海中的深度。

"朋友们，"我说，"情况很严重，但我相信你们的勇气和力量。"

"先生，"加拿大人回答我，"在这个时候，我不能再用埋怨来烦您了。我准备为救大家赴汤蹈火。"

"好，内德。"我说道，同时向加拿大人伸过手去。

"还有，"他又说，"我使十字镐就像使渔叉那样得心应手，如果我能为船长做些什么，他尽管吩咐。"

"他不会拒绝你的帮助的。来吧，内德。"

我把加拿大人带到船员们正在穿潜水衣的那个舱内。我把内德的建议告诉船长，他欣然接受了。加拿大人穿上潜水衣，他和他的伙伴们立刻准备就绪。每个人的肩上背着鲁凯罗尔水下呼吸器，里面灌满了由储气库供应的纯洁空气。这对船上的空气储备来说，是一笔巨大的支出，但很有必要。至于伦可夫灯，在这被电光照得通明的水中，是无用武之地的。

内德准备就绪后，我就回客厅去了。窗板已拉开，露出了玻璃。我走到孔塞耶身旁，开始观察支撑"鹦鹉螺"号的冰层。

过了一会儿，我们看见十来个人来到了下面的冰山上，内德·兰也在里面。他高头大马，一眼就可认出来。内摩船长和他们在一起。

在凿冰墙之前，内摩船长让人对冰的厚度作了探测，以便确保工程顺利进行。长长的探棒插入两侧的冰壁，插进去十五米了，仍没到头。探测上面的冰天花板肯定是枉费力气，因为那大浮冰高达四百多米。于是，内摩船长就让人探测下面的冰山。厚度为十米。再往下就是水面了。这就是那座冰山的厚度。要把冰山挖掉一大块，面积大小按"鹦鹉螺"号的吃水线来计算，大约需要挖去六千五百立方米的冰，才能挖出一个大窟窿，让"鹦鹉螺"号从这个窟窿沉到冰山底下去。

工程立即开始了，大家不知疲劳，顽强奋战。内摩船长没有下令在船周围挖，那样困难会更大，而是在离左舷八米处，让人画了个大圈圈，这就是挖坑的范围。然后，船员们同时在这个圈圈的几个点上挖凿。镐头有力地敲凿坚冰，不一会儿工夫，就挖下了大块大块的冰。由于比重的奇妙作用，这些冰块因为比水轻，可以说全都飞到冰隧道顶层上去了。这样一来，下面的冰山越来越薄，上面的冰层越来越厚。但这没关系，只要下面的冰层变薄就行了。

苦战两小时后，内德·兰精疲力竭地回来了。他和他的伙伴们被另一批人替换下来，我和孔塞耶也在其中，"鹦鹉螺"号的大副是指挥。

我觉得水冷得彻骨，但当我挥动起镐头时，身上很快就暖和了。尽管是在三十个大气压下干活，我的动作却轻松自如。干了两小时，我回去吃点东西，休息一会儿。我发现，水下呼吸器供给我的纯洁空气同船上的空气相比大不一样。船上的空气已充满碳酸，四十八小时没有换气，因此大不如以前清新。然而，干了十二个小时，我们在画的圈内挖掉一米厚，也就是六百立方米的冰。按这样的速度计算，还需要五夜四天才能完成这项工程。

"五夜四天！"我对我的同伴说，"可我们储存的空气只够用两天！"

"而且，"内德说，"即使走出了这个该死的冰牢，我们仍将是大浮冰的俘虏，仍然不可能接触空气。"

这个想法不无道理。谁能预料起码多少时间我们才能脱险呢？也许，没等"鹦鹉螺"号返回海面，我们全都窒息而死了。难道这条船和船上的所有人注定要葬身于这冰墓之中吗？看来形势十分严峻。但我们谁都正视现实，决心各尽其责，坚持到底。

不出我所料，夜里，又从这巨大的圈里挖去了一米厚的冰。翌日清晨，当我穿着潜水衣，冒着零下五六度的温度从水里走过时，我发现两侧的冰墙在渐渐靠拢。离开我们作业面较远一些的水层，因为没有人在那里干活，水的温度不可能上升，呈现出结冰的趋势。面临这个迫在眉睫的新危险，我们脱险的可能性有多少？怎样阻止冰隧道里的海水结冰？否则，"鹦鹉螺"号的内壁会像玻璃杯似的爆裂成碎片。

我没有把这个危险告诉我的两个同伴。为让大家获救，他们正拼足全力进行这个艰难的工程，他们知道了会垂头丧气，这有什么好处？但是，当我回到船上时，我提醒内摩船长要注意这个严重而复杂的情况。

"我知道，"他镇定地对我说，形势再严重，他也不会惊慌失措，"又多了个危险，但我毫无办法避免。我们获救的唯一办法，就是我们干的速度要比结冰的速度更快。要抢先一步，只有这样。"

抢先一步！好吧，我应该习惯他这种表达方式！

这一天，我顽强地挥动镐头，连续干了好几个小时。这工作给我力量。况且，去干活就是离开"鹦鹉螺"号，就是直接呼吸从储气库中取出来的由水下呼吸器提供的纯洁空气，就是抛弃贫氧的污浊空气。

傍晚时，那个坑又往下挖了一米。当我回到船上，差点被空气中饱含的碳酸给憋死。啊！为什么我们没有可以消除这有害气体的化学手段？我们不缺少氧气。这海水中含有大量的氧，用高效电池把氧从水中分解出来，我们的空气又可变得洁净了。我认真地想过这个问题，但有什么用呢，因为二氧化碳是我们呼吸的产物，已经侵占了船的各个部分。要排除二氧化碳，就必须把苛性碳酸钾放到容器里，不停地晃动。可船上没有碳酸钾，任何物质都不能取代它。

那天晚上，内摩船长不得不打开储气罐的开关，给船内放出了几柱纯净的空气。如果不采取这个预防措施，我们就醒不过来了。

第二天是三月二十六日，我又去干我那矿工的活。开始挖第五米了。两侧的冰墙和上面的冰天花板已明显增厚。显然，在"鹦鹉螺"号脱险之前，它们就会连成一片。我一时感到万分绝望，铁镐差点从我手中飞出去。假如我该窒息而死，被这正在凝固的冰挤死，那还有必要再挖下去吗？这样的极刑，连残酷的蛮人都没有发明出来！我仿佛置身于一个怪物的嘴巴里，那两个吓人的颚骨正在收紧，谁都无法抵抗。

这时，在现场指挥并且身先士卒的内摩船长从我身边经过。我用手碰碰他，又指了指冰牢的内壁。右侧的冰墙又前进了许多，离"鹦鹉螺"号不到四米了。

船长明白我的意思，示意我跟他走。我们回到船上。我脱掉潜水衣，随他进了客厅。

"阿罗纳克斯先生，"他对我说，"应该试一试壮烈的做法，否则，我们就要被凝固在冰中，就像被凝固在水泥中一样。"

"是呀！"我说，"可怎么办呢？"

"唉！"他喊道，"假如我的'鹦鹉螺'号非常牢固，能够经受住这个压力而不被压扁呢？"

"哦？"我不明白他的意思。

他接着又说："您难道不明白这水凝固成冰可能对我们有用吗？您没看见，水凝固时，困住我们的这些浮冰可能会爆裂，就像水凝固会使最坚硬的石头爆裂一样？您不觉得我们会因此而得救，而不是相反会毁灭吗？"

"不错，船长，这有可能。可是，不管'鹦鹉螺'号的耐压力有多大，它都难以承受如此可怕的压力，而会被压成一片钢板。"

"这我知道，先生。我们不能指望大自然来救我们，而是要靠自己。我们得阻止水凝固，得把它控制住。现在，不仅两侧的冰墙在靠拢，而且，船身前后只剩下十英尺的水没有结冰了。四周的水都在凝固。"

"储存的空气还够我们在船上用多少时间？"

船长看着我的脸。

"后天就用完了。"他说。

我出了一身冷汗。不过，对这个回答，我用得着惊讶吗？三月二十二日，"鹦鹉螺"号开始潜入南极深海中。现在是二十六日。五天来，我们一直靠船上的储备空气生活！剩下来的可呼吸空气，得留给刨冰的人。我在写这些事时，感受仍那样深刻，一阵恐怖不由自主地掠遍我全身，肺里也好像缺少了空气似的。

内摩船长在思索。他沉默不语，待在那里一动不动。显然，他脑海里正闪过一个念头，但又好像要把它赶走。他在自己否定自己的想法。最后，他脱口而出，喃喃自语道：

"用开水！"

"用开水？"我惊叫道。

"对，先生。我们被困的空间相对来说比较狭窄。如果用船上的水泵把开水不停地注入进去，能不能提高这个空间的温度，而使海水凝固的时间推迟呢？"

"应该试一试。"我斩钉截铁地说。

"试试看，教授先生。"

从温度表上看，当时外面的气温是零下七度。船长把我带到厨房，那里，巨大的蒸馏器正在工作，通过蒸发，为我们供应可饮用水。我们把蒸馏器装满了水，电池发出的所有热量通过浸泡在水中的蛇形管传导到水中，不消几分钟，水就达到了沸点。沸水送进了水泵，同时，在蒸馏器内重新注入冷水。电池发出的热量很大，从海中汲取的冷水只消在蒸馏器内过一下，就变成沸水进入水泵。

沸水开始注入海水中，三小时后，温度计指示外面的温度为零下六度，上升了一度。又过了两小时，温度计所显示的是零下四度了。

我反复观察，密切注视和监督着这一实验的进展。最后，我对船长说：

"我们能成功。"

"我想会的，"他回答说，"我们不会被挤死了。现在，只剩下窒息问题令人担忧了。"

夜里，海水的温度上升到零下一度。再往里面灌沸水，但温度上不去了。好在海水的冰点是零下二度，海水凝固的危险已不复存在，我放心了。

翌日，三月二十七日，我们从坑中已挖去六米厚的冰。还要再挖四米。

还要再干四十八小时。船上不可能再供应新鲜空气了。因此，这一天的情况越来越糟。

极其污浊的空气使我不堪忍受。下午三点，这难受的感觉到了可怕的程度。我不停地打哈欠，打得颌骨差点脱节。我的肺喘息着，寻找着呼吸必需的氧，可它正变得越来越稀薄。我一下泄了气。我无力地躺着，几乎失去了知觉。我那善良的孔塞耶也有同样的症状，遭受着同样的痛苦，却一直待在我身边。他拉住我的手，鼓励我，我甚至听到他低声说：

"啊！要是我能不呼吸，让先生有更多的空气该多好！"

听到他这样讲，我不禁热泪盈眶。

船上的处境对我们大家都不堪忍受，当轮到去干活时，谁都急急忙忙、高高兴兴地穿上潜水衣！铁镐敲在冰上笃笃响。胳膊累酸了，手掌震裂了，可是，这点疲劳算得了什么！这些伤口有什么要紧！救命的空气输入肺里了！我们呼吸了！终于呼吸了！

然而，没有人超过规定的时间，延长在水下的工作。任务一完成，就赶紧把给我们注入生命的呼吸器交给气喘吁吁的同伴们。内摩船长以身作则，带头遵守这严格的纪律。时间一到，他就把呼吸器让给别人，回到船上污浊的空气中去，总是镇定自若，毫不沮丧，毫无怨言。

那一天，大家的劲头更大，完成了每天惯常完成的工作量。只剩两米厚的冰把我们同底下流动的海水分开了。可是，几个储气罐几乎都空了。剩下来的一点点空气，必须留给干活的人，"鹦鹉螺"号一丝一毫也得不到。

当我回到船上，差点透不过气来。多么可怕的一夜啊！我简直无法把它描绘出来。这样的痛苦是难以形诸笔墨的。第二天，我呼吸急促，头痛难忍，昏昏沉沉，就像喝醉了酒似的。我的同伴们也有同样的症状。有几个船员就像垂死的人那样，发出嘶哑的喘气。

那天，是我们被困的第六天，内摩船长感到用镐头和十字镐速度太慢，决心用船身把隔在我们和底下水位之间的冰层压碎。这个人自始至终沉着冷静，毅力超群。他用精神力量战胜肉体的痛苦，他运筹帷幄，身体力行。

按照他的命令，"鹦鹉螺"号减轻了身上的负载，也就是说，它从冻冰的层面上稍稍升起了一点。当它浮起来的时候，人们就设法把它牵引到按它的吃水线挖的大坑上面去。然后，给水箱注满水，它就开始下沉，嵌入那个坑里。

这时，全体船员都回到船上，通往外面的两重门关上。"鹦鹉螺"号停在冰层上，那冰层不到一米厚，已被探头戳得千疮百孔。

于是，储水箱的开关全部打开。一百立方米的水快速注入水箱，"鹦鹉螺"号的重量增加了十万公斤。

我们等着，听着，忘记了痛苦，怀着一线希望。我们把得救的赌注，下在这最后一招上。

尽管我脑袋嗡嗡作响，不久，我就听到了船身下面的颤动声。"鹦鹉螺"号垂直向下移动了。冰层破裂，发出奇怪的声音，和撕纸的声音很相像。"鹦鹉螺"号下沉了。

"我们在下沉！"孔塞耶在我耳畔轻声地说。

我没有力气回答。我抓住他的手，不由自主地一阵痉挛，把他的手握得死紧死紧。

多亏了不可想象的超重。突然，"鹦鹉螺"号就像一颗炮弹沉入水中，也就是说，它犹如炮弹在空间飞速坠落。

于是，水泵开足马力，立即开始从储水箱排水。几分钟后，坠落刹住了。甚至不久压力计就显示出船在上升。螺旋桨全速前进，震得钢板船壳乃至它的螺钉都在颤抖，它带着我们向北方驶去。

可是，从这大浮冰下航行到自由海中需要多少时间呢？还要一天吗？我恐怕在这之前早就死了。

我靠在图书室的一张沙发上，呼吸十分困难。我脸色发紫，双唇发蓝，官能中断。我看不见，也听不见。时间概念已从我的头脑中完全消失。我的肌肉已不能收缩。

时间就这样过去了，我估计不出已过了多少时间。但我意识到，我已奄

我靠在一张沙发上。

奄一息。我明白，我要死了……

突然，我苏醒过来。几口空气吸入我的肺部。是回到海面上了吗？穿过大浮冰了吗？

不是！是内德和孔塞耶，我那两位善良的朋友舍己救了我。一个气箱中还剩下点空气。他们自己没舍得用，而是留给了我。他们把生命一滴一滴注入我的身体，自己却憋得喘不过气来。我想推开气箱。他们拉着我的手，我呼吸了一会儿，感到十分快意。

我把眼睛转向挂钟。上午十一点！应该是三月二十八日。"鹦鹉螺"号风驰电掣般地前进，时速为四十海里，它在水中扭动着。

内摩船长在哪里？他死了吗？他的伙伴们也和他一起死了吗？

这时，压力计表明我们离海面只有二十英尺了。只有一块冰原把我们同大气隔开。能冲破这冰原吗？

大概能吧！不管怎样，"鹦鹉螺"号会试一试的。果然，我感到船身倾斜了，它的后部降低，冲角抬高。抽进一点儿水，就能使船身倾斜。然后，它就像一个可怕的破城羊头锤，从下面向冰原发起进攻。它一点点地撞击着冰原，往后退，又全速冲上去，冰原破裂。最后，它一个冲刺，跃出冰面，它身体的重量把冰面撞得四分五裂。

窗板打开了，可以说是扯开的。纯净的空气潮水般地涌进"鹦鹉螺"号的各个部分！

Chapter 17
从合恩角到亚马孙河

我不知道我是怎样来到甲板上的。也许是加拿大人背我上来的。反正我在呼吸，畅吸着大海清新的空气。我的两个同伴待在我身旁。为这新鲜的空气陶醉。饥饿太久的人，是不能狼吞虎咽的，那样太不谨慎。而我们恰恰相反。我们无须节制，我们可以尽情呼吸这大气的分子。是和畅的微风，正是这和风，给我们送来了沁人心脾的醉意！

"啊！"孔塞耶说，"太好了，这氧气！先生可以尽情呼吸了。够我们大家呼吸的了。"

至于内德·兰，他一句话也不说，但他张大嘴巴，那模样简直会吓跑一条鲨鱼。那是多么贪婪的呼吸呀！加拿大人活像是一个烧得旺旺的炉灶在"抽气"！

我们很快就恢复了力气。当我环视四周，我看见就我们三人在甲板上。没有一个船员，也不见内摩船长。"鹦鹉螺"号的船员真是不可思议，他们只满足于船上流通的空气，没有一个人到外面来畅吸新鲜空气。

我讲的第一句话，就是向我的两个同伴表示感谢和感激。在这漫长的垂危中，在我奄奄一息时，是内德和孔塞耶延长了我的生命。对于如此的赤胆忠心，我怎样感谢都不过分。

"好了！教授先生，"内德·兰回答我，"这不值得一提！我们有什么功劳？一点也没有。这只不过是一个数学问题。您的生命比我们宝贵。因此，应该保全您的生命。"

"错了，内德，"我回答，"我的生命不比你的宝贵。慷慨而善良的人是最好的人。你就是这样的人！"

"好了！好了！"加拿大人尴尬地说。

"而你，我的好孔塞耶，你受苦了。"

"向先生说实话，没受多少苦。我少吸了几口气，但我想我能顶得住。再说，我看见先生昏过去，我就一点都不想呼吸了。就像人们说的，这让我透不……"

孔塞耶觉得自己说的话太俗气，不好意思，没说完就打住了。

"朋友们，"我很动情地说，"我们永远是生死与共的朋友，你们对我有权利……"

"我会使用您给我的权利的。"加拿大人回答。

"嗯？"孔塞耶说。

"是的，"内德·兰接着说，"当我离开这地狱般的'鹦鹉螺'号时，我会利用这个权利，拉你们一起走。"

"那么，"孔塞耶说，"我们走的方向对吗？"

"对的，"我回答，"因为我们是朝着太阳的方向前进，在这里，太阳的那边就是北边。"

"不错，"内德·兰又说，"但还要知道是去太平洋，还是大西洋，也就是说，是去有船只来往的大海，还是船迹罕见的大海。"

这个问题，我回答不了。我担心内摩船长要把我们带回到亚洲和美洲濒临的那个茫无际涯的大洋里去。这样，他就将完成他的海底环球旅行，回到"鹦鹉螺"号可以不受任何约束的大海中。可是，如果我们回到太平洋，远离有人居住的陆地，内德·兰的计划不就泡汤了吗？

关于这个问题，我们不久就会搞清楚的。"鹦鹉螺"号飞速前进，很快就穿过了南极圈，朝合恩角驶去。三月三十一日晚上七时，我们就已到达美洲这个尖岬角的海域了。

那时，我们经历的一切痛苦都已忘记。我们不再回想被困冰洞的惨景。我们只考虑将来。内摩船长不再露面，客厅里和甲板上都不见他的踪影。大副每天在地球平面图上标出方位，这样，我就可以测定出"鹦鹉螺"号的确切方向。然而，那天晚上，我明显地发现我们又回到大西洋，向北航行了，这可把我高兴坏了。

我把我观察的结果告诉了加拿大人和孔塞耶。

"好消息！"加拿大人说，"可是，'鹦鹉螺'号究竟去哪里呢？"

"这我说不清楚，内德。"

"它的船长到了南极后，是不是想回到太平洋，从那条赫赫有名的西北航道①去北极呢？"

"这可说不定。"孔塞耶说。

"那好，"加拿大人说，"我们在这之前，就给他来个不辞而别。"

"不管怎样，"孔塞耶又说，"内摩船长是个了不起的人物，认识他并不遗憾。"

"尤其是我们离开他以后！"内德·兰反驳道。

第二天，即四月一日，中午前不久，当"鹦鹉螺"号又一次浮出水面时，我们望见西边有一道海岸。那是火地岛，初期航海家看见从土著人茅屋里升起的无数炊烟，就给它起了这个名字。火地岛是一个辽阔的岛群，长三十里，宽八十里，在南纬五十三度到五十六度、西经六十七度五十分到七十七度十五分之间。我觉得海岸似乎很低，但远处高山耸立。我好像还隐约看见了萨米安托峰。那座山峰高达海拔两千零七十米，由板岩构成，呈金字塔形，峰顶很尖很尖。内德·兰对我说，根据那山峰有无雾气笼罩，便可预见天气的好坏。

"一支了不起的晴雨表，我的朋友。"

"是的，先生，一支天然的晴雨表。当我在麦哲伦海峡航行时，它从没

---

① 西北航道位于北美大陆和北极群岛之间，由一系列海峡组成，东起巴芬岛，西至波弗特海，长1450公里。

有骗过我。"

这时，我们看见那座山峰清晰地显露在天尽头，这预示着晴天。果真如此。

"鹦鹉螺"号回到水下。它向海岸靠拢，然后沿着海岸前进，离陆地只有几海里。从客厅的玻璃窗望出去，我看见长长的海藻，还有巨大的墨角藻。这种带浆果状气囊的大型海藻，我们在南极的自由海中见到过几个品种；如果把它们黏糊糊光溜溜的长丝算在内，它们长达三百米；它们比大拇指还要粗，坚韧无比，可谓地地道道的缆绳，经常被船作为系泊用的缆绳。还有一种名曰维普藻①的海草，叶长四英尺，胶在珊瑚的分泌物中，犹如在海底铺上了一层地毯。无数螃蟹、乌贼等甲壳动物和软体动物把它们当做窝巢和食物。在那里，海豹和海獭找到了鲜美的食物，它们按照英国人的方式，把鱼肉和海菜混在一起大嚼大吃。

"鹦鹉螺"号从这水草茂盛的海底飞速驶过。傍晚，它向马尔维纳斯群岛前进。第二天，我就能分辨出那群岛的崎岖险峭的山峰了。海水不深。因此，我不无道理地认为，这两个被无数小岛环绕的岛屿，从前是麦哲伦陆地的组成部分。马尔维纳斯群岛很可能是著名的航海家戴维斯②发现的，他给起了个名字：戴维斯—南群岛。后来，理查德·霍金斯③把它们叫做处女群岛。再后来，到了十八世纪初叶，被圣马洛的渔民叫做"马尔维纳斯群岛"，最后被英国人称做"福克兰群岛"，至今一直属于英国。

在这一带海域，我们的渔网捞上来多种漂亮的海藻，特别是一种墨角藻，根上满是贻贝，那是世界上最美味的贻贝。我们在甲板上打到了十几只海鹅和海鸭，它们马上就在船上的餐橱里就了位。至于鱼类，我特别注意到属虾虎鱼的硬骨鱼，尤其是球状虾虎鱼，长二十厘米，布满了灰白色和黄色

---

① 维普藻为"velp"的音译。
② 戴维斯（约1550—1605），英国航海家。曾试图寻找穿过加拿大北极地区进入太平洋的西北航路。
③ 霍金斯（1560—1622），英国冒险家。1594年2月，他发现了一个群岛，命名为"霍金斯处女地"，大约为
　福克兰群岛（即马尔维纳斯群岛）。

的斑点。

我还看见了许多水母，令我赞叹不迭。最漂亮的要算金水母，是马尔维纳斯群岛的特产。它们时而像半球形的小伞，表面极其光滑，上面有红棕色的条纹，末端有十二条规则的花边；时而又像倒放的花篮，从里面逸出一片片红红的阔叶和细枝，真是妙趣横生，百看不厌。它们游泳时，划动着四只叶状腕，让丰富的触手垂着飘动。我本想把这些娇弱的植形动物保存几个做标本，但它们不过是云彩，是影子，是表象，离开了它们生活的场所，就会不再存在。

当马尔维纳斯群岛的最后几座山峰在地平线上隐没时，"鹦鹉螺"号就潜入到二十至二十五米的水下，沿着美洲海岸行驶。内摩船长始终不露面。

直到四月三日，我们没有离开过巴塔哥尼亚海岸，时而潜入水下，时而浮上海面。"鹦鹉螺"号驶过了宽阔的拉普拉塔河口湾，四月四日，沿乌拉圭的海岸前进，但距海岸五十海里。它始终沿着南美洲蜿蜒曲折的海岸向北航行。从我们在日本海上船至今，已航行了一万六千里了。

上午十一时，我们在西经三十七度切过南回归线，驶过了弗里乌角的海面。令内德·兰大失所望的是，内摩船长似乎不想靠近巴西的这些海岸，他把船开得逐日追风一般，就连飞得最快的鸟、游得最快的鱼，都跟不上它的速度，海中的天然珍奇一掠而过，我们无法进行观察。

一连几天，我们都保持这样的速度。四月九日晚，我们望见了南美洲最东头的海角圣罗克角。但"鹦鹉螺"号又一次离开海岸，潜入深海，去寻找位于圣罗克角和非洲海岸国家塞拉利昂之间的一个海底深谷。这个深谷在安的列斯群岛的纬度上兵分两路，北端是一个九千米深的大洼地。这时，大西洋的地质剖面是一道六公里长的峭壁，大小与北端的不相上下。在这两座峭壁之间，便是沉没于海底的大西洋洲。这个大山谷的谷底起伏着几座山丘，使这里的海底呈现出旖旎的风光。我这样描绘的依据是"鹦鹉螺"号图书室里那几张手工绘制的地图。这些地图显然出自内摩船长之手，是根据他个人的观察绘制的。

"鹦鹉螺"号利用它的斜板，在这荒凉空阔的深海里航行了两天。它具有沿着纵对角线的斜航作用，使它可以到达各个深度。四月十一日，它突然浮出海面，我们又看到了陆地，那是亚马孙河的入海口，宽阔至极，大量淡水流入大海，使得十多公里内的海水的咸味减轻了许多。

赤道已通过了。西边二十海里处是圭亚那，是法国的一块属地，在那里，我们不难找到避难所。但是风浪很大，小艇招架不住这汹涌澎湃的海浪。内德·兰肯定明白这个道理，因为他一声不吭。我也不去提他的逃跑计划，因为我不想怂恿他去尝试注定要失败的事。

逃跑计划只好推迟，但我从饶有趣味的研究中得到了补偿。四月十一日和十二日这两天中，"鹦鹉螺"号一直待在海面上，拖网捕到了许多植虫鱼类和爬行动物，可谓战果辉煌。

有的植虫是拖网的链条带上来的。大都属于海葵科，其中一种是大西洋这部分海域土生土长的，躯干很小，呈圆筒形，周围的触手犹如怒放的花朵。至于软体动物，它们的品种都是我以前观察过的：有锥螺、紫榧螺，后者壳上有规则交叉的线条，红色斑点衬映着肉红的底色，显得格外灿烂夺目；有古里古怪的蜘蛛螺，和蝎子的化石很相似；有半透明的绿钩虾、船蛸、美味可口的乌贼，还有几种枪乌贼，古代博物学家们把它们列入飞鱼类，主要用做捕捉鳕鱼的诱饵。

在这个海域里，至今我尚未有机会研究过的鱼类，可谓形形色色，品种繁多。在软骨鱼中，有七鳃鳗鱼，为鳗鱼的一种，十五英寸长，头呈浅绿色，鳍紫红色，脊背蓝灰色，肚子银褐色，上面有色彩鲜明的斑点，眼睛的虹膜有一个金圈圈，这种奇妙的动物想必是被亚马孙河的流水带到海洋里来的，因为它们是淡水鱼；长着结刺的鳐鱼，嘴巴尖尖，尾巴又长又细，有一根长长的棘刺；一米长的小角鲨，体为灰色和淡灰色，牙齿排成数行，顶端向后弯曲，俗称拖鞋匠鱼；蝙蝠鲛鳒鱼，像是个淡红色的等腰三角形，半米长，胸鳍呈肉臂状，这使它们看上去像蝙蝠，但是鼻孔附近有一个角状物，所以外号叫"海麒麟"；最后是几种鳞鲀，其中一种两侧呈点线状，金光灿灿，还有一种身体像鸽子的喉部那样呈现出淡紫色的闪光。

最后，我要讲一讲我观察到的硬骨鱼，作为这个有点枯燥乏味但十分精确的海洋动物分类的结束语：无背鳍属的菱鲆，吻部粗大雪白，身体似是涂了层漂亮的黑色，有一条细细长长的肉带子；多刺的颚齿沙丁鱼，体长三十厘米，发出银白色闪光；长有两个臀鳍的鲭鱼；体长两米的黑脊鱼，人们打着火把捕捉，肉体白色，坚实，肥美，新鲜时味道像鳗鱼，晒干后像熏鲑鱼；淡红色的隆头鱼，只有背鳍和臀鳍的底部才覆盖鳞片；金鳍鲷鱼，闪烁着金光和银光，可与红宝石和黄宝石的光辉一比高低；金尾鲷鱼，其肉极为鲜美，水中若有磷光闪烁，就知有金尾鲷鱼经过；细舌鲷鱼，体橙黄色。还有金尾石首鱼、黑刺尾鱼、苏里南河的四眼鱼，等等。

这"等等"二字并不妨碍我再谈一种鱼，孔塞耶对它们难以忘怀，不是没有道理的。

我们的一张网拖回来一条扁平的鳃鱼，若割去尾巴，它就活像一个圆盘，重达二十来公斤。它下面为白色，上面淡红色，散布着一个个深蓝色的大圆点，圆点边缘为黑色，表皮十分光滑，尾部有个裂成两片的鳍。它平放在甲板上，挣扎着，颤动着，它想翻个身，用力一跳，眼看就要跃入海中，孔塞耶舍不得让它逃之夭夭，便猛扑过去，没等我来得及阻拦，他就双手抓住了那条鱼。

他即刻摔倒在地，四脚朝天，半身不能动弹，于是大叫大嚷：

"啊！主人！我的主人！快来帮帮我！"

可怜的小伙子，这是他第一次不用"第三人称"同我说话。

我和加拿大人把他扶起来，使劲替他按摩。这个时刻不忘分类的青年，当他缓过来后，仍断断续续地说：

"软骨纲，软骨鳍目，有固定的鳃，横口亚纲，鳐科，电鳐属。"

"对极了，朋友，"我回答，"这是一条把你弄得狼狈不堪的电鳐。"

"啊！先生可以信赖我，"孔塞耶接口说，"不过，我要报复它。"

"怎样报复？"

"把它吃了。"

当天晚上，他果真这样做了，但纯粹是为了报复。因为，坦率地说，那鱼的肉硬得啃不动。

倒霉的孔塞耶不肯放过的那条电鳐叫库马纳，是一种最危险的电鳐。这种奇怪的动物，在水这样的导体中，距离几米远就可以发电把鱼击死，因为它的发电器功率很大，身体两边两个主要电场的面积不小于二十七平方英尺。

第二天是四月十二日。白天，"鹦鹉螺"号向荷兰海岸的马罗尼河口驶去。在那里，我们看见栖息着好几群海牛。它们和人鱼、无齿海牛同属海牛目。这些美丽的动物性情温和，从不伤害人，身长六至七米，体重不少于四千公斤。我告诉内德·兰和孔塞耶，大自然未雨绸缪，赋予这些哺乳动物一个重要的角色：是它们，以及海豹，必须在海底草原上吃草，从而破坏水草的密集，防止水草堵塞热带河流的入海口。

我接着又说：

"你们知道这些有用的动物被人类几乎灭绝后所发生的事吗？腐草污染了空气，空气污染后，黄热病在这些可爱的地区曾猖獗一时。在这些热带海底毒草丛生，灾难不可抗拒地从拉普拉塔河口湾蔓延到了佛罗里达海峡。"

如果相信图斯内尔的说法，这个灾难，与露脊鲸和海豹将从海洋上消失后给我们子孙后代可能带来的灾难相比，是小巫见大巫。到那时候，海洋上到处是章鱼、水母、枪乌贼，就会成为传染病的巨大策源地，因为大海将不再有"这些大胃口的动物遵照上帝的旨意清除海面上的浮渣"。

"鹦鹉螺"号的船员虽然不敢无视这些理论，却仍然捕捉了六条海牛，因为要为船上的食品储备提供美味的牛肉。与陆地上的牛肉和小牛肉相比，海牛肉味道更美。这一次捕猎索然无味，海牛毫不反抗，任人捕捉。数千公斤牛肉放进了食品储藏室，等着晒干。

那天，还进行了一场奇特的捕鱼，充实了"鹦鹉螺"号的食物储存。这一带海里的猎物丰富多彩，拖网拖上来一种鱼，数量不少。它们的头顶上有一块椭圆形吸盘，其边缘是肉质的。它们属鲫科，亚软腕鳍类的第三科。它们扁平的吸盘由一对对活动的软骨横板组成，横板之间可以变空，使得这些鱼可像吸杯那样吸附在物体上。

我在地中海观察到过一种短鲫鱼，也属于这一类。但这里的软骨吸盘鲫鱼是这个海的特产。我们的水手逮到它们后，立即把它们放进装满水的桶内。

捕鱼结束后，"鹦鹉螺"号就向海岸驶去。那里，有不少海龟在海上睡觉。捕捉这些珍贵爬行动物本来是很难的，因为稍有动静就会把它们惊醒，况且，它们的甲壳无比坚硬，经得住渔叉的考验。然而，鲫鱼可以把它们逮住，万无一失，百发百中。的确，鲫鱼是个活钓鱼钩，会给淳朴的钓鱼人带来好运。

"鹦鹉螺"号的船员们在这些鲫鱼的尾上系一个环。环的大小刚好要不影响鱼的行动，在环上结一根长绳，绳的另一端系在船上。

鲫鱼扔到海里后，马上开始工作，游过去吸在海龟的腹甲上。它们吸得牢牢的，宁愿被撕裂，也不肯松开。海员们把它们拉回船上，它们吸附的海龟自然也跟着上来了。

因此，我们逮到好几只卡库安海龟，甲宽一米，体重二百公斤。甲壳上覆盖着一片片宽大的棕色角质板，薄薄的，光亮透明，上面有一个个白色和黄色的斑点，这使它们成为海龟中的珍品。此外，从食用的角度看，它们也是无法比拟的，同地道的甲鱼一样鲜美可口。

我们在亚马孙河海域的逗留以捕捉海龟而告终。黑夜降临，"鹦鹉螺"号又回到大海中。

Chapter 18
章鱼

　　接连几天，"鹦鹉螺"号总是避开美洲海岸。显然，它不想在墨西哥湾或安的列斯海上露面。可那些海平均深达一万八千米，是适合它航行的。但那一带布满岛屿，汽轮来来往往，这大概不合内摩船长的心意。

　　四月十六日，我们远远望见马提尼克岛和瓜达卢佩岛，离我们大约三十海里。我看见了一座座高耸的山峰，但它们很快就从我的视线中消失了。

　　加拿大人大失所望，他本想在墨西哥湾实现他的逃跑计划，或逃上某个陆地，或靠近一条船只，那里，常有船只来往于两个岛屿之间。只要内德·兰背着船长能弄到那条小艇，逃跑就能成功。可我们是在大洋上，连想都不要想。

　　我和加拿大人、孔塞耶就这个问题讨论了很长时间。我们被囚在"鹦鹉螺"号上已有六个月了。我们航行了一万七千里，正如内德·兰说的，这种状况看来没有理由结束。因此，他给我提了个建议，我感到很意外。他建议我索性去问问内摩船长，是不是打算把我们永远留在船上。

　　我对这样的尝试不感兴趣。我认为不会有结果的。对"鹦鹉螺"号的船长不应抱任何希望，我们要靠自己救自己。况且，一段时间以来，他变得更加郁郁不乐，更加深居简出、不爱交往了。他似乎在有意避开我。我难得碰见他。以前，他总喜欢给我讲述海底的奇观，现在他让我一个人研究，对我弃之不管，连客厅都不再来了。

他内心发生了什么变化？是什么原因？可我并没做错什么事呀。也许，他对我们在他船上已感到不堪忍受了？不过，我不敢奢望他会让我们恢复自由。

因此，我请求内德容我考虑一下再去找船长。如果会谈毫无结果，反而会增加内摩船长的猜疑，我们的处境就会变得更艰难，加拿大人的计划就更难实现了。我也不能借口健康问题而提出离开"鹦鹉螺"号。若把南极大浮冰的严峻考验排除在外，无论是内德、孔塞耶，还是我，我们的身体从未这样健康过。卫生的饮食、有益健康的空气、规律的生活、均匀的气温，这一切使得疾病无机可乘。像这样一种生活，我明白，对内摩船长那样对陆地生活毫无眷恋之情的人来说，那是如鱼得水，他就在自己的家里，想到哪里就去哪里，沿着在别人看来神秘莫测，在他却习以为常的航道，走向自己的目的地。可我们尘缘未了。就我个人而言，我不想让我那极其珍贵、前所未有的研究同我一起葬身大海中。现在，我有权写一部货真价实的海洋专著。而这本书，我想让它尽早问世。

即使在这里，在这安的列斯群岛的大海里，离海面十米深的地方，通过拉开窗板的玻璃窗，我看见多少有趣的海洋生物值得载入我的笔记里！在植形动物中，有名曰"深水僧帽水母"的帽伞属，它们形似狭长的大鱼鳔，散发着珠光，它们张开薄膜，让蓝色的触手像丝绒似的漂浮在水中，看上去是美丽的水母，用手一摸，却像地道的荨麻，分泌出一种腐蚀性液体。在节肢动物中，有环节动物，长一米半，有一个玫瑰色的吻管，一千七百个运动器官，它们在水下蜿蜒而行，经过时，发出太阳光谱的各种光辉。在鱼类中，有莫卢巴鳐鱼，那是长十英尺、重六百磅的大型软骨鱼，胸鳍三角形，背脊中央微微隆起，两只眼睛长在头的最前端，那鳐鱼就像船的残骸漂浮在水中，有时贴在我们的玻璃窗上，犹如一扇不透光的百叶窗。有美洲鳞鲀，大自然只为它们磨碎了黑白两种颜料涂在它们的身上。有笔盒形虾虎鱼，又长又肥，鳍为黄色，颚骨突出；有一百六十厘米长的鲭鱼，牙齿又短又尖，周身覆盖着细鳞，属于白鲭鱼种。还有一群群海绯鲤鱼，从头到尾饰有一条条金纹，摇动着闪光的鳍，简直是首饰的杰作，古人把它们献给狄安娜①，罗马富人对它们格外珍爱，有一条谚语谈到它们时说："得此鱼者不食之！"最后，还有金盖刺鱼，装饰着翠绿色的带子，穿着天鹅绒和丝绸，活像是韦罗内塞画中的贵族老爷从我们眼前经过；马刺鲷鱼划动着胸鳍，看见我们就迅速躲开；十五英寸长的鲦鱼浑身裹在闪闪的磷光中；鲻鱼用它们肥肥的大尾巴拍击海水；红鲑划动锋利的胸鳍，犹如在切割海水；月亮鱼银光闪闪，叫它们"月亮鱼"名副其实，因为它们从水际升起时，犹如一个个发出乳光的月亮。

"鹦鹉螺"号越来越潜入深水，否则我还可以观察到多少美妙新奇的海洋动物啊！斜板把"鹦鹉螺"号带到二千至三千五百米深的海底。于是，作为动物，只有海百合、海星，还有长着水母头的妩媚动人的五腕海百合，其笔直的柄上有一个小萼，还有马蹄螺、血红色的孩牙螺、钥孔螺，这些都是近海大型软体动物。

四月二十日，我们上升了一些，航行在平均一千五百米深的海水中。那时，离我们最近的陆地是巴哈马群岛。那群岛宛若一块块铺路石板，散布在海面上。海底矗立着一座座悬崖峭壁，犹如一道道由粗糙石头砌成的基础宽大的墙壁，石头中间露出一个个黑洞，我们的电光照不见洞底。

那些岩石上面覆盖着巨大的海草、海带、墨角草，可谓一堵海洋植物篱墙，是提坦巨神②理想的生活场所。

我和孔塞耶、内德从谈论这些巨大的海洋植物开始，自然要谈到海中的巨型动物。因为前者生来是为后者做食物的。然而，通过几乎静止不动的"鹦鹉螺"号的玻璃窗，我在那些植物的长叶上，仍只看见腕足纲的主要节肢动物：长腿紧握蟹、紫蟹、海若螺，这些都是安的列斯群岛海域中特有的动物。

大约十一点左右，内德·兰让我看大海藻中间有什么东西在乱挤乱动。

① 狄安娜，罗马神话中的月亮和狩猎女神。
② 提坦巨神，希腊神话中的巨神，是天神乌拉诺斯和地神该亚的子女，共十二名，六男六女。

"哈！"我说，"那可是章鱼的巢穴。若在那里面看见几只这样的怪物，我是不会吃惊的。"

"怎么！"孔塞耶说，"那不是头足纲的枪乌贼，普普通通的枪乌贼吗？"

"不是，"我说，"是大章鱼！不过，内德老弟大概看错了，因为我什么都没看见。"

"太遗憾了，"孔塞耶接口说，"我倒很想亲眼见见这种大章鱼，我常听人谈起它们能把船只拖入深渊。这些动物叫克拉……"

"克拉克①就够了。"加拿大人揶揄道。

"叫克拉肯②。"孔塞耶不理会同伴的讥笑，坚持把这个词说完。

"我绝不相信存在这样的动物。"内德·兰说。

"为什么？"孔塞耶说，"先生讲的独角鲸，我们就相信了。"

"可我们错了，孔塞耶。"

"也许！但其他人可能仍然相信。"

"这很可能，孔塞耶，不过，我决定，只有当我亲手杀了这些怪物，我才相信真有其物。"

"那么，"孔塞耶问我，"先生也不相信有大章鱼吗？"

"嘿！有谁相信过？"内德大声说。

"多得很，内德老兄。"

"捕鱼的不会相信。学者倒有可能！"

"我对您说，"孔塞耶神态极其严肃地说，"我清楚地记得，我曾看见一条大船被一只头足纲动物的巨臂拖进海底。"

"您看见过？"加拿大人问。

"是的，内德。"

"亲眼？"

① 这里，"克拉克"是craque（吹牛）的音译。
② 这里的"克拉肯"是kraken的音译，意思是海妖。

"亲眼。"

"请问在哪里？"

"在圣马洛。"孔塞耶坚定地回答。

"在港口？"内德·兰讥讽地说。

"不，在一座教堂里。"孔塞耶回答。

"在一座教堂里！"内德·兰惊叫道。

"是的，内德老兄。一幅画上画了那条章鱼！"

"好极了！"内德·兰纵声大笑，"孔塞耶先生在哄我哪！"

"说正经的，他没说错，"我说，"我听说过这幅画；但它的主题来源于一个传说。您知道该如何看待博物学方面的传说。况且，只要是涉及怪物，想象力就会走入歧途。不仅有人说这些章鱼可以把船只拉入海底，而且，有个叫马格努斯①的人谈到过，一只手足纲动物有一海里长，与其说像动物，不如说像个岛屿。还有人说，尼德罗主教曾在一块大岩石上设了个祭坛。他做完弥撒，那块大岩石就移动起来，回到了大海中。原来那是条章鱼。"

"就这些吗？"加拿大人问。

"还有呢，"我回答，"另一个主教，蓬托皮当·德·伯根，也谈起过一条章鱼，说是一个骑兵团都可以在上面演习操练哩！"

"他们真行，从前的主教们！"内德·兰说。

"还有，古代的博物学家们也谈到过一些怪物，说它们的嘴巴像海湾，躯体特别大，连直布罗陀海峡都过不去。"

"好极了！"加拿大人说。

"这些故事有没有真的成分？"孔塞耶问。

"一点也没有，我的朋友们。至少，那些超出了真实的界限而变成寓言或传说的东西，没有一点是真的。不过，要让说故事的人想象出这些故事，

---

① 马格努斯（1490—1557），瑞典历史学家。

如果不需要一个原因，至少得有一个借口吧。不能否认大章鱼和枪乌贼的存在，但它们比鲸鱼小。亚里士多德证实，有一条枪乌贼长达五肘，即三点一〇米。我们的渔民常看到身长超过一点八〇米的枪乌贼。的里雅斯特博物馆和蒙彼里埃博物馆①还保存着两米长的章鱼骸骨。况且，根据博物学家们的计算，这样一条动物，假如它的身长六英尺，触手可达二十七英尺。就凭这点，就可以被看做可怕的怪物了。"

"现在有人捕捉吗？"加拿大人问。

"海员们即使捉不到，至少也看得见。我有个朋友，保尔·博斯船长，法国勒阿弗尔港人，他常常对我说，他在印度洋遇到过这样一个大怪物。最令人惊讶的是几年前，即一八六一年发生的事，这使人们再也无法否认这些大动物的存在了。"

"什么事？"内德·兰问。

"我来讲给你们听。一八六一年，在特内里费岛②的东北边，差不多在我们现在所处的纬度上，"阿雷克通"护卫舰的船员们看见一条巨大的枪乌贼在水面上游动。布盖舰长靠近那动物，用叉和枪向它进攻，但毫无结果。因为铁叉和子弹穿过它软绵绵的肉体，犹如穿过软囊囊的肉冻一般。经过多次毫无结果的尝试，船员们终于把一个活结套到了枪乌贼身上。那活结一直滑到臀部才停住。船员们试图把怪物拉到船上来，可是它太重，被拉扯后，它身尾分离，失去尾巴后，它就沉入水中消失了。"

"总算有件真事了。"内德·兰说。

"千真万确，我的好内德。为此，人们建议把这条章鱼命名为'布盖的枪乌贼'。"

"它有多长？"内德·兰问。

"是不是六米左右？"孔塞耶说。他站在玻璃窗旁，又开始注意海底悬崖上的凹处了。

① 的里雅斯特博物馆在意大利的的里雅斯特市，蒙彼里埃博物馆在法国的蒙彼里埃市。
② 特内里费岛，是北大西洋加那利群岛的最大岛。

布盖舰长用叉向它进攻。

"一点不错。"我回答。

"它的脑袋上是不是有八只触手，"孔塞耶接着说，"在水上游动起来就像一窝蛇？"

"千真万确。"

"它的眼睛是不是凸出来，大得离奇？"

"是的，孔塞耶。"

"它的嘴是不是和鹦鹉的嘴很相像，只是大得吓人？"

"不错，孔塞耶。"

"那好！请先生原谅我冒昧，"孔塞耶平静地说，"如果这不是'布盖的枪乌贼'，至少也是它的一个兄弟。"

我看着孔塞耶。内德·兰奔到窗边。

"可怕的动物！"他惊叫道。

我也跑过去观看，不禁厌恶得后退了一步。在我眼前，游动着一个可怕的怪物，真可以列入怪物的传说中。

这是一条巨大无比的枪乌贼，有八米长。它倒退着向"鹦鹉螺"号飞速游来。两只海蓝色的大眼睛凝视着。它的八只腕，不如说是八只足，长在脑袋上，因此，这类动物就有了头足动物的美称；那八只足比躯体长一倍，扭动起来宛如复仇女神①的长发。我们清楚地辨出它有二百五十个吸盘，就像半球状瓶盖，分散在触手的内侧。有时，这些吸盘变空后，吸附在客厅的玻璃窗上。这怪物的嘴一张一合，那嘴是角质的，和鹦鹉的嘴很相像。它的舌头也是角质的，上面长着好几排尖牙利齿，颤动着从那十足的大夹剪中伸出来。大自然太随心所欲了，竟把一只鸟嘴安到了一个软体动物身上！它的身体像纺锤，中间鼓起，形成一个肉团，重达两万至两万五千公斤。它的体色变化不定，一发怒便迅速变化，从青灰色转成红褐色。

这个软体动物为什么发怒呢？想必因为"鹦鹉螺"号比它更大，它的有

---

① 复仇女神有三个，身材高大，眼中流血，头发由许多毒蛇盘结而成。

吸盘的腕，或它的嘴巴对"鹦鹉螺"号一筹莫展！可是，这些章鱼是怎样的怪物啊！造物主给了它们怎样的生命力啊！在它们身体内隐藏着多大的力量啊！因为它们有三颗心脏！

机遇把我们摆到了这条枪乌贼面前，我不想错过仔细研究这个手足纲动物标本的机会。尽管它的模样使我害怕，我竭力克服厌恶情绪，拿了支笔，开始把它画下来。

"说不定这就是'阿雷克通'号护卫舰遇到的那一条呢。"孔塞耶说。

"不会的，"加拿大人说，"这一条是完整的，而那一条没有尾巴！"

"这不是理由，"我回答，"这些动物的触手和尾巴，通过重整作用又会长出来。'布盖的枪乌贼'失去尾巴已有七年，无疑有时间长出新的来。"

"不过，"内德接口说，"如果这一条不是，那几条中可能会有一条是的。"

果然，又有几条章鱼出现在右舷的窗口。我数了数有七条。它们就像是"鹦鹉螺"号的护卫似的。我听见它们的喙啄在钢板上发出笃笃的声音。我们成了它们期待中的食物。

我继续画那条章鱼。那些怪物待在我们周围的水中，紧跟我们，分毫不差，看起来就像静止不动似的，我本可以在玻璃窗上给它们描一张缩图的。况且，我们行驶的速度比较慢。

突然，"鹦鹉螺"号停下来了。一次撞击震得它全身颤动。

"是触礁吗？"我问。

"如果是触礁，"加拿大人说，"那我们也脱离接触了。因为现在我们是漂浮着的。"

"鹦鹉螺"号是在漂浮，可它已停止不前了。螺旋桨的叶片不再击水。一分钟过去了，内摩船长来到客厅，后面跟着大副。我有好几天没有见到他了。他看上去神色阴郁。他没有同我们说话，可能没有看见我们，径直朝窗板走去，看了看章鱼，对大副说了几句话。

大副出去了。不久，护窗板全部合上，天花板上的灯亮了。

我向船长走去。

"一群珍贵的章鱼。"我对他说，语气轻松自在，就像一个爱好鱼的人在鱼缸前说话那样。

"不错，博物学家先生，"他回答我，"我们就要同它们肉搏一场了。"

我看着船长。我想我没听清楚。

"肉搏？"我重复他的话。

"是的，先生。螺旋桨停住了。我想，这些枪乌贼中有一条的嘴巴卡进了螺旋桨的叶片中，使我们动弹不得。"

"那您打算怎么办？"

"浮到海面上去，把这些坏蛋杀死。"

"谈何容易！"

"是很难。电子弹对这些软肉无可奈何，遇到的阻力不够，就不可能爆炸。不过，我们用斧子来对付它们。"

"还可以用渔叉，先生，"加拿大人说，"如果您不拒绝我的帮助的话。"

"我接受，内德·兰先生。"

"我们跟您一起去。"我说道。我们跟着内摩船长，向中间的楼梯走去。

已有十来个人在那里了，他们拿着斧子，准备出去。我和孔塞耶一人拿一把斧子。内德·兰抓起一柄渔叉。

"鹦鹉螺"号已回到海面上。一个水手站在楼梯最高的台阶上，正在卸掉盖板的螺钉。可是螺母刚拔掉，盖板就猛地掀开，显然是被章鱼的一只触手拉开的。

旋即，一只长臂像一条蛇似的从洞口钻进来，还有二十只臂在洞外舞动。内摩船长操起斧子，一斧下去，砍断了那只触手，那砍断的触手扭动着从楼梯上滚了下来。

我们拥挤着爬到甲板上去，这时，另外两只触手在空中挥舞，突然扑到内摩船长前面的那个水手身上，以不可阻挡之势把他卷走了。

内摩船长大叫一声，跃到甲板上。我们跟着他冲出去。场面惨不忍睹！那不幸的水手，被触手缠绕、吸盘吸住，听凭这巨大的卷筒在空中舞来舞去。他嘶嘶喘气，呼吸困难，他大喊大叫："救救我！救救我！"他说的是法语，我顿然惊呆了！我在船上有一个同胞！也许有好几个！这撕心裂肺的呼救声，我终生不会忘记！

那个倒霉蛋肯定完了。他被缠得那样紧，如何拉得出来？然而，内摩船长扑向章鱼，一斧砍下去，又砍断了一只触手。他的副手怒不可遏，同贴在船两侧的其他几条章鱼搏斗起来。船员们用斧头砍杀。我和加拿大人、孔塞耶也抢起武器，向那些肉团砍去。一股强烈的麝香味散入空气中。真是可怕至极！

有一刻，我以为被章鱼缠住的那个人有可能从它强大的吸盘中救出来。因为八只触手已砍掉了七只。剩下的一只将受害者在空中挥来舞去，仿佛在舞动一根羽毛似的。可当内摩船长及其副手扑上去时，那动物喷出一股黑色的液体。那是从位于腹部的一个黏液囊里分泌出来的。我们眼前一片漆黑。当这股黑汁消散后，枪乌贼已不见踪影，我那位倒霉的同胞跟它一起消失了！

我们怒火中烧，誓与这些怪物决一死战！我们再也无法控制了。十来条章鱼爬上了甲板和船的两侧。我们在这些蛇一般的肉段中翻来滚去，它们则在甲板上扭来扭去，甲板上充满了它们的血液和墨汁。这些黏糊糊的触手仿佛又生出新的来，犹如七头蛇，斩去一个头又生出一个来。内德·兰的铁叉每一下都刺中章鱼的蓝眼睛，把它们刺瞎。突然，我这位勇敢的同伴来不及躲闪，被一头怪物的触手掀倒。

啊！我吓得心胆俱裂！那枪乌贼已向内德·兰张开血盆大嘴，可怜的内德眼看就要被咬成两半。我扑过去救他，但内摩船长抢先一步，他的斧子消失在那张大嘴中。加拿大人奇迹般地得救了，他站起来，把他的铁叉整个儿地插进章鱼身上，刺透了它的三个心脏。

章鱼缠住受害者，仿佛在挥动一根羽毛似的。

"我这是为了报答您！"内摩船长对加拿大人说。

内德鞠了个躬，未作回答。

这场鏖战持续了一刻钟。那些怪物一败涂地，被砍去肢体，受了致命伤。它们落荒而逃，消失在滔滔大海中。

内摩船长浑身是血，呆在船灯旁一动不动，凝视着吞噬了他的一位伙伴的大海，不禁潸然泪下。

Chapter 19
湾流

　　四月二十日的可怕场面，我们谁都永远不会忘记。我把它记录下来时，仍感到异常的紧张和激动。写好后我又读了几遍。我还念给孔塞耶和加拿大人听。他们觉得，事实方面没有出入，但恐怖的气氛写得不够。这样的场面，必须有我们最杰出的诗人、《海上劳工》的作者①那支生花妙笔，才能淋漓尽致地描绘出来。

　　我前面说过，内摩船长看着滔滔大海落泪了。他痛苦不已。从我们来到船上后，这是他失去的第二个同伴。死得又那么凄惨！他这个朋友，被一条章鱼的巨臂缠烂缠碎，缠得透不过气，被它的铁牙咬得粉碎，不可能同他的伙伴们一起长眠于珊瑚墓地宁静的海水中了。

　　对我来说，在这场鏖战中，那不幸的人发出的绝望的惨叫声真让我撕心裂肺！

　　这个可怜的的法国人，忘记了在船上要说约定的语言，用他的母语发出了最后的呼救！"鹦鹉螺"号的船员同内摩船长生死与共，和他一样避开世人，在他们中间，竟有我的一个同胞！在这显然由不同国家的人组成的神秘莫测的团体中，就他一个法国人吗？这又是一个找不到答案的问题！它和其他许多问题一样，不停地浮现在我的脑海里。

----

① 指法国大作家雨果（1802—1885）。

内摩船长回他的房间去了，一连几天都见不到他的人影。可是，若从船的表现来判断，他该是多么悲伤、绝望和犹豫！因为他是船的灵魂，他的一切感觉就是船的感觉！"鹦鹉螺"号不再有固定的方向。它就像一具尸体，随波漂流，漫无目的。它的螺旋桨已摆脱阻塞，但几乎不使用。它无目的地行驶着。它不能离开发生鏖战的地方，那吞噬了它的一位伙伴的大海！

这样过了十天。到了五月一日，"鹦鹉螺"号在望见了巴哈马群岛巴哈马海峡的出口时，才义果断地重新北上。于是，我们沿着大海中那条最大的河流前进，那河流有它自己的海岸、鱼类和温度。我在前面讲过，那是湾流。

这的确是一条河流，自由自在地流在大西洋中，它和大西洋的海水互不相混。这是一条咸水河，比周围的海水更咸。它的平均深度为三千英尺，平均宽度为六十海里。有些地方的流速每小时达四公里。它的水量永恒不变，比地球上所有河流的总水量还要大。

这条湾流的真正源头，根据莫里船长的勘察，可以说是在比斯开湾①。那里，尽管水温不高，颜色不深，但已开始形成湾流。它向南沿着赤道非洲流去，靠热带地区的阳光晒热流水，穿过大西洋，抵达巴西海岸的圣罗克角，然后分成两股，其中一股与安的列斯群岛的暖流汇合。湾流担负着平衡水温、把热带海水和北方海水混合起来的任务，这时它就开始做平衡水温的工作。它在墨西哥湾被晒得滚烫，然后沿着美洲海岸北上，行至纽芬兰②，被戴维斯海峡的寒流推着偏离了河道，沿着地球的一个大圆圈上的斜航曲线，又注入大西洋，在靠近北纬四十三度分成两股，其中一股受东北信风的影响，又回到了比斯开湾和亚速尔群岛，另一股在温暖了爱尔兰和挪威的海岸后，一直流到斯匹次卑尔根群岛以外，在那里，水温降到四度，形成北极的自由海。

这时，"鹦鹉螺"号正航行在大西洋的这条河流上。巴哈马海峡的出口处宽达五百六十公里，水深三百五十米。湾流从巴哈马海峡流出时，时速为

---

① 比斯开湾为大西洋的一部分。在欧洲伊比利亚半岛和法国布列塔尼半岛之间。

② 纽芬兰为北美洲东海岸外的大西洋岛屿，属加拿大纽芬兰省。

八公里。往北流速呈规律性减慢。真该希望这种有规律的减慢永远不要改变，因为若像有些人以为看到的那样，湾流的速度和方向正在发生变化，那么，欧洲的气候就会受到干扰，其后果是不堪设想的。

将近中午，我和孔塞耶在甲板上。我向他介绍湾流的特点。讲完后，我让他把手伸进流水中。

孔塞耶照我的话做了，但令我吃惊的是，那水给他的感觉不冷也不热。我对他说：

"这是因为湾流从墨西哥湾出来时，其水温和人的体温相差无几。这湾流是个硕大无朋的热水汀，使得欧洲海岸一年四季郁郁葱葱。而且，如果相信莫里说的话，把这湾流的热量充分利用起来，足可使一条像亚马孙河或密西西比河那样大的铁流永不凝固。这时湾流的速度为每秒钟二点二五米。湾流的水同周围的海水有明显的区别，但由于受到挤压，湾流的水高出海面，在温水和冷水之间形成一个水位差。再说，湾流的水色深，富含盐分，以它的靛蓝色与周围的绿色海涛形成鲜明的对照。它们的分界线是那样明显，当'鹦鹉螺'号航至加罗林群岛①的纬度上，它的冲角已伸入湾流的波涛，而它的螺旋桨却仍在拍击大西洋的波浪。湾流带来了整整一个世界的生物。船蛸是地中海常见的腕足动物，它们成群结队地在湾流中旅行。在软骨鱼中，最引人注目的是鳐鱼，它们长着几乎占体长三分之一的纤细尾巴，看上去宛若长达二十五英尺的大菱形体。还有一米长的角鲨。头大大的，吻部又短又圆，长着几排尖牙，全身似乎覆盖着鳞片。"

在硬骨鱼中，我看到有髭鲉隆头鱼，它们是这一带海域的特产；长着火光闪闪虹膜的尖牙鲷鱼；体长一米、宽大的嘴里细牙密布、不时发出细微叫声的石首鱼；前面讲过的黑脊鱼；还有鹦嘴鱼，它们简直是大西洋的彩虹，可与最美的热带鸟争奇斗艳；微蓝色的无鳞菱鲆；横向有一条形似希腊语字母"T"的黄色阔纹的蟾鱼；一群群体小且覆盖着褐色斑点的虾虎鱼；长着

---

① 加罗林群岛为太平洋西部群岛，约在北纬5度至11度、东经131度至163度之间。

银白色脑袋、金黄色尾巴的双鳍尖齿鲷鱼；形形色色的鲑鱼；体形细长、银光闪闪的鳍鱼，拉塞佩德曾把它们献给他生活中的可爱伴侣；最后还有一种美丽非凡的美国高鳍石首鱼，饰有各种各样的勋章和绶带，出没于这一伟大国家的沿岸海区，可勋章和绶带在这个国家里并不受到青睐。

我还要说的是，在夜间，湾流的水磷光闪闪，同我们船灯的电光一比高低，尤其是在经常威胁我们的暴风雨天气里。

五月八日，我们仍在穿过哈特拉斯角①，在加罗林群岛的纬度上。那里，湾流的宽度为七十五海里，深度二百米。"鹦鹉螺"号继续随波漂流。船上的一切警戒似乎都已取消。

应该承认，在这种情况下逃跑是可能会成功的。因为沿岸有居民，到处都能找到避难所。海上汽轮来来往往，航行于纽约或波士顿和墨西哥湾之间，还有许多双桅纵帆船沿美国海岸航行，负责海岸各重镇的联系。我们可望被那些船收留。这是千载难逢的机会，尽管"鹦鹉螺"号和美国海岸相隔三十海里。

但有一个不利情况，这使加拿大人的计划无法实现。天气异常恶劣。我们去的海域是旋风和飓风的故乡，常常暴风雨骤起，而这恰恰是湾流所致。乘一只弱不禁风的小艇，与动辄就是狂风暴雨的大海对抗，肯定是死路一条。内德·兰也承认无法逃跑，只好作罢，虽然他难以遏制对故乡的思念，唯有逃跑才能治好他的思乡病。

"先生，"那天他对我说，"这件事该结束了。我心中得有个数。您的内摩避开陆地，重新北上。我可对您说明白，南极已让我受够了，我决不跟他去北极。"

"那怎么办，内德？现在又逃不成。"

"我还是那个主意。应该和船长谈一谈。我们在您故乡的大海中时，您什么都没对他说。现在到了我故乡的海中，我可要对他说了。我一想到几天内，'鹦鹉螺'号就要到达新苏格兰的纬度上，那里，在靠近纽芬兰岛的地方，有一个大海湾，圣劳伦斯河流入这海湾中，那圣劳伦斯河是我的河，我的故乡魁北克市的河。我一想到这些，就火冒三丈，头发直立。听着，先生，我宁愿跳进海里！我决不待在这里！我都快憋死了！"显然，加拿大人已忍无可忍。他生来精力充沛，难以适应这遥遥无期的监禁生活。他的面容越来越憔悴，性情越来越阴郁。他内心的痛苦我能感觉到，因为我也开始思念故乡了。我们差不多有七个月没有陆地上的任何消息了。再说，内摩船长现在离群索居，心境恶劣，尤其在章鱼之战后更是沉默不语，这一切使我对事物的看法有了改变。我不再像起初那样兴致勃勃了。在这适合鲸科动物和海洋生物居住的环境中，只有像孔塞耶那样的佛兰芒人才能做到随遇而安。说真的，这个好小伙子，若是长着鳃而不是肺，我相信他准是条出类拔萃的鱼！

"哎，先生！"内德·兰见我沉默不语，又说。

"哎，内德，你要我去问内摩船长，他对我们有什么打算？"

"是的，先生。"

"尽管他已讲过了？"

"对。我想最后一次问清楚。如果您愿意，就为我一个人，以我个人的名义去说。"

"我难得碰见他。他甚至在躲避我。"

"这就更有理由去看他了。"

"我会问他的，内德。"

"什么时候？"加拿大人固执地问道。

"我碰到他时。"

"阿罗纳克斯先生，您是想让我去找他吗？"

"不，我去。明天……"

"今天就去。"内德·兰说。

"好吧。今天我去找他。"我对加拿大人说。如果他去说，准会把一切都弄糟。

　　我独自留下来。既然决定要去问，我打定主意马上就去。我有事喜欢早做完，不喜欢拖拖拉拉。

　　我回到我的房间里。我听见内摩船长的房中有脚步声。这是去找他的好机会，不应该错过。我敲敲他的门。没有回答。我又敲了敲，然后，转动门把手。门开了。

　　我进去。船长在里面。他正在伏案工作，没有听见我进来。我决心不问出个结果就不走出他的房门，于是我走到他跟前。他蓦地抬起头来，皱了皱眉头，以相当生硬的口吻对我说：

　　"是您！找我有事吗？"

　　"船长，我要和您谈谈。"

　　"我正忙着，先生，我在工作。我给了您离群索居的自由，我就不能有这份清静吗？"

　　接待很冷淡，看来谈话不容易进行。但我决心他说什么我听什么，他问什么我答什么。

　　"先生，"我冷冷地说，"我要同您谈一件事，不能再拖了。"

　　"什么事，先生？"他揶揄地回答，"您是不是发现了我没发现的东西？大海向您泄露了新的秘密？"

　　这离正题太远了。可还没等我回答，他就指着摊在桌上的一份手稿，以较为严肃的口吻对我说：

　　"阿罗纳克斯先生，这是用好几种语言写的手稿。上帝保佑，但愿它不和我同归于尽。这手稿署着我的名字，另外还写着我的传记。它将装进一个不沉的器具里。'鹦鹉螺'号的最后一个幸存者把它扔进海里，让它随波漂流。"

　　这个人的名字！他自己写传记！他的秘密有一天会揭开吗？不过，此刻，我只想把他这段话当做进入主题的引子。

　　"船长，"我回答，"您这个想法我十分赞同。不应该让您的研究成果白费力气。不过，您的做法我认为太原始了点。您知道风会把那东西吹到哪里？它会落到何人之手？您不能找到更好的办法吗？您，或您的一个同伴不能……"

"决不可能，先生。"船长斩钉截铁地打断我说。

"可我和我的同伴们，我们愿意替您保存手稿，如果您让我们恢复自由……"

"自由！"内摩船长站起来说道。

"是的，先生，我就是想同您谈这件事。我们在您的船上已有七个月了，今天，我想以我和我同伴的名义问问您，您是不是打算永远把我们留在船上。"

"阿罗纳克斯先生，"内摩船长说，"我今天对您的回答和七个月以前一样：谁上了'鹦鹉螺'号就休想离开。"

"您把我们当奴隶了！"

"随您怎么说。"

"可是任何地方的奴隶都有权恢复自由！不管用什么样的手段，都可以被认为是合适的。"

"谁否认你们这个权力了？"内摩船长回答，"我想过要用誓言把你们拴起来吗？"

船长交叉双臂瞅着我。

"先生，"我对他说，"关于这个问题，我和您都不会愿意再谈第二次。不过，既然开了头，那我们还是好好谈一谈吧。我重复一遍，这事不仅涉及我一个人。对我而言，研究是一种救助，一种强效的消遣，一种诱惑，一种迷恋，它可以使我忘记一切。我和您一样，是个甘愿默默无闻生活的人，只有一个微小的希望，那就是有一天，把我的研究成果遗赠给未来，装进一个假想的器具中，让它随风浪漂流。总之，我可以赞赏您，愉快地跟随您扮演一个角色，在许多方面我都很理解您。可我感到，您生活中还有许多方面是那样错综复杂，神秘莫测。在这条船上，只有我和我的同伴是局外人。甚至，当我们的心可以为您跳动，为您的痛苦感到难过，或被您的天才和英勇的行为所震撼，我们也不得不抑制我们的感情。看到美好的东西，不管来自朋友还是敌人，人们总会发出赞叹，可我们不敢让这种感情有丝毫流露。唉！我们感到，对于您的一切，我们都是局外人。正是这种感觉使我们的处境变得不可接受，难以容忍，尤其对于内德·兰，甚至对于我。任何人，就因为是人，就值得别人重视。您想过没有，对自由的热爱，对奴役的憎恨，会在内德·兰那样性格的人心中产生复仇的计划吗？您想过他可能想什么，试图和力图做什么吗？"

我停住话头。内摩船长站了起来。

"内德·兰想什么，试图和力图做什么，和我有什么关系？又不是我请他来的！我也不是为了取乐留他在船上的！至于您，阿罗纳克斯先生，您是那种能够理解一切，甚至理解沉默的人。我没有更多的话要对您说了。您是第一次来谈这个问题，希望也是最后一次，再有第二次，我理都不会理您。"

我出去了。自那天起，我们的处境变得十分紧张。我把那次谈话的结果转告给我的两个同伴。内德·兰说：

"现在我们知道，从这个人那里没什么可指望的了。'鹦鹉螺'号正驶近长岛①，不管天气如何，我们一定要逃出去。"

但是，天气越来越恶劣，已有了暴风雨的迹象。天空灰蒙蒙的，天际，卷云和雷雨云层接踵而来，其他低云飞逝而过。大海在膨胀，浪涛在翻滚。海鸟逃之夭夭，唯有海燕例外，它们是暴风雨的朋友。气压计明显下降，表明大气的湿度很高。大气层中充满了电，因此，气候预测管内的混合料已开始分解。自然力的一场搏斗即将开始。

五月八日白天，风暴骤起，"鹦鹉螺"号恰好行至长岛的纬度上，离通往纽约的航道只有几海里。自然力鏖战的景象我可以描绘出来，因为内摩船长不知出于什么原因，竟心血来潮，没有躲进海底，而是冒着暴风雨，航行

---

① 长岛位于美国东部哈得孙河河口。

在海面上。

风从西南方吹来，开始是疾风，风速每秒十五米，将近下午三点，达到二十五米。这是暴风的速度了。

内摩船长不畏狂风，早已上了甲板。他在腰间捆了根缆绳，以抵挡汹涌而至的巨浪。我也上了甲板，也在腰里拴了根绳子。我对暴风雨赞叹不迭，更对敢于同它对抗的顶天立地的男子汉敬佩不已。

一个个云状的巨涛扫过咆哮的大海。在巨涛间的深谷里不再有小波浪。只有煤烟色的长浪，浪尖并不汹涌，因为它们一个接一个，十分密集。浪头越来越高。它们互相推涌着。"鹦鹉螺"号时而侧卧，时而像桅杆一般竖立，摇晃颠簸着，真叫人胆战心惊。

五点左右，暴雨倾盆而下，但依然狂风呼啸，大海怒号。飓风的速度每秒四十五米，差不多每小时一百六十公里。这样的风速能刮倒房屋，把屋顶上的瓦片卷进门里头，折断铁栅，移动二十四厘米口径的大炮。然而，"鹦鹉螺"号在暴风雨中岿然不动，这证明一位博学的工程师说的话是千真万确的："没有牢固的船就不能向大海挑战！"波涛欲摧毁的不是一块坚固的岩石，而是一个钢铸的纺锤。它服从指挥，灵活机动，没有帆缆，没有桅樯，可以无视怒海，而不会遭到任何损失。

我端详着汹涌澎湃的波涛。它们有十五米高，一百五十到一百七十五米长，它们奔腾的速度为风速的一半，每秒钟十五米。水越深，波浪越大，也越有力。于是，我明白了这些波浪所起的作用，它们把空气裹在肋下，压入海底，带去了氧气和生命。据有人计算，它们的压力达到极点时，砸在海面上的力量每平方英尺达三千公斤。就是这样的海浪，在赫布里底群岛①，曾把一块重达九万四千磅的岩石冲走。一八六四年十二月二十三日有过这样一场飓风，滚滚浪涛把日本江户市②的一部分夷为平地，然后以每小时七百公里的速度奔腾而去，当天就到了美洲海岸。

---

① 赫布里底群岛，在英国苏格兰西岸近海。
② 江户，东京的旧称。

黑夜降临，风暴愈加猛烈。就像在一八六〇年留尼汪岛的一场旋转风暴那样，气压计的汞柱降到了七百一十毫米。天黑时，我看见天际有一艘大船在艰难地搏击风浪。它驶得很慢，以便能在浪中站稳。可能是一艘从纽约开往利物浦或勒阿弗尔的汽轮。它很快就消失在黑暗中了。

晚上十点，天空就像着了火似的，被一道道强烈的闪电划破。我受不了那闪光，可内摩船长注目逼视，仿佛要把风暴的灵魂吸入自己的躯体。可怕的巨响充斥空中。那是复杂的响声，由波涛的撞击声、狂风的呼啸声和霹雳的轰隆声混合而成。天尽头风在旋转，它从东边出发，经过北边、西边和南边，又旋回东边，这跟南半球的旋转风暴的方向正好相反。

啊！这湾流！称它为风暴之王，真是恰如其分！它是由于水流上空各层空气的温度不同，而造成了这些可怕的旋转风暴。

暴雨过后，又是一阵闪电。雨滴变成了一道道闪光。内摩船长仿佛在寻找一种与他相称的死法，想让雷电把他劈死。"鹦鹉螺"号猛烈颠簸了一下，它前面的钢冲角竖了起来，我看见它射出一道道长长的火花。我精疲力竭，匍匐着向盖板滑过去。我打开盖板，下到客厅中。此时风暴正值高峰，在船内根本无法站稳。

内摩船长将近半夜才回到船中。我听见水箱渐渐装满水，"鹦鹉螺"号慢慢潜入海下。

从拉开窗板的玻璃窗，我看见惊慌失措的大鱼似幽灵一般从电光闪闪的水中经过，有几条就在我面前被雷电击死了。

"鹦鹉螺"号继续下潜。我想，到了十五米深的地方，它就可以找到平静的海水了。可我想错了。上层的波涛太汹涌，一直下到五十米处，到了大海的腹部，我们才能安心休息。

这里多么安宁，多么寂静！真是个和平静谧的环境！谁能说此刻在这个大洋上面正有一场暴风雨呢？

Chapter 20
北纬四十七度二十四分、西经十七度二十八分

那场风暴把我们抛回东边。在靠近纽约海岸或圣劳伦斯河口时逃跑的希望也就化为泡影。可怜的内德绝望了，也像内摩船长那样闭门不出。孔塞耶从此和我形影不离。

我前面说"鹦鹉螺"号被飓风刮到东边去了。我应该说得更确切些，是被刮到了东北方。它时而在海面上漂流，时而潜入海下。雾浓得让航船胆战心惊。浓雾主要是由冰融化而引起的，冰融化使得大气层异常潮湿。多少只船眼看就要望见海岸灯塔的火光了，却葬身在这些海域中！多少海难由这些不透明的浓雾造成！多少只船因为风声盖过激浪声而撞到暗礁上；或者互相碰撞，尽管亮着船位灯，尽管鸣笛和敲钟发出警报！

所以，这一带海底真像个战场，所有这些战败者至今仍安息在那里。有的年代悠久，身体浮肿，另一些历时不久，包铁部分和铜船底反射出我们船灯的光芒。在它们中间，多少只船是在拉斯角、圣保尔岛、贝尔岛海峡、圣劳伦斯河口沉没于大海中的，连同它们的财物、船员和乘客！在统计表上，这些地方都被列入危险海域。仅仅最近几年，在罗亚尔—马伊、英曼、蒙特利尔航线上，就有许许多多遇难船只载入这殡仪馆的年鉴中！"太阳路"号、"爱丽丝女神"号、"毛葛"号、"匈牙利"号、"加拿大"号、"盎格鲁—撒克逊"号、"汉博尔特"号、"美国"号，它们都是触礁沉没的；"阿蒂克"号、"里昂"号，则是两船相撞；而"总统"号、"太平洋"

号、"格拉斯哥"号的失踪则原因不明。"鹦鹉螺"号就行驶在这些阴森森的残骸中，仿佛在检阅死人一般！

五月十五日，我们位于纽芬兰浅滩的最南端。这浅滩是海洋冲积层形成的，是很大的一堆有机物残屑，被湾流从赤道，或被寒流从北极沿着美洲海岸带来的。这里，还堆积着冰川解冻夹带来的石块。这里形成了一个巨大无比的骸骨堆，鱼类、软体动物或植虫成万成亿地在这里死去。

在纽芬兰浅滩，海水并不很深，至多几百英寻。但往南一些，海底突然凹陷，有一个深达三千米的大坑。那里，湾流变宽，水流散开，速度变慢，温度降低，变成了大海。

"鹦鹉螺"号经过时，惊动了鱼群。有一米长的圆鳍鱼，背脊微黑，腹部枯黄，配偶间忠贞不贰，但这很少为同类效仿；有一种名叫尤内纳克的鱼，身体很长很长，是一种翡翠色的海鳝，味道十分鲜美；大眼睛的卡拉克鱼，它们的头有点像狗头；鳅鱼，和蛇一样为卵胎生；球虾虎鱼，或称鲍鱼，体黑，二十厘米长；长尾鱼，银光闪闪，游速很快，常离开极北海，跑到别的海域去冒险。

渔网还打到了一条杜父鱼，那是北方海里的品种，身上疙疙瘩瘩，体棕鳍红。这种鱼胆子很大，粗壮有力，头上有棘，鳍上有小刺，体长二至三米，是名副其实的蝎子，为鳅鱼、鳕鱼和鲑鱼的强敌。"鹦鹉螺"号的几名船员费了九牛二虎之力，才把那条杜父鱼捉住。这鱼的鳃盖构造特殊，可以防止呼吸器官因接触空气而变干燥，没有水仍可存活一段时间。

我现在再列举一些鱼供参考：体小的波斯克鱼，在北极海中航行的船只常有它做伴；尖嘴欧鲌鱼，北大西洋的特产；还有鲉鱼。最后，我还要提一提鳕科鱼，这里主要是一种叫"莫吕"的鳕鱼，在纽芬兰这个永不枯竭的浅滩上，我看见了这样的鳕鱼，这是它们最喜爱的水域。

可以说，这些鳕鱼是山鱼，因为纽芬兰岛其实是一座海底大山。当"鹦鹉螺"号在密集的鱼群中开辟出一条通道时，孔塞耶不禁评论道：

"鳕鱼是这样子的啊！"他说，"我一直以为鳕鱼像黄盖鲽鱼或鳎鱼那样扁扁的呢！"

"你的头脑太简单了！"我喊道，"鳕鱼在食品商那里才是扁的呢，它们被剖开后展示在那里。但在水里，它们和鲻鱼一样是纺锤形的，这种形体极有利于在水中穿行。"

"我愿意相信先生，"孔塞耶说，"一群群的！密密麻麻！"

"哎！我的朋友，假如没有敌人，没有鲉鱼和人类，它们还要多呢！你知道，有人在一条雌鱼体内数到多少个卵吗？"

"我们往多里说，"孔塞耶回答，"五十万。"

"一千一百万，朋友。"

"一千一百万！除非我亲自数，否则我是绝不会相信的。"

"你数好了，孔塞耶。不过，你不用数就会相信的。法国人、英国人、美国人、丹麦人、挪威人都是成千上万地捕鳕鱼。他们食用鳕鱼的数量多得吓人，幸亏这些鱼有惊人的繁殖力，否则很快就会灭绝的。仅拿英国和美国来说，用于捕鳕鱼的船有五千条，水手十五万名。平均每船可以打到四万条鳕鱼。挪威海岸的情况也一样。"

"好吧，"孔塞耶回答，"我相信先生。我不数了。"

"什么？"

"一千一百万个卵。不过，我还有个看法。"

"什么看法？"

"如果所有的卵都孵出鱼来，那只要四万条鳕鱼就可以满足英国、美国和挪威的需要了。"

当我们掠过纽芬兰浅滩时，我清楚地看见每条船成打成打地放下一根根长长的钓鱼线，共有二百多个鱼钓。每根钓鱼线的下端用一个小弯钩拉着，在水面上用一个吊锚缆固定在一个软木浮标上。"鹦鹉螺"号必须灵巧地在这水底线网中穿来穿去。

在这个海域里来往的船很多，"鹦鹉螺"号没有久留。它一直行驶到北纬四十二度。这是纽芬兰的圣约翰港和哈茨康坦的纬度，横贯大西洋的电报电缆在这里终止。

"鹦鹉螺"号不再继续北上，然而向东航行，似乎想沿着这铺设着电缆的海底高原前进。经过反复探测，海底高原的地势早已测得一清二楚了。

我是在五月十七日发现铺设在海底的电缆的。那里距哈茨康坦五百海里，水深两千八百米。我没有把海底电缆的事事先告诉孔塞耶，他以为是条大海蛇，准备按他习惯的方法进行分类。但我一讲，可敬的小伙子就明白了。为了不使他太沮丧，我给他详细介绍了铺设这电缆的情况。

第一条海底电报电缆是在一八五七和一八五八年铺设的，可是，才传送四百份电报，就停止运转了。一八六三年，工程师们又铺设了一条长三千四百公里、重四千五百吨的新电缆，是由"大东方"号船装运的。这一次尝试又失败了。

然而，五月二十五日，"鹦鹉螺"号潜入海底三千八百三十六米处，正是电缆断裂、使铺设工作不能进行的地方，距爱尔兰海岸六百八十三海里。当时，人们检查出，下午两点，"大东方"号上的人发现同欧洲的电报联系突然中断。船上的电工们决定在打捞电缆前先把电缆剪断，夜里十一点，他们把损坏的部分拉回到船上。他们重新做了个接头，然后又把电缆放进海底。可是，几天后，电缆又一次断裂并沉入深海中，收不回来了。

美国人毫不气馁。铺设大西洋电缆的创始人，果敢的菲尔德[①]，发起一次新的认捐运动，他把自己的财产全部投了下去。认购额很快就完成了。一条新的更完善的电缆铺设竣工。包着古塔胶皮的绝缘导线束裹上一层织物，然后再包一层金属。一八六六年七月十三日，"大东方"号又驶向大海。

铺设进展非常顺利，但也发生了一个小小的插曲。在放电缆时，电工技师们多次发现，有人在电缆上插进钉子，以便破坏它的芯线。安德森船长、他的助手们、工程师们开会研究，最后贴出告示，宣布如果船上有人犯罪被抓获，不经审判就扔进大海。从此，再没有发生类似的犯罪行为。

---

① 菲尔德（1819—1892），美国金融家，以铺设第一条大西洋电缆闻名。

七月二十三日，当"大东方"号收到从爱尔兰发来的电报，得知普鲁士和奥地利在萨多韦①战役后签订了停战协定的消息时，它离纽芬兰岛只有八百海里了。二十七日，"大东方"号在浓雾中测定了哈茨康坦的位置。电缆顺利铺竣。年轻的美国在发给古老欧洲的首封电报中，写着这样两句极少有人懂得的极其明智的话："光荣属于天上的上帝，和平属于地上善良的人们。"

我并没指望看到电缆和它们出厂时的样子完全一样。这条长蛇身上爬满了破介壳和有孔虫，覆盖着一层混有石子的糊状物，这保护它免受能钻孔的软体动物的破坏。它静卧海底，不受海浪的影响，所受的电压使它能在百分之三十二秒内把电报从美国传到欧洲。这条电缆的寿命可能是无限的，因为据观察，古塔胶皮在海水待的时间越长，性能越好。

此外，选这个海底高原来放电缆是非常合适的，电缆在这样的深度不可能断裂。"鹦鹉螺"号沿着这高原航行，一直走到它的最低处，水深四千四百三十一米，那里，电缆仍不受任何拉力。然后，我们向一八六三年发生故障的地方驶去。

那里，海底形似一个宽达一百二十公里的大山谷，若把勃朗峰②放进这山谷里，山峰都不会露出海面。这山谷的东边是一堵高达两千米的峭壁。五月二十八日，我们到达山谷，"鹦鹉螺"号距爱尔兰只有一百五十公里了。

内摩船长还要继续往前，在不列颠群岛靠陆吗？不是。令我大吃一惊的是，"鹦鹉螺"号拐向南边，驶回欧洲海域，在绕过祖母绿岛时，有一会儿我曾望见克利尔角和法斯耐特岛的灯塔。这灯塔是给从格拉斯哥③或利物浦驶出的成千上万条船照亮航道的。

这时，一个重要的问题反复浮现在我脑海里："鹦鹉螺"号敢走英吉利

---

① 萨多韦，捷克斯洛伐克的一个村庄。1866年7月3日，德国人在那里战胜奥地利人。这个胜利标志着普鲁士强大的开端。
② 勃朗峰，欧洲南部阿尔卑斯山的最高峰，高度为4807米。
③ 格拉斯哥，英国苏格兰最大的城市和港口。

海峡吗？自从我们接近陆地时，内德·兰又出来了，他也反复问我这个问题。怎样回答他呢？内摩船长一直没有露面。他让加拿大人远远望见美洲海岸后，现在要向我展示法国海岸了吗？

"鹦鹉螺"号继续向南航行。五月三十日，它从英国的最西端和锡利群岛[①]中间驶过，检阅了兰兹岛[②]。

"鹦鹉螺"号如想进入英吉利海峡，就必须毫不犹豫地向东拐。它没有这样做。

五月三十一日，整整一天，"鹦鹉螺"号在海上来回转圈，我深感奇怪。它仿佛在寻找某个地方，却很难找到。中午，内摩船长亲自来客厅确定方位。他没有和我说话。我感到他比以往更阴郁了。谁能使他这样忧郁？是因为接近欧洲海岸吗？他回忆起被他离弃的故乡的某些往事了吗？他有什么感受？内疚还是遗憾？这些想法久久在我脑海中盘旋，我似乎隐隐预感到，不久会发生一个意外事件，将船长的秘密暴露无遗。

第二天，六月一日，"鹦鹉螺"号依然来回转圈。显然，它想找到大西洋中某个确定的地方。内摩船长像昨天那样，又来观测太阳的位置。大海美不胜收，天空万里无云。东边六海里处，在水平线上，出现了一艘大轮船。船的斜桁上没有悬挂国旗，因此，我认不出来它是哪个国家的船。

太阳经过子午线前几分钟，内摩船长拿起六分仪，进行精密的观测。海面风平浪静，十分有利于观测。"鹦鹉螺"号纹丝不动，既不摇摆，也不颠簸。

那时，我正在甲板上。测毕，内摩船长只说了句：

"就是这里！"

我从盖板口回船里去了。他看没看见那轮船正在改变航向，似乎要向我们驶来？这我就说不清楚了。

我回到客厅里。通往甲板的盖板合上了，我听见水箱注水的汩汩声。

---

① 锡利群岛，英格兰康沃尔郡西南方岛群。

② 兰兹岛，为英格兰康沃尔郡最西端的半岛，其海角是英格兰的最西点。

　　"鹦鹉螺"号开始垂直下沉，因为螺旋桨已制动，不再给它传递任何运动。

　　几分钟后，它在八百三十三米的深处停下来，歇在海底上。

　　这时，客厅天花板上的灯光熄灭了，窗板拉开，透过玻璃窗，我看见大海方圆半海里内被船灯照得通亮通亮。

　　我看看船的左边，只见一片平静如画的茫茫大海。

　　在右边，海底隆起一大块，吸引了我的注意力。看上去好似一堆废墟，外面包着厚厚一层白色贝壳，犹如穿着一件雪白的大衣。我仔细审视这堆东西，认出那是一条外形变厚了的帆船，桅杆已折断，可能是从船首往下沉的，这场海难肯定发生在遥远的年代。这沉船外面包着如此厚的一层贝壳，一定在这个海底躺了不知多少年了。

　　这是条什么船？为什么"鹦鹉螺"号要来拜谒它的墓地？难道这条船不是因为遇险才沉入海底的？

　　我百思不得其解。正在这时，我听见内摩船长在我身旁慢声慢气地说：

　　"从前，这条船叫'马赛'号。船上有七十四门大炮。它是一七六二年下水的。一七七八年八月十三日，它在拉·波瓦普—韦特里厄船长的指挥下，英勇无畏地同英国'普雷斯顿'号战舰作战。一七七九年七月四日，它和德斯坦海军上将的舰队协同作战，夺取了格林纳达岛①。一七八一年九月五日，他在切萨皮克湾②参加了格拉斯伯爵指挥的战斗。一七九四年，法兰西共和国给它更换了名字。同年四月十六日，它在布列斯特③同维拉雷—儒瓦厄兹的舰队会合，护送来自美国的小麦船队，冯·斯塔贝尔海军上将为该船队的指挥。共和二年牧月④十一和十二日，这支舰队与英国战舰遭遇，先生，今天是牧月十三日，公历一八六八年六月一日。七十四年前的同一天，就在这里，北纬四十七度二十四分、西经十七度二十八分，经过一场浴血奋

----

① 格兰纳达岛位于西印度群岛中向风群岛南部。
② 切萨皮克湾在美国东岸，是大西洋由南向北伸入内陆最深入的海湾。
③ 布列斯特，法国大西洋海岸的军港。
④ 牧月，法兰西共和历的第九个月，相当于公历5月20日至6月20日。

"复仇者号！"我惊叫道。

战，这条船折断了三根桅杆，水涌入船舱，三分之一船员失去了战斗力，但它宁愿带着它的三百五十六名水手沉入海底，也不愿向英国人投降，它把国旗钉在船尾上，呼喊着'共和国万岁！'消失在茫茫大海中！"

"'复仇者'号！"我惊叫道。

内摩船长双手交叉在胸前，喃喃地说："是的！先生。'复仇者'号！"

Chapter 21
大屠杀

　　这种说话方式，这一意外场面，这艘爱国战舰的记事性叙述，这个怪人说最后几句话时的激动心情，这个耐人寻味的"复仇者"的名字，这一切，都给了我强烈的印象。我双眸凝视着船长。他双手伸向大海，用炽热的目光打量那艘光荣的沉船。也许，我永远都不会知道此人是谁，他从哪里来，到哪里去，可我越来越清楚地知道他不是学者。把内摩船长及其同伴禁闭在"鹦鹉螺"号船上的不是一般的愤世嫉俗，而是一种不能随时间削弱的丑恶或崇高的深仇大恨。

　　这一仇恨还在伺机报复吗？不久，我大概就会知道了。

　　这时，"鹦鹉螺"号正在缓缓浮上海面，"复仇者"号的模糊身影在我眼前渐渐消失。不久，船身有些轻微摇摆，我意识到我们漂浮在海面上了。

　　这时，传来一声沉闷的爆炸声。我看着船长，船长没有动弹。

　　"船长？"我说。他没有回答。我离开他，爬上甲板。孔塞耶和加拿大人已在上面了。

　　"这爆炸声是从哪里来的？"我问。

　　"是炮声。"内德·兰回答。

　　我看见远方有一艘船，我向船的方向凝望。那船正向"鹦鹉螺"号驶来，我们看见它在全速前进，它距离我们六海里。

　　"这是什么船，内德？"

"从船上的装备，从桅杆的高度，"加拿大人回答，"我敢打赌这是艘军舰。但愿它朝我们开过来，必要的话，把这该下地狱的'鹦鹉螺'号击沉！"

"内德兄，"孔塞耶说，"它能对'鹦鹉螺'号怎么样？它能到水下去攻击它吗？能到海底去炮轰它吗？"

"告诉我，内德，"我问，"你能认出这艘船的国籍吗？"

加拿大人皱起眉头，眯缝着眼睛，集中目光，盯着那艘船看了好一会儿。

"不行，先生，"他回答，"我无能为力。它没有挂国旗。但我可以确定那是艘战舰，因为它的主桅杆顶端挂着一面三角旗。"

我们继续观察了一刻钟，那船径直朝我们驶来。但我不能假定它在这个距离能认出"鹦鹉螺"号，更不能假定它知道这艘潜水艇的情况。

不久，加拿大人告诉我这是艘大军舰，船首有冲角，船上有双层平板甲板。一股浓烟从它的两个烟囱里袅袅升起。船帆挤在一起，分不清横桁。斜桁上没有挂国旗。因距离关系，看不清那面舰旗的颜色，它就像一条细带迎风招展。

那艘军舰前进的速度很快。假如内摩船长让它靠近，我们就能得救。

"先生，"内德·兰对我说，"这船离我们一海里远时，我就跳入海中，我劝您也这样。"

我对加拿大人的建议不置可否，继续观察那条船，眼看它越来越大了。不管它是英国的、法国的、美国的还是俄国的，如果我们能到达船上，肯定会被收留。

这时，孔塞耶说："先生好好想一想，我们有过泅水的经历。如果先生觉得应该跟内德兄走，可以相信我，我会把先生拉到那条船上的。"

我正要回答，不料战舰的前部冒出一股白烟。几秒钟后，一个重物坠入水中，水花四溅，溅得"鹦鹉螺"号后身尽是水。不久，就听到了爆炸声。

"怎么？他们向我们开炮？"我惊叫道。

"真是好人！"加拿大人低声说。

"这么说，他们不把我们看做攀在一个漂流物上的遇难者！"

"请先生原谅我……该死!"孔塞耶说,一面把第二颗炮弹溅在身上的水抖落掉,"请原谅我冒昧,他们认出独角鲸了,他们在向独角鲸开炮。"

"可是,"我喊道,"他们也该好好看看,那上面有人哪!"

"也许正因为这个!"内德·兰看着我,回答道。

我恍然大悟。也许,对于这个所谓怪物的存在,人们现在已心中有数了。也许,当"亚伯拉罕·林肯"号靠近这个所谓的怪物,加拿大人用铁叉叉它时,法拉居特船长就已认出这只独角鲸是一艘潜水艇,比一条超自然的鲸鱼还要危险。

对,这很可能。现在,说不定人们在海洋上到处追踪这个可怕的毁灭性机器呢。

如果正像可能假设的那样,内摩船长利用"鹦鹉螺"号来进行复仇,那的确是可怕的!在印度洋上,就在我们被他监禁起来的那天夜里,他不就向某条船发起过攻击吗?那位现已葬身在珊瑚墓地的人,他的死难道不是由"鹦鹉螺"号引起的撞击造成的吗?是的,我可以肯定,事情很可能是这样。内摩船长神秘莫测的生活方式,人们已有所了解,即使他的身份尚未确认,至少,那些国家现在联手追捕的已不再是一个怪物,而是一个对他们怀有弥天大恨的人!

这些不可思议的往事一一浮现在我的眼前。我明白在这艘正向我们靠拢的船上,我们不可能遇到朋友,而是冷酷无情的敌人。

落在我们周围的炮弹越来越多。有几颗接触水面后,漂掠到很远的地方,但没有一颗击中"鹦鹉螺"号。

战舰离我们只有三海里了。尽管炮火猛烈,内摩船长就是不到甲板上来。可是,如果这些圆锥形的炮弹有一颗命中"鹦鹉螺"号的船体,就会船毁人亡。

于是,加拿大人对我说:

"先生,无论如何我们得设法摆脱险境。发信号吧!见鬼!也许他们会明白我们是好人!"

内德·兰拿起他的手帕准备在空中挥动。他刚展开手帕，就被一只有力的铁手击倒在甲板上，尽管他力大无比，但也没能招架得住。

"浑蛋！"船长喊，"你要我在'鹦鹉螺'号扑向那艘船之前，先把你钉在冲角上吗？"

内摩船长的话很可怕，但他的脸色更吓人。他面部痉挛，脸色苍白，他的心脏大概片刻停止跳动了。他的瞳孔可怕地抽搐。他的声音不是在说话，而是在吼叫。他身体前俯，使劲地抓着加拿大人的肩膀。

然后，他放开加拿大人，转向那艘战舰，炮弹雨点般地落在他的周围：

"啊！你知道我是谁吗，你这可恶国家的船！"他大声喊道，"你不挂旗，我也认出你来了！瞧！我让你看看我的旗！"

内摩船长在甲板前方展开一面黑旗，跟他插在南极的那面旗一模一样。

这时，一颗炮弹斜着击中"鹦鹉螺"号的船身，但没有击破，从船长身边掠过，最后落入海中。

内摩船长耸了耸肩，然后以命令的口吻对我说：

"下去，下去，您和您的同伴都下去！"

"先生，"我喊道，"您要进攻这艘船吗？"

"先生，我要击沉它。"

"您不能这样！"

"我就要这样！"内摩船长冷冷地说，"别想来评判我，先生。命运让您看见您不该看见的东西。人家已经来攻击了，反击将会是很可怕的。回去吧。"

"这船是哪个国家的？"

"您不知道？这样更好！至少，它的国旗对您永远是个秘密。下去吧！"

我和加拿大人、孔塞耶都无可奈何，只得服从。十五六名水手围在船长身边，以无比的仇恨望着那艘船向他们靠拢。可以感到，在这些人心中激荡着同样的复仇情绪。

　　我下去时，又一颗炮弹落下来，擦破了"鹦鹉螺"号的一层皮，我听见船长大声喊道：

　　"打吧，你这艘疯船！浪费你的炮弹吧！你躲不过'鹦鹉螺'的冲角，但你不应该死在这里！我不想让你的残骸和'复仇者'号混在一起！"

　　我回到我的房间里。船长和他的副手留在甲板上。螺旋桨转动起来。"鹦鹉螺"号飞速离开，很快就在炮弹的射程之外了。那战舰继续追赶。内摩船长只满足于同它保持应有的距离。

　　我心烦意乱，忧心忡忡。快到下午四点时，我忍无可忍，又向中央楼梯走去。盖板开着。我冒险上了甲板。船长仍在上面走来走去，脚步显得烦躁不安。那船在下风处，离我们五六海里。船长盯着那艘船。他像野兽那样转着圈子。他把战舰引向东边，任其追赶，但他不攻击。是不是还在犹豫？

　　我想作最后一次干涉，但我刚招呼内摩船长，他就不让我说话：

　　"我是权利！我是正义！"他对我说，"我是被压迫者，它是压迫者！就因为它，我所热爱、珍爱和敬爱的一切，祖国、妻儿、父母，我目睹他们一一死去了。我所仇恨的一切就在那里！请您闭上嘴巴！"

　　我最后看了一眼战舰，它正全速朝我们驶来。然后，我去找内德和孔塞耶。

　　"我们逃吧！"我喊道。

　　"好，"内德说，"这是哪国的船？"

　　"不知道。但不管是哪国的，它天黑前就要被击沉。不管怎样，宁愿和它一起沉没，也不要和不公正的复仇行为同流合污。"

　　"这正合我意，"内德·兰沉着地说，"等天黑吧。"

　　黑夜降临了。船上寂静无声。罗盘指明"鹦鹉螺"号没有改变航向。我听见它的螺旋桨有规律地迅速拍击着海水。它航行在海面上，轻微的摇曳使它时而侧向这边，时而侧向那边。

　　我和我的同伴们决定，等战舰离我们足够近时，我们就逃跑，或者大声喊叫，或者设法让他们看见我们，因为三天后就是满月，月光非常明亮。一旦上了那艘船，即使我们不能制止"鹦鹉螺"号袭击，至少也可以视情况尽力而为。好几次，我都以为"鹦鹉螺"号准备进攻了。但它只是让敌人靠近，不久又全速逃跑了。

午夜已过，什么事都没发生。我们伺机而动。我们心潮澎湃，因此很少说话。内德·兰很想跳入海中，我强迫他等待机会。依我看，"鹦鹉螺"号会在海面上攻击这艘双层甲板船，这样，逃跑不仅可能，而且易如反掌。

凌晨三点，我坐卧不宁，就上了甲板。内摩船长还在甲板上。他站在船头，待在他的旗子旁，那旗子在他头顶上迎风招展。他双眸凝视着战舰。他目光灼灼，对战舰仿佛有一种不可抗拒的吸引力和蛊惑力，就是用缆绳把它拴在身后，它也未必会跟得这样紧。

这时，月亮正经过子午线。木星在东方冉冉升起。在这平静如画的大自然中，天空和海洋在比赛谁最安静。大海献给月亮一面最美丽的镜子，它也许从没有如此美丽地映照出月亮的身影。

当我想到大自然如此平静，而在不可感知的"鹦鹉螺"号的内部在酝酿着如此强烈的怒火，不禁浑身战栗。

战舰离我们两海里。它直朝表明"鹦鹉螺"号所在地的闪闪磷光驶来，已经接近我们了。我看见了它的两盏船位灯，一绿一红，我还看见射出白光的船首灯悬挂在前桅的支索上。朦胧的反光照亮了船上的装备，这表明那些灯已达到了最强的亮度。一束束火星、一团团燃烧着的煤渣从烟囱里冒出来，宛若星辰，散布在空中。

我这样一直待到清晨六点，内摩船长似乎没有看见我。战舰离我们一海里半，大炮迎着曙光，又开始射击了。"鹦鹉螺"号发起攻击的时刻可能不远了，我和我的同伴们就要永远离开这个我不敢妄加评论的人了。

我正准备下去通知他们，大副来到了甲板上。好几名水手跟随其后。内摩船长没有看见他们，或者说不想看见他们。他们做了些准备工作，可称为"鹦鹉螺"号的"战斗准备"。其实很简单，把甲板周围作为栏杆的扶手绳放下；将船灯和操舵室缩进船壳里，与船壳相齐。这个长雪茄般的钢壳，外部不再有任何突出之物可能妨碍它的行动了。

我回到客厅。"鹦鹉螺"号仍然浮在海面上。几道曙光射进水中。波浪微微起伏，朝阳的红色霞光在玻璃窗上欢快地跳跃。六月二日，这可怕的一天开始了。

五点钟，航速表告诉我"鹦鹉螺"号在减速前进。我明白，它在让战舰靠近。另外，炮声听上去更加猛烈了。炮弹在周围水面划出道道深痕，带着奇怪的呼啸一头钻进水中。

"朋友们，"我说，"时候到了。握一握手，愿上帝保佑我们！"

内德·兰坚定不移，孔塞耶沉着冷静，而我紧张不安，难以控制自己。

我们来到图书室。就在我推开通往中央楼梯间的门时，忽然听得上面的盖板"砰"地一声合上了。

加拿大人冲向台阶，但被我制止了。我听到熟悉的汩汩声，知道船上的水箱正在进水。果然，不久"鹦鹉螺"号就沉入水下几米了。

我明白它要干什么了，但为时已晚，我们来不及行动了。这艘双层甲板舰的铁甲难以穿透，"鹦鹉螺"号不想直接攻击其甲板，而是从它的水位线下发起进攻，那里，船底包板没有钢壳的保护。

我们又被禁闭起来，被迫成为正在酝酿中的恐怖惨剧的目击者。再说，我们也来不及思考。我们躲在我的房间里，面面相觑，沉默不语。我的脑袋麻木了，思维停滞了，我魂不守舍，坐立不安，等待着令人恐怖的爆炸。我等着，听着。我的生命中只有听觉还在起作用！

这时，"鹦鹉螺"号的速度明显加快，它在冲上去。它全身都在颤抖。

蓦地，我大叫一声。两船相撞了，但相对来说撞得不重。我感到了钢冲角的穿透力。我听到了刮擦的声音。可是，"鹦鹉螺"号在强大的推力下，从战舰的中间穿过，犹如帆船的尖杆刺透布帆一般！

我再也克制不住了，发疯似的奔出房间，跑到客厅里。

内摩船长在那里。他沉默不语，脸色阴沉，怀着难以平息的仇恨，从左

巨大的战舰缓缓沉没。

舷的窗口往外瞧。

一个庞然大物正在沉入海底。为了一睹那战舰的垂死惨象，"鹦鹉螺"号也和它一起沉入深渊。离我十米远处，我看见它已被开肠剖肚，水涌入船内，发出雷鸣般的声音，接着我看见了两排大炮和舷墙。甲板上到处有黑影在晃动。

水涌上甲板，那些不幸的人纷纷奔到桅杆的支索中间，抓住桅樯，在水中挣扎。他们就像是一群海水侵袭的蚂蚁！

我也在观看。我急得浑身就像僵了似的，不能动弹，我的头发竖了起来，眼睛睁得很大，呼吸十分困难，喘不过气，说不出话。一种无法抗拒的吸力把我紧紧贴在玻璃窗上！

巨大的战舰缓缓沉没。"鹦鹉螺"号紧跟其后，窥视它的一举一动。忽地一声爆炸，被压缩的空气炸飞了甲板，就像是燃料油着了火一般。水的推力如此之大，连"鹦鹉螺"号都被推得转了个方向。

于是，那艘倒霉的船下沉的速度加快了。首先看到的是桅楼，上面挤满了遇难者，然后是横杆，被一串串人压弯了，最后是主桅的顶端。然后，那黑沉沉的庞然大物消失在大海中，同时消失的还有全体船员，他们的尸体被一个大旋涡卷走了……

我把脸转向内摩船长。这个可怕的主持正义者、十足的复仇天使，仍在目不转睛地观看。当一切结束后，内摩船长走向他的房间，打开门，进去了，我目送他进了屋子。

在里面的窗板上，在他那些英雄的肖像下面，我看见还有一张肖像，上面是一个年纪还轻的女人和两个孩子。内摩船长朝他们凝视片刻，向他们伸出双臂，然后跪在地上，号啕大哭起来。

Chapter 22
内摩船长的最后几句话

这幕可怖的景象结束后，窗板就合上了，可客厅里的灯光依然未亮。"鹦鹉螺"号内一片漆黑，寂寂无声。它在水下一百英尺，正飞速地离开这令人悲痛欲绝的场所。它去哪里？向北还是向南？那个人进行可怕的报复之后，现在逃往什么地方？

我已回到我的房间里，内德和孔塞耶正默默地待在那里。我对内摩船长感到无比厌恶。不管人们曾经使他蒙受多大的痛苦，他也无权进行如此残酷的报复。他虽然没让我成为同谋，但至少让我成了他复仇行为的见证人！这实在太过分了！

十一点，电灯亮了。我去客厅。客厅里没有人。我把各种仪器查看了一遍。"鹦鹉螺"号以每小时二十五海里的速度向北逃跑，时而浮出海面，时而深入水下三十英尺。

我在地图上测定了位置，我看见我们正在经过英吉利海峡口，飞速向北极海驶去。

我勉强看见一闪而过的各种鱼类：有经常出没于这些海域的长鼻角鲨、双髻鲨、猫鲨，有鹰石首鱼，有和国际象棋中的马十分相似的成群结队的海马，有像金蛇烟火那样游动的鳗鲡，有将两只大螯相交在甲壳上斜向逃跑的大群螃蟹，最后，还有一群群海豚，在和"鹦鹉螺"号比赛谁游得更快。可要对它们观察、研究和分类，就谈不上了。

430

到晚上，我们已越过大西洋八百公里了。夜幕降临，大海被黑暗吞噬，直至月亮升起。

我回到房里。我难以成眠。梦魇般的可怕景象纠缠我不放。那毁灭性的可怕场面一次次在我脑海里重演。

从那天起，谁能说清楚"鹦鹉螺"号把我们带到了北大西洋的哪个地方？它一直跑得飞快！一直被极北的浓雾包围！它到过斯匹次卑尔根群岛的岬头和新地的陡峭海岸吗？它穿越过无人知晓的白海、喀拉海、鄂毕湾和利亚霍夫群岛，和那些无人知道的亚洲海岸吗？我说不清楚。我无法估计流过的时光。船上的几只大钟早已停止行走。正如在极区那样，白昼和黑夜似乎不再按正常的规律进行。我仿佛被带进了埃德加·坡极度兴奋的想象力自由驰骋的奇妙王国。每时每刻，我就像虚构的人物戈登·皮姆那样，期望看见"那个比任何陆地居民高大得多、横在环绕北极的瀑布之上的蒙面巨人"。

我估计——但也可能搞错——我估计"鹦鹉螺"号像这样冒险奔跑了十五天到二十天。如果没有发生那场灾难，"鹦鹉螺"号的海底旅行不知何时才告结束。内摩船长不再露面。他的副手也不露面。船员一个都不见。"鹦鹉螺"号几乎一直在海下航行。当它上来换气时，窗板总是机械地打开又合上。地球平面图上不再标出方位，我不知道我们在哪里。

我还要说的是，加拿大人也不再出来了。他已经筋疲力尽，忍无可忍。孔塞耶逗他说话，他就是不开口。孔塞耶怕他难以遏制对家乡的强烈思念，一时糊涂而寻短见，因此，一直尽心地守在他身边。

我们明白，这样的景况无论如何都不能再忍受了。一天早晨——究竟是哪一天，我说不清楚——我到天快亮时才蒙眬入睡。那是非常难受的不踏实的半睡眠状态。我醒来时，看见内德·兰向我俯着身子，我听见他悄悄地对我说：

"我们逃吧！"

我一骨碌坐了起来。

"什么时候？"我问。

"今天夜里。'鹦鹉螺'号上的所有警戒似乎都已取消了，船上好像一片恐慌。先生，您准备好了吗？"

"准备好了。我们现在在什么地方？"

"望得见陆地了。今天早晨我刚测定过，在东边二十海里的地方，被浓雾包围着。"

"是什么地方？"

"不知道。不管什么地方，我们都逃过去。"

"好的，内德。好的，今天夜里就逃，哪怕大海把我们吞没！"

"浪很大，风也很大，不过，驾着'鹦鹉螺'号的那只小艇行二十海里，我不会被吓倒的。我瞒着船员们，偷偷地搬了些食物和几瓶水。"

"我和你一起逃。"

"而且，"加拿大人又说，"如果被发觉了，我就抵抗，让他们杀死我。"

"要死我们一起死，内德！"

我决定孤注一掷。加拿大人出去了。我上了甲板。海浪撞击船身，我在甲板上难以站稳。天空乌云密布，暴风雨即将来临，可是，既然那边浓雾下面有陆地，就应该逃跑。一天、一小时都不应该错过。

我回到客厅里，希望能遇见内摩船长，但又怕遇见他，既想看见他，又不想看见他。我对他说什么呢？我能向他掩饰他使我产生的厌恶情绪吗？不能！那就最好不要同他面对面！最好把他忘记！然而……

这是我在"鹦鹉螺"号上度过的最后一天。这一天是多么漫长啊！我独自待着。内德·兰和孔塞耶避免同我说话，以免露出马脚。

晚上六点吃饭，但我一点也不饿。尽管我一见食物就厌恶，仍强迫自己多少吃一点，因为我不想到时候没有力气。

六点半，内德·兰走进我的房间。他对我说：

"出发前我们不能再见面了。十点钟，月亮还不会出来，我们趁黑逃跑。您自己到小艇来。我和孔塞耶在那里等候您。"

说完，加拿大人不等我回答便出去了。

我想核实一下"鹦鹉螺"号的方向。我去了客厅。我们在海下五十米，以吓人的速度向东北偏北的方向奔跑。

我最后又看了看那些大自然的奇珍异宝，看了看堆在这博物馆里的艺术瑰宝，这些无价之宝将和它们的收藏者一起葬身海底。我想让这些珍品在我的脑海里留下不可磨灭的印象。我就这样待了一小时，在天花板灯光的照耀下，我把玻璃柜里的那些瑰宝一一仔细看过。看完我就回房去了。

回到房里，我穿上结实的潜水衣。我把笔记本找齐，极其珍贵地将它们紧贴在胸口。我的心激烈地跳动。我无法抑制它跳动。如果内摩船长在场，肯定会从我局促不安的神色中发现我的秘密。

他此刻在做什么？我在他门口侧耳细听，我听见有脚步声。内摩船长在里面。他还没有睡。他每走一步，我都觉得他就要出现在我面前，质问我为什么要逃跑！我时时刻刻都提心吊胆，想象又使我的惊慌有增无减。这个感觉使我无法忍受，我甚至想，倒不如进去面对面看着船长，用手势和目光向他挑战！

疯子才会有这个念头。幸亏我控制住了。我躺到床上，以平息身体的烦躁不安。我紧张的神经渐渐平静下来，可我的大脑异常兴奋，将我在"鹦鹉螺"号上的经历一一闪过，我从"亚伯拉罕·林肯"号上消失后遇到的所有事件，不管是快乐的，还是痛苦的，都一一重现在我脑海里：海底打猎、托雷斯海峡、巴布亚野人、触礁、珊瑚墓地、苏伊士海底通道、桑托林岛、克里特岛的潜水人、维哥湾、沉没的大陆、大浮冰、南极、被困冰墙中、血战章鱼、湾流旋转风暴、"复仇"号，还有那艘战舰及其船员被撞沉的可怕景象……所有这些，犹如剧院后台的布景，从我眼前一一掠过。于是，在这个奇异的环境中，内摩船长的形象无限扩大。他这个典型越来越突出，越来越超凡脱俗。他不再是我的同类，他是水中人，海中神。

九点半了。我双手捧着脑袋，怕它会爆裂。我双目紧闭。我不愿再胡思乱想了。还要等半小时！再做半小时的噩梦！我会发疯的！

正在这时，我隐约听到了大风琴声，这是一种难以形容的优美乐曲，哀婉动听，是一个要与尘世割断一切联系的人发出的真正哀诉。我调动一切感觉，屏神敛气地听着，也像内摩船长那样，对这乐声心醉神迷，恍若置身尘世之外。

蓦地，一个想法闪过我的脑海。我吓坏了。内摩船长已经离开他的卧室了！他在我逃跑所要经过的客厅里！我会在那里最后一次遇见他，他会看见我，也许会同我说话！他做一个手势就会使我吓瘫，下一道命令，就会有人来用链子把我锁在船上。

可是，十点钟就要到了。我得离开我的房间，去和我的两位同伴会合。

不能再犹豫了，哪怕内摩船长突然出现在我面前。我小心翼翼地打开房门，可我感到门转动时发出了巨大的声音。这声音也可能是想象出来的！

我在"鹦鹉螺"号的走廊里摸索前进，每走一下都要停一停，压一压剧烈的心跳。

我走到客厅角上的门口，轻轻把门打开。客厅里黑得伸手不见五指，大风琴的和声很轻很轻。内摩船长在那里。他看不见我。甚至我想，即使灯光明亮，他也未必看见我，因为他已完全陶醉在音乐中了。

我在地毯上慢慢走动，避免碰到东西发出响声而暴露我的存在。我走了五分钟，才走到尽头通往图书室的门口。

我正要开门，内摩船长长叹一声，吓得我不敢动弹。我明白他站起来了。我甚至看见了他的身影，因为图书室亮着灯，几道光线射到了客厅里。他向我走来，双臂交叉在胸前，不发出一点声音，与其说在走路，不如说在滑行，就像是一个幽灵。他那沉重的胸口因呜咽而一起一伏。我听见他喃喃自语：

"全能的上帝！够了！够了！"

这是我听到他说的最后几句话。难道此人良心发现而脱口流露了内心的悔恨？

我发狂般地奔进图书室。我爬上中央楼梯，沿着上层的过道，来到小艇旁。我从开着的孔上了小艇，我的同伴已在里面了。

"快走！快！"我喊道。

"就走！"加拿大人回答。

开在"鹦鹉螺"号钢板船身上的那个孔，事先被内德·兰用一个扳手关闭，并用螺钉固定住了。小艇的孔也关上了。但小艇仍被螺母固定在潜水艇上，内德·兰开始把那些螺母拧松。

突然船内响起声音。人们大声叫嚷。出什么事了？他们发现我们逃跑了？我感觉到内德·兰将一把匕首塞到我手里。

"对！"我低声说，"我们死也要像个样子！"

加拿大人停住了手中的活。但是，一个词，一个重复了二十遍的词，一个可怕的词，使我明白了船上骚动的原因。船员们大叫大嚷并不是针对我们的！

"大旋流！大旋流！①"他们喊道。

大旋流！能有比这更可怕的字眼在更可怕的情况下传进我们的耳朵吗？难道我们是在挪威海岸最危险的海域中？"鹦鹉螺"号在我们的小艇就要脱离它时，被卷进大旋流中了？

众所周知，大海涨潮时，法罗群岛②和罗弗敦群岛③之间的海水因空间狭窄而汹涌澎湃，不可阻挡。它们形成了一个大旋流，船进去了就别想出来。滔滔巨浪从四面八方涌来，形成了被称做"大西洋肚脐眼"的深渊，它的引力达十五公里。不仅船只，而且鲸鱼，甚至北极地区的白熊都可能被吸进去。

"鹦鹉螺"号被它的船长无意地，也许是有意地带到了这里。它旋转着，半径越来越小。小艇仍挂在它的一侧，和它一起被大旋流快速卷走。我感觉到小艇在旋转。那种旋转的感觉就和转圈时间太久产生的感觉差不多。

---

① 指挪威西海岸经常发生的大旋流。
② 法罗群岛在挪威海以南、不列颠群岛以北。
③ 罗弗敦群岛是挪威北部、挪威海中的群岛，岛间海峡水流湍急。

我们心惊肉跳，恐惧万分，血液循环停止了，神经的作用消失了，我们就像垂死者，浑身冷汗淋漓！在我们不结实的小艇周围响起了多么可怕的声音！在几海里远的地方响起的回声犹如狮子般吼叫！海水打在海底尖利的礁石上发出的哗啦声多么令人胆战心惊！最坚硬的物体撞到那些礁石上都会粉身碎骨！树干撞在上面，拿挪威人的话来说，会变成"茸茸的毛皮"！

多么可怕的处境！我们颠簸得很厉害。"鹦鹉螺"号就像人那样搏斗着，它的钢筋铁骨嘎嘎作响。有时它竖了起来，我们也同它一起竖起来！

"要挺住！"内德说，"得把螺母拧紧！如果仍和'鹦鹉螺'号拴在一起，我们可能还有救……！"

他话音未落，就听见"咔嚓"一声，螺母松开了，小艇脱离了它所在的小舱，犹如一块投石，被抛进了旋流里。

我的脑袋撞到小艇的一条铁肋骨上，我被撞得失去了知觉。

Chapter 23
结局

　　下面是这次海底旅行的结局。那天夜里发生了什么，小艇是如何摆脱可怕的大旋流的，我们是怎样死里逃生的，这些我都一无所知。而当我醒过来时，我躺在罗弗敦群岛的一个渔民的小屋里。我的两个同伴安然无恙，他们在我身边，紧紧握着我的手。我们激动地拥抱在一起。

　　这时候，我们不可能考虑回法国去。挪威北方和南方的交通工具很少。从北角开来的轮船半个月才有一次，我只好等待。

　　因此，就在这里，在这些善良而正直的人中间，我把我写的这些海底历险记校阅了一遍。这些叙述正确无误。没有漏掉一件事，没有夸大一个细节。它们忠实地记述了这次在人迹不到的地方进行的令人难以置信的探险。随着科学的发展，有朝一日，人们将能自由地出入海底。

　　读者会相信我的叙述吗？我不知道。然而，这并不重要。但有一点我现在可以肯定：我有权谈论这些海洋，在不到十个月的光景里，我在海底走了两万里；我有权谈论这环绕海底的旅行，我穿越了太平洋、印度洋、红海、地中海、大西洋、南极海和北极海，我看到了无数奇妙的东西。

　　可是，"鹦鹉螺"号怎样了？它经受住大旋流越来越紧的拥抱了吗？内摩船长还活着吗？他还继续在海洋下面进行骇人听闻的报复吗？还是在上次大屠杀后洗手不干了？海浪有朝一日会把那份记载着他一生经历的手稿送到岸上吗？我最终会知道此人的真名实姓吗？那艘沉没于海底的战舰的

我躺在一个渔民的小屋里。

国籍，是不是也是内摩船长的国籍？知道了战舰的国籍，也就知道了内摩船长的国籍呢？

　　希望是这样。我也希望那艘强大无比的潜水艇能够战胜最可怕的大旋流，"鹦鹉螺"号在无数船只被吞噬的地方能够死里逃生！如果真是这样，如果内摩船长依然居住在他选定的祖国——海洋中，但愿仇恨已在他愤世嫉俗的心中烟消云散！但愿观看海中无数奇珍异宝，能够抑制他的复仇情绪！但愿他不再是一个伸张正义的人，而是作为学者平平静静地继续探索海洋的秘密！他的命运是离奇的，但也是超凡脱俗的。我不是亲身感受到了吗？这种超凡脱俗的生活，我不是亲身经历了十个月吗？因此，如果要回答六千年前《传道书》①提出的问题："有谁曾探测过这个深渊有多深？"就目前而言，世界上只有两个人有资格回答：内摩船长和我。

---

①《传道书》是《圣经·旧约》中的一篇。

《爱的教育》
湖南文艺出版社
ISBN：9787540446840
开本：32开/定价：25.00元
意大利政府官方授权名家
权威版本 意大利原版完整
插图
荣获意大利驻华使馆颁发
的"意大利政府文化奖"

《飞鸟集·新月集》
湖南文艺出版社
ISBN：9787540447243
开本：32开/定价：22.00元
每天读一句泰戈尔，忘却
世上一切苦痛
首位荣获诺贝尔文学奖的
东方诗哲、"亚洲第一诗
人"泰戈尔传世佳作

《假如给我三天光明》
湖南文艺出版社
ISBN：9787540447984
开本：32开/定价：22.00元
人类意志力最伟大的典范
作品
一本向光明、智慧、希
望、仁爱引航的人生手册
世界文学史上无与伦比的
杰作

《再别康桥·人间四月天》
湖南文艺出版社
ISBN：9787540447922
开本：32开/定价：25.00元
新月派代表诗人&民国第
一才女 诗歌精选 首度合
集出版
穿越半个多世纪的心灵交
会，值得一生珍藏的绝美
诗篇

《朝花夕拾》
湖南文艺出版社
ISBN：9787540448103
开本：32开/定价：20.00元
一位文化巨人的回忆记事
一幅清末民初的生活画卷
描绘鲁迅先生世界的唯一
作品

《落花生》
湖南文艺出版社
ISBN：9787540448097
开本：32开/定价：22.00元
被忽视的文学大师许地山
的传世散文名作
全新彩绘插图，让蒙尘的
珍珠重现光华

《背影》
湖南文艺出版社
ISBN：9787540448080
开本：32开/定价：25.00元
白话美文典范，"天地间
第一等至情文学"
散文杰作&诗歌名篇 收藏
一个最完整的朱自清

《伊索寓言》
湖南文艺出版社
ISBN：9787540448561
开本：32开/定价：25.00元
影响人类文化的100本书之一
世界上拥有最多读者的寓
言始祖
特别奉送19世纪大师杜雷
百幅原版精美插图

《呼兰河传》
湖南文艺出版社
ISBN：9787540448448
开本：32开/定价：22.00元
一个天才作家奉献给人间
的礼物
穿越时光的艺术珍品
一代才女萧红代表作

《雾都孤儿》
湖南文艺出版社
ISBN：9787540448493
开本：32开/定价：26.00元
英国现实主义文学的杰出
代表作
中国译协"资深翻译家"
权威全译
原版经典插图，拂去岁月
尘埃，让爱与希望历久弥新

《春风沉醉的晚上》
湖南文艺出版社
ISBN：9787540448509
开本：32开/定价：25.00元
郁达夫中短篇小说精选集
感伤的浪漫，率真的反叛
成就现代文坛永不沉沦的
经典之作

《春醪集》
湖南文艺出版社
ISBN：9787540448554
开本：32开/定价：23.00元
偷饮香美春醪的年轻人，
醉中做出的几许好梦
现代中国散文的奇异之作，
"中国的兰姆"昙花般的
青春絮语

《城南旧事》
中国画报出版社
ISBN：9787802208056
开本：32开/定价：24.80元
名家林海音独步文坛三十
多年的经典作品
入选二十世纪中文小说
一百强
上海是张爱玲的，北京是
林海音的。

《美国悲剧》（上、下册）
湖南文艺出版社
ISBN：9787540448554
开本：32开/定价：58.00元
美国小说黄金时代的经典
力作
美国现代文学三巨头之一
代表作
"美国发财梦牺牲者"的
一代悲剧

《珍妮姑娘》
湖南文艺出版社
ISBN：9787540448820
开本：32开/定价：28.00元
一曲悲天悯人的恸歌
美国小说黄金时代的经典
力作
美国现代文学三巨头之一
成名作

《嘉莉妹妹》
湖南文艺出版社
ISBN：9787540448813
开本：32开/定价：32.00元
掀开美国小说黄金时代序
幕的经典力作
美国现代文学三巨头之一
成名作
美国小说中一座具有历史
意义的里程碑

《猎人笔记》
湖南文艺出版社
ISBN：9787540448912
开本：32开/定价：28.00元
俄国现实主义艺术大师的
成名之作
俄国文学史上"一部点燃
火种的书"

《格列佛游记》
湖南文艺出版社
ISBN：9787540448530
开本：32开/定价：23.00元
世界文学史上极具童话色
彩的讽刺小说
离奇荒诞的航海游记，犀利
幽默的政治寓言

《鲁滨孙漂流记》
湖南文艺出版社
ISBN：9787540448752
开本：32开/定价：25.00元
倾注勇气的冒险之旅，锐
意进取的孤岛求生记
震撼欧洲文学史的惊世作品

《哈姆雷特》
湖南文艺出版社
ISBN：9787540448578
开本：32开/定价：20.00元
在他身上，我们看到作为一
个人的全部复杂
莎翁经典名作，世界戏剧史
上的钻石篇章

博集典藏馆

《十四行诗》
湖南文艺出版社
开本：32开/定价：25.00元
你从未见过的"甜蜜的莎士比亚"
时光流转中爱的不朽箴言
莎翁在世时唯一诗集
"中国拜伦"梁宗岱经典译本

《最后一课》
湖南文艺出版社
ISBN：9787540449209
开本：32开/定价：22.00元
感受都德带给你心灵的震撼和美轮美奂的诗意
脍炙人口的名篇
入选多国中小学语文教材

《缀网劳蛛：许地山小说菁华集》
湖南文艺出版社
ISBN：9787540449322
开本：32开/定价：23.00元
被忽视的文学大师许地山的传世小说名作
抒写人性之美的一朵奇葩

《子夜》
湖南文艺出版社
ISBN：9787540449285
开本：32开/定价：28.00元
"中国第一部写实主义的成功的长篇小说"
被评为"可以与《追忆似水年华》《百年孤独》媲美的杰作"

《汤姆·索亚历险记》
湖南文艺出版社
ISBN：9787540449117
开本：32开/定价：22.00元
"美国文学史上的林肯"
献给所有孩子和大人的礼物
一段五彩斑斓的少年成长史
一部险象环生的冒险传奇

《格兰特船长的儿女》
湖南文艺出版社
ISBN：9787540449230
开本：32开/定价：28.00元
"现代科学幻想小说之父"令人惊异的科学预言
"海洋三部曲"首作
百科全书式对大自然的奇思妙想

《海底两万里》
湖南文艺出版社
ISBN：9787540449315
开本：32开/定价：28.00元
最具魔力的科幻小说经典
充满自由与孤独的深海之旅

《神秘岛》
湖南文艺出版社
ISBN：9787540449223
开本：32开/定价：28.00元
"现代科学幻想小说之父"
令人惊异的科学预言
"海洋三部曲"第三部
多姿多彩想象力的伟大尝试

《羊脂球》
湖南文艺出版社
ISBN：9787540449292
开本：32开/定价：25.00元
在他笔下，世人可叹可笑，寒冷入木三分
爱情至死不渝，欲望活色生香
法国"短篇小说之王"莫泊桑代表作全记录